디 아더 피플

THE
OTHER
PEOPLE

C. J. 튜더 장편소설

이은선 옮김

복수하는
사람들

디
아더
찌플

THE OTHER PEOPLE

C. J. TUDOR

세상에서 가장 훌륭한 엄마와 아빠에게 바친다

타인은 지옥이다.

-장 폴 사르트르

차 례

디 아더 피플 - 11

◊

그녀는 잠을 잔다. 하얀 방에 누워 있는 창백한 소녀다. 기계들이 그녀를 에워싸고 있다. 시커먼 영원의 물결에 실려 떠내려가지 않도록 잠자는 소녀를 붙잡아놓는 수호자들이다.

일정하게 삑삑거리는 기계음과 힘겨운 숨소리만이 유일한 자장가다. 그녀는 한때 음악을 좋아했다. 노래 부르는 것을 좋아했다. 악기 연주하는 것을 좋아했다. 새, 나무, 바다―세상 모든 것에서 노래를 찾았다.

방 한쪽 구석에 조그만 피아노가 놓여 있다. 뚜껑을 닫아놓았지만 엷은 먼지가 건반마다 덮여 있다. 피아노 위에는 아이보리색 소라고둥이 있다. 반질반질한 분홍색 안쪽 면이 귀의 섬세한 곡선을 닮은 고둥이다.

기계들이 삑삑거리고 윙윙거린다.

고둥이 떨린다.

날카로운 '도' 음이 갑자기 방 안을 가득 채운다.

어딘가에서 다른 소녀가 쓰러진다.

1

맨 먼저 그의 눈에 띈 것은 차의 뒤 유리창을 에워싸고 범퍼를 일렬로 덮은 스티커들이었다.

'꼴리면 빵빵 눌러주세요.'

'나 따라오지 말아요, 길 몰라요.'

'나처럼 운전하려거든 종교를 갖는 게 좋을 거다.'

'클랙슨 고장―빽큐를 조심하시라.'

'진짜 사나이들은 예수님을 사랑해.'

횡설수설의 전형이었다. 하지만 한 가지 사실만큼은 요란하고 분명하게 전달됐다. 운전자가 밥맛이라는 것. 게이브는 그 운전자가 슬로건 티셔츠를 입고 다니고, 머리 위로 손을 든 원숭이 옆에 '또라이라야 여기서 일할 수 있는 건 아니지만 그러면 도움이 되긴 해'라고 적힌 그림을 회사에 걸어둔 인간일 거라고 장담할 수 있었다.

운전자가 뒤를 볼 수나 있을까 싶었다. 하지만 어떻게 보면 차가 막힐 때 뒤차에 읽을거리를 제공하는 셈이긴 했다. 예를 들면 지금 같은 때. 지난 세기에 시작되어 다음 번 새천년까지 계속될 것처럼 보이는 기나긴 차량의 행렬이 MI 고속도로의 공사 현장을 기어서 통과하고 있는 지금 말이다.

게이브는 한숨을 쉬고, 그러면 차량의 흐름이 빨라지거나 타임 머신이라도 소환이 되는 듯 손끝으로 운전대를 두드렸다. 그는 늦기 직전이었다. 완전히 늦은 건 아니었다. 아직은 아니었다. 늦지 않게 집에 도착할 가능성이 남아 있었다. 하지만 그는 기대하지 않았다. 내비게이션을 믿고 국도로 우회하는 도박을 감행했던 모든 요령 있는 운전자와 함께 19번 분기점 근처에서 사실상 희망을 접었다.

오늘은 어찌어찌 늦지 않게 출발했기 때문에 더 우울했다. 약속했던 대로, 제니에게 약속했던 대로 6시 30분이면 집에 도착해 저녁을 같이 먹고 이지를 재울 수 있어야 맞는 거였다.

'일주일에 딱 한 번. 내가 부탁하는 건 그뿐이야. 하루만이라도 같이 저녁을 먹고, 당신 딸이 잠들기 전에 책을 읽어주고, 그렇게 평범하고 행복한 가족인 척하는 거.'

뜨끔했다. 농담으로 한 얘기가 아니었다.

물론 그날 아침에 제니가 고객을 만나려고 허둥지둥 출근하는 동안 이지를 학교에 데려다준 사람은 그가 아니었느냐고 짚고 넘어갈 수도 있었다. 신경질적인 유기묘(제니가 데려온 고양이었다)가 딸의 턱을 할퀴었을 때 새블론 연고를 발라준 사람도 그가 아니었느냐고 짚고 넘어갈 수도 있었다.

하지만 그는 그러지 않았다. 그런다 한들 그가 놓친 시간, 그가 있어주지 못한 순간을 만회할 수 없다는 것을 두 사람 모두 알기 때문이었다. 제니는 몰상식한 여자가 아니었다. 하지만 가족에 관한 한 아주 분명한 선이 있었다. 그 선을 넘으면 오랜 시간 공을 들인 다음에야 안으로 다시 들어갈 수 있었다.

게이브가 그녀를 사랑하는 이유 중에 그것도 있었다. 딸을 향한 열렬한 헌신. 게이브의 어머니는 싸구려 보드카에 더 목을 맸고, 그는 아버지가 누군지 몰랐다. 게이브는 다른 아버지가 되겠다고 맹세했다. 언제나 딸의 곁을 지키겠다고.

그랬음에도 지금 이렇게 고속도로에 발이 묶여서 늦게 생겼다. 또다시. 제니는 그를 용서하지 않을 것이다. 이번만큼은 그럴 것이다. 그는 그것이 무엇을 의미하는지 생각하고 싶지 않았다.

제니에게 전화를 걸었지만 자동응답기로 넘어갔다. 이제 휴대전화는 배터리가 1퍼센트도 남지 않아서 언제든 꺼질 수 있었고 오늘따라 충전기도 집에 두고 왔다. 그가 할 수 있는 일이라고는 액셀러레이터를 밟아서 다른 차들을 싹 쓸어버리고 싶은 충동을 누르며 손끝으로 운전대를 시비조로 두드리는 한편, 스티커로 도배된 빌어먹을 앞차를 빤히 쳐다보는 것뿐이었다.

오래돼 보이는 스티커가 많았다. 빛이 바래고 우글쭈글했다. 하긴 그 차 자체가 오래돼 보였다. 낡은 코티나 아니면 그 비슷한 차종이었다. 1970년대에 인기 있던 색으로 칠했다. 지저분한 금색이랄까. 곰팡이 핀 바나나색이랄까. 공해로 오염된 저녁놀색이랄까. 죽어가는 태양색이랄까.

구부러진 배기관에서 간간이 지저분한 회색 연기가 뿜어져 나왔다. 범퍼 전체가 녹이 슬어서 얼룩덜룩했다. 제조업체의 로고도 보이지 않았다. 번호판 절반과 함께 떨어져 나간 모양이었다. TN이라는 알파벳과 6인지 8인지 모를 숫자의 일부분만 남았다. 그는 미간을 찌푸렸다. 법적으로 문제가 없을 리 없었다. 저 고물차는 도로를 주행할 만한 상태가 아니거나 보험을 들지 않았거나 무면허 운전자가 몰고 있을지 몰랐다. 너무 바짝 붙지 않는 게 상책이었다.

그가 차로를 바꿀까 고민하기 시작한 순간, 뒤 유리창의 벗겨진 스티커 사이로 어떤 여자아이의 얼굴이 완전하게 드러났다. 다섯 살 아니면 여섯 살쯤 되어 보였다. 얼굴이 동그랗고 뺨이 발그스름했다. 가느다란 금발을 두 갈래로 높게 땋았다.

그가 맨 처음에 한 생각은 '카시트에 앉혀서 벨트를 채웠어야지'였다.

두 번째로 한 생각은 '이지 아니야?'였다.

아이가 그를 빤히 쳐다보았다. 눈이 동그래졌다. 아이가 입을 벌리자 앞니 하나가 빠진 게 보였다. 그는 이의 요정이 가져갈 수 있게 그걸 휴지에 싸서 베개 아래에 넣어주었던 것을 기억했다.

아이가 입 모양으로 벙긋거렸다. "아빠!"

그러자 앞에서 누군가가 손을 뻗어 아이의 팔을 잡고 홱 끌어 내렸다. 아이의 얼굴이 사라졌다. 없어졌다. 증발했다.

그는 아무도 없는 유리창을 멍하니 바라보았다.

이지.

있을 수 없는 일이었다.

그의 딸은 엄마와 함께 집에 있었다. 제니가 저녁을 준비하는 동안 디즈니 채널을 보고 있을 것이었다. 모르는 사람의 차를 타고 카시트 벨트도 매지 않은 채 어딘지 모를 곳으로 가고 있을 리 없었다.

스티커 때문에 운전자가 보이지 않았다. '꼴리면 빵빵 눌러주세요' 스티커 위로 운전자의 정수리만 간신히 보였다. 웃기시네. 그는 클랙슨을 눌렀다. 상향등을 번쩍였다. 그 차가 속도를 조금 내는 듯했다. 앞에서 도로 공사가 끝나가고 시속 80킬로미터 표지판이 국정 제한속도 표지판으로 바뀌었다.

이지. 그는 액셀러레이터를 밟았다. 새로 산 레인지 로버였다. 쏜살같이 앞으로 질주했다. 그럼에도 고물 앞차와의 간격이 점점 벌어졌다. 그는 페달을 더욱 세게 밟았다. 속도계가 110킬로미터를 지나 120킬로미터, 130킬로미터로 서서히 바뀌는 것을 지켜보았다. 그가 어느 정도 따라잡았을 때 앞차가 갑자기 가운데 차로로 방향을 틀더니 차량 몇 대를 추월했다. 게이브도 대형 트럭 앞으로 획 끼어들어 뒤쫓았다. 클랙슨 소리에 하마터면 귀가 멀 뻔했다. 망할 「에이리언」에서 보았던 것처럼 심장이 밖으로 튀어나올 것 같았다.

앞차는 위험하게 곡예 운전을 했다. 게이브는 한쪽 옆은 포드 포커스에, 앞은 도요타에 가로막혔다. 젠장. 그는 백미러를 흘끗 확인하고 저속 차로로 갔다가 도요타 앞으로 잽싸게 끼어들었다. 바로 그 순간 추월 차로를 달리던 지프가 앞으로 끼어드는 바람에 하마터면 보닛을 들이받힐 뻔했다. 그는 브레이크를 꽉 밟았다. 지프 운전자는 비상등을 깜빡이며 그에게 손가락 욕을 날렸다.

"꺼져, 이 재수 없는 새끼야!"

고물차는 몇 대 앞에서 계속 차로를 넘나들고 있었다. 미등이 점점 멀어졌다. 이제는 따라잡을 수가 없었다. 너무 위험했다.

'게다가 내가 잘못 본 게 분명하잖아.' 그는 속으로 중얼거렸다. 그럴 수밖에 없었다. 이지일 리 없었다. 있을 수 없는 일이었다. 도대체 그 아이가 왜 그 차를 타고 있었겠는가? 그는 피곤했고 스트레스에 찌들어 있었다. 날은 어두웠다. 이지를 닮은 다른 아이였을 것이다. 이지를 아주 많이 닮은 아이. 똑같이 금발을 땋았고 똑같이 앞니 사이가 벌어진 아이. 그를 "아빠"라고 불렀던 아이.

앞에서 표지판이 번뜩 등장했다. '휴게소까지 800미터.' 휴게소로 들어가 전화하고 마음을 가라앉힐 수도 있었다. 그런데 이미 늦었다. 계속 달려야 했다. 하지만 또 어떻게 보면 몇 분 더 늦은들 대수일까 싶었다. 옆쪽에 진입로가 나타났다. 그냥 갈까? 들어갈까? 그냥 갈까? 들어갈까? 이지. 그가 막판에 핸들을 왼쪽으로 홱 꺾어 흰색 저지선을 넘자 또다시 여기저기서 빵빵거렸다. 그는 진입로를 쌩하니 달려 휴게소로 들어갔다.

게이브는 휴게소에 잘 들르지 않았다. 다른 데로 이동하고 싶어 하는 처량한 사람들을 보면 우울해지기 때문이었다.

그는 다양한 매점을 지나 이리저리 헤매느라 금쪽같은 몇 분을 허비한 다음에야 화장실 근처에 숨어 있는 공중전화를 발견했다. 딱 한 대뿐이었다. 요즘은 공중전화를 쓰는 사람이 없었다. 그는 잔돈을 찾느라 또 몇 분을 허비한 다음에야 카드로도 통화가 된다는 사실을 깨달았다. 지갑에서 직불카드를 꺼내 넣고 집에 전화를 걸었다.

제니는 벨이 울리자마자 전화를 받는 법이 없었다. 이지와 뭔가를 하느라 항상 바빴다. 가끔 손이 여덟 쌍이었으면 좋겠다고 할 때도 있었다. 내가 좀 더 집에 있어야 하는데, 그는 생각했다. 내가 도와줘야 하는데.

"여보세요."

어떤 여자가 받았다. 하지만 제니가 아니었다. 모르는 목소리였다. 잘못 걸었나? 그는 집으로 전화한 적이 별로 없었다. 역시 휴대전화 때문이었다. 그는 공중전화에 뜬 번호를 확인했다. 집 전화번호가 맞았다.

"여보세요?" 여자가 다시 말했다. "포먼 씨 되십니까?"

"네. 맞는데요. 누구시죠?"

"저는 매덕 경위입니다."

경찰이. 그의 집에서. 전화를 받다니.

"지금 어디 계십니까, 포먼 씨?"

"M1에요. 그러니까 거기 휴게소요. 퇴근하던 중이었어요."

그는 횡설수설하고 있었다. 죄인처럼. 하지만 생각해보면 그는 죄인이었다. 지은 죄가 많았다.

"집으로 와주세요, 포먼 씨. 지금 당장요."

"왜요? 무슨 일입니까? 왜 그러시죠?"

한참 동안 정적이 흘렀다. 부풀어 올라 숨통을 죄는 정적이었다. 뱉지 않은 말들로 찰랑거리는 정적 같다고 그는 생각했다. 그의 인생을 완전히 조져놓을 말들로 찰랑거리는 정적.

"부인과…… 따님 때문입니다."

2

2019년 2월 10일 월요일
뉴턴 그린 휴게소, M1 15번 분기점. 1:30am.

비쩍 마른 이 남자는 설탕을 잔뜩 넣은 블랙커피를 마셨다. 다른
건 거의 먹지 않았다. 한 번인가 두 번 토스트를 시킨 적도 있었지
만 두어 입 먹고 고스란히 남겼다. 케이티는 그를 보면 정해진 시간
보다 더 빨리 죽음에 다가간 사람처럼 보인다는 생각이 들었다. 속
을 뺀 허수아비처럼 옷이 헐렁하게 늘어졌다. 살이 빠져서 눈과 광
대뼈 아래에 골이 파였다. 커피 잔을 잡을 때 보면 손가락이 길고
우아한데, 뼈가 어쩌나 뾰족한지 얇은 피부를 가르고 나올 듯이 느
껴졌다.

만약 케이티가 잘 몰랐다면 그가 죽을병에 걸린 줄 알았을 것이
다. 이를테면 암. 그녀의 할머니가 그 병으로 돌아가셨는데, 둘이
분위기가 비슷했다. 하지만 그의 병명은 달랐다. 가슴과 영혼에 병
이 들었다. 세상에서 가장 잘 듣는 약과 훌륭한 의사를 동원해도 이

남자의 병은 고칠 수가 없었다. 그 어떤 것도 고칠 수가 없었다.

맨 처음 한 달에 한두 번씩 휴게소에 들르기 시작했을 때 그는 전단지를 나누어주었다. 케이티도 한 장 받았다. 어린 여자아이 사진이었다. '저를 보신 적 있나요?' 당연히 케이티는 본 적 있었다. 다들 그랬다. 이 아이는 온갖 뉴스 채널을 도배했었다. 엄마와 함께.

당시만 해도 비쩍 마른 이 남자에게는 희망이 있었다. 아니, 희망 비슷한 거라고 해야 할까. 약물처럼 사람을 흥분시키는 그런 종류의 비정상적인 희망 말이다. 그들에게 남은 건 그것뿐이다. 그들은 희망 그 자체에 중독됐다는 걸 알면서도 코카인 파이프라도 되는 양 계속 뻐끔거린다. 사람들이 말하길 인간을 망가뜨리는 건 증오와 가슴에 맺힌 응어리라고 한다. 아니다. 인간을 망가뜨리는 건 희망이다. 기생충처럼 안에서부터 갉아먹는다. 상어 위에 매달린 미끼처럼 만든다. 하지만 희망이 인간을 죽이지는 않는다. 희망이 그 정도로 친절하지는 않다.

비쩍 마른 이 남자는 희망에 잡아먹혔다. 남은 게 없었다. 엄청나게 많은 주행거리와 카페 포인트 말고는 아무것도 없었다.

케이티는 그의 빈 잔을 치우고 테이블을 닦았다.

"한 잔 더 드릴까요?"

"서비스예요?"

"단골손님들께만 드리는 거예요."

"고맙지만 이제 가봐야 해서요."

"알았어요. 또 뵈어요."

그는 다시 고개를 끄덕였다. "그래요."

그들의 대화는 그게 전부였다. 항상 그랬다. 올 때마다 똑같은 사람과 똑같은 대화를 나누는 걸 그는 알기나 할까? 대부분의 사람들이 그에게는 배경에 불과한 느낌이었다.

케이티는 그가 다른 카페, 다른 휴게소도 찾아다닌다는 얘기를 들었다. 순환 근무하는 직원들이 알려주었다. 종종 들르는 경찰들도 마찬가지였다. 소문에 따르면 그는 밤낮으로 고속도로를 왔다 갔다 하고 이 휴게소, 저 휴게소를 다니며 그의 딸을 납치해 간 차를 찾는다고 했다. 사라진 딸을 찾는다고 했다.

케이티는 그 말이 헛소문이길 바랐다. 비쩍 마른 이 남자가 결국에는 조금이나마 마음의 평화를 찾길 바랐다. 단지 그를 위한 바람만은 아니었다. 그를 보면, 그의 고요한 절박감과 맞닥뜨리면 왠지 모르게 신경이 곤두섰다. 그녀의 가장 큰 바람이 있다면 어느 날 출근해보니 그가 영영 사라져 두 번 다시 그를 생각하지 않고 지낼 수 있게 되는 것이었다.

3

야간 운전. 예전에 게이브는 야간 운전을 좋아하지 않았다. 맞은편에서 달려오는 차량의 눈부신 전조등 불빛. 눈앞의 도로가 허공으로 녹아버릴 듯 다가오는 어두컴컴한 구간. 꼭 블랙홀을 향해 달리는 느낌이었다. 그래서 항상 불안해졌다. 어둠은 모든 것을 달라 보이게 했다. 거리감이 변하고 형태가 왜곡됐다.

요즘 같은 날에는(요즘 같은 밤에는) 이 시간대가 가장 편안하게 느껴졌다. 나지막하고 잔잔한 음악과 함께 운전석이라는 고치 안에 들어앉은 느낌이었다. 오늘 밤은 로리 앤더슨이었다. 「스트레인지 에인절스」. 가장 자주 듣는 앨범이었다. 어쩐지 묘하고 다른 세상 같은 느낌이 그의 심금을 울렸다. 시커먼 아스팔트를 누비는 그와 잘 어울렸다.

가끔은 어두컴컴하고 깊은 강물을 따라 달리는 중이라고 상상했다. 또 가끔은 영원의 어둠을 향해 우주를 유영하는 중이라고 상상했다. 머리를 안전하게 침대에 뉘어야 하는 오밤중이 되면 별의별 생각들이 몽유병 환자처럼 머릿속을 오갔다. 하지만 정처 없이 떠오르는 생각들은 방치했을지 몰라도 시선은 경계 태세를 갖추고 초롱초롱하게 도로에 고정했다.

게이브는 잠을 자지 않았다. 제대로 눈을 붙이지 않았다. 그가 계속 차로 이동하는 이유 중 하나가 그거였다. 피곤하다기보다 이제 좀 쉬어야 하지 않을까 하는 생각이 들면 손바닥 보듯 훤하게 알게 된 여러 휴게소 중 한 곳에 들어갔다.

그는 M1을 타고 가다 보면 나오는 휴게소를 모두 열거할 수 있었다. 어떤 시설이 있는지, 평점은 어떻게 되는지, 서로 거리는 얼마나 되는지. 그곳들이 그에게는 이제 집이나 마찬가지였다. 예전에는 얼마나 싫어했는지 생각하면 아이러니한 일이었다. 한 잔의 블랙커피 말고 필요한 게 더 있으면 캠핑카를 대형 트럭 주차장에 세우고 뒤쪽에 두어 시간 누웠다. 그런 식으로 아무것도 하지 않고, 아이를 찾으러 다니지 않고 허비하는 시간이 싫을 때가 많았다. 하지만 머릿속은 쉴 새 없이 돌아가더라도 눈과 손목과 다리는 잠깐 쉬어주어야 했다. 어떨 때는 운전석에서 내려오면 구부정하게 다니다 난생처음 직립보행을 시도하는 네안데르탈인이 된 것 같은 기분이 들었다. 그래서 그는 24시간마다 최소 120분만이라도 억지로 눈을 감고 190센티미터 되는 몸을 캠핑카 안에서 최대한 길게 뻗고 누웠다. 그런 다음 다시 길을 나섰다.

그에게는 필요한 모든 것이 갖추어져 있었다. 세면도구, 갈아입을 옷 몇 벌. 빨래방에 다녀오려면 가끔 고속도로에서 벗어나 시내로 들어가야 했다. 그는 이렇게 다녀오는 길이 싫었다. 대부분의 사람들이 얼마나 평범한 일상을 살아가는지 뼈저리게 실감 났다. 장을 보고 일을 하고 만나서 커피를 마시고 아이들을 학교에 데려다주고. 이 모든 것을 이제 그는 할 수가 없었다. 이 모든 것을 그는 잃었거나 놓쳐버렸다.

고속도로나 휴게소에서는 일상적인 생활이 유예됐다. 모두가 어디론가 가는 중이라 거기가 어중간한 중간 지점이었다. 여기도 아니고 저기도 아니었다. 연옥 비슷했다.

그는 여분의 충전기 두 개와 배터리 여러 개와 함께 (똑같은 실수를 절대 반복하지 않을 작정이었다) 휴대전화와 노트북을 항상 들고 다녔다. 운전을 하지 않을 때는 커피를 마시며, 만에 하나 소식이 있을 경우에 대비해 뉴스를 훑고 실종자 안내 사이트를 체크했다.

그 사이트는 알림판이나 다를 바 없었다. 다들 실종자를 찾아달라고 호소하는 공고를 올리고, 새로운 소식을 알리고, 인식을 높이기 위해 이벤트를 열었다. 다들 뭔가를 보고 연락하는 사람이 있을지 모른다는 절박한 희망의 끈을 놓지 않았다.

그는 처음에는 경건하게 샅샅이 훑었다. 하지만 어느 정도 시간이 지나자 심란해졌다. 그 희망과 절망. 몇 번이고 올라오는 똑같은 사진들. 몇 년째, 몇십 년째 행방불명인 사람들의 얼굴. 카메라 플래시 안에 박제된 그들. 생일과 크리스마스가 지날 때마다 점점 촌스러워지는 헤어스타일과 점점 굳어가는 미소.

그런가 하면 거의 날마다 새로운 얼굴이 등장했다. 그들에게는 아직 삶의 여운이 남아 있었다. 그들의 베개에는 움푹 꺼진 자국이 남아 있고, 칫솔은 칫솔꽂이 안에서 굳었고, 옷장 안의 옷에서는 곰팡이와 좀약이 아니라 얼마 전에 빤 옷 냄새가 나지 않을까 싶었다.

하지만 결국에는 똑같아질 것이다. 남들처럼 그렇게 될 것이다. 시간이 그들 없이 흘러가버릴 것이다. 나머지 세상은 계속 목적지를 향해 갈 것이다. 그들이 사랑하던 사람들만 승강장에 남을 것이다. 떠나지 못하고, 불침번을 접지 못하고.

실종은 죽음과 다르다. 어떻게 보면 더 나쁘다. 죽음에는 끝이 있다. 죽음에는 슬퍼하는 시간이 허락된다. 추모하고 촛불을 켜고 꽃을 놓는 시간이. 떠나보내는 시간이.

실종은 천국과 지옥 사이에 있는 림보다. 당신은 오도 가도 못하게 발목이 잡힌다. 지평선 위로 희망이 희미하게 어른거리고 절망이 콘도르처럼 맴을 도는 낯설고 암울한 세상 안에서.

계기판 거치대에 꽂아놓은 휴대전화가 웅웅거렸다. 게이브는 화면을 흘끗 쳐다보았다. 거기에 뜬 이름을 확인하자 목덜미 털이 곤두섰다.

장기간에 걸쳐 야심한 시각에 이 나라의 혈관을 달리다 보면 또하나 알게 되는 것이 다른 올빼미족이었다. 다른 흡혈귀들이었다. 화물차와 밴을 몰고 장거리 배달을 하는 사람들. 경찰, 긴급 구조요원, 그 금발의 웨이트리스 같은 서비스직 종사자. 그녀는 오늘 밤에 또 나왔다. 괜찮은 사람 같지만 항상 지쳐 보였다. 예전에 남편이 있었지만 그녀의 곁을 떠난 게 아닐까 싶었다. 그래서 낮에는 애들을 볼 수 있게 밤에 일을 하는 것이다.

그는 종종 그렇게 했다. 책에 등장하는 인물이라도 되는 듯 사람들의 사연을 만들어냈다. 어떤 사람들은 단박에 알아차릴 수 있었다. 또 어떤 사람들은 시간이 걸렸다. 그런가 하면 또 어떤 사람들은 백만 번을 다시 태어나도 절대 가늠할 수 없었다.

이 사마리아인처럼.

'짐 어디?' 그의 문자메시지였다.

원래 게이브는 아무리 문자메시지라도 말을 줄여서 쓰는 걸 견디지 못했는데—카피라이터 시절의 유물이었다—몇 가지 이유에서 사마리아인은 용서했다.

그는 화면 위의 마이크 아이콘을 클릭하고 말했다. '뉴턴 그린하고 왓퍼드 갭 중간.' 이 말이 문자로 떴다. 게이브는 전송을 눌렀다.

답장이 왔다. 'J14 바턴 마시에서 만나. 오는 법 보냄.'

바턴 마시. 노샘프턴에서 가까운 조그만 마을이었다. 별로 볼 만한 곳은 못 됐다. 족히 50분은 가야 했다.

'왜?'

답장은 딱 두 마디였다. 그가 거의 3년 동안 듣고 싶어 했던 말이었다. 그런가 하면 두려워했던 말이기도 했다.

'그걸 찾았어.'

4

팁셀프 휴게소, M1 28번과 29번 분기점 사이

프랜은 커피를 한 모금 마셨다. 뭐, 커피였을 것이다. 메뉴판에 커피라고 적혀 있었다. 생김새도 커피 비슷했다. 희미하게 커피 냄새도 났다. 하지만 맛은 쓰레기 같았다. 그녀는 설탕을 한 봉지 더 넣었다. 네 봉지째였다. 끈적끈적한 플라스틱 테이블 맞은편에서는 앨리스가, 희멀겋지만 그래도 커피보다는 영수증에 찍힌 명칭에 좀더 걸맞아 보이는 토스트를 마지못한 듯 집었다.

"그거 먹을 거니?" 프랜이 물었다.

"아뇨." 앨리스는 멍하니 대답했다.

"안 먹는대도 뭐라고 못 하겠다." 프랜은 동조하는 뜻에서 미소를 짓느라 뺨이 아팠지만…… 덕분에 눈과 머리 상태에 보조를 맞출 수 있었다.

눈부신 형광등 불빛 때문에 머리가 더 심하게 욱신거렸다. 그녀는 전날 아침부터 아무것도 먹지 못했다. 배 속에서는 음식을 거부했지만 머리는 영양 부족과 수면 부족으로 지끈거렸다. 잠깐 커피를 마시고 영양분을 보충하자고 결정한 이유 중 하나가 그거였다. 그런데 하. 하. 하. 커피도 영양분도 날리게 된 것은 인과응보일지 몰랐다. 그녀는 커피를 옆으로 치웠다.

"출발하기 전에 화장실 다녀올래?"

앨리스는 고개를 저으려다가 생각을 바꿨다. "얼마나 더 가야 해요?"

좋은 질문이었다. 얼마나 더 가야 할까? 얼마나 가면 충분할까? 알 수 없었지만 앨리스에게 솔직하게 털어놓고 싶지는 않았다. 그녀는 알아서 수습하는 사람, 세워놓은 계획이 있는 사람이어야 했다. 마지막으로 살던 집에서 최대한 빠르게, 최대한 멀리 도망치고 싶어서 무작정 달리는 중이라고 얘기할 수는 없었다.

"뭐, 멀기는 하지만 중간에 다른 휴게소도 많아."

물론 고속도로에서 벗어나면 길가의 긴급 대피 구역에서 해결하는 수밖에 없을 것이다.

앨리스는 얼굴을 찡그렸다. "지금 다녀오는 게 좋겠어요."

프랜이 사람을 잡아먹는 사자 우리에 들어가겠느냐고 묻기라도 한 듯 반응이 영 그랬다.

"같이 가줄까?"

다시 선뜻 대답을 하지 못했다. 앨리스가 무서워하는 것 중에는 공중화장실도 있었다. 하지만 여덟 살이다 보니 애기 짓에 대한 공포가 더 컸다.

"아뇨, 괜찮아요."

"진짜?"

앨리스는 고개를 끄덕이고, 훨씬 나이 많은 언니 같은 엄숙한 표정으로 자리에서 일어섰다. 또다시 잠깐 망설이다가 테이블 너머로 손을 내밀어 자기 가방을 집었다. 보라색 꽃무늬가 그려진 조그만 분홍색 배낭이었다. 앨리스는 어딜 가든 심지어 화장실에도 그걸 메고 갔다. 가냘픈 어깨에 둘러메자 배낭이 덜거덕거리고 짤그락거렸다.

프랜은 얼굴을 찌푸리지 않으려고, 두려운 심정을 표정으로 드러내지 않으려고 애를 썼다. 앨리스가 멀어지는 동안 잔을 들어 커피를 마시는 척했다. 긴 밤색 머리는 하나로 높이 묶었고, 청바지는 짝퉁 어그 부츠 안에 넣었고, 가녀린 체구는 큼지막한 더플코트 안에 잠겼다.

원시적인 사랑의 물결이 그녀를 덮쳤다. 가끔 그럴 때가 있었다. 아이에게 느끼는 사랑은 사람을 겁나게 했다. 그 말랑말랑하고 끈적끈적한 머리를 품에 안은 순간부터 모든 게 달라졌다. 경이와 공포가 영원히 반복되는 상태로 지내야 했다. 이렇게 완벽한 아이를 내가 낳았다는 경이와 언제 빼앗길지 모른다는 공포. 사는 게 그보다 더 아슬아슬하고 위험하게 느껴진 적이 없었다.

아이가 잠이 들면 유일하게 걱정을 그칠 수 있었다. 침대 안에 쏙 들어가 있는 순간만큼은 안전할 수밖에 없었다. 문제가 있다면 앨리스가 침대에서 자지 않는다는 거였다. 늘 그렇지만은 않다는 거였다. 앨리스는 시도 때도 없이 아무 데서나 잠이 들었다. 학교로

가던 길에, 공원에서, 여자 화장실에서. 방금 전까지만 해도 깨어 있다가 곧바로 쓰러졌다. 무서웠다.

하지만 아이가 일어나면 더 무서워졌다.

프랜은 배낭을 떠올렸다. 계속 덜거덕거리던 배낭. 공포가 시키면 나방처럼 그녀의 가슴속에서 퍼덕거렸다.

앨리스는 여자 화장실 푯말을 빤히 쳐다보았다. 삼각형 모양의 치마를 입은 여자가 그려져 있었다. 어렸을 때는 그걸 보고 바지를 입은 사람은 들어가면 안 된다는 뜻인 줄 알았다. 앨리스는 지금 들어가고 싶지 않았다. 공포로 배 속이 단단히 뭉쳤고 그러자 당연히 볼일이 더 급해졌다.

화장실을 무서워하는 게 아니었다. 소리도 요란한 핸드 드라이어를 무서워하는 것도 아니었다(예전에는 조금 무서웠지만). 다른 것 때문이었다. 어떤 화장실이든 그렇지만, 세면대가 줄줄이 이어지고 생각지도 못한 곳에 모퉁이가 있는 공중화장실에서는 특히 피하기 힘든 어떤 것 때문이었다.

거울. 앨리스는 거울이 싫었다. 어렸을 때부터 거울이 무서웠다. 가장 어린 시절의 기억 중 공주 놀이를 하다가 안방의 커다란 거울에 비춰 보려고 몰래 2층으로 올라갔던 일이 있었다. 반짝이는 엘사 드레스를 입고 거울 앞에 섰다가…… 비명을 지르기 시작했다.

모든 거울이 문제인 건 아니었다. 어떤 건 괜찮았다. 이유는 알 수 없었다. 어떤 거울이 위험한지 설명할 수 없는 것처럼 그 이유도 알 수 없었다. 처음 보는 거울일수록 위험했다. 모르는 거울일수록. 그런 거울과 마주하면 뭐가 보였다. 그런 거울과 마주하면 쓰러졌다.

'괜찮을 거야.' 앨리스는 속으로 중얼거렸다. '아래만 봐. 계속 아래만 보면 돼.'

심호흡을 하며 문을 밀어서 열었다. 역겨운 방향제와 지독한 소독약 냄새가 목에 걸리자 속이 살짝 울렁거렸다. 화장실에 아무도 없다니 뜻밖이었지만 아직 이른 시각이었고 휴게소가 조용했다.

앨리스는 계속 바닥만 쳐다보며 얼른 가장 가까운 칸으로 들어가 문을 닫았다. 변기에 앉아서 볼일을 보고 얼른 닦은 다음 물을 내리고 계속 시선을 떨어뜨린 채 밖으로 다시 나왔다. 이제 어려운 부분이 남았다. 세면대 앞으로 가서 손을 씻어야 했다.

거의 성공할 뻔했다. 그런데 물비누가 말썽이었다. 비누통을 누르고 또 누르다 흘끗 고개를 들었다. 어쩔 수가 없었다. 어쩌면 그 금단의 반짝임이 살짝 열려 있는 문처럼 앨리스를 유혹하는 것일지도 모를 일이었다. 문이 그렇게 열려 있으면 안에 뭐가 있는지 궁금해서 활짝 열어볼 수밖에 없지 않은가.

얼굴이 반사돼 보였다. 하지만 앨리스가 아니었다. 앨리스의 얼굴이 반사된 것이 아니었다. 나이와 체구가 비슷한 다른 여자아이였다. 하지만 앨리스가 밤색 머리에 파란 눈이라면 이 아이는 머리색이 하얗고 눈은 젖빛이 섞인 회색 대리석 같아서 거의 알비노에 가까웠다.

"앨리스ㅇㅇㅇㅇ."

심지어 목소리소차 산들바람에 실려온 듯 희미하고 가벼웠다.

"지금은 안 돼. 저리 가."

"쉬이이이잇. 조용히 해애애애애."

"나 괴롭히지 마."

"네가 필요해애애애애."

"안 돼."

"네가 잠을 자줘야 해애애애애."

"안 돼. 나 지금……."

하지만 '졸리지 않아'라는 말이 나오기도 전에 앨리스의 눈꺼풀이 감겼고 그녀는 바닥으로 풀썩 쓰러졌다.

5

'그걸 찾았어.'

그 오랜 세월이 지난 지금 과연 있을 수 있는 일일까? 그리고 두 말하면 잔소리지만 게이브는 사마리아인이 뭐라고 했는지 똑똑히 알고 있었다. '그걸 찾았어'라고 했다. '아이를 찾았어'가 아니었다. 게이브를 생각해서 말을 아낀 걸까? 그렇다면 그를 거기로 호출할 이유가 없었다. 그 안에 숨겨진 뭔가가 있었다. 그는 느낄 수 있었다. 생략을 가장한 거짓말. '그걸 찾았어.' 그런데?

그는 실눈을 뜨고 낯선 도로 표지판을 확인하며 너무 좁고 구불구불하게 느껴지는 길을 캠핑카로 따라갔다. 고속도로에서 벗어나면 항상 잠깐 혼란스러워졌다. 꼭 안전줄이 끊기기라도 한 것처럼. 탯줄이 잘리기라도 한 것처럼. 낙하산도 없이 심연으로 뛰어내리기라도 한 것처럼.

공포가 발톱을 세우고 사납게 그의 머릿속을 할퀴었다. 그가 지금 아이를 놓쳤을지 모른다는 공포. 이 순간에 아이가 점점 멀어져가고 있을지 모른다는 공포. 같은 실수를 반복하고 있다는 공포. 비논리적이고 비정상적인 반응이었다. 하지만 어쩔 수가 없었다. 고속도로. 거기가 유일한 연결고리였다. 아이를 마지막으로 본 곳. 아이를 놓친 곳.

부모는 아이를 위해 무엇이든 할 수 있다. 무엇이든. 그런데 그는 딸아이가 사라지는 것을 구경만 하고 있었다. 그 미등이 멀어지도록 손을 놓고 있었다. 그 미등이 없어지도록. 증발하도록. 그는 그 장면을 머릿속에서 수없이 재생했다. 그때 다르게 대처했더라면 얼마나 좋았을까. 옆길로 벗어나지 않았더라면. 그 빌어먹을 고물차를 끝까지 쫓아갔더라면. 그랬더라면, 그랬더라면.

뒤늦은 찬란한 후회. 하지만 뒤늦은 후회가 찬란할 리 없다. 뒤늦은 후회는 추레한 사기꾼이다. 후줄근한 황금색 양복을 입고 허접한 부분 가발을 쓰고서 어떤 상품을 놓쳤는지 조롱하듯 보여주는 게임쇼 진행자다.

'좀 더 빠르고 용감하게 열심히 달려들었어야죠. 그렇게 겁을 내지 말았어야죠. 하지만 여러분, 저분께 박수를 쳐드립시다. 훌륭하게 게임에 임해주셨으니까요. 그래도 패자인 건 맞습니다. 빌어먹을 패자죠.'

그는 운전대를 좀 더 세게 움켜쥐고 시계를 흘끗 확인했다. 새벽 2시 47분이었다. 하늘은 여전히 벨벳 같은 어둠으로 깊게 덮였고 바늘 끝처럼 조그만 빛으로 군데군데 구멍이 뚫렸다. 새벽에 밀려

날 때까지 어느 정도 시간이 남았다. 2월 중순이니 앞으로 적어도 세 시간은 지나야 했다.

그래서 기뻤다. 그는 어둠이 더 좋았다. 1년 중에서 이때가 제일 좋았다. 10월로 접어들어 날이 짧아지기 시작하면 반가우면서도 싫었다. 해가 질 줄 모르는 여름은 싫었다. 날이 화창하면 고속도로 이용객이 많아졌다. 가족들을 꽉꽉 태우고 휴가를 떠나는 차량들. 즐겁고 신나게 웃는 얼굴들. 땀에 절어서 피곤해하며 소리를 지르는 얼굴들. 그 모두가 그의 눈에는 이지처럼 보였다.

처음에 한 번인가 두 번, 이지인 게 분명하다며 여자아이 두어 명을 쫓아갈 뻔한 적이 있었다. 두 번 다 멍청한 실수를 저지르기 직전에 (아니면 화가 난 아이 아빠에게 얼굴을 얻어맞기 직전에) 착각이라는 걸 깨달았다. 그렇게 망신을 모면했다. 하지만 가슴을 쥐어짜는 실망감은 모면하지 못했다.

10월이 되면 가족들의 행렬이 흩어졌다. 학교와 직장으로, 재미없는 통근 생활로. 하지만 그 빈자리를 다른 행사들이 채웠다. 다른 명절들이 채웠다. 핼러윈, 모닥불의 밤. 그들이 실로 얼마나 외로운 처지인지 일깨우는 행사가 1년 내내 이어지는 듯했다. 너울대는 불길과 반짝이는 폭죽에 눈을 반짝이는 아이들이 없으면, 쌀쌀한 가을날에 팔로 감싸서 꼭 끌어안을 반려자가 없으면 얼마나 외로운 처지인지.

크리스마스가 최악이었다. 가장 침투력이 강했다. 다른 명절은 길거리로, 고속도로와 휴게소로 그럭저럭 피신할 수 있었다. 하지만 크리스마스는, 망할 놈의 크리스마스는 해마다 점점 더 일찍부터 슬금슬금 온 사방으로 파고들었다.

심지어 휴게소마저 빈약하게나마 장식을 하고, 아래에 엉성하게 포장한 빈 상자가 놓인 기우뚱한 크리스마스트리를 설치했다. 상점들은 가족 모임 가는 길에 에드나 고모에게 드릴 선물을 깜빡한 사람들을 위해 마련한 크리스마스 '특별 상품'들로 넘쳐났다. 그리고 노래. 그를 인내심의 한계 너머로 내모는 것이 그것이었다. 끊임없이 반복되는 열 몇 곡의 크리스마스 노래. 심지어 오리지널도 아니고 짜증나도록 조잡한 해적판이었다. 첫해를 보낸 이후에 그는 소음을 아예 차단하는 아주 비싼 헤드폰을 장만해 좀 더 감상적이고 그렇게 명랑하지 않은, 그가 엄선한 노래를 들었다.

게이브는 크리스마스가 싫었다. 누군가를 잃어본 사람들은 누구든 크리스마스를 싫어한다. 크리스마스는 고통의 강도를 극한으로 몰고 간다. 반짝이는 우듬지와 「노엘」로 상실을 조롱한다. 일시 중단은 없다는 것을, 한풀 꺾이는 시기도 없다는 것을 상기시킨다. 자비를 모르는 것이 상심이기에 트리 장식을 담은 상자처럼 간신히 치우더라도 반드시 되돌아온다. 제이콥 말리*의 썩어가는 유령처럼 해마다 다시 찾아온다.

그는 크리스마스에서 멀어질수록 안정감을 느꼈다. 행복해지지는 않았다. 게이브는 절대 행복을 느끼지 못했다. 행복이라는 감정을 느낄 여지가 남아 있는지 자신할 수 없었다. 하지만 일종의 체념을 터득했다. 이지가 죽었다고 체념한 건 아니었다. 이제는 이것이

---

* 찰스 디킨스의 소설 『크리스마스 캐럴』에서 크리스마스 전날 밤에 스크루지 앞에 유령으로 등장하는 동업자.

그의 삶이라고 체념하게 된 것이었다. 국물도 없고 재미도 없고 피곤하고 힘든 것이. 하지만 괜찮았다. 그는 당연히 그렇게 지내야 했다. 이렇게든 저렇게든 딸아이를 찾을 때까지.

앞쪽의 어둠 속에서 초록색 표지판이 등장했다. '바턴 마시, 3킬로미터. 다음번에서 우측으로. 우회전 차로를 이용하시오.' 그는 깜빡이를 넣고 그 길로 빠졌다. 로리 앤더슨이 어른으로 자라 서로 학을 떼게 된 헨젤과 그레텔을 노래했다. 이 세상에 해피엔딩은 없지, 그는 생각했다.

우회전을 하자 아까보다 더 좁고 구불구불한 시골길이 등장했다. 가로등도 없었다. 도로 중앙에서 가끔 반사 장치가 그를 향해 윙크를 날리는 게 전부였다. 핑 소리와 함께 그의 휴대전화로 문자 메시지가 날아왔다.

'얼마나 남았어?'

'3킬로미터.'

'농장 지났나?'

'아니.'

'농장 지나면 긴급 대피 구역 있어. 거기 차 대. 오솔길을 따라서 숲속으로 들어와.'

'오케이.'

오솔길을 따라서 숲속으로.

그의 두피가 따끔거렸다. 사마리아인이 무슨 일로 이 외딴 곳에 왔었는지 잠깐 궁금해졌다. 하지만 그는 이내 알고 싶지 않다는 결론을 내렸다.

다시 도로에 집중했다. 왼쪽에서 어둠을 가르고 표지판이 불쑥 등장했다. '올드 메도스 농장.' 아니나 다를까, 몇십 미터 더 가자 긴급 대피 구역과 웃자란 나무로 거의 가려지다시피 한 'P' 표지판이 오른쪽에서 보였다.

그는 거기 세워져 있는 딱 한 대의 자동차 뒤로 캠핑카를 댔다. 검은색 BMW였다. 몇 년 됐고 번호판이 일부 흙으로 덮였다. 경찰의 시선을 끌 정도는 아니지만 언뜻 보면 알아보기 힘들 정도는 됐다. 앞뒤 유리창은 선팅이 되어 있었는데, 승객의 편의를 위해서인지는 의심스러웠다.

그는 농가에서도 들릴 만큼 요란하게 털털거렸을 캠핑카의 시동을 끄고 글러브박스에서 조그만 손전등을 꺼냈다. 그런 다음 조수석에 놓아둔 두툼한 파카를 집어서 입었다. 차에서 내려 문을 잠갔다. 어찌 보면 불필요한 조치였다. 그는 미적대고 있었다. 결정적인 순간을 미루고 있었다.

턱까지 파카 지퍼를 올렸다. 오늘 밤은 추웠다. 입김이 담배 연기처럼 뿜어져 나왔다. 그는 좌우를 두리번거렸다. 왼쪽에서 반쯤 썩은 오솔길 표지판이 웃자란 덤불 사이의 조그만 틈새를 가리키고 있었다.

오솔길을 따라서 숲속으로.

게이브는 한밤중에 혼자서 오솔길을 따라 숲속으로 들어갔을 때 과연 무슨 득이 있을지 알 수 없었다.

그는 손전등을 켜고 어둠을 헤치며 나아갔다.

6

8분이 지났다. 프랜은 손목시계를 확인했다. 앨리스가 너무 오랫동안 감감무소식이었다. 화장실 공포증을 감안하더라도 8분이면 너무 길었다. 프랜은 핸드백을 집고 의자를 뒤로 밀었다.

오전 이 시각에는 거의 사람이 없다시피 한 중앙 통로를 황급히 따라갔다. 건장한 몸을 몇 사이즈 작은 유니폼에 욱여넣고 지긋지긋하다는 표정으로 바닥을 아무렇게나 닦고 있는 청소부를 지났다. WH스미스 매장과 도박장을 지났다. 도박장에는 지금 이 시간에도 후줄근한 사람 한 명이 외로이 앉아서 슬롯머신의 번뜩이는 버튼을 과일에 집착하는 좀비처럼 두드리고 있었다. 아마 지옥이 얼어붙은 이후에도 그런 사람이 있을 것이다. 그녀는 모퉁이를 돌아 여자 화장실로 들어갔다.

"앨리스!!"

아이는 줄줄이 늘어선 세면대 중간 바닥에 태아 자세로 웅크리고 쓰러져 있었다. 쏟아진 머리칼이 얼굴을 덮었고 한 손은 느슨하게나마 가방을 계속 움켜쥐고 있었다. 한쪽 부츠 바닥에 휴지 조각이 들러붙어 있었다.

"젠장." 그녀는 무릎을 꿇고 앉아서 앨리스의 밤색 머리를 쓸어 올렸다. 호흡이 얕기는 하지만 일정했다. 앨리스가 깊이 잠들면 호흡이 워낙 느려져서 프랜은 종종 최악의 상황이 벌어지는 건 아닌지 두려워졌다. 하지만 지금은 아이의 머리를 그녀의 무릎에 올려놓고 지켜보니 호흡이 점점 규칙적으로 바뀌는 것을 느낄 수 있었다. '이제 곧 깨겠다.' 그녀는 생각했다. '일어나…….'

앨리스가 천천히 눈을 떴다. 프랜은 아이가 몽롱한 잠기운을 떨치느라 눈을 깜빡이는 것을 지켜보며 기다렸다. 정신을 잃은 시간은 몇 분에 불과할지 몰라도 앨리스는 세게, 빠르게 쓰러졌다. 진짜 악몽들이 헤엄치는 깊숙한 곳으로 곧장 떨어졌다. 괴물들이 사는 그곳으로.

프랜은 그 악몽들에 대해 조금 알고 있었다.

"나 여기 있어, 귀염둥이야. 나 여기 있어." 그녀는 아이를 진정시켰다.

"죄송해요, 제가—"

"괜찮아. 너 괜찮니?"

앨리스는 눈을 깜빡이며 일어났다. 프랜은 아이를 부축해 앉혔다. 앨리스는 게슴츠레한 눈빛으로 사방을 두리번거렸다.

"화장실이에요?"

"응."

대개 그랬다. 화장실, 탈의실. 거울이 있는 모든 곳. 프랜은 예전에는 앨리스의 거울 공포증이 말도 안 된다고 생각했지만 세상에 말도 안 되는 공포는 없었다. 공포를 느끼는 사람에게는 그보다 더 논리적일 수 없었다. 그녀는 이제 전처럼 아무것도 모르지 않았다. 정확한 이유는 모르지만 거울이 앨리스의 기면증을 유발하는 듯했다. 하지만 그게 다가 아니었다.

하이힐 소리가 모퉁이를 돌아 나왔다. 프랜은 고개를 돌렸다. 쭈글쭈글하고 저렴한 정장에 흠집투성이 뾰족구두를 신고 눈 화장을 너무 짙게 한 여자가 들어왔다. 그녀는 프랜과 앨리스를 흘끗 쳐다보고는 곧바로 지나쳤다가 거울 앞에서 걸음을 멈추고 미간을 찌푸렸다.

프랜의 시선이 여자의 시선을 따라갔다. 지금까지 앨리스에게만 너무 집중하고 있었다. 세면대 위에 달린 거울 중 하나가 산산조각이 난 것을 이제야 알아차렸다. 고운 유리 조각들이 그 근처 바닥에 흩뿌려져 있었다.

여자가 혀를 찼다. "사람들이 말이지." 그녀는 프랜과 앨리스를 돌아보았다. "따님은 괜찮은가요?"

프랜은 억지로 미소를 지었다. "아, 네. 그냥 미끄러워서 넘어졌어요. 괜찮아요."

"그렇군요." 여자는 고개를 끄덕이고 얼른 피곤한 미소를 지어 보이고는 간막이 문을 열고 들어갔다.

여자는 도울 필요가 없어서 안도했을지 몰랐다. 대부분의 사람들이 그랬다. 다들 돕고 사는 척했다. 하지만 아니었다. 무리해가며 남을 돕는 사람은 없었다. 인간은 누구나 자기 염려라는 혼자만의 요새 안에서 살았다.

흠집투성이 하이힐을 신고 눈 화장을 너무 짙게 한 여자는 손을 씻고 자신의 삶의 주름, 자신의 일상, 자신의 문제 속으로 다시 돌아가기도 전에 그들을 잊을지 몰랐다.

하지만 아닐 수도 있었다. 화장실 바닥에 앉아 있던 여자와 아이를 기억할지 몰랐다. 그걸 누군가에게 얘기할지 몰랐다. 친구나 직장 동료나 온라인에서 만난 사람에게.

움직여야 했다.

"가자, 우리 귀염둥이." 그녀는 자리에서 일어나 앨리스의 팔을 잡고 일으켜 세웠다. "걸을 수 있겠어?"

"그럼요. 그냥 넘어진 건데요, 뭐."

앨리스는 덜거덕, 덜거덕 소리가 나는 배낭을 집어서 어깨에 걸쳤다. 그들은 문을 향해 걸어갔다. 앨리스가 걸음을 멈췄다.

"잠깐만요."

앨리스가 뒤를 돌아보았다.

"왜?" 프랜은 날카롭게 속삭였다.

앨리스는 깨진 유리 조각을 으드득 밟아가며 세면대 앞으로 다가갔다. 프랜은 닫혀 있는 칸막이 문을 불안한 눈빛으로 흘긋 확인하고는 아이를 뒤따라갔다. 다 깨지고 남은 거울에 비친 조각난 얼굴이 그녀를 노려보았다. 거울 한가운데에는 시커먼 구멍이 뚫려 있었다. 그 파편에 비친 낯선 사람이 누군지 알아볼 수가 없었다.

그녀는 시선을 돌려 세면대를 내려다보았다.

배수구 옆에 조약돌이 있었다. 씻겨 내려가지 않을 정도의 크기지만 프랜은 정말 씻겨 내려가지 않을지 시험해보고 싶은 유치한 충동을 느꼈다.

앨리스가 그걸 집어 다른 조약돌이 있는 배낭에 넣었다. 프랜은 말리지 않았다. 조약돌이 생기면 펼쳐지는 이 의식의 정체가 뭔지 몰라도 그녀가 끼어들 수는 없었다.

이 의식이 맨 처음 등장한 것은 1년 전쯤이었다. 앨리스가 또다시 그 증상을 일으켜 거실 바닥에 공 모양으로 쓰러지고 난 직후였다. 20분 뒤에 아이가 눈을 떴을 때 프랜이 보니 손에 뭔가를 쥐고 있었다.

"그게 뭐야?" 그녀는 궁금해서 물었다.

"조약돌요. 내가 들고 왔어요."

"어디서?"

앨리스가 미소를 짓자 공포의 전율이 프랜의 등줄기를 훑고 지나갔다.

"해변에서요."

그때부터 앨리스는 발작을 일으킬 때마다 조약돌을 쥐고서 눈을 떴다. 프랜은 논리적으로 설명할 방법을 찾으려고 애를 썼다. 앨리스가 어딘가에서 주운 조약돌을 숨겨놓고 있다가 기발한 손재주를 부려서 깨어날 때 내놓는 건 아닐까? 논리적이기는 했지만 별로 설득력은 없었다.

'그럼 그 빌어먹을 것들이 어디에서 났을까?'

변기 물이 내려가는 소리가 났다.

"이제 그만 나가는 게 좋겠다." 프랜은 딱딱하게 말했다.

그들은 문 앞에 다다랐다. 프랜은 뒤를 흘끗 돌아보았다. 거울에 뭔지 모르게 마음에 걸리는 부분이 있었다. 한가운데에 뚫린 구멍. 바닥 곳곳에 흩뿌려졌지만 세면대에는 거의 없는 유리 조각.

앨리스가 거울을 향해 조약돌을 던진 걸까?

하지만 거울을 박살 내면 유리 조각이 수직으로 떨어진다. 밖으로 폭발하지 않는다.

그건 뭔가를 던져서 거울을 관통했을 때 벌어지는 현상이다.

반대편에서 그 뭔가를 던졌을 때.

◊

그녀는 잠을 잔다. 하얀 방에 누워 있는 창백한 소녀다. 간호사
들이 주기적으로 와서 살핀다. 병원이 아닐지라도 24시간 동안 최
상의 보살핌을 받는다. 간호사들은 많은 보수를 받고, 아이를 돌
리고 씻기고 편안하게 지내는지 확인하는 것 말고는 할 일이 별로
없다. 그 나머지는 기계들이 알아서 한다.

그런데도 간호사가 자주 바뀐다. 대부분 몇 달 만에 그만둔다.
남들은 일이 별로 재미없어서 그런가 보다고 생각한다. 좀 더 다
양하고 자극적인 일이 필요한 모양이라고.

하지만 사실은 그게 아니다.

미리엄은 가장 오래된 직원으로 이 집에 처음부터 있었다. 처음
그 이전부터 있었다. 아이에게 애착이 생길 정도로 오래됐다. 어
쩌면 그 모든 것에도 불구하고 그녀가 남아 있는 이유가 그 때문

디 아더 피플   47

일지 모른다.

그 현상은 2~3년 전에 시작됐다. 그때가 처음이었다. 1층에서 차를 끓이는데 음계 하나가 들렸다. 피아노 건반 소리였다. 딱 한 번. 아이가 눈을 뜬 걸까? 있을 수 없는 일이었다. 하지만 기적이 벌어지기도 하지 않는가.

그녀는 얼른 계단을 올라가 아이의 방으로 들어갔다. 모든 게 전과 다를 게 없었다. 잠을 자던 아이는 잠을 자고 있었다. 기계들은 윙윙거렸고 모든 수치가 정상이었다. 그녀는 피아노 앞으로 다가 갔다. 건반이 먼지로 덮여 있었다. 아무도 건드린 흔적이 없었다.

그녀는 잘못 들었나 보다고 생각했다. 일주일 뒤에 같은 현상이 반복됐다. 이후에 또 반복됐다. 몇 주마다 한 번씩 아이의 방에서 그 한 음이 들렸다. 언제 들릴지, 밤일지 낮일지는 아무도 알 수 없었다.

직원들이 유령, 도깨비, 염력을 운운하기 시작했다. 미리엄은 말도 안 되는 소리라고 일축했다. 하지만 더 그럴듯하게 설명할 방법을 찾지는 못했다. 그래서 그녀는 일을 계속하되 그 현상에 대해서는 애써 생각하지 않으려고 했다.

오늘 저녁에 그 음계가 들리자 그녀는 피곤한 몸을 이끌고 아이의 방으로 건너갔다. 피아노와 기계를 체크했다. 그런 다음 잠을 자는 아이 위에 서서 창백한 얼굴과 숱이 많은 금발을 내려다보았다. 아이의 가느다란 팔을 쓰다듬고 손을 이불 위로 내려놓았다. 그러다 미간을 찌푸렸다. 이불이 꺼끌꺼끌하게 느껴졌다. 하지만 그럴 리 없었다. 바꾼 지 얼마 되지 않은 이불이었다. 뭐가 묻을 일이 없었다.

그녀는 손으로 이불을 훑고 손가락을 마주 대고 비볐다.

흙이 아니었다.

모래였다.

7

오솔길은 좁고 질척질척했다. 양옆은 빽빽한 숲이었다. 칠흑같이 어둡고 얼어붙을 듯이 추운 2월의 밤은 물론이고, 여름 한낮이라도 풍경이 유난히 아름답거나 상쾌하게 걸을 만한 길이 아니었다.

몸통이 뒤틀린 나무들이 금방이라도 무너질 듯한 양쪽 울타리를 밀치고 넘어왔다. 구부러진 가지들이 머리 위에서 만나 권투 선수의 손마디처럼 울퉁불퉁한 잔가지가 연인의 손가락처럼 한데 엉킨 곳도 간간이 있었다.

그는 몸서리가 나는 것을 참았다. 작가라는 사실이 어떨 때는 저주였다. 아니, 전직 작가라고 해야 할까. 하지만 그는 절필한 적이 없었다. 창작욕이 알코올중독처럼 항상 도사리고 있었다.

그는 어렸을 때만 해도 영웅처럼 떠받들었던 스티븐 킹이나 제임스 허버트의 소설 같은 책을 쓰고 싶었다. 하지만 조그맣고 황폐

한 해변의 휴양 도시에서 아버지도 없이 실업 수당의 대부분을 술집에서 탕진하는 어머니와 둘이 지내다 보니 금세 그 생각을 접을 수밖에 없었다.

주변 사람들은 그의 포부를 미심쩍어했다. 그들 입장에서 남의 노력과 성공은 자신의 실패와 한심한 선택을 일깨울 따름이었다. 그들은 어떻게든 탈출하려는 사람들을 응원하는 게 아니라 조롱했다. '잘난 척하기는.' '으리으리한 졸업장 하나 받았다 이거지?'

그는 친구들 앞에서는 학교생활에 신경 쓰지 않는 척했지만 매일 밤 자기 방에서 열심히 시험공부를 했다. 좋은 성적을 받았고, 펼쳐보지도 못한 채 거의 포기할 뻔했던 10대 시절의 꿈을 이룰 두 번째 기회도 부여받았다. 덕분에 그 지역 전문대학에 어찌어찌 입학하고 박봉이나마 조그만 광고 회사에 취직할 수 있었다. 직장 생활을 시작하기 직전에 어머니가 세상을 떠났다. 동네 사람들이 너나 할 것 없이 장례식에 참석했지만 동전 한 닢이라도 보태주는 사람은 없었다. 게이브는 남은 가재도구를 전당 잡혀 관 값을 치러야 했다.

3년 동안 여성용 피임 도구 팸플릿을 만들었을 때 중부 지방의 대규모 회사에서 스카우트 제의가 들어왔다. 그리고 어떤 제품을 프레젠테이션하던 와중에 제니라는 프리랜서 그래픽 디자이너를 만났다. 그들은 서로에게 반해 결혼을 했고…… 아이가 생겼다. 해피엔드였다.

하지만 세상에 해피엔드라는 것은 없었다.

그는 거짓말로 벌어먹고 산다고 농담처럼 얘기하곤 했다. '하하.'

그게 얼마나 진실에 가까운지 아는 사람은 없었다.

'*나는 거짓말로 벌어먹고 살아. 나는 거짓 인생을 살아.*'

앞쪽에서 길이 점점 넓어지고 마지막 나무들이 뿔뿔이 흩어졌
다. 게이브가 다다른 곳은 좁은 방죽이었다. 굶주린 은색 달이 넓고
잔잔한 수면 위에 떠 있었다. 호수였다.

호수가 크지는 않았다. 가로 15미터, 세로 10미터쯤 됐다. 건너
편은 좀 더 빽빽한 숲으로 둘러싸였다. 살짝 오른쪽으로 높은 언덕
마루가 이어졌다. 외딴 곳, 아무도 모르는 곳이었다. 숲속 오솔길처
럼 예쁘지는 않았다. 축축하고 고약한 냄새를 풍겼다. 방죽은 경사
가 가팔랐고 깡통과 오래된 비닐봉지들이 나뒹굴었다. 수면은 갈색
해조류로 덮였다.

자동차 한 대가 그 한복판 지저분한 물속에 반쯤 잠겨 있었다.

예전에는 완전히 잠겨 있었을 것이다. 하지만 지난 2~3년 동안
날씨가 유난히 건조했다. 수위가 사상 최저였다. 수면이 조금씩, 조
금씩 내려가다 보니 마침내 자동차가 드러났을 것이다. 방죽에 깡
통과 비닐봉지가 박힌 것도 그 때문이었다.

게이브는 호숫가로 내려갔다. 물이 운동화 앞코를 스멀스멀 적
셨다. 자동차는 녹이 슬었고 끈적끈적한 해초가 몸체에 휘감겼다.
어둠 속이라 호수와 색이 거의 같아 보였다. 그래도 뒤 유리창을 손
전등 불빛으로 비춰 볼 수 있었다.

'꼴리 빵 눌 주세요.'

'클 슨 고 빽 시라.'

그가 양말 사이로 스미는 축축한 느낌을 무시하고 한 발 더 다가 갔을 때 뒤에서 말소리가 들렸다.

"내 짐작이 맞지?"

"뭐야!"

그는 몸을 홱 돌렸다. 사마리아인이 뒤에 서 있었다. 나무 사이에서 나왔든지 아니면 연기구름과 함께 등장한 게 분명했다. 어느 쪽이 됐건 가능성이 없지 않았다.

사마리아인은 키가 컸다. 그리고 말랐다. 늘 그렇듯 검은색 옷을 입었다. 블랙진과 검은색 긴 재킷이었다. 피부색도 그 못지않게 까맸다. 깨끗하게 삭발한 머리가 달빛을 받고 반짝였다. 치아는 놀라우리만치 하였다. 그중 하나에는 진주처럼 무지갯빛이 나는 조그만 돌이 박혀 있었다. 게이브가 예전에 그 돌의 정체를 묻자 사마리아인은 미간을 찌푸렸다.

"예전에 갔던 곳에서 들고 온 거야. 그걸 몸에 붙여서 다니고 있지."

"기념품 같은 건가?"

"응. 다시는 그런 데 가지 말라고 일깨우는."

그것으로 대화는 끝이었다. 게이브는 그 얘기를 다시 꺼낼 만큼 멍청하지 않았다.

그는 사마리아인을 쳐다보았다. "하마터면 심장마비 일으킬 뻔했잖아."

"미안."

사마리아인은 씩 웃었다. 미안해하는 얼굴이 아니었다. 게이브는 따지고 들지 않았다. 오밤중에 이 호숫가에서 뭐 하는 거냐고 사마리아인에게 묻지 않은 것과 같은 맥락이었다.

"저 차 아니야?" 사마리아인이 물었다.

스티커가 대부분 빛이 바래거나 벗겨졌다. 차량 절반이 물에 잠겼고 번호판은 아예 없어졌다. 하지만 게이브는 알았다.

그는 고개를 끄덕였다. "저 차 맞아."

썰물처럼 기운이 빠졌다. 몸이 휘청거리는 게 느껴졌다. 이러다 토악질을 하겠다는 생각이 잠깐 들었다. '저 차 맞아.' 그 오랜 시간이 흐른 뒤에 이 말을 하게 되다니. 상상하지도 못했던 일이었다. 저 차는 진짜였다. 실제로 존재했다. 이렇게 그의 눈앞에. 그리고 저 차가 진짜라면…….

"아이는 안에 없어." 사마리아인이 말했다.

메슥거림이 가라앉았다. 이지는 악취가 코를 찌르는 늪지에서 죽지 않았다. 창문을 손으로 할퀴며 이 고인 물속에서 마지막 숨을 내뱉지도 않았고…….

'그만해.' 게이브는 속으로 중얼거렸다. '젠장, 그만해.' 그는 두 손으로 머리를 쓸어 올리고 미친 듯이 눈을 비볐다. 그러면 나쁜 생각을 문질러 없앨 수 있다고 생각하는 걸까. 사마리아인은 가만히 그를 쳐다보며 정신을 추스르길 기다렸다.

"자네가 봐야 하는 게 하나 더 있어."

그는 게이브를 지나 물속으로 곧장 들어갔다. 그가 물 위를 걸었대도 게이브는 놀라지 않았을 것이다. 성서에서 물 위를 걸은 사람은 사마리아인이 아니었지만.

차에 다다르자 그는 게이브를 돌아보았다.

"이걸 *봐야* 한다니까?"

게이브는 그가 다시 부를 때까지 기다리지 않았다. 사마리아인을 따라 물속으로 들어갔다. 물이 생각보다 차갑지는 않았지만 그래도 소름이 돋으며 몸이 부들부들 떨리고 숨이 목에 걸렸다. 그는 이를 악물고 썩어가는 조류와 사타구니를 감싸는 부연 물과 콧구멍을 타고 슬금슬금 올라와 속을 뒤틀리게 만드는 냄새를 헤치며 나아갔다.

차 앞에 다다랐다. 그쪽은 악취가 더 심했다.

"도대체 뭘—"

사마리아인은 대답 대신 긴 팔을 뻗어 트렁크를 열었다. 녹이 슬어서 끽끽거리는 소리가 났다. 그가 트렁크를 끝까지 열었다.

게이브는 트렁크 안을 들여다보았다.

사마리아인을 다시 쳐다보았다.

토악질을 했다.

8

프랜은 운전대를 꽉 붙잡았다. 옆자리에는 앨리스가 구부정하게 앉아서 창밖을 내다보고 있었다. 아이패드를 무릎 위에 올려놓았지만 켤 생각이 없어 보였다. 어차피 아무 데서나 인터넷을 쓸 수도 없었다. 휴대전화도 선불폰이었다. 다행히 앨리스는 아직 어려서 그런 걸 두고 불평하지 않았다. 사실 태블릿이나 휴대전화보다 책을 좋아할 때가 더 많았다. 그래도 프랜은 익숙한 죄책감을 느꼈다.

그녀는 아이에게 안 된다고 하는 게 너무 많았다. 인터넷은 댈 것도 못 됐다. 아이가 10대를 향해 갈수록 점점 더 어려워질 것이었다. 하지만 프랜으로서는 선택의 여지가 없었다. 아이를 안전하게 지키려면 그래야만 했다.

맨 처음 도망쳤을 때는 홈스쿨링을 했다. 덕분에 당국에서 찾아와 꼬치꼬치 캐묻는 사태를 막을 수 있었고 앨리스도 계속 그녀의 시야 안에 머물렀다. 아이는 여전히 예민했고 트라우마에 시달렸다. 적응할 시간이 필요했다. 두 사람 모두 그랬다.

하지만 앨리스가 자라자 좀 더 평범하게, 또래 아이들과 어울리며 지낼 필요성을 느꼈기에 사전 작업을 거쳐 동네 초등학교에 넣었다.

그게 패착이었다. 앨리스는 똑똑했지만 어렸기 때문에 거짓말을 해야 한다는 것을 너무 쉽게 깜빡했다. 게다가 사람들은 교문 앞에서, 교무실에서 서로 대화를 나누었다. 엉뚱한 말이 제삼자에게 전달될 수 있었다. 교사나 다른 학부모 앞에서 말실수를 할 수 있었다. 친구의 친구가 SNS에 사진을 올릴 수 있었다.

정말이지 그저 시간문제였다.

그들은 무사히 탈출했다. 하지만 대가가 따랐다.

이번에는 프랜이 좀 더 신중을 기했다. 학교는 다니지 않았다. 조그만 마을의 아무 특징 없는 집을 빌렸다. 프랜은 동네 카페에 취직했고 카페 주인은 앨리스가 뒤에서 얌전히 공부해도 아무 말 하지 않았다. 그들은 최대한 몸을 사리고 지냈다.

그렇게 1년을 버텼다.

프랜은 어제저녁에 집에 도착하자마자 이상한 낌새를 느꼈다. 그녀는 원래 육감을 믿지 않았다. 의식적인 선상에서는 감지하지 못한 위험을 경고하는 원시적인 경보 장치 같은 것이 인간의 DNA에 새겨져 있다고 생각했다.

그녀는 부엌에 서서 모든 감각을 꿈틀거리며 집 안에서 나는 소리에 귀를 기울였다. 앨리스는 이미 2층 자기 방으로 올라갔다. 쿵

쿵거리는 아이의 발소리와 삐걱거리는 침대 소리가 들렸다. 그러고
는 정적이 이어졌다. 평소와 다르게 옆집에서 희미하게 웅얼거리는
텔레비전 소리조차 들리지 않았다. 온 집 안이 정지했다. 프랜의 신
경은 펄떡거렸다.

그녀는 창가로 다가갔다. 2월의 저녁 6시라 햇빛이 점점 사위어
가고 있었다. 가로등이 이제 막 더듬더듬 켜지기 시작했다. 그녀는
길가를 위아래로 훑었다.

다 찌그러진 그녀의 피아트 푼토가 연석에 절반 걸쳐진 상태로
밖에 세워져 있었다. 옆집 사람이 타고 다니는 파란색 에스코트가
그 바로 옆에 딱 붙어 서 있었다. 그녀는 이 동네 주민뿐 아니라 찾
아오는 사람들이 어떤 차를 타고 다니는지 전부 알았다. 그래야 낮
선 사람, 겉도는 사람이 보이면 알아차릴 수 있었다.

오늘이 바로 그랬다. 몇 집 지나 길모퉁이에, 14번지에 사는 파
텔 부부의 노란색 도요타 뒤에 못 보던 차가 주차되어 있었다. 조그
만 흰색 밴이었다. 전혀 무서울 게 없어 보였다. 사람들이 이삿짐을
나를 때 빌릴 만한 밴이었고 파텔 부부가 얼마 전에 집을 판 것도
사실이었다. 하지만 그들 가족은 여섯 명이었다. 조그만 흰색 밴 하
나로는 가재도구를 모두 옮길 수 없었다.

'저기 있으면 안 되는 밴이야.' 물론 거기 있어도 되는 이유를 대
라면 여러 가지가 있을 수 있었다. 논리적이고 단순하며 평범하게
설명할 방법이 있었다. 하지만 그녀는 모두 일축했다.

저기 있으면 안 되는 밴이었다.

그들을 찾아온 밴이었다.

그녀가 지켜보는 가운데 운전석 문이 열렸다. 한 남자가 차에서 내렸다. 다부진 체구에 야구 모자를 쓰고 초록색 스웨트 셔츠와 청바지를 입고 있었다. 택배를 들고 있었다. 그럼 그렇지. 요즘은 다들 온라인으로 뭘 주문했다. 택배 기사는 어느 누구도 의심할 일이 없었다. 다만 프랜은 바로 그런 이유 때문에 온라인으로 아무것도 주문하지 않았다.

시간이 별로 없었다. 그녀는 2층으로 달려 올라가 옷장 문을 열었다. 필요한 모든 것을 챙겨 넣은 조그만 배낭이 바닥에 놓여 있었다. 이 집은 모든 살림살이를 같이 빌려주는 조건이었다. 그들에게는 기념품이나 유품이 없었다.

그녀는 앨리스의 방문을 두드리고 천천히 열었다. 앨리스는 긴 다리를 뒤로 구부리고 침대에 누워서 책을 읽고 있었다. 순식간에 자라는구나. 프랜은 그런 생각이 들었다. 아이가 묻는 때가 찾아올 것이다. 언제면 이런 생활에서 벗어날 수 있느냐고. 프랜은 그 섬뜩한 생각을 한쪽으로 밀쳐버렸다.

"귀염둥이?"

"네?" 앨리스가 고개를 들었다. 밤색 머리 몇 가닥이 얼굴 위로 떨어졌다.

"떠나야 해. 지금 당장."

프랜은 옷장으로 달려가 배낭을 집고 아이에게 후드 점퍼를 던졌다. 앨리스는 점퍼를 입고 일어나 어그 부츠를 신었다. 그런 다음 머뭇거리며 좌우를 두리번거렸다. 프랜은 아이를 붙잡아 얼른 끌고 가고 싶었지만 꾹 참았다.

"앨리스. 얼른." 그녀는 나지막이 쏘아붙였다.

앨리스가 원하던 걸 찾았다. 돌멩이를 담은 조그만 가방이 침대 옆 테이블에 놓여 있었다. 그녀는 가방을 낚아채 어깨에 멨다.

그들은 살금살금 층계참으로 나서 조용히 계단을 내려갔다. 맨 아래 칸에 다다르기 직전에 프랜이 걸음을 멈추자 앨리스의 조그맣고 따뜻한 몸이 뒤에서 겹쳐졌다. 그녀는 모서리 저편을 응시했다. 현관문 꼭대기에 달린 불투명한 유리창을 통해 다가오는 사람들을 볼 수 있었다. 프랜은 거기에 종이를 붙여 놓았다. 무심하게 손 글씨로 이렇게 적은 종이였다.

'택배와 배달은 옆문으로 가져다주세요. 감사합니다(☺).'

프랜은 젖빛 유리창이 어떤 그림자로 어두컴컴해지는 걸 보고, 그가 종이를 읽을 때까지 기다린 다음 다시 움직여 옆문 쪽으로 가는 것을 확인했다. '지금이야.' 그녀는 앨리스의 손을 잡고 같이 복도를 달렸다. 잽싸게 현관문을 열었다. 누군가가 옆문을 두드리는 소리가 들렸다. 그들은 짧은 오솔길을 지나 차로 내달렸다. 원격 장치로 문을 열었다. 배낭을 뒤로 던졌다. 앨리스가 조수석에 올라탔고 프랜은 운전석으로 몸을 던졌다. 시동을 걸었다.

그녀가 이미 액셀러레이터를 밟았을 때 어떤 남자가 당황하고 짜증이 난 표정으로 집 옆쪽에서 달려 나오는 모습이 보였다. 진짜로 택배 기사였나 하는 생각이 언뜻 그녀의 머릿속을 스치고 지나갔다. 집을 잘못 찾아온 것일 수도 있었다. 하지만 그때 그의 손에 들린 번뜩이는 뭔가가 보였다. 아니었다. 그녀가 피해망상증을 일으킨 게 아니었다. 그들을 찾아온 남자였다. 분명했다.

10분 만에 그들은 또다시 살던 집을 뒤로한 채 고속도로로 들어섰다.

휴게소에 잠깐 들를 때 말고는 그때부터 줄곧 도망치는 중이었다. 처음에는 나쁘지 않았지만 M5에서 엄청난 교통체증을 만났고 M42는 그 늦은 시각에도 끝없이 이어지는 대형 트럭으로 양쪽 도로가 꽉 막혔다. 그들은 이제 M1을 타고 요크셔로 가고 있었다.

'시간을 만드는 중이야.' 오래전에 본 영화 대사가 프랜의 머릿속에 퍼뜩 떠올랐다. '나는 지금 시간을 만드는 중이야.' 무슨 영화였더라? 잠시 후에 생각이 났다. 학생들의 영원한 사랑,「회색빛 우정」이었다. '우리는 어쩌다 보니 휴가를 떠났지.' 우리는 어쩌다 보니 죽어라 도망치고 있는 것 같아.

"우리 지금 어디로 가고 있어요?" 앨리스가 물었다.

"나도 모르겠다. 아마도 스코틀랜드? 아무튼 안전한 곳으로 갈 거야. 약속."

"전에도 약속했잖아요."

그런 약속은 하면 안 되는 거였다. 지금도 마찬가지였다. 하지만 달리 뭐라고 얘기할 수 있을까? 우리는 절대 안전하게 지내지 못할 거야. 우리는 계속 도망쳐야 할 거야. 그녀는 여덟 살짜리는 물론이고 자기 자신에게조차 그 사실을 납득시킬 수 없었다.

"멋진 새 집에서 살 거야."

"다시 학교도 다닐 수 있고요?"

"아마도. 생각해보자."

앨리스는 아무 대꾸도 하지 않았다.

아이는 실망하는 데 점점 익숙해지고 있었다. 기대를 접는 데, 믿지 않는 데 점점 익숙해지고 있었다. 눈에 그늘이 지면 안 되는데. 프랜은 생각했다. 희망과 기대로 초롱초롱하게 반짝여야 하는데. 공포가 아니라. 화장실 바닥에서 눈을 뜨던 앨리스의 모습이 문득 떠올랐다.

"몸은 괜찮니?" 프랜이 물었다.

"네."

"아까 쓰러졌을 때 다친 데는 없고?"

"네."

"네가 거울을 깼지?"

앨리스는 미간을 찌푸렸다. "기억이 안 나요."

"아무것도 기억나지 않아?"

프랜은 옆을 얼른 흘끗 확인했다. 앨리스는 이제 미간을 찌푸리지 않았다. 얼굴이 다시 차분하고 평온해 보였다. 꿈에 대해 생각하고 있는 거였다.

"그 아이를 봤어요."

그 아이. 앨리스는 전에도 그 아이를 얘기한 적 있었지만 캐물으면 입을 다물어버렸다.

"그 아이가 누군지 알아?"

앨리스는 고개를 저었다.

"걔가 너한테 말을 걸었어?"

이번에는 고개를 끄덕였다.

"뭐라고 했는데?"

"음…… 무섭다고 했어요."

프랜은 침을 꿀꺽 삼켰다. '조심스럽게 접근해. 슬그머니 빠져나가지 못하게.'

"이유도 얘기했어?"

정적이 흘렀다. 좀 전보다 길었다. 차량 한 대가 상향등을 번쩍이며 옆으로 튀어나오더니 주행차로로 차선을 바꿨다. 프랜은 자신이 가운데 차로에서 느릿느릿 기어가고 있었다는 사실을 깨달았다. 다른 운전자들의 짜증을 유발하고 시선을 끌기 딱 좋았다. 그녀는 신호를 넣고 한쪽으로 차를 세웠다.

앨리스는 가만히 앉아서 조약돌을 넣은 배낭을 만지작거렸다. 덜거덕-덜걱, 덜거덕-덜걱. 그 소리에 프랜은 신경이 곤두섰다. 소리가 불안하고 집요했다. 덜거덕-덜걱, 덜거덕-덜걱.

대답을 하지 않으려나 보다는 생각이 들었을 때 앨리스가 속삭였다.

"샌드맨이 올 거라고 그랬어요."

9

게이브는 시신을 본 적이 없었다. 실제로는 본 적이 없었다. 어머니가 마침내 간경변 앞에 무릎을 꿇었을 때도 너무 겁이 나서 병원에서 시신을 대면하지 못했다.

나중에 후회했다. 시신을 대면했더라면 어머니의 죽음이 좀 더 결정적이고 좀 더 완전했을 텐데. 이후로 몇 주 동안 그는 생생한 꿈을 꾸고 깨어나 어머니가 아직 살아 계시다고, 병원에서 착오를 일으킨 게 분명하다고 생각했다. 심지어 묘소를 찾아가는 일조차 비현실적으로 느껴졌다. 어머니가 영영 떠나다니 있을 수 없는 일 같았다. 어머니가 그와 대화를 나누던 도중에 마지막 작별 인사도 없이 그냥 자리를 옮긴 느낌에 더 가까웠다.

이 시신은 작별 인사를 나눌 단계를 지났다. 사람의 몸처럼 보이지도 않았다. 이제는 그랬다. 썩은 살덩이로 얇게 덮인 뼈에 가까웠다. 피부는 끔찍한 초록색 대리석처럼 얼룩덜룩했다. 곳곳이 벌어져 누르스름한 뼈와 뭔지 알 수 없는 회색 덩어리가 드러났다. 얼굴, 아니면 얼굴이 있었던 곳에는 거의 해골만 남았다. 눈알은 누렇게 오그라들었고, 갈라진 입술이 뭉툭하고 누런 치아 위로 음흉한 웃음을 지었다.

게이브는 이지가 예전에 유치원에서 그렸던 그림을 퍼뜩 떠올렸다. 베이비시터 조이(솔직히 모나리자급 미모는 아니었다)를 그렸지만 「고스트버스터즈」의 먹깨비와 사이코 성향이 있는 사람이 그린 노스페라투*를 합쳐놓은 것에 더 가까웠다.

이 시신이 그렇게 보였다. 하지만 더 끔찍했다. 훨씬 더 끔찍했다. 이지였다면 5천 배, 5만 배, 5억 배, 5조 배 더 끔찍하다고 했을 것이다. 그것도 냄새를 맡기 전을 기준으로. 맙소사, 그 냄새란.

게이브는 고개를 돌려서 다시 게웠다. 담즙 말고는 아무것도 나오지 않았다. 그래도 그는 몇 번 더 토악질을 한 다음에야 어느 정도 정신을 다시 차릴 수 있었다.

옆에 서 있는 사마리아인은 냄새도, 게이브의 토사물이 둥둥 떠다니는 차가운 물도, 썩은 시체도 의식하지 못하는 눈치였다.

"저 문 좀 닫아줄래?" 게이브는 허리를 펴며 말했다. "이 정도 봤으면 된 것 같은데."

사마리아인은 그가 시키는 대로 했다. 쾅 하는 둔탁한 소리와 함께 트렁크 문을 내려서 닫았다. 윗면을 손으로 토닥였다.

---

* 흡혈귀의 별칭.

"이 남자는 죽은 지 1년쯤 됐다고 봐."

"그렇게나 오래됐다고?"

"트렁크 안에 갇혀 있었잖아. 진공과 방수가 상당히 잘되는 공간이지. 그래서 부패 속도가 늦어진 거야."

"남자인 건 확실해?"

그는 고개를 끄덕였다. "알몸이잖아. 몰랐어?"

"냄새가 코를 찌르도록 썩었다는 데 정신이 팔려서."

하지만 사마리아인의 말을 듣고 보니 게이브도 그 말이 맞는다는 걸 알 수 있었다. 옷이 없었다. 게이브가 마지막으로 보았을 때 그의 딸을 태우고 멀리 사라진 자동차 트렁크 안에 부패한 시신만 들어 있었다. 그는 침을 삼켰다.

그는 이 순간을 기다리며 그 오랜 세월을 헤매고 다녔다. 하지만 그가 기대했던 건 이런 *게* 아니었다. 젠장. 그는 어떤 걸 기대했을까? 이제 과연 어떻게 해야 할까?

"음…… 신원을 알아낼 방법이 있나?"

사마리아인은 고개를 저었다. "옷도 없고. 지갑도 없고. 신분증도 없어."

그는 의미심장한 눈빛으로 게이브를 쳐다보았다. "하지만 앞쪽은 체크하지 않았어."

게이브는 사마리아인을 보았다가 여전히 호수 안에 거의 잠기다시피한 차량 앞쪽을 다시 돌아보았다. 그는 한숨을 쉬고 앞을 헤치며 나아갔다. 물이 허벅지까지 슬금슬금 올라왔다.

"어이, 물이 보기보다 깊어."

사마리아인의 말이 맞았다. 조심스럽게 두 발짝을 더 내딛자 물이 허리까지 올라왔다. 질퍽질퍽한 호수 바닥에 발이 미끄러졌다. 두 팔로 허우적거리느라 더러운 물이 얼굴에 튀었지만 어찌어찌 넘어지지 않고 버틸 수 있었다.

"망할!"

"괜찮아?"

게이브는 뒤를 흘끗 돌아보았다. 사마리아인이 방죽으로 올라가 웃는 얼굴로 살짝 재미있어하며 그를 지켜보고 있었다. 주머니에서 전자담배를 꺼내 뻐끔거렸다. 물에 젖은 것처럼 보이지도 않았다.

게이브는 외투 소맷단으로 얼굴을 문질렀다.

"응, 전혀 문제없어."

그는 조수석 앞에 다다랐다. 문을 잡아당겼다. 물의 무게에 눌려서 꿈쩍하지 않았다. 다시 한번 당겨보았다. 이번에는 조금 움직였다. 그는 썩은 내로 진동하는 물과 싸워가며 틈새에 다리를 넣었다. 손전등을 꺼내 안을 비춰보았다. 오래된 가죽 시트가 찢기고 물곰팡이로 덮였다. 의자 아래쪽으로 물이 좀 더 들어갔다. 운전석이나 조수석에 있는 거라고는 끈적끈적해 보이는 수초와 오래돼서 녹이 슨 음료수 캔뿐이었다. 환타 캔이었다.

'이지는 탄산음료를 좋아하지 않았는데.' 그는 생각했다.

몸을 좀 더 내밀고 팔을 뻗어 글러브박스를 홱 당겼다. 아래로 열렸다. 안에 종이 몇 장이 있었지만 워낙 물에 흠뻑 젖어서 그의 손가락이 닿자마자 찢어졌다. 하지만 다른 것도 있었다. 투명한 비닐 폴더였다. 게이브는 폴더를 조심스럽게 꺼내 안에 뭐가 들었는지 손전등으로 비춰 보았다. 포켓 성경, 접어놓은 지도 그리고 일기장 아니면 주소록 같아 보이는 얇은 검은색 수첩이었다.

게이브는 잡았던 문을 놓았다. 비닐 폴더를 들고 어기적어기적 다시 나왔다. 이제는 추워서 몸이 덜덜 떨렸다. 정확하게는 상반신이 떨렸다. 하반신은 물속에서 탱고를 추고 있어도 알 도리가 없었다. 허리 아래쪽은 감각을 잃은 지 오래였다.

"네가 그보다 하얘질 수 있을까 싶었는데 지금은 투명해 보이는군."

"고마워."

"뭐 찾은 거 있나?"

게이브는 폴더를 들어 보였다. "경찰에서 지문을 찾아낼 수 있을 지도—"

"워, 워." 사마리아인은 손을 들었다. "경찰에 연락해도 된다고 누가 그래?"

게이브는 그를 빤히 쳐다보았다. "이게 그 차야. 경찰에서는 존재하지 않는다고 했던 그 차. 경찰에 연락해야 해. 증거물이잖아."

사마리아인은 까만 눈보다 더 어두운 눈빛으로 그를 쳐다보았다. "경찰에서는 네 딸이 죽었다고 생각해. 이 차가 등장했다고 해서 그 사실이 달라지지는 않을 거야."

"하지만 이지의 DNA가 검출되거나 시신의 신원이 밝혀지면?"

사마리아인은 눈을 굴렸다. "이게 무슨 텔레비전 프로그램도 아니고. 그 오랜 시간 동안 진흙 호수 아래에서 헤엄치고 있었던 차에서 DNA를 검출하기가 얼마나 힘든지 너도 알잖아."

"이상하게 들리겠지만 모르겠는데."

"거의 불가능에 가까워. 어떤 DNA든 며칠이 지나면 훼손되거든."

게이브는 반론을 제기하고 싶었지만 이 문제에 대해서라면 사마리아인이 정확히 알고 있는 것 같았다.

"그럼 시신은?"

"저 남자의 신원이 밝혀진다 한들 너한테 무슨 득이 될까?"

게이브가 뭐라고 대답하기도 전에 사마리아인이 하던 얘기를 계속했다.

"네가 찾고 있던 자동차 트렁크에서 버려진 시신이 발견됐는데, 그 남자를 죽일 만한 동기가 있는 사람이 딱 한 명이잖아."

게이브는 눈을 깜빡였다. "나?"

"너."

"그럼 어떻게 하지?"

사마리아인은 폴더를 향해 고개를 끄덕였다. "찾은 것부터 살펴보는 게 어때? 그걸 기념품으로 간직할 생각이 아닌 이상."

게이브는 혼자 고민하다 쭈그리고 앉아서 조심스럽게 폴더를 열었다. 물이 똑똑 떨어졌다. 사마리아인은 자기 손전등으로 게이브를 비췄다. 게이브는 먼저 성서를 꺼내 휘리릭 넘겼다. 곰팡이가 피었고 서로 들러붙은 채로 굳었다. 하느님의 계시 같은 건 없었다. 그는 성서를 옆에 내려놓고 수첩을 집었다. 안에 자백과 주소가 적혀 있길 바랐다면 물 건너간 얘기였다. 대부분의 페이지가 뜯기고 없었다. 남은 몇 장은 백지였다. 그는 희망이 이울기 시작하는 것을 느낄 수 있었다. 마지막으로 지도를 집었다. 금세기 들어서는 아무도 쓰지 않는 구닥다리 육지 측량부 스타일이었다. 게이브는 지도를 펼쳤다. 뭔가가 떨어졌다.

그는 그것을 빤히 쳐다보았다.

분홍색 머리 방울이었다. 지저분하고 축축하고 너덜너덜했다.

'아빠.'

그는 사마리아인을 올려다보았다. "아이가 이 차에 타고 있었어."

사마리아인은 흔들림 없는 눈빛으로 그를 쳐다보았다. "그럼 아까 했던 얘기로 다시 돌아가야겠군."

"응?"

"이게 그 차라면. 그리고 이 남자가 네 딸을 데려갔다면. 도대체 누가 그를 죽였을까?"

10

　호텔 프런트 데스크를 지키고 있는 아가씨는 나이가 많아야 스물다섯 살쯤 되어 보였고 동유럽 억양을 썼다. 깍듯했지만 무심한 태도가 프랜의 마음에 딱 들었다. 고속도로변 호텔이 별 다섯 개짜리일 수는 없었지만 그래도 깨끗하고 익명성이 보장됐다. 숨을 돌리면서 다음 행보를 계획할 수 있었다.

　그런데 데스크 직원 말로는 안타깝게도 온라인으로 사전 예약을 하지 않았기 때문에 특별 할인을 받을 수 없다고 했다. 프랜은 조바심을 드러내지 않으려고 애를 쓰는 한편으로 적당히 실망한 기미를 보이며 괜찮다고 말했다. 결제는 신용카드로 했다. 그녀는 조금씩 다른 이름들로 발급받은 신용카드를 여러 장 가지고 있었다. 놀라우리만치 쉽게 발급받을 수 있었다. 현금으로 결제할 수도 있었지만 그러면 더 눈에 띄었다. 요즘은 현금으로 결제하는 사람이 없었다.

"217호예요." 데스크 직원이 카드를 주었다. 그들은 계단을 올라가 발을 질질 끌며 아무 특징 없고 퀴퀴한 냄새를 풍기는 복도를 따라 방까지 걸어갔다. 프랜이 카드로 문을 열었고 그들은 침대 위에 가방을 던졌다. 그녀는 좌우를 둘러보았다. 이 나라 곳곳에 있는 여느 저렴한 호텔과 다를 게 없어 보였다. 카펫은 낡았고 시설은 이가 나갔다. 그리고 문에 '금연'이라고 되어 있음에도 희미하게 담배 냄새가 났다. 하지만 침대는 넓고 편안해 보였고 프랜은 정말로 피곤했다. 거의 여덟 시간 동안 운전을 한 뒤라 더는 무리였다.

맨 처음 도망쳤을 때는 북쪽 컴브리아로 갔다. 남자가 그들을 찾아내자 이번에는 반대편 해변 끝으로 갔다. 이제 어디로 가야 할까? 스코틀랜드? 해외? 하지만 해외로 나가자니 여권이 없었다.

그녀는 너무 피곤해서 앉을 생각도 하지 못하고 축 처진 어깨로 양팔을 늘어뜨린 채 방 한가운데에 서 있는 앨리스를 흘끗 쳐다보았다. 피곤으로 찌든 그 조그만 얼굴을 보자 프랜의 심장이 두 조각으로 쩍 갈라졌다. 처음에도 이런 식이었다. 익명의 호텔. 계속 도망쳐 다니며 계속 겁에 질렸다. 어떤 아이도 그런 식으로 살면 안 되는 거였다. 하지만 어떤 아이도 피비린내 나는 참혹한 죽음을 맞이하면 안 되는 거였다.

그녀는 목이 메었다. 가끔 그것이 망치처럼 그녀를 후려쳤다. 상실감. 지독하고 인정사정없는 죄책감. '전부 너 때문이야.' 하지만 이제 와서 바꿀 수는 없었다. 뒤를 돌아볼 수도 없었다. 차라리 눈을 감는 편이 나았다.

그녀는 앨리스를 보며 힘없이 미소 지었다. "이리 와. 눈 좀 붙이자." 그녀는 '자고 나면 괜찮아질 거야' 같은 소리를 하지 않으려 혀를 깨물고 참았다. 그러면 또다시 거짓말을 하는 셈이다. 대신에 이렇게 덧붙였다. "나중에 아침으로 맥도날드 사줄게."

앨리스는 덩달아 보일락 말락 하게 미소를 짓고 세면도구를 꺼냈다. 그들은 눈부신 화장실 불빛 아래에서 이를 닦고 새 티셔츠와 레깅스로 갈아입고 가방을 잘 싸서 침대 옆에 두었다.

프랜은 창문이 잠겨 있는지 확인하고 묵직한 암막 커튼을 쳤다. 2층이라 좋았다. 그녀는 1층 객실을 주면 항상 싫다고 했다. 마지막으로 문에 체인을 걸고 몇 번 시험했다.

모든 준비가 끝나자 그녀는 흡족한 마음을 달래며 침대 속으로 들어갔다. 앨리스는 이불을 턱 밑까지 당기고 더블 침대 저편에 누워서 벌써 눈을 감고 있었다. 조약돌 배낭은 옆 테이블에 두었다.

덜거덕-덜걱. '샌드맨이 올 거라고 그랬어요.'

프랜은 따뜻한 방 안에서 두툼한 이불을 덮고 있는데도 몸이 떨렸다.

그녀는 앨리스의 특이한 증상을 이해할 수 없었지만 열심히 알아보았다(기면증이라고 불린다고 했다). 안타깝게도 쉽게 해결할 방법은 없었다. 원인과 결과가 간단하지 않았다. 과학으로도 해결할 수 없는 문제가 있음을 보여주는 의학계의 변칙 사례였다.

그리고 그녀가 읽은 그 어떤 자료로도 조약돌을 설명할 방법이 없었다. 프랜은 인터넷을 샅샅이 뒤지고 머리를 쥐어뜯었지만 설명 비슷한 것조차 찾을 수 없었다. 결국 그녀는 포기했다. 홈즈가 뭐라고 했던가? 불가능한 답을 모두 제외하면 남는 것이 아무리 있을 법하지 않더라도 정답이라고 하지 않았던가. 하지만 홈즈 씨, 문제가 뭔가 하면 이 경우에는 그 남은 정답도 불가능하다는 거랍니다. 코카인이나 피우세요.

앨리스가 살짝 뒤척이며 베개에 대고 코를 훌쩍였다. 그 '증상'을 일으키면 그녀는 곧바로 고요하고 깊은 잠 속으로 빠져들었다. 평화롭게 잠을 자야 하는 밤에는 오히려 편히 있지 못했다. 뒤척이고 소리를 지르고 앓는 소리를 냈다. 끔찍한 악몽 때문에 비명을 지르며 허우적거릴 때도 많았다. 프랜이 가서 달래주려고 하면 그녀를 밀쳤다.

가슴이 아팠다. 하지만 이해는 됐다. 그들은 수많은 일을 함께 겪었고 프랜은 그녀를 위해 수많은 희생을 했고 그들은 유대감을 공유했지만, 그녀가 한밤중에 찾는 사람은 프랜이 아니었다. 나쁜 꿈을 꾸었을 때 자길 토닥여주길 바라는 사람은 프랜이 아니었다.

자기 엄마였다.

11

일상. 이런 일을 하다 보면 일상의 노예가 되지. 케이티는 생각
했다. 똑같은 시간, 똑같은 테이블, 똑같이 내리쬐는 눈부신 형광등
불빛. 휴게소에는 시간 개념이 없었다. 시계도 없었다. 그녀가 일하
는 카페에는 창문도 없었다. 카지노 아니면 보호시설 비슷했다.

그래서 몸과 마음이 엉망진창이 됐다. 케이티는 저녁을 먹어야
할 때 시리얼을 먹었고 새벽이 되면 스테이크 생각이 간절했다. 게
다가 계속 재활용된 공기를 마시다 보니 눈과 목이 간질간질했다.
아, 그리고 몸에서 항상 음식 냄새를 풍기는 혜택은 또 어떤가. 옷
과 머리칼과 콧구멍에 스민 그 냄새를 없앨 방법은 없는 듯했다.

가끔 근무를 마치고 눈을 깜빡이며 동틀 무렵에 밖으로 나서면
잠깐 숨을 골라야 했다. 햇빛, 상쾌한 공기, 소음. 숨이 막혔다. 차를
타고 집으로 가는 30분 동안 적응하고 다시 눈금을 조정해야 했다.

뻣뻣하게 굳은 몸과 마음을 풀어야 했다. 긴장을 풀고 다시 인간으로 돌아가야 했다.

이 인위적인 세상에서는 모든 일이 워낙 기계적이었기 때문에 정신은 딴 데 둔 채 살짝 망가지고 관리를 제대로 받지 못한 로봇처럼 움직여야 했다. 기어를 중립에 놓아야 했다. 흥얼거리되 반만 깨어 있어야 했다.

그러다 무슨 일인가가 벌어져 번쩍 깨어날 때까지. 평소와 다르고 일상에서 벗어난 일이 벌어질 때까지.

비쩍 마른 그 남자가 다시 왔다.

그건 단순히 평소와 다른 일이 아니었다. 잘못된 일이었다. 아주 잘못된 일이었다.

비쩍 마른 그 남자에게는 그 나름의 일상이 있었다. 그는 어림잡아 일주일에 한 번꼴로 들르는데, 그 간격이 9일을 넘기거나 6일보다 짧은 적이 없었다.

이렇게 금세 다시 온 적은 없었다. 한 번도.

그런데 떡하니 등장한 것이었다.

그녀는 막 근무를 마치고 유니폼 위로 후드 점퍼를 걸치고 배낭을 메고 밖으로 나가던 길에 그를 발견했다.

그는 앞쪽 기둥 뒤편의 지정석에 앉아 있었다. 자기 모습은 감추고 드나드는 사람을 관찰할 수 있는 자리였다. 대개는 노트북을 켜놓는데, 오늘 아침에는 수첩과 종이처럼 보이는 것을 앞에 펼쳐놓고 있었다.

그녀는 미간을 찌푸렸다. 그의 모습도 어딘지 모르게 달라 보였다. 헤어스타일 때문인가? 아니었다. 평소처럼 까만 머리에 아무 스타일 없이 부스스했다. 옷이었다. 옷이 바뀌었다. 몇 시간 전에는 회색 스웨트 셔츠에 블랙진을 입고 있었다. 그런데 지금은 체크무늬 셔츠에 청바지를 입고 있었다. 옷을 갈아입은 것이었다. 왜 그랬을까? 그리고 그녀가 그걸 알아차린 이유는 뭘까?

그녀는 그 생각을 한쪽 옆으로 떨쳐버렸다. 옷만 달라진 게 아니었다. 평소에 그 남자는 그녀와 같이 기계처럼 움직였다. 숨을 쉬고 움직이고 살아가는 데 필요한 모든 작업을 수행하되(먹는 건 예외일지 모르지만) 실제로 살아간다고 볼 수는 없었다. 특유의 그 생기, 그 에너지가 빠져나가고 없었다.

오늘 아침에는 그걸 조금 회복한 것처럼 보였다. 얼굴에 혈색이 돌아왔다고 할 정도는 아닐지 몰라도 평소보다 걸어 다니는 시체 분위기가 덜했다.

무슨 일이 생긴 거야. 그녀는 생각했다. 옷을 갈아입을 수밖에 없었던 뭔지 모를 일로 일상이 달라진 것이었다. 그가 영영 사라져주길 바랐음에도 그녀는 무슨 일인지 궁금해졌다.

그녀는 오늘 같이 근무했던 수염 기른 멀대(이름이 이선이었나? 네이선이었나? 아니면 네드였나?)에게 다가갔다. 여기서 주기적으로 바뀌는 유일한 변수가 같이 일하는 직원이었다. 휴게소가 보수는 나쁘지 않지만 근무 시간이 형편없고 환경이 답답한 데다 출퇴근하려면 차가 있어야 하기 때문에 매력적인 직장은 아니었다.

케이티는 이런 일을 하면서 살게 될 거라고는 상상한 적이 없었다. 가끔 젊은 동료 직원의 눈빛에서 연민이 느껴질 때도 있었다.

그들 대부분이 이런 데서 일을 하는 이유는 여기에서 번 돈으로 대학을 졸업하고 그걸 발판으로 좀 더 나은 자리로 이동하기 위해서였다. 하지만 그녀는 여기에 영원히 갇혔다. 이것이 그녀의 좀 더 나은 삶이었던 것이다.

"너는 성실한 아이지, 케이티." 그녀는 주근깨가 난 정수리 위로 반질반질하게 머리를 빗어 넘긴 학교 진학 지도사가 잘난 척 미소를 지으며 이렇게 얘기했던 기억이 났다. "열심히 공부하는 모범생. 하지만 솔직히 네가 옥스퍼드에 갈 만한 인재는 못 되잖아?"

재수 없는 새끼. 하지만 그의 말이 맞았다. 지금 이렇게 싱글맘 신세로 10년 뒤에는 로봇이 하고 있을지 모르는 발전 가능성 없는 일을 하고 있으니 말이다.

"저 사람 언제 다시 왔어?" 그녀는 이선인지 네이선인지 네드인지 모를 직원에게 물었다.

그는 커피 머신을 부수거나 아니면 분해하려고 끙끙대며 "몰라요"라고 툴툴거렸다. 뭘 하려는 건지 몰라도 커피를 끓이는 건 아니었다. 그녀는 그들이 연수를 받는다는 걸 알았지만 가끔은 진위가 의심스러워졌다.

"비켜." 그녀는 한숨을 쉬고 카운터 뒤편에 가방을 내려놓았다. "내가 할게."

게이브는 같은 휴게소를 그렇게 금세 다시 찾을 생각이 없었다. 평소대로라면 지금쯤 멀리 있어야 했다. 하지만 지금은 상황이 평소 같지 않았다. 평소와 달라도 한참 달랐다. 대부분의 사람들이 보기에는 상당히 비정상적인 그의 평소와 비교하더라도 그랬다.

그는 캠핑카에서 젖은 옷을 갈아입고 잠을 좀 잘까 했지만 눈을 감을 때마다 그 빌어먹을 시신이 물로 변해 차 트렁크로 스며드는 광경만 떠올랐다. 그리고 그 차 뒷좌석에서 이지가 보였다.

'그 남자는 누구일까? 어쩌다 그렇게 됐을까? 그가 이지에게 무슨 짓을 저질렀을까?'

어딘가에 차를 세워야 했다. 차를 세우고 생각해보아야 했다. 그러기엔 여기가 가장 적합했다. 그는 지쳐 보이는 얼굴로 카운터에 있는 젊은 남자에게 블랙커피를 주문하고 커피를 기다리며 지정석에 앉았다. 테이블이 치워지지 않은 상태였다. 그런 테이블이 많았다. 근무 중인 직원이 그 젊은 남자뿐인 듯했다. 금발의 그 웨이트리스는 어디 갔는지 궁금했다. 근무 시간이 끝났을까. 그는 이런 상황인데도 불구하고 살짝 실망했다.

가방 안으로 손을 넣어 차에서 수거한 물건을 꺼냈다. 비닐봉지에 담겨 있는 그 물건들을 테이블 위에 올려놓았다가 갑자기 경계심이 생겨 동작을 멈추었다. 사마리아인이 예전에 했던 얘기가 있었다. '우리는 전부 감시를 당하고 있어. 온 사방에 경찰의 눈이 달려 있거든. 인터넷, CCTV, 단속 카메라. 항상 감시당하고 있다는 걸 감안하고서 행동해야 해.'

그는 카페를 둘러보았다. 한쪽 구석에서는 바버 재킷을 맞춰 입은 나이 많은 커플이 라테를 마시고 있었다. 아마도 볼보를 몰고 스패니얼을 키울 거라는 생각이 들었다. 다른 테이블에서는 정장을 입고 운전에 전혀 적합하지 않은 하이힐을 신은 젊은 여자가 미친 듯이 휴대전화를 두드리고 있었다. 마지막으로 카시트에서 잠든 아기를 데리고 온 엄마와 아빠가 있었다. 그들은 감지덕지하며 커피를 들이켰고 소음을 내는 사람이 있으면 짜증 섞인 눈빛으로 흘끗 쳐다보았다.

그들 모두 게이브에게 눈곱만큼도 관심이 없었다.

그는 비닐봉지에서 물건들을 꺼내 다시 쳐다보았다. 객관적인 시선을 유지하려고 애를 썼다. 머리 방울은 이지가 그날 아침에 했던 것과 너무 똑같이 생겼다. 하지만 똑같은 방울을 쓰는 아이들이 한두 명이 아니었다. 방울에 묻은 머리칼은 없었고 사마리아인의 말이 맞는다면 쓸 만한 DNA를 입수하기에는 너무 늦었을 것이다.

물론 아직도 경찰에 연락할 수는 있지만 그들이 뭐라고 할지 이미 알고 있었다. '네, 차를 찾으셨다고요. 그런데요?' 그 차의 존재를 부인한 사람은 없었다. 안에 타고 있던 아이가 이지가 아니었을 뿐이다. 아, 그들은 친절하게 대할 것이다. 참을성 있게. 공감하며. 어느 정도까지. 그를 정신병자 취급할 정도까지. 전에도 그랬지 않은가. 그는 경찰서로 들어설 때마다 그들이 눈을 부라리는 데 이골이 나 있었다. 깍듯하지만 단호한 말투. 다른 사람과 대화를 나누거나 상담을 받아보라는 조언. 누굴 만나고 어디로 전화를 걸면 되는지.

어떻게 보면 게이브는 경찰에서 의심을 받았을 때가 더 좋았다. 그때는 다들 그의 말에 귀를 기울여주었다. 애처로운 연민의 상징이 아니라 성인 남자로 대해주었다. 최악은 이거였다. 보이지 않고 들리지 않는 인간이 되는 것. 그가 하는 모든 얘기가 헛소리로 간주되는 것.

알고 보니 구제불능이 되는 방법은 여러 가지가 있었다.

현재 게이브는 혼자였다. 그가 만약 하드보일드 탐정이었다면 딱 좋다고 덧붙였을 것이다. 하지만 그는 좋지 않았다. 다시 그 금발의 웨이트리스가 생각났다. 이유는 알 수 없었다. 그녀가 매력적이고 친절해 보이기는 했다. 하지만 그게 그녀의 직업이었다. 손님들에게 친절하게 대하고 깍듯하게 웃어 보이는 것이. 게이브와 그녀가 아는 사이도 아니었다. 게다가 그녀도 나름대로 골머리를 앓고 있는 듯했다. 그의 고민거리까지 떠안고 싶지 않을 것이다. 그가 줄 수 있는 거라고는 낡아서 녹이 슨 캠핑카 말고는 고민거리뿐이었다.

게이브는 테이블 위로 지도를 펼쳤다. 몇 군데에 X 표시가 되어 있었지만 뭔지 도무지 알 수가 없었다. 그는 지도를 다시 접고 성서를 집었다. 아까는 잠깐 훑어보기만 했었다. 물컹물컹하고 곰팡이가 슨 느낌이라 오래 만지고 싶지 않았다. 게다가 뒤 유리창에 붙어 있던 스티커가 생각났다.

'나처럼 운전하려거든 종교를 갖는 게 좋을 거다.'

'진짜 사나이들은 예수님을 사랑해.'

차 안에 성서가 있을 법도 했다. 하지만 그는 아직까지도 축축한 낱장을 넘겨보다가 다른 것을 발견했다. 일부 구절에 밑줄이 그어져 있었다.

그러나 다른 해가 있으면 갚되 생명은 생명으로, 눈은 눈으로, 이는 이로. (출애굽기 21:23~25)

사람이 만일 그의 이웃에게 상해를 입혔으면 그가 행한 대로 그에게 행할 것이니. (레위기 24:17~21)

너희 중에서 악을 제하라. 그리하면 그 남은 자들이 듣고 두려워하여 다시는 그런 악을 너희 중에서 행하지 아니하리라. (신명기 19:18~21)

주께서 그 종들의 피를 갚으사 그 대적들에게 복수하시고. (신명기 32:43)

진짜 사나이들이 예수님을 사랑할지 몰라도 이 사나이는 철저하게 구약 중심이었다. 복수, 응징, 피. 게이브는 차가운 손톱이 그의 등골을 훑고 내려가는 것을 느꼈다.

성서를 한쪽 옆으로 치우고 수첩을 펼쳤다. 찢긴 흔적. 백지. 왜 찢었을까? 거기에 뭐가 적혀 있었을까?

"아메리카노 맞죠?" 누군가가 물었다.

그는 움찔하며 고개를 들었다. 눈빛이 다정한 금발의 웨이트리스가 커피를 들고 테이블 옆에 서 있었다.

"아, 네. 고마워요."

게이브는 그녀가 유니폼 위로 후드 점퍼를 입고 있는 것을 알아차렸다.

"퇴근하는 길이에요?"

"막 나가려던 참이었어요."

그녀는 커피를 내려놓고 수첩을 턱으로 가리켰다. "투명 잉크로 적힌 메시지를 찾고 계신가요?"

그는 전보다 날카로운 눈빛으로 그녀를 흘끗 쳐다보았다. "네?"

"죄송해요. 백지를 하도 열심히 들여다보고 계시길래…… 농담한 거였어요." 그녀는 몸을 돌리려고 했다.

"잠깐만요!"

어떤 생각 하나가 그의 머릿속에 번쩍 떠올랐다. 찢긴 수첩. 하지만 거기에 뭔가가 적혀 있었을 수 있었다. 남들에게 보여주고 싶지 않은 어떤 것. "혹시 연필 있어요?"

"어, 네." 그녀는 주머니를 뒤져서 몽당연필을 꺼냈다.

게이브는 연필을 받아서 수첩 위에 대고 긋기 시작했다. 효과가 있을지 알 수 없었다. 그도 텔레비전에서 본 기억밖에 없었다. 하지만 그가 지켜보는 가운데 앞 장에 적힌 단어 때문에 파인 자국이 연필심 사이로 희미하게 드러났다.

게이브는 수첩을 들고 빤히 쳐다보았다. 미간을 찌푸렸다. "이게 무슨 뜻인지 알겠어요?"

웨이트리스는 어깨를 으쓱했다. "죄송해요."

그는 풀이 죽은 채로 고개를 끄덕였다. "연필 여기요."

"그냥 쓰세요."

그녀는 사라졌다. 게이브는 다시 수첩을 내려다보았다. 여러 단어와 글자의 파편들이 서로 겹쳐져 있었다. 하지만 다섯 글자가 도드라져 보였다. 죽은 남자가 남긴 희미한 각인이었다.

디 아더 피플.

12

은빛 햇살이 머뭇머뭇 하늘을 밝히기 시작했을 때 케이티는 휴게소를 나섰다. 뼛속까지 피곤했고 팔다리가 욱신거릴 정도로 기운이 없었지만 그래도 그녀는 이 시간대가 좋았다. 동이 틀 무렵 특유의 고요가 느껴졌다. 전혀 더럽혀지지 않은 하루가 잠에서 깨어났다. 새로운 시작, 새로운 출발이었다.

물론 전부 헛소리였다. 새로운 시작 같은 건 없었다. 따지고 보면 그랬다. 인간은 누구나 자기만의 굴레에 갇혀 헤어 나오지 못하고 허우적거렸다. 그것이 인생이었다. 적어도 그녀가 아는 바로는 그랬다.

오늘 아침에도 늘 그랬듯이 여동생 루의 집에 가서 아이들을 데려오고 아침을 차려줄 것이다. 그런 다음 샘과 그레이시를 학교에 데려다주고 집으로 돌아가서 드디어 잠을 좀 잘 수 있을 것이다. 오후 3시 10분이면 아이들을 데려와 저녁을 먹이고 여동생의 집으로 데려가 재운 다음 다시 휴게소로 출근할 것이다. 꼭 무슨 다람쥐 쳇바퀴 같았다. 그래도 그 쳇바퀴를 다시 돌리기 전에 며칠 쉴 수 있을 테니 그나마 다행이었다.

케이티는 주차장을 가로질러 다 찌그러진 볼로에 올라탔다. 시동을 켜고 CD를 골랐다. 그녀의 차는 구닥다리라 CD 플레이어가 있었고 그녀도 구닥다리라 CD를 들고 다녔다.

달리는 동안 톰 페티가 스피커에서 "엄마를 사랑하는 착한 딸"을 노래했다. 재수가 좋기도 하지. 그 '엄마'는 표독스러운 주정뱅이가 아니었던 모양이다(이쯤에서 잊지 말 것: 내일 엄마한테 전화해야 함). 그녀는 볼륨을 높였다.「프리 폴링」. 가끔 그녀도 자유낙하를 하고 싶었다. 모든 걸 잊고 액셀러레이터를 밟아서 집으로 향하는 갈림길을 쌩하니 지나치고 싶었다. 설거지, 레고와 바비로 만든 장애물 코스처럼 바닥에 흩뿌려진 장난감, 도어 매트에 놓인 고지서, 일상이라는 단조로운 고역을 피하고 싶었다. 한 번도 가본 적 없는 곳으로, 끝까지 달리고 싶었다.

물론 그럴 일은 없었다. 그녀의 숨통이 끊기지 않는 이상 아이들을 두고 떠날 일은 없었다. 그리고 오해하면 안 될 것이, 사는 게 그렇게 나쁘지만은 않았다. 그녀는 대부분의 사람들보다 운이 좋았다. 일자리와 집이 있고 건강했다. 하지만 가끔 다른 뭔가를 바라는 마음이 생기는 것은 어쩔 수 없었다. 문제는 그게 뭔지 모른다는 것이었다. 어쩌면 세상에 존재하지 않는 것일 수도 있었다. 평생 또다른 인생을 좇으며 살 수도 있었다. 무지개 너머에서 기다리는 황금 단지. 목초지 저편의 좀 더 파릇파릇한 풀밭. 하지만 황금 단지는 가짜고 파릇파릇한 풀밭은 인조 잔디인 경우가 대부분이었다.

한때는 그녀도 완벽한 가족을 꿈꿨다. 넓은 마당이 딸린 근사한 집. 개도 한 마리 키울까? 콘월의 예쁘장한 오두막집에서 보내는 휴가. 그녀와 크레이그는 아이들이 자라는 걸 지켜보며 함께 늙어가겠지.

하! 꿈도 야무졌지. 샘이 다섯 살, 그레이시가 이제 겨우 한 살이었을 때, 크레이그는 그녀를 버리고 어맨다라는 영업 사원에게로 갔다. 온 가족의 보금자리 대신 (바닥에 타일이 깔리고 빌어먹을 흰색 소파가 놓인) 현대식 아파트와 단둘이 떠나는 두바이 여행을 선택했다.

"우리가 너무 서둘렀던 것 같아." 크레이그는 진지한 갈색 눈으로 그녀를 응시하며 말했다. 이제 그만 정착해서 가정을 이루고 싶다고 그녀를 설득했을 때 동원한 눈빛이었다.

"내 인생을 되찾고 싶어."

그녀의 인생은 안중에도 없었다. 아이들의 인생도. 새 생명을 탄생시켰으면 자기 인생은 잠시 보류해야 한다는 것도. 어떻게 벗어놓은 외투처럼 다시 집어 입고 문 밖으로 나가면 된다고 생각할 수 있을까.

하지만 생각해보면 크레이그는 항상 자기밖에 몰랐다. 진작 알아차렸어야 하는 거였는데, 그녀는 늘 그렇듯 중재자 역할을 떠맡아 결혼생활에 금이 가지 않도록 무마하는 데 급급했다. 자신을 좀 더 기만하는 데 급급했다. 그랬는데도 결국에는 이렇게 됐다.

이제 샘은 열 살, 그레이시는 다섯 살이었고 아빠하고는 가끔 공원에 가거나 생일과 크리스마스 때 나이에 안 맞는 선물을 받는 게 전부였다. 그래도 그가 양육비는 댔다. 그나마 다행이었다. 그게 없었다면 쥐꼬리만 한 그녀의 봉급으로는 기본 생활비도 감당하지 못했을 것이다. 옷이나 신발처럼 아이들에게 필요한 다른 물품은 엄두도 내지 못했을 것이다.

행복한 가족 같은 건 없어, 그녀는 생각했다. 다들 거짓말에 속아 넘어가는 거지. 광고나 시트콤이나 심지어 「페파 피그」 같은 애니메이션에. 가족은 팔자소관과 엉뚱한 의무감으로 한데 엮인 이방인에 불과했다.

가족은 선택할 수 없었다. 심지어 그들을 사랑할지 여부조차 선택할 수 없었다. 그냥 사랑해야 했다. 그들이 어떤 진상을 부리건 간에.

그녀는 가슴에 맺힌 응어리와 알코올에 집어삼켜진 어머니와 사랑에 계속 실패하는 루와 9년 동안 만나지 못한 언니를 생각했다. 장례식 때 만난 게 마지막이었다. 언니의 무지개 너머에는 뭐가 있었을까?

그녀는 살짝 액셀러레이터를 밟았다. 빠져나가야 하는 분기점을 가리키는 표지판이 눈앞에 등장했다. '14. 바턴 마시.' 그녀는 평소보다 몇 초 더 기다렸다 깜빡이를 켜고 진입로로 차로를 변경했다.

톰이 우짖었다. "이 세상을 잠시 떠나 있겠다"라고.

그럴 수 있으면 얼마나 좋겠어, 그녀는 생각했다. 하지만 따지고 보면 그녀는 그 말을 주문처럼 읊조리고 있었다. 오늘 카페로 다시 돌아가지 않았더라면 얼마나 좋았을까. 그냥 퇴근해버렸더라면 얼마나 좋았을까. 비쩍 마른 그 남자에게 커피를 가져다주지 않았더라면. 무의식 깊숙한 곳에서 다시금 고개를 내민 악몽처럼 너덜너덜한 수첩 위로 떠오른 그 단어를 보지 않았더라면.

디 아더 피플.

'네가 욕심을 부렸잖아, 케이티.' 그녀는 매몰차게 속으로 중얼거렸다. '으이구, 꼴좋다. 그러게 누울 자리를 보고 다리를 뻗어야지.'

그게 무슨 뜻인지 아느냐고 그가 물었을 때 그녀는 뒤틀리는 속을 달래며 가까스로 고개를 저었다. 그런 다음 달리고 싶은 마음을 애써 참아가며 최대한 빠르게 걸음을 옮겼다.

그는 그게 무슨 말인지 전혀 모르는 눈치였다. 끝까지 알아차릴 일이 없길 바랄 따름이었다. 게다가 그건 그녀가 고민할 문제가 아니었다. 그녀는 그를 도울 방법이 없었다. 심지어 그에 대해 잘 알지도 못했다.

하지만 그들에 대해서는 알았다.

13

게이브는 캠핑카의 좁은 침대에 누워 있었다. 발이 가장자리 너머에까지 걸쳐졌다. 팔을 접어 가슴 위에 올려놓아도 양옆에 팔꿈치가 닿았다. 눈을 감았지만 머릿속이 계속 어지러웠다. 성서. 수첩. 디 아더 피플.

인터넷으로 검색해보았지만 넷플릭스에서 예전에 방송됐던 프로그램과 인도의 록밴드만 나왔다. 그가 찾는 것은 아닌 듯했다. 하지만 그가 찾는 게 뭔지 알 수는 없었다. 그 단어가 이지와 연관이 있는지 아니면 우유 들여놓는 걸 잊어버리지 않게 손등에 적어놓듯 그냥 아무렇게나 끼적인 것에 불과한지조차 알 수 없었다.

그는 눈을 뜨고 천장을 올려다보았다. 잠을 자는 흉내를 내봐야 소용없었다. 그건 물 건너간 얘기였다. 그는 원래 단잠을 자지 못했다. 어둠 속에서 편하게 쉬지 못했다. 바람이 속삭이거나 집 안에서 조그맣게 삐걱거리는 소리가 날 때마다 눈을 번쩍 떴다. 모든 감각을 쫑긋 세우고 당겨진 활시위처럼 긴장한 채 어둠 속을 응시하며 몇 시간이고 누워 있었다. 악몽이 시작되길 기다렸다.

가끔 이지가 잠을 설치면 그가 옆에 웅크리고 누워서 둘 다 스르르 잠이 들 때까지 자장가를 불러주거나 책을 읽어주었다. 아이 못지않게 그를 위한 일이었지만 제니한테는 절대 비밀로 했다.

이지가 사라진 뒤로 악몽은 강도가 더 심해져서 그의 밤을 땀에 젖은 공포의 편린들로 갈가리 찢어놓았다. 망각의 끝에서 되살아난 시커먼 발톱이 그를 할퀴고 또 할퀴어 날이 밝으면 비명을 지르다 지친 나머지 목이 쉬었고 눈에는 핏발이 섰다.

게이브는 사실 업보를 믿지 않았다. 하지만 지난 3년 동안 가끔 궁금해질 때가 있었다. 이게 업보라는 걸까? 세상은 이런 식으로 균형을 유지하는 걸까? 그런 짓을 저질러놓고 행복해질 자격이 있겠느냐고 그를 일깨우기 위해 그의 인생에서 가장 소중한 것을 앗아갔을까? 하지만 이지는 죽지 않았다. 다들 다르게 생각했지만 그는 착오였다는 걸 알았다. 아주, 아주 끔찍한 착오였다는 걸 알았다.

사마리아인의 말이 맞았다. 경찰서로 찾아갈 수는 없었다. 아직은. 먼저 다른 사람과 의논해보아야 했다. 지금껏 멀리했던 사람과. 더 이상의 고통을 안길 수 없어서 살금살금 피해 다녔던 사람과. 하지만 이로써 상황이 달라졌다.

그는 분명히 확인해야 했다. 제니의 아버지와 이야기를 나누어보아야 했다.

게이브는 팔을 들어 손목시계를 확인했다. 캠핑카에 쳐놓은 얇은 블라인드 주변으로 슬금슬금 날이 밝고 있었다. 오전 6시 30분이었다.

아직 너무 일렀다. 하지만 해리도 잠 못 이루는 날들을 보내고 있을 듯한 예감이 들었다.

그는 일어나 좁은 침대 밖으로 다리를 내리고 휴대전화를 꺼냈다. 장례식을 치른 이후에 제니의 어머니 에벌린이 집 전화번호를 바꿨다. 그의 전화를 받지 않기 위해서였다. 하지만 그를 딱하게 여긴 해리가 자기 휴대전화 번호를 알려주었다.

'얘기할 사람이 필요하거든 연락하게.'

놀랍게도 게이브에게 그런 사람이 필요할 때가 생겼다. 한번은 아무 말도 하지 않고 울기만 한 적도 있었다.

그는 문자를 보냈다. '아버님, 저 게이브입니다. 오늘 뵐 수 있을까요?'

거의 곧바로 띵동 하고 답장이 왔다.

'8시 어때? 늘 보던 데서.'

그의 의사를 묻는 게 아니었다. 게이브는 무거운 마음을 달래며 답장을 보냈다. '좋습니다.'

판필드 공동묘지는 차를 타고 한 시간 거리로, 그가 예전에 제니와 이지와 같이 살았던 노팅엄셔의 집에서 멀지 않았다. 공동묘지 치고는 이보다 쾌적할 수 없었다. 추억의 정원은 곳곳이 깔끔하게 깎인 파릇파릇한 잔디였다. 나무 벤치는 말쑥했다. 나무들은 그늘을 드리워주었고 꽃나무와 상록수가 많았다.

게이브는 이런 정서를 고맙게 생각했지만 사람들이 사랑했던 고인을 이런 데서 떠올릴까 싶었다. 추억은 일상의 소소한 부분에 깃들어 있었다. 어떤 향수 냄새. 장 볼 목록을 적을 때 아내가 좋아했던 마마이트*를 넣는 것. 찬장에서 찾은 '세상에서 제일 좋은 엄마'라고 적힌 머그. 라디오에서 흘러나오는 노래. 둘 다 별로 좋아하지도 않는 와인을 황당하게 비싼 값에 마셨던 식당에서 풍기는 음식 냄새. 어디에선가 불쑥 등장해 이러다 터지지 않을까 싶을 정도로 심장을 세게 움켜쥐는 것은 바로 이런 추억들이다. 검열과 편집을 거치지 않은 이런 본능적인 추억들이다.

여기에서는 추억이 장밋빛 유리를 통해 걸러졌다. 기억하고 싶은 것을 고르고 잊고 싶은 것은 한쪽으로 치워버릴 수 있었다. 죽음이 온 사방을 뒤덮었고 사랑하는 사람들은 흉측한 단지 안에 소복이 담긴 잿빛 유골에 불과하다는 사실을 화려한 꽃다발로 덮을 수 있었다. 게이브는 제니가 그 단지를 선물로 받았더라면 옷장 깊숙이 쑤셔 넣었든지 '실수인 척' 떨어뜨렸을 거라고 장담할 수 있었다.

그는 미소를 지었다. 이런 게 진짜 추억이었다. 제니는 취향은 있고 요령은 없는 여자였다. 그녀는 자기가 뭘 좋아하고 뭘 싫어하는지 알았고 그걸 밝히는 데 망설임이 없었다.

그는 벤치에 앉아서 그 기분 나쁜 단지를 덮은 봉분 앞의 조그만 묘비를 물끄러미 바라보았다.

---

* 이스트 추출물로 만드는 스프레드.

제니퍼 메리 포먼

1981. 8. 13 ~ 2016. 4. 11

아내. 사랑스러운 딸. 최선을 다한 엄마.

우리의 가슴과 머리와 추억 속에 영원히.

'아내.' 그들이 게이브에게 베푼 것은 그게 전부였다. 눈곱만 한 호의였다. 그는 묘비를 고르는 자리에 없었다. 거의 모든 장례 준비에서 배제됐다. 당시에는 그래서 다행이라고 생각했다. 물론 그때까지는 그가 아직 살인 혐의를 벗지 못한 용의자이기도 했었다.

"게이브?"

그는 움찔하며 고개를 돌렸다. 해리가 벤치 옆에 서 있었다. 항상 젊고 정정해 보였던 그가(왕년에 존경받던 외과 의사였다) 오늘은 일흔아홉 살이라는 나이 그대로 보였다. 숱이 많은 백발은 여전히 완벽한 스타일을 자랑하며 겨울 햇볕 아래에서 꾸준히 태운 까무잡잡한 얼굴 너머로 빗어 넘겼다. 하지만 턱과 눈 아래가 살짝 처졌다. 이마의 주름은 더욱 깊어졌다. 한 손은 지팡이를 힘껏 짚고 있었다. 다른 손에는 꽃을 들고 있었다. 꽃다발 두 개였다.

게이브가 지켜보는 가운데 그는 허리를 숙여서 제니의 묘비 옆 꽃병에 꽃다발 하나를 꽂았다. 그러고는 다른 묘비로 몸을 돌렸다. 게이브는 줄곧 조심스럽게 그 묘비를 외면하고 있었다. 그가 어떻게 믿든 무엇을 발견했든 그걸 보고 있으면 감당할 수 없을 정도로 엄청난 슬픔이 가슴을 채우기 때문이었다. 시커먼 너울이 그를 끌어내리고 집어삼킬 듯이 달려들기 때문이었다.

이사벨라 제인 포먼

2011. 4. 5~2016. 4. 11

소중한 딸이자 손녀

천국에서 잠깐 내려왔다가 천사들의 품으로 돌아가다

제니. 이지.

'부인과…… 따님 때문입니다.'

해리가 그의 옆에 털썩 주저앉는다. "그래, 무슨 얘기가 하고 싶
길래?"

14

　루가 사는 곳은 바턴 마시 마을의 외곽이었고 자갈로 덮인 집 네 개가 좁은 안뜰을 공유했다. 환경친화적이고 가격 접근성이 좋은 단지였다. 그 말은 곧 저렴하면서도 작고 흉측하게 생겼다는 뜻이었다.

　케이티는 동생네 안뜰에서 몇 집 옆의 빈자리에 차를 욱여넣었다. 손바닥만 한 바깥쪽 마당은 잔디를 깎지 않았다. 옆으로 뉘어놓은 세발자전거의 바퀴살 사이로 잡초가 고개를 내밀었다. 현관문 옆에 있는 쓰레기통은 불룩한 검은색 봉지로 넘쳐났다. 그녀는 혀를 차지 않으려고 애를 썼다.

　케이티는 루를 사랑했다. 루가 샘과 그레이시를 밤에 맡아주지 않았더라면 무슨 수로 일을 할 수 있었을까? 하지만 루에게 아이들을 맡기기는 싫었다. 아이들이 자다가 깨면 다시 재우지 않고 일어나서 텔레비전을 보도록 방치할 수도 있기 때문에 싫었다. 루의 딸 미아가 항상 조금 지저분하고 급하게 옷을 입힌 듯한 행색을 보이며 티셔츠에 기저귀 차림으로 돌아다닐 때가 많은 것도 싫었다.

동생에게 이래라저래라 할 권리가 없다는 건 알았다. 동생이 막내이다 보니 예전에 그 사건이 벌어졌을 때 심하게 충격을 받았다는 것도 알았다. 하지만 그들 모두가 그랬다. 그걸 평생 핑계로 삼으면 안 되는 거였다. 정신 차리고 책임을 져야 하는 거였다. 루는 그럴 시도조차 하기 싫은 듯 보였다. 이제 겨우 스물일곱 살인데 이미 인생을 포기한 것처럼 보였다.

케이티는 빈 맥도날드 포장 상자와 반쯤 남은 물티슈 통을 넘어가며 짧은 진입로를 걸어갔다. 루에게 받은 열쇠로 문을 열고 들어갔다. 퀴퀴한 음식 냄새와 쓰고 버린 기저귀 냄새가 났다.

"나 왔어." 그녀는 조용히 말했다.

2층에서 아무 소리도 들리지 않았다. 다들 몇 시에 잤는지 궁금해졌다. 피곤해서 짜증나는 몸을 이끌고 피곤해서 짜증내는 아이들을 깨우는 것이야말로 사양하고 싶었다.

"샘, 그레이시?"

그녀는 2층으로 터벅터벅 올라가 아이들 방문을 열었다. 샘과 그레이시는 졸린 얼굴로 둘이 같이 쓰는 침대에 일어나 앉아 있었다. 미아가 공갈 젖꼭지를 물고 아기 침대에서 몸을 돌려 그녀를 보며 눈을 깜빡였다.

샘은 하품을 했다. "우리 늦잠 잤어요?"

"아냐, 아냐, 괜찮아. 엄마가 너희를 깜짝 놀라게 하려고 들어온 거야!"

옆방에서 동생이 졸음에 겨운 목소리로 툴툴거리는 소리가 들렸다. "아우, 진짜."

그녀는 찡그린 얼굴로 미소를 지었다.

"좋았어. 자, 일어나자. 엄마는 아침 준비할게."

그녀가 접시에 토스트와 시리얼을 담고 있을 때 루가 내려왔다. 그녀는 지저분한 식탁 한쪽을 치워 샘과 그레이시와 미아가 앉을 공간을 마련했다. 아이들이 기분 좋게 식사를 할 수 있도록 텔레비전을 켜놓았는데 「클론 워즈」와 「PJ 마스크」, 둘 중에서 뭘 볼 건지를 놓고 잠깐 분란이 일기는 했다.

"어휴―소리 좀 줄여." 루는 하품을 했다.

그녀의 금발은 한데 뒤엉킨 건초더미 같았고 눈 아래로 화장이 번졌다. 지저분한 가운을 입고 허리춤을 느슨하게 묶었다.

케이티는 리모컨을 집어서 일부러 볼륨을 높였다. 그런 다음 바닥에서 주운 쓰레기를 모아 쓰레기통에 버리러 갔다. 그녀는 뚜껑을 열었다가 멈칫했다. 안이 기네스 맥주 캔으로 넘쳐났다.

"스티브가 왔었어?"

"응. 어젯밤에 잠깐."

스티브. 신발 밑창에 들러붙는 껌처럼 루에게 줄줄이 들러붙는 쓸데없는 남자 친구들 중에서 가장 최근에 등장한 인물이었다. 껌과 한 가지 차이점이 있다면 루의 남자 친구들은 금방 떨어져나간다는 것이다.

사실 스티브는 남자 친구라고 불릴 자격이 없을 수도 있었다. 그들은 어쩌다 한 번씩 만나는 사이였다. 그는 몇 주 동안 연락을 끊었다가 마음이 내키면 뜬금없이 찾아오곤 했다. 원하는 게 뭔지 누가 봐도 뻔했다. 케이티는 그가 자기 동생을 그냥 이용하고 있을 뿐이라는 것을 알았다. 하지만 루는 그가 교대 근무를 해서 그렇다는 둥, 바빠서 그렇다는 둥, 일이 힘들어서 그렇다는 둥 판에 박힌 변명을 늘어놓으며 현실을 인정하지 않으려고 했다.

케이티가 보기에 적어도 직업은 있는 것 같으니 루가 예전에 만난 몇몇 사고뭉치보다는 나았다. 미아의 아빠만 해도 아이가 생겼다는 사실을 알아차리자마자 '양육비'를 운운하기도 전에 자취를 감추었다. 하지만 중요한 건 그게 아니었다. 스티브가 돈 많은 사업가이든 성인이든 상관없었다. 문제는 케이티가 동생에게 아이들을 맡기면서 확실하게 정한 한 가지 원칙이 있다는 것이었다. 케이티의 아이들이 있을 때 남자 친구가 드나들면 안 된다는 것.

"언제 갔어?" 그녀는 물었다.

"어젯밤에. 일찍 출근해야 한다고."

"그렇구나. 그럼 집까지 어떻게 갔대?"

그녀는 루가 멈칫거리는 것을 보았다.

"운전해서 갔지?"

"집이 별로 멀지 않아."

"하고많은 사람들 중에서—"

"또 시작이네."

"뭐가 또 시작이라는 거야?"

"또 이러쿵저러쿵한다고. 언니는 내가 누굴 만나든 좋아하지 않
잖아."

"하나같이 한심하니까 그렇지."

"그래. 그래도 나는 남자 친구라도 있다."

"그래. 그래도 나는 자존심이라도 있다."

"언니 진짜—"

"엄마, 이모, 그만 싸워요."

그레이시가 마이 리틀 포니 잠옷 차림으로 정전기 때문에 사방
으로 뻗친 머리를 하고 앙증맞은 허리춤에 양손을 얹은 채 그들 뒤
에 서 있었다. "오빠랑 나더러는 싸우지 말라고 하면서."

케이티는 억지로 미소를 지었다. "싸우는 거 아니야. 엄마랑 이
모는……."

"서로 얘기하는 중이지." 샘이 콘플레이크를 떠서 입에 넣으며
말했다. "엄마는 만날 그렇게 얘기하잖아요. 하지만 싸우는 것처럼
들려요."

케이티는 루를 흘끗 쳐다보았다. 동생은 어깨를 슬쩍 으쓱했다.

"귀가 작아도 입방정은 놓치지 않는다더니." 루는 중얼거렸다.

그들이 어렸을 때 듣지 말아야 하는 얘기를 엿들으면 아버지가
어머니에게 했던 말이었다. "그러게 조용히 하랬잖아. 귀가 작아도
입방정은 놓치지 않는다고." 그러면 어머니는 인상을 쓰는 척하며
아버지를 행주로 때렸다. "지금 누구더러 입방정이래?"

기다렸다는 듯이 그레이시가 키득거리며 케이티를 가리켰다.
"하하. 엄마더러 입방정이래."

케이티는 혀를 내밀었고 아이들이 항상 이모의 편을 든다는 데 짜증을 내지 않으려고 했다.

그래도 덕분에 긴장이 해소됐다. 미아가 숟가락으로 식탁을 때리며 울부짖기 시작했다. 샘은 인상을 구겼다. "우웩. 미아 냄새난다. 기저귀에 똥…… 아니, 응가 쌌네." 그러고는 곧바로 이어서 말했다. "아침 다 먹었어요. 「슈퍼 마리오」해도 돼요?"

"안 돼." 케이티와 루는 이번만큼은 한목소리로 얘기하고 머뭇머뭇 서로 미소를 지었다.

"이거 처리해야겠다." 루가 말하며 허리를 숙여서 미아를 안았다.

케이티는 고개를 끄덕이고 차를 한 모금 마셨다. 그녀는 술을 입에 대는 일이 거의 없었지만 지금은 뭔가 독한 걸 마시고 싶었다.

15분 뒤에 그녀는 샘과 그레이시를 차에 태웠다. 다리에 미아를 매달고 한 손에 담배를 들고 가운 차림으로 문 앞에 서 있는 동생에게 손을 흔들었다.

케이티는 한숨을 쉬었다. 다 무슨 소용일까 싶었다. 최선을 다하는 건 좋다. 열심히 사는 것도 좋다. 하지만 남들에게 변화를 강요할 수는 없는 법이다. 어쩌면 그들은 절대 바뀌지 않을지 모른다. 극단적인 사건을 통해 마비 상태에서 번쩍 깨어나기 전에는.

어쩌면 그게 문제였을지 모른다. 극단적인 사건이 실제로 벌어졌다는 것이. 끔찍했던 사건이. 안 그래도 아슬아슬했던 그들 가족을 산산이 쪼개어놓는 사건이.

아버지가 살해를 당한 것이었다.

15

우리는 죽음과 관련해서 간과하는 부분들이 많다. 무엇보다 피 비린내 나는 처참한 죽음이 그렇다. 일단 그런 일은 절대 벌어지지 않을 거라고 생각한다. 나에게는. 내가 아는 사람에게는. 내가 사랑하는 사람에게는.

우리는 현실을 부정하며 지낸다. 나는 다르다고, 특별하다고 맹목적으로 믿는다. 모든 나쁜 일은 비껴가게 만드는 신비의 역장이 나를 보호하고 있다고 생각한다.

물론 끔찍한 일도 벌어지지만 다른 사람들에게만 해당하는 얘기다. 신문에 소개되는 사람들에게만. 초췌하고 눈물로 망가진 얼굴로 텔레비전에 등장하는 사람들에게만.

우리는 동정한다. 눈물을 흘린다. 어쩌면 촛불을 켜고 꽃을 바치고 해시태그를 만들지도 모른다. 그러고 나서 계속 삶을 살아간다.

우리의 특별하고 안전하며 보호받는 삶을.

그러다 어느 날 전화 한 통, 메시지 하나가 날아든다.

'부인과…… 따님 때문입니다.'

그러면 모든 게 착각이었음을 깨닫는다. 나는 특별하지 않다. 온 세상이 당장이라도 공중분해될 수 있는데 모르는 척 지뢰밭을 깡충깡충 가로지르는 남들과 다를 바 없다.

온 세상이 공중분해되면 어떻게 될지 상상해본 적은 없다. 진짜다. 그랬다가는 운명의 여신이 흉터로 뒤덮인 그 시커먼 얼굴을 내 쪽으로 돌려 구미가 당기는 것을 발견할까 싶어 평생 그런 상상을 하지 않으려고 발버둥 친다.

여전히 귓가에 맴도는 그 단어들의 여진과, 현실을 부인하고 싶은 필사적인 심정으로 복잡한 머릿속을 달래며 한없이 도로를 달리게 될 거라고는 상상도 하지 못한다. 집에 도착하고 보니 집이 아니라 범죄 현장이 기다리고 있을 거라고는 상상도 하지 못한다. 개인적인 기념품이 이제는 증거가 된다. 제복과 흰옷을 입은 사람들이 나는 들어오지 못하게 막고서 말없이 이리저리 돌아다닌다. 처음 보는 사람들에게 내 행동을 설명하게 될 거라고는 상상도 하지 못한다. 아직도 뭐가 뭔지 어안이 벙벙한 상황에서 알지도 못하는 사람들에게 비밀을 까발리게 될 거라고는. 알리바이나 변호사가 필요하게 될 거라고는.

그리고 상심과 공포와 당혹 속에 시신을 확인하게 될 거라고는 상상도 하지 못한다.

시신. 이제는 온기와 희망과 두려움과 꿈으로 가득한 인간이 아니다. 이제는 살아 숨 쉬는 사람이 아니다. 이제는 이지나 제니나 형제나 엄마가 아니다. 놀라운 동시에 좌절을 안기는 모순 덩어리가 사라져버렸다. 영원히.

하지만 그는 아이를 보았다. 이지를 보았다.

게이브는 모래를 대고 문지른 것처럼 느껴지는 퉁퉁 부은 눈으로 매덕 경위를 빤히 쳐다보았다.

"신원을 확인하라고요?"

"통상적인 절차입니다, 포먼 씨. 저희가 입수한 사진으로 보았을 때 부인과 따님의 시신이라는 데 의심의 여지가 없습니다만—"

사진. 그는 생각했다. 그들은 한동안 사진을 찍은 적이 없었다. 요즘에는 단란한 한때라고 할 만한 시간이 그렇게 많지 않았기 때문이지, 게이브는 씁쓸하게 생각했다. 벽에 걸린 사진은 예전에 찍은 거였다. 이지가 두 살인가 세 살 때 찍은 거였다. 그들은 사진을 바꿔 달자는 얘기를 한 적이 있었다. 하자고 얘기한 건 많았지, 그는 생각했다. 앞으로 또 다른 하루가, 또 다른 1주가, 또 다른 1년이 기다리고 있을 듯이. 우리의 미래가 아슬아슬한 약속이 아니라 확실한 도장이라도 되는 듯이.

게이브는 고개를 저었다. "말씀드렸잖습니까. 착오가 있었다고요. 제가 딸을 *봤어요.* 어떤 차에 타고 있는 걸. 누군가가 딸을 데려갔고, 어쩌면 아내도 데려갔을지 몰라요. 지금 이럴 게 아니라 출동해서 그 둘을 찾고 계셔야죠."

"그 진술은 저희도 들었습니다, 포먼 씨. 그래서 정식으로 확인을 부탁드리는 겁니다."

게이브는 그 말을 곱씹었다. '정식' 확인. 남성분들은 반드시 넥타이를 매주시기 바랍니다. 트레이닝복 착용 시에는 입장하실 수 없습니다. 그는 히스테리 환자처럼 키득거리지 않으려고 꾹 참았다.

경찰은 그의 말을 믿지 않았다. 상관없었다. 그가 보여주면 될 것이었다. 이지는 어느 빌어먹을 시체 안치소에 차가운 시신으로 가만히 누워 있지 않았다. 아이는 살아 있었다. 그가 보았다. 그 녹슨 고물차 안에서. '꼴리면 빵빵 눌러주세요.' 양 갈래로 땋은 금발. '진짜 사나이들은 예수님을 사랑해.' 한 개가 빠진 앞니.

"알겠습니다. 하지만 잘못 알고 계신 거예요. 누가 딸아이를 데려가는 걸 내가 봤어요. 그 아이는 살아 있습니다."

매덕 경위는 고개를 끄덕였다. 게이브는 그녀의 얼굴을 스쳐가는 표정에 담긴 의미를 잘 알 수가 없었다. "시신 확인이 끝나면 저희 쪽에서 여쭤볼 게 많아질 겁니다."

시신 확인은 다음 날 오후로 일정이 잡혔다. 게이브는 그들의 느긋한 대처에 좌절을 느꼈다. 하지만 충격을 많이 받았고 피곤해서 왈가왈부할 정신이 없었다.

며칠 전에 이지의 다섯 번째 생일 파티가 열렸던 집이 이제는 범죄 현장이 되었다. 거기서 지낼 수가 없었다. 신세를 질 친구가 없었기에 게이브는 근처 프리미어 인에 방을 하나 잡았다. 하얀색 셔츠에 검은색 바지 정장을 입은 튼실한 여자가 와서 자기소개를 했다. "피해 가족 지원팀 소속, 앤 글리브스예요." 그녀는 호텔까지 게이브를 태워다주었고 자기 마음대로 객실까지 동행했다. 그의 곁에 앉아서 말을 걸었다. 아무 의미 없는 한심한 말들을 늘어놓았다. 게이브는 친절하고 지각 있는 그녀의 얼굴을 빤히 쳐다보며 그녀가 창밖으로 뛰어내렸으면 좋겠다는 생각을 했다. 그녀가 대신 연락해주었으면 하는 사람이 있느냐고 묻자 게이브는 제니의 부모님을 떠올렸다가 내키지 않지만 됐다고 했다. 직접 연락해야 했다. 게이브는 그녀를 보내고 해리와 에벌린에게 전화해 몇 마디로 그들의 세상을 무너뜨린 다음 똑바로 앉아서 전화기에 저장된 이지와 제니의 예전 사진을 보며 목이 쉬도록 울었다.

얇은 커튼 사이로 슬금슬금 날이 밝자 샤워를 하고 수염을 깎고 어제 입었던 검은색 셔츠와 청바지를 다시 입었다. 주머니에서 우글쭈글한 넥타이를 꺼내서 매고 조금 세게 조였다. 거울에 비친 모습을 보았다. 안색이 창백하고 눈이 충혈된 것 말고는 나쁘지 않아 보였다. *정식 확인.* 그는 그 단어를 암울하게 다시 떠올렸다.

그러고는 침대에 도로 앉아서 기다렸다.

전부 착오였다. 끔찍한 착오였다.

해리와 에벌린이 정오 직전에 그에게 전화했다. 에벌린은 놀라우리만치 차분했다. 히스테리 환자 같았던 전날 밤과 전혀 달랐다. 그녀는 같이 가겠다고 했다. 힘이 되어줄 수 있게. 게이브는 같이 가고 싶지 않았다. 그래서 그럴 필요 없다고 했다. 하지만 에벌린은 고집을 꺾지 않았다. "자네 혼자 어쩌려고. 해리가 운전할 거야. 자네가 감당할 수 없을 경우에 대비해서."

그때만 해도 실낱같던 그들의 관계가 비난과 의혹으로 완전히 절단나기 전이었고, 게이브는 그들이 상실의 슬픔으로 잠깐 하나가 된 든든한 장인, 장모의 역할을 하려는 줄 알았다.

"뭐 좀 먹었나?" 호텔에서 만났을 때 에벌린이 물었다. "뭐라도 먹어야지. 먹고 기운 차려야지." 뭐라도 먹으면 심장에 뚫린 아픈 구멍이 메워지기라도 한다는 식이었다.

그들이 게이브를 호텔 옆 선술집에 데려갔다. 조명은 너무 눈이 부시고 인테리어는 너무 화사했다. 게이브로서는 자신이 거기에 앉아 있는 이유를 알 수가 없었다. 나이프와 포크가 접시를 긁는 소리에 이가 욱신거렸다. 에벌린은 너무 높고 귀에 거슬리는 목소리로 고집스럽게 재잘거렸다. 그녀는 눈이 빨갛게 충혈되어 있었다. 한두 번 안약을 꺼내 눈에 넣었다. 해리는 어쩌다 한 번씩 툴툴거리며 치즈 샌드위치를 입 안에 욱여넣었다. 게이브는 퀴퀴한 빵과 햄을 간신히 한 입 먹고 블랙커피를 두 잔 마셨다. 차갑고 썼다. 적절한 비유였다. 사는 게 그 맛을 잃었다.

도시 외곽의 순환도로 근처에 있는 병원까지는 20분 거리였다. 제니가 이지를 낳은 병원이었다. 게이브는 상실감으로 심장이 뒤틀리다 말라버린 줄 알았는데 다시금 배배 꼬이는 것이 느껴졌다. 쓰디쓴 물방울로 영혼이 그을리고 속이 울렁거렸다. 그는 배를 움켜쥐었다.

"괜찮나?" 에벌린이 그의 손을 잡았다.

그는 고개를 끄덕였다. "네, 괜찮습니다."

그녀는 핸드백에서 조그만 약병을 꺼내 알약 두 개를 손바닥 위로 덜었다. 그걸 그에게 건넸다.

"이게 뭡니까?"

"먹으면 신경을 가라앉히는 데 도움이 될 거야."

이로써 그녀가 조증 환자처럼 이상하게 조잘거렸던 이유가 밝혀졌다. 그는 조그만 분홍색 알약을 쳐다보며 고개를 저으려고 했다. 하지만 속이 다시 뒤틀리는 게 느껴졌다. 그는 생각을 바꾸었다. 약을 받아서 물도 없이 그대로 삼켰다. 쓰구먼, 그는 다시 생각했다.

방문객용 주차장에 차를 대는 동안 게이브는 점점 더 꿈을 꾸는 것처럼 느껴졌지만, 관 모양으로 하얗게 테두리를 그린 '시체 안치소 전용' 공간이 있을 리 만무했다. 병원이 사랑하는 사람들을 낫게 하는 곳만은 아니라는 사실을 군이 상기시킬 필요는 없었다.

앤 글리브스가 안내 데스크에서 그들을 맞았다. 그녀가 손을 내밀었다. 게이브는 그 손을 마주 잡았지만 꼭 점토와 악수하는 느낌이었다. 약효가 발휘되기 시작하는 것일지 몰랐다. 온몸에 감각이 없었다.

"이쪽으로 오시겠어요?"

그 이후로는 기억이 가물가물하다고 하면 상투적인 표현이 될 테지만 사실이 그랬다. 뾰족한 모서리를 모두 갈아서 없앤, 보송보송한 펠트로 만들어진 세상 속을 움직이는 듯한 느낌이었다. 그들은 옅은 파란색 복도를 걸었다. 사람들이 웅얼거리는 소리가 침전물처럼 그의 귓속으로 가라앉았다. 여전히 날카롭고 선명하게 느껴지는 것은 냄새뿐이었다. 화학약품 냄새. 병원 냄새. 방부제겠지. 그는 생각했다. 시신을 썩지 않게 막는. 속이 다시 울렁거렸다.

그들은 조그만 대기실에 다다랐다. 그가 보기에는 아늑하게 꾸미려고 한 공간 같았다. 좀 더 파스텔에 가까운 색상. 회색 소파. 꽃병에 꽂힌 흰색 꽃. 조화였고 천으로 만들어진 꽃잎 색은 바래고 먼지가 쌓였다. 테이블 위에 펼쳐진 팸플릿이 놓여 있었다. 상을 당했을 때 대처하는 법. 상담 서비스. 아이에게 갑작스러운 죽음을 설명하는 법. 눈을 동그랗게 뜬 어린아이 사진이 그를 올려다봤다. 그는 시선을 돌렸다.

앤 글리브스가 자리에 앉았다. '절차'를 설명했다. 텔레비전에서 보는 것과는 전혀 달랐다. 시트를 섬뜩하게 홱 열어젖히지는 않을 거라고 했다. 제니와 이지는 얼굴만 내놓고 테이블 위에 누워 있을 거라고 했다. 게이브는 얼마든지 그 옆에 있어도 되지만 시신을 만지는 건 금지 사항이었다. 이제 그만 가고 싶다고 하면 그들 쪽에서 고인이 아내와 딸이 맞는다는 서류에 서명해달라고 요청할 것이었다. 들어가시기 전에 물 한 잔 드릴까요? 다른 분과 같이 들어가고 싶으신가요?

그는 고개를 저었다. 자리에서 일어났다. 문 앞까지 걸어갔다.

온 사방이 꿈틀거렸다. 구불구불한 선들이 눈앞을 가렸다. 그는 숨을 쉬려고 했지만 빌어먹을 화학약품 냄새만 진동했다.

"포먼 씨? 좀 더 있다가 들어가시겠어요?"

그는 대답하려고 입을 열었다. 배 속이 뒤틀렸고 토사물이 뿜어져 나왔다. 참을 수가 없었다. 그는 옅은 회색 카펫에 대고 토악질을 하고 또 했다.

"어쩌면 좋아." 이렇게 얘기하는 에벌린의 목소리가 들렸다. "오지 말라고 말릴 걸 그랬네."

그는 와야만 했다고 얘기하고 싶었다. 그가 처리해야 할 일이라고. 하지만 머릿속이 시커멓고 북슬북슬한 구름으로 가득 찼다. 귓속이 윙윙거렸다. 무릎에서 힘이 풀렸다. 그는 바닥에 쓰러졌다.

멀리서 앤 글리브스의 목소리가 들렸다. "간호사를 불러올게요. 신원 확인은 다시 날을 잡아도 돼요."

그러자 해리의 목소리가 들렸다. 놀라우리만치 단호했다. "아뇨. 그럴 것 없어요. 내가 확인할게요. 여러모로 그게 좋겠어요."

그게 좋겠어요. 그게 좋겠어요. 이 두 단어가 게이브의 머리를 두드렸다.

나중에 그는 다시 가서 두 사람을 볼 수 없느냐고 물었다. 하지만 병원에서 링거를 맞고 '약물을 먹진 않았느냐'는 질문을 반복해서 듣다가 퇴원한 이후, 경찰이 들이닥쳤다. 그의 세상이 다시금 휘청거렸다. 그는 이제 더 이상 슬퍼하는 남편이자 아버지가 아니었다. 살인 용의자였다. 그는 또다시 무미건조한 파란 방으로 불려갔다. 하지만 그곳에는 꽃도 위로용 팸플릿도 없었다. 녹음기와 매덕 경위와 험상궂은 표정을 짓고 있는 다른 형사와 급하게 호출돼서 게이브보다 더 안절부절못하고 준비가 덜 된 것 같아 보이는 젊은 변호사뿐이었다.

무기력한 표정으로 앉아 있는 그에게 형사들이 아내와의 사이, 직장 생활, 성장 배경…… 아, 그리고 출근을 하지 않았다던데 오전 8시에 집을 나서 오후 6시 15분경에 레스터 포레스트 이스트 휴게소에서 전화를 하기 전까지 정확히 어디 있었느냐고 물었다.

게이브는 대답하고 싶지 않았다. 그가 사람을 해치거나 죽일 수 있는 유형의 남자라는 그들의 의구심을 입증하고 싶지 않았다. 하지만 허사였다. 그들은 게이브의 전과를 알고 있었다. 그의 휴대전화를 위치 추적했다. 어차피 모두 밝혀질 수밖에 없었다. 어떤 식으로든 대부분은.

이후로 제니의 부모님과의 관계가 급속도로 붕괴됐다. 게이브는 결국 무혐의로 풀려났지만 에벌린은 그와의 통화를 거부했고 집 전화번호를 바꿨다. 그를 완전히 차단했다. 그는 변호사를 통해 장례식 날짜를 들었다. 그의 차는 '증거'로 압수당했고 에벌린이 장의차에 동승하는 걸 거부했기 때문에 화장터까지 택시를 타고 가는 수밖에 없었다.

게이브는 장례식장을 끝까지 지키지도 못했다. 목사의 의미 없는 설교를 듣고 관을 쳐다보며 앉아 있을 수가 없었다. 제니의 관은 반짝이는 검은색 오크나무였다. 해리의 여력이 허락하는 한도 안에서 가장 비싼 관이었을 것이다. 이지의 관은 분홍색으로 칠하고 선명한 꽃으로 장식한 축소판이었다. 그러면 그 조그만 관이라는 고약하고 경악스러운 물건이 그럴듯해지기라도 한다는 걸까. 오히려 더 끔찍해졌다. 그렇게 작은 관은 있으면 안 되는 거였다. 세상의 그 어떤 아이도 그렇게 싸늘하게 가만히 누워 있으면 안 되는 거였다. 아이들은 빛과 온기와 웃음이었다. 어둠과 정적이 아니었다. 모든 게 잘못됐고 그는 받아들일 수가 없었다. 받아들이지 않을 작정이었다.

그는 목 졸린 비명을 터뜨리며 자리에서 일어나 예배당 밖으로 뛰쳐나갔고 축축한 풀밭 위로 쓰러졌다. 거기 그렇게 누워서 목이 쉬고 양복과 셔츠에 풀물이 들고 흠뻑 젖을 때까지 소리를 질렀다. 아무도 다가와서 그를 일으켜 세우지 않았다. 줄지어 나온 다른 조문객들 가운데 단 한 명도 걸음을 멈추거나 손을 내밀지 않았다. 어느 누구도 살인의 오점이 남은 사람과 엮이고 싶어 하지 않았다.

그는 축축하고 질척질척한 풀밭에 그렇게 누워 있다가 결론을 내렸다. 이대로 쓰러져 있거나 스스로 목숨을 끊을 수도 있지만 그 차를 찾아 나설 수도 있었다. 이쪽이 됐든 저쪽이 됐든 해답을 찾아 나설 수도 있었다. 그런 다음에라야 스스로 애도하는 시간을 허락할 수 있었다. 그런 다음에라야 이지가 향기 없는 꽃들이 선명하게 그려진 조그만 분홍색 관에 실려 영영 사라졌다고 받아들일 수 있었다.

하늘에서 태양이 흔들리기 시작할 무렵에야 그는 비틀비틀 일어나 걸음을 옮겼다. 예배당으로부터, 가족의 유골로부터, 그의 삶으로부터 등을 돌렸다.

일주일 뒤, 몇 개 안 되는 마지막 소지품을 얼마 전에 산 중고 캠핑카 트렁크에 싣고 있었을 때 해리에게서 문자메시지가 날아왔다. 그는 놀랐다. 그러다 화가 났다. 문자를 지워버릴까 생각했다. 하지만 왠지 모르게 그럴 수가 없었다.

게이브에게는 부모도 친한 친구도 없었다. 그는 너무 가까워지면 가면 속 민낯을 들킬까 봐 두려운 마음에 사람들과 거리를 두는 데 이골이 나 있었다. 그보다 더 끔찍하게는 어느 날 예전에 알고 지내던 사람이 갑작스럽게 찾아와 임금님의 새 옷을 벗기고 그의 실체를 폭로할 수도 있었다.

직장 동료는 있었지만 살인 혐의가 씌워지자 우습게도 그들은 게이브를 슬금슬금 피해 다녔다. 그가 사직서를 내지 않았더라도 회사 측에서 이내 꼬투리를 잡아서 어떻게든 그를 잘랐을 것이다.

게이브에게는 이제 집도 없었다. 청소업체에서 사건의 흔적을 모두 제거했지만 그의 눈에는 벽에 튄 핏방울이 계속 보였다. 비명 소리가 계속 들렸다. 매일 아침마다 부엌에 들어가면 제니가 총에 맞아서 피투성이가 된 몸으로 서 있다가 비난 섞인 냉랭한 눈빛으로 그를 마주 보았다.

"왜 이런 일이 벌어지도록 두 손 놓고 있었어? 왜 여기서 우리를 보호해주지 않았어?"

그는 무죄로 석방된 지 일주일이 지났을 때 중개업소에 전화해 집을 매물로 내놓았다. 그런 다음 조그만 여행 가방에 짐을 챙기고 프리미어 인으로 들어가, 우편물을 챙기고 고양이에게 밥을 줄 때만 잠깐 다녀왔다. 집이야 어떻게 되거나 말거나 신경 쓰지 않았다.

이 세상에서 게이브가 진심으로 아낀 것은 제니와 이지뿐이었다. 이제 그들이 사라졌으니 그 세상도 끝이 났다. 유일하게 남은 연결 고리가 해리였다.

그는 답장을 눌렀다.

그들은 이후로 몇 번 만났다. 정기적이라고 할 만큼 자주는 아니었다. 항상 게이브 쪽에서 만나자고 하지도 않았다. 하지만 장소는 항상 여기, 추억의 정원이었다.

그들은 아무 말 없이 앉아 있기만 할 때도 있었다. 그래도 신기하게 어색하지 않았다. 대개는 대화를 나누었다. 제니와 이지에 대해. 행복했던 시절에 대해. 두 사람 모두 그 시절을 미화했다. 하지만 대화를 나누면, 야외를 수놓은 이 파릇파릇한 풀밭과 꽃들 사이로 그들의 추억을 내뱉고 나면 가슴속의 공허한 아픔이 덜어지는 것은 사실이었다. 살짝이라도. 잠깐 동안만이라도. 가끔은 그것만으로도 충분했다.

그들은 다른 얘기도 했다. 진부한 일상. 둘 중 한 명이 가끔 경찰수사 얘기를 꺼낼 때도 있었다. 수사가 왜 지지부진한지. 왜 어느누구도 죗값을 치르지 않는지. 시간이 지날수록 범인을 체포할 수있을 거라는 희망이 어떤 식으로 점점 희미해지는지.

해리는 그가 고속도로 위에서 어떻게 지내는지 시시콜콜 알았다. 하지만 거기에 대해서 한마디도 하지 않았다. 게이브가 신원 확인 얘기를 절대 꺼내지 않는 것과 마찬가지였다. 침묵하기로 합의한 셈이었다. 그것은 아슬아슬한 그들의 관계를 박살 낼 수 있는 수류탄이었다.

과거엔 서로 의견이 달랐을지 몰라도, 게이브는 항상 제니의 아버지를 선량하고 원칙적이며 괜찮은 사람으로 간주했다.

오늘은 처음으로 그 역시 빌어먹을 거짓말쟁이는 아닌지 의심스러워졌다.

16

덜거덕 덜걱. 앨리스는 게슴츠레하게 눈을 뜨고 깜빡였다. 여기
가 어디지? 잠깐 시간이 걸렸다. 호텔 방이었다. 맞은편에서 프랜이
자고 있었다. 하지만 뭔가가 그녀를 깨웠다. 덜거덕 덜걱.

앨리스는 침대 옆 테이블에 둔 배낭을 흘끗 쳐다보았다. 조약돌.
안에서 돌들이 나지막이 움직이는 것을 느낄 수 있었다.

가만히 있질 못하네, 그녀는 생각했다.

내가 꿈을 꾸고 있나 봐, 그녀는 생각했다.

덜거덕 덜걱, 조약돌들이 속삭였다.

앨리스는 일어나 앉았다. 인위적인 어둠 때문에 시간 감각이 없
었다. 몇 시인지 알 수가 없었다. 이제 보니 쉬가 마려웠다. 어쩌면
꿈이 아닐지 몰랐다. 그녀는 가만가만 조심스럽게 침대 밖으로 빠
져나갔다. 프랜을 깨우고 싶지 않았다. 분명 피곤할 것이었다. 그

먼 길을 운전하지 않았던가. '도착하려면 아직 멀었어요?' 과연 도착할 수 있기는 할까?

도망 다니기 이전의 생활은 기억나는 게 별로 없었다. 애써 잊으려고 했기 때문일 수도 있었다. 가끔 꿈속에 나타날 때는 있었다. 쓰러질 때 꾸는 꿈과는 달랐다. 그건 꿈인지 아닌지도 확실하지 않았다. 하지만 다른 때 꾸는 꿈은 꿈이 맞았다. 밤에 눈을 감는 순간 그녀를 와락 덮치는 그것은. 피비린내와 비명이 난무하고 금발의 예쁜 여자가 등장하는 꿈이었다. '엄마?' 엄마에게 무슨 일이 생겼다. 누군가가 엄마를 해쳤다. 그리고 그들은 앨리스도 해치려고 했다. 하지만 프랜이 그녀를 살렸다. 프랜이 그녀를 지켜주었다. 프랜은 언제까지고 그녀를 지켜줄 것이다. 프랜은 앨리스를 사랑했다. 앨리스도 프랜을 사랑했다.

하지만 가끔, 아주 가끔은 프랜 때문에 조금 무서울 때도 있었다.

방광이 다시 어떻게 좀 해달라고 보챘다. 앨리스는 터벅터벅 화장실로 가서 불을 켜고 문을 열었다.

화장실은 작고 환했다. 그녀는 프랜을 깨우지 않게 다시 문을 닫고 변기에 앉았다. 볼일을 보고 닦고 물을 내렸다. 세면대 위에 달린 거울을 마주 보는 대신 고개를 숙이고 욕조 수도꼭지 아래로 손을 넣어서 씻었다.

덜거덕 덜거덕. 조약돌 소리가 더 크게 들렸다. 다른 방에 있는데 말도 안 되는 일이었다. 덜거덕 덜거덕. 파도가 부드럽게 모래사장을 쓸고 지나가는 것 같은, 다른 소리도 들렸다. 방 안에서 들리는 소리 같았다. 아니, 그녀의 머릿속에서 들리는 소리 같았다.

앨리스는 그 소리를 떨쳐버리려고 했지만 없어질 줄 몰랐다. 덜거덕 덜걱 덜거덕 덜걱. 그 유혹을 견디기가 쉽지 않았다. 게다가 점점 더 강해졌다. 그녀는 천천히 눈을 들었다. 거울 속의 소녀가 미소를 지었다.

"앨리스으으으."

"안 돼."

"부탁이야아아아아아."

앨리스는 고개를 저었다. 하지만 움직임이 느리고 무거웠다. 눈꺼풀이 감기기 시작했다. 욕조 수도꼭지에서 물이 콸콸 쏟아져 배수구로 빨려 들어갔다.

앨리스는 욕조 안으로 들어가서 누웠다.

17

"여쭤보고 싶은 게 있는데요."

해리는 한숨을 쉬었다. "내가 대답하고 싶지 않을 수도 있는데ㅡ"

"제가 제정신이 아니라고 생각하세요?"

해리는 멈칫했다. 그가 예상한 질문이 아니었던 것이다. 그는 대답하기 전에 잠깐 뜸을 들였다.

"끔찍한 일이 벌어지면 사람마다 대처하는 방식이 다르잖은가. 각자 도움이 될 만한 방법을 찾지." 그는 헛기침을 했다. "에벌린은 요즘 폭행당한 여성들의 쉼터에서 자원봉사를 하고 있어."

"네?"

게이브는 놀란 기미를 감추지 못했다. 완벽한 헤어스타일을 자랑하며 격식을 따지고 안팎으로 보수적인 에벌린이 자신을 낮추고 절박한 빈곤층과 어울리다니. 하지만 어쩌면 그녀도 달라졌을지 몰랐다.

"상황이 아주 안 좋아졌었거든." 해리가 말했다. "에벌린이……
약을 먹었었어."

그건 놀랍지 않았다. 게이브는 신원 확인 전에 에벌린이 주었던
약을 떠올렸다. 서로 알고 지낸 세월 동안 에벌린은 항상 모든 걸
통제했다. 심지어 장례식장에서도 그녀는 울지 않았다. 아, 눈가를
훔치고 코를 훌쩍이고 안약을 넣긴 했다. 하지만 콧물을 질질 흘려
가며 제대로 대성통곡하지는 않았다. 모두 속으로 삭였다. 계속 침
착한 분위기를 유지했다. 하지만 그 약물이라는 감옥 속에 너무 오
랫동안 갇혀 지내다 보면, 교도소장이 자기 자신이고 거기서 석방
될 수 있는 길은 하나뿐이라는 사실을 깨닫게 된다.

"아무튼." 해리는 하던 얘기를 계속했다. "그게 도움이 되는 모양
이야. 다른 여자들과 아이들을 위해 좋은 일을 하고 있다는 사실이
말이지."

"천직을 찾으셨다니 다행이네요."

해리는 옅은 미소를 지었다. "그 일을 하면 외출을 할 수 있잖아.
그게 진짜 이유가 아닐까 싶을 때도 있어. 나랑 같이 있으면 더 생
각이 날 테니까."

해리의 목소리가 살짝 갈라졌다. 그는 다시 기침을 했다. 기침 소
리가 귀에 거슬리고 걸걸했다. 게이브는 그가 갑자기 나이 들어 보
이고 축 처진 이유가 다시금 궁금해졌다. 비싼 시가를 아직도 피우
는지 궁금해졌다.

"아버님은요?" 게이브는 물었다. "아버님은 뭐 하고 지내세요?"

"계속 바쁘게 지내고 있어. 골프도 치고 꽃밭도 가꾸고. 양궁도 배우고 있지."

게이브는 한쪽 눈썹을 추어올렸다. "그러시군요."

"그게 극복하기 위한 방편인지 시간 때우기인지는 모르겠지만. 하지만 우리 모두 잘 지내기 위해 필요한 일을 하고 있지 않은가."

"아마도요."

"내가 하고 싶은 말은 뭔가 하면— 이런 집착이 자네의 극복 방식이라는 걸 이해한다는 거지. 자네를 제정신이 아니라고 생각하지는 않아. 하지만 건강에 아주 안 좋다고는 생각하지."

"감사합니다."

"그 둘이, 그 둘 모두가 죽었다는 걸 받아들이지 않으면 앞으로 나아갈 수 없어."

"어쩌면 그러고 싶지 않은 것일 수도 있겠어요."

"그건 자네가 선택하기 나름이겠지. 하지만 자네는 아직 젊지 않은가. 이런 말 하기 가슴 아프지만 다른 여자를 만나서 아이를 낳을 수도 있지. 에벌린과 나는 너무 늦었지만 자네는 새로운 삶을 설계할 수 있어. 새롭게 시작할 수 있어."

새로운 시작이라. 인생이 무슨 우유 팩인가. 먹던 게 상하면 버리고 새 우유를 따면 된다는 식이네.

"나는 게이브, 자네를 돕고 싶어." 해리가 좀 더 부드러운 목소리로 말했다. 검사 결과가 나왔는데 좋지 않았을 때 환자들에게 썼던 목소리가 아닐까 싶었다.

"압니다. 아버님께 연락한 것도 그 때문이에요."

해리는 고개를 끄덕였다. "뭐, 내가 도울 방법이 있으면—"

"그 차를 찾았어요."

게이브는 주머니에서 전화기를 꺼냈다. 간밤에 사진을 몇 장 찍었다. 초점이 조금 안 맞았고 플래시 때문에 많은 부분이 하얗게 나왔지만 필요한 건 대부분 보였다. 트렁크를 닫고 여러 각도에서 찍은 차. 스티커. 해리는 사진을 빤히 쳐다보며 미간을 찌푸렸다.

"보이세요?" 게이브는 물었다. 목소리가 조금 절박해지는 건 어쩔 수가 없었다. 문득 깨닫고 보니 게이브에게는 해리의 믿음이 필요했다. 그의 지지가 필요했다.

"호수에 빠진 녹슨 고물차가 보이네만."

게이브는 화면을 확대했다.

"스티커 보이세요?"

해리는 좀 더 유심히 들여다보고 어깨를 살짝 으쓱했다. "보이는 것도 같군. 장담은 못 하겠지만."

"바로 그 차예요, 아버님. 제가 그날 저녁에 본 차요."

해리는 한숨을 쉬었다. "게이브, 자네가 정말 어떤 여자아이를 태운 차를 봤을 수도 있어. 이게 그 차였을 수도 있고. 하지만 그 아이는 이지가 아니었어. 자네가 착각한 거야. 어두컴컴했고 거리가 있었잖은가. 그 또래 여자아이들은 다 비슷하게 생겼고. 이지를 닮은 다른 아이였지. 모르겠나?"

"아뇨." 게이브는 고개를 저었다. 그는 주머니에서 폴더를 꺼내 거기 들어 있던 머리 방울을 집어서 해리에게 보여주었다.

"이것도 찾았어요. 이지 거예요."

해리는 방울을 쳐다보며 입을 굳게 다물었다.

"좋습니다." 게이브는 수첩을 꺼내고 지도도 함께 끄집어내려다 둘 다 땅바닥에 떨어뜨리고 말았다. 그는 허리를 숙여서 얼른 집고 미친 듯이 흙을 털었다.

"이건요?" 그는 수첩을 펼쳤다. "이 단어 들어보신 적 없나요? 디 아더 피플?"

"게이브, 이건 너무—"

"아뇨! 다들 저더러 잘못 봤다고 하는데요. 아버님 생각은 어떠세요? 어머님은요? 그 또래 여자아이들은 다 비슷하게 생겼다고 하셨죠. 아버님이 신원을 확인한 그 시신이 이지가 아니었다면요? 아버님이 잘못 보신 거라면요?"

"내가 내 손녀딸도 알아보지 못할 거라고 생각한단 말인가?"

"아버님은 *제가* 제 딸도 알아보지 못할 거라고 생각하시잖아요."

그들은 서로 노려보았다. 막다른 골목이었다. 해리의 표정은 침착했지만 눈 뒤에서 많은 일이 벌어지고 있다는 것을 게이브는 알 수 있었다. 해리는 생각이 짧지 않았다. 무슨 말이나 행동을 하기에 앞서 모든 경우의 수를 따졌다.

"자네가 지금 무슨 소리를 하고 있는 건지 생각해본 적 있나?" 그가 말했다. "내가 이지의 시신을 잘못 보았다면 제2의 시신이 있었다는 뜻이야. 다른 아이의 시신이. 그 아이는 누구일까? 왜 아무도 실종 신고를 하지 않을까? 내가 착각을 했다 하더라도 자네 주장은 앞뒤가 안 맞는데, 나는 착각을 하지도 않았어."

게이브는 자신의 믿음이 흔들리는 것을 느낄 수 있었다. 해리가 그런 걸 잘했다. 설득을 잘했다. 차분하고 침착한 말투. 그의 논리, 추론. 내 말 믿어, 내가 의사야.

"이 머리 방울은 말이지, 게이브. 어떤 아이의 것이었을 수도 있어."

"이지 거예요."

"그래, 이지 것일 수도 있지. 자네가 보관하고 있었을지도. 그걸 차에서 찾았다고 자네가 자네 자신을 설득한 것일지도."

"네?"

"의식적으로 그런 건 아니고."

"제가 지어낸 얘기라고 생각하세요?"

"아니, 자네는 그걸 믿고 있다고 생각해. 그리고 그게 문제고. 자네가 도움을 받아야 하는 이유가 그 때문이지."

게이브는 코웃음을 터뜨렸다. "도움요. 그렇죠."

"내가 도움이 될 만한 친구를 아는데."

"그러시겠죠. 어디 보자— 멋지고 으리으리한 사무실에서 신경 안정제 처방전을 써놓고 기다리겠죠?"

"게이브—"

"정신과 의사는 필요 없습니다. 아버님께서 그날의 진실을 말씀해주시면 돼요."

이번에는 해리의 표정이 달라졌다. 숱 많은 눈썹을 찡그렸고 파란 눈에 그늘이 졌다.

"내가 시신을 보고 거짓말을 했다는 건가?"

게이브는 대꾸하지 않았다. 달리 설명할 방법을 열심히 고민했다. 해리와 에벌린은 손녀를 자주 만나지 않았다. 그것 역시 그들과 제니가 겪은 갈등의 원인이었다.("빌어먹을 달나라에 사시는 것도 아니고 두 시간 거리잖아.") 그들이 마지막으로 놀러 온 지 적어도 3개월은 지났다. 그 또래 아이들은 금세 자랐다. 이지는 머리를 잘랐다. 이가 하나 빠졌다.

'아버님이 상심한 데다 그날 하도 정신이 없어서 착각했을 수도 있을까? 어마무시하게 끔찍한 착각을 했을 수도 있을까? 그러고는 겁이 나서 시인하지 못하는 걸까? 아니면 다른 이유가 있었을까?'

아직은 단정할 수 없었다. 아직은 해리가 너무나 끔찍하고 상상조차 할 수 없는 일을 저질렀을지 모른다는 혐의를 제기할 수 없었다. 그러면 너무나 많은 의문이 제기됐다. 왜 그랬을까? 왜 그랬을까? 왜 그랬을까?

"만약 자네가 좀 더 젊었다면 나한테 얼굴을 한 방 맞았을 거야." 해리는 중얼거렸다.

한 대 치고 싶겠지, 게이브는 생각했다. 하지만 어려운 일이었다. 해리는 예전의 그가 아니었다. 그가 늙어버린 것은 시간의 흐름과 상관이 없었다. 상심으로 생긴 일이었다. 상심을 겪다 보면 하루 새 수십 살은 먹을 수 있었다. 게이브는 지친 삭신이 쑤시는 것을 느낄 수 있었다. 가끔 예전에 살아 있었던 남자의 거죽을 뒤집어쓰고 다니는 유령이 되어버린 듯한 느낌이 들 때도 있었다.

"죄송합니다." 게이브는 말했다.

해리는 고개를 저었다. 게이브의 눈앞에서 해리의 얼굴을 언뜻 스치고 지나갔던 전의가 다시금 찾아들었다. "아니야, 내가 미안하네. 자네가 결국에는 그만두고 정신 차리길 바랐는데. 심지어 그 빌어먹을 차를 찾아서 자네 생각이 틀렸다는 걸 깨닫길 바랐는데. 하지만 그럴 일은 없어 보이는군."

그는 재킷 안주머니에서 반으로 접은 A4 봉투를 꺼냈다.

"희망은 강력한 마약이지. 내 말 믿어도 좋아, 희망이 환자들한테 기적을 불러일으키는 것을 내 눈으로 직접 확인했으니. 하지만 희망과 망상은 다르지. 내가 이걸 자네한테 주는 이유가 그 때문이야. 에벌린은 자네한테 진작 이걸 보여주고 싶어 했어. 나는 자네한테 상처를 주고 싶지 않았고. 하지만 이제 그럴 때가 되었군, 게이브."

"그게 뭡니까?"

"검시 보고서."

그걸 빤히 쳐다보는 동안 게이브의 배 속에 구멍이 뚫렸다. "검시 보고서는 저도 봤어요. 그 시신이 절대적으로 이지라는 얘기는 없던데요."

해리는 한숨을 쉬었다. "나이, 체중, 머리색, 심지어 앞니가 하나 빠진 것까지."

'이의 요정이 가져갈 수 있게 베개 아래에 넣어두자.'

"모두 일치해. 하지만 자네가 원하는 건 진실이 아니지. 동화 같은 이야기에 매달리고 싶을 뿐." 해리는 봉투를 그들 사이 벤치 위에 내려놓고 천천히 일어섰다. "당분간 우리 서로 만나지 않는 게 좋겠네."

게이브는 아무 대답도 하지 않았다. 그는 해리가 떠나는 것도 거의 알아차리지 못했다. 불발 수류탄이라도 되는 듯 봉투만 빤히 쳐다보았다. 물론 그걸 그냥 두고 갈 수도 있었다. 보지 않을 수도 있었다. 태워서 쓰레기통에 버릴 수도 있었다. 하지만 그도 알다시피 그건 불가능한 얘기였다.

게이브는 봉투를 집어서 열었다. 안에 종이 두 장이 들어 있었다. 그는 종이를 꺼냈다. 검은색 활자가 눈앞에서 흐릿하게 줄줄이 이어졌다. 이해가 안 되는 의학 용어들이었지만 단어 몇 개가 눈에 들어왔다. 총상. 동맥. 천공. 장기 손상. 그는 종이를 한쪽 옆으로 치웠다. 봉투 안에 다른 뭔가가 또 있었다. 그는 봉투를 기울였다. 폴라로이드 사진 두 장이 떨어졌다.

제니와 이지였다. 초록색 시트로 목까지 덮여서 얼굴만 보였다.

시체 안치소에서 찍은 사진이었다.

어떤 소리가 들렸다. 신음 소리 비슷했다. 좀비가 내는 소리였다. 알고 보니 그가 내는 소리였다.

도대체 무슨 수로 이걸 입수했을까? 하지만 그는 *의사*였다. 연줄이 있을 것이다.

게이브는 제니 사진을 집었다. 얼굴이 밀랍처럼 창백했고 죽음으로 낯설어졌다. 하지만 그가 한때 어루만지고 입을 맞추고 사랑하고 꿈꾸었던 얼굴이라는 것을 알 수 있었다. 그는 이 사진을 한쪽 옆으로 내려놓고 내키지 않는 마음을 달래며 두 번째 사진을 집었다.

이지의 얼굴은 흠 하나 없이 완벽했다. 꼭 잠을 자고 있는 것 같았다. 영원히 깨지 않을 서늘한 잠을.

게이브는 눈동자가 화끈거릴 정도로 열심히 들여다보았다. 착각의 여지가 없었다. 이지였다. 그의 이지였다.

그는 울음을 터뜨렸다. 이러다 눈알이 빠지겠다 싶을 때까지 울었다. 가슴이 아프고 유리 조각으로 목을 헹구는 것처럼 느껴질 때까지 울었다. 콧물을 펑펑 흘리고 소맷부리로 얼굴과 코를 닦으며 어린애처럼 울부짖었다.

'에벌린은 자네한테 진작 이걸 보여주고 싶어 했지…… 이제 그럴 때가 되었군.'

"괜찮아요, 젊은 양반?"

게이브는 고개를 들었다. 어떤 노파가 앞에 서 있었다. 백발은 지저분하고 피부는 처져서 쭈글쭈글했다. 골다공증 때문에 몸은 굽었고 얼룩덜룩한 베이지색 우비를 입고 있었다. 오래돼서 퀴퀴해진 지린내가 훅 풍겼다.

노파는 낡은 실버 크로스 유모차를 밀고 있었다. 은색보다 녹슨 부분이 더 많은 유모차였다. 안에 아기 대신 고양이가 웅크리고 앉아 있었다. 초록색 눈이 뚱하게 생긴, 큼지막한 얼룩무늬였다. 게이브는 녀석을 보고 그들이 키웠던 성격 고약한 늙은 고양이 슈뢰딩거를 떠올렸다. 녀석이 그 이름으로 불리지는 않았다. 이지가 발음하지 못했기 때문에 이름이 소다가 되었다.

게이브가 체포되자 이웃집에서 녀석을 데려갔다. 다행이었다. 그는 그 늙은 고양이를 좋아한 적이 없었다. 방금 전까지 가르랑거리다가도 삽시간에 바로 옆의 맨살을 발톱으로 할퀴어놓고는 했다.

"자요, 젊은 양반."

노파가 쭈글쭈글한 휴대용 크리넥스를 건넸다. 손톱에 시커먼 흙이 꼈다. 그는 처음에는 본능적으로 저리 가라고 얘기하려 했지만 배려 앞에서 마음이 약해졌다.

"고맙습니다." 그는 쉰 목소리로 인사하며 휴지 한 장을 꺼내고 나머지는 돌려주려고 했다.

"그냥 써요." 노파는 발을 질질 끌며 사라졌다.

그는 눈물을 닦고 코를 풀었다. 그런 다음 사진을 집어서 조심스럽게 지갑에 넣었다.

게이브는 정말이지 확신했다. 그리고 그들은 그 차를 찾았다. 하지만 그것으로 입증된 것이 뭐가 있을까? 그리고 그 시신은 뭘까? 어쩌면 거기에 대해서는 생각하지 않는 편이 상책일 수 있었다. 아니, 사마리아인은 믿어도 되는 걸까?

어쩌면 해리 말이 맞을지 몰랐다. 게이브는 도움을 받아야 했다. 그러지 않으면 크리넥스 할머니처럼 고양이를 유모차에 태우고 퀴퀴한 지린내를 풍기며 공동묘지 주변을 배회하게 될지 몰랐다.

바로 그때 뭔가가 그의 머릿속 깊숙한 곳을 찔렀다. 그것도 세게 찔렀다.

고양이.

유모차에 탄 고양이가 아니라.

그들의 반려묘. 슈뢰딩거.

"아빠, 소다가 나를 할퀴었어요."

눈물로 얼룩졌던 이지의 얼굴. 그리고 턱에 일직선으로 벌겋게 남은 흉측한 상처.

게이브는 새블론 연고를 발라주었다. "자, 됐다. 이제 괜찮아질 거야." 하지만 아이를 학교에 데려다주었을 때까지도 상처가 아파 보였다.

　그날 아침의 일이었다. 전화 통화를 하기 전. 그의 삶이 나락으로 떨어지기 전.

　게이브는 더듬더듬 지갑에서 사진을 다시 꺼냈다. 이지의 사진을 좀 더 유심히 들여다보았다. 실눈을 뜨고 이리저리 들어서 보았다. 아이의 속눈썹과 콧잔등의 희미한 주근깨가 보였다. 가차 없는 햇살 아래 모든 세세한 부분이 고스란히 드러났다.

　아이의 턱에 상처가 없었다.

　물론 어린아이들은 상처가 금방 낫는다. 하지만 몇 시간 만에 낫지는 않는다. 게이브가 의사는 아니었지만 그래도 그건 알았다. 그리고 또 다른 것도 알았다.

　죽으면 낫지 않는다는 것도.

18

빗방울이 우산을 때렸다. 울퉁불퉁하게 까딱이는 검은 바다. 평안의 예배당 앞에 모인 조문객. 검은 옷, 잿빛 하늘. 흑백사진.

프랜은 울퉁불퉁한 자갈길을 비틀비틀 천천히 걸어가는 자신의 가족을 지켜보았다. 여동생이 상심과 취기로 몸을 가누지 못하는 어머니를 부축했다. 프랜은 따로 떨어져 멀리서 지켜보았다. 그녀는 왜 옆에 있지 않았을까?

'꿈속이기 때문이지. 당연한 거 아니야?'

하지만 현실에서도 그녀는 항상 주변을 맴돌았다. 그녀는 가족을 사랑했지만 엄마나 여동생들이 가깝게 느껴진 적은 없었다. 어쩌면 맏이가 원래 그런 것일지 몰랐다. 먼저 어른이 돼서 떠나지 않는가. 그녀가 정말로 가깝게 지낸 가족은 아버지뿐이었다. 그런데 이제 아버지가 고인이 되었다.

장례 행렬이 줄줄이 들어가 자리에 앉았다. 장례 행렬이라. 예전부터 생각했던 거지만 조문객을 그렇게 부르다니 어울리지 않았다. '슬픔' 아니면 '통곡'. 이런 쪽이 좀 더 걸맞게 느껴졌다.

예배당 한쪽 끝 대좌에 관이 놓여 있었다. 꽃으로 그 주변을 장식했다. 짙은 오크색과 대조돼서 너무 선명해 보였다. 부적절해 보였다. 아버지는 자신의 꽃밭을 사랑했지만 꺾은 꽃은 질색했다. 살아서 피어나는 꽃을 감상하는 걸 더 좋아했다. "꺾은 꽃은 *이미 죽은 꽃이야.*" 입버릇처럼 이렇게 말했다. 아버지는 장례식장에 화환을 원치 않았다. 그래서 꽃집에 다시 심을 수 있는 화분을 주문했다. 그리고 아버지는 화장되지 않았다. 매장됐다.

'이건 틀렸어.' 그녀는 문득 생각했다. 전부 틀렸다. 이건 아버지의 장례식이 아니었다. 그녀의 가족이 아니었다.

프랜은 이제 우산을 접고 줄줄이 앉은 조문객들을 지나 예배당 중앙을 천천히 걸었다. 폭우가 쏟아졌고 그녀가 고개를 들어보니 예배당 지붕이 사라지고 시커멓게 성이 난 구름이 머리 위를 지나갔다.

그녀는 열어놓은 관 앞으로 걸어가 안에 누운 창백하고 뻣뻣한 여자아이를 쳐다보았다. 조그만 하트 모양의 얼굴 주변으로 금발이 펼쳐져 있었다. 프랜은 사준 기억이 없는 예쁘장한 분홍색 원피스를 입고 있었다. 하지만 그녀는 그 원피스를 사준 적이 없었다. 장례식용 원피스는.

눈물이 뺨을 타고 흘러내리기 시작했다. 비로 아이의 머리색이 짙어지고 예쁘장한 분홍색 원피스가 젖었다. 프랜이 고개를 들고 비명을 지르자…… 입 안에 가득 찬 물이 목구멍으로 콸콸 넘어가 숨이 막히는데…….

물. 흐르는 물. 프랜은 깜빡이며 눈을 떴다. 젠장. 여기가 어디지? 호텔 방이었다. 그런데 왜 계속 물소리가 들릴까? 그녀는 일어나 앉으며 무의식적으로 앨리스의 침대를 흘끗 확인했다. 비어 있었다. 물. 흐르는 물. 그녀는 닫힌 화장실 문 쪽을 다시 돌아보았다. 이가 빠진 화장실 문 가장자리 아래로 시커먼 얼룩이 이제 막 번지기 시작했다.

"안 돼."

그녀는 펄쩍 일어나서 달려가 문을 홱 열었다. 욕조 물이 넘쳐서 조그만 바다가 리놀륨 바닥을 채우고 카펫으로 스며들고 있었다.

욕조에 누워 있는 앨리스는 머리가 수면 아래로 이제 막 미끄러져 들어가기 시작했다. 잠든 상태였다.

"이런 망할!"

프랜은 앨리스의 겨드랑이 아래를 붙잡았다. '맙소사, 물이 얼음장 같네.'

"앨리스, 앨리스, 일어나!"

살갗은 거의 파란색이었고 입술에는 자주색 실금이 생겼다.

'안 돼. 안 돼. 안 돼. 어쩌다 이런 사태가 벌어지도록 몰랐을까?'

그녀는 수건을 집어서 앨리스를 감싸 안고 물을 뚝뚝 흘리며 화장실을 빠져나왔다. 침대에 눕히고 가만히 몸을 닦아주며 아이의 젖은 머리칼에 대고 속삭였다.

"앨리스, 앨리스, 일어나."

"어…… 엄마."

이번만큼은 아이의 착각을 바로잡지 않았다. "엄마 여기 있어, 아가. 엄마 여기 있어."

앨리스의 축 늘어진 팔이 프랜을 감쌌다. 아이의 몸이 부들부들 떨리기 시작하는 것이 느껴졌다. 좋은 징조야. 프랜은 생각했다.

"몸을 덥혀야겠다."

그녀는 이불로 아이의 몸을 단단히 감쌌다. 수건이 좀 더 필요했다. 그녀는 다시 화장실로 갔다. 물이 계속 흐르고 있었다. 젠장. 그녀는 철벅철벅 욕조로 다가가 수도꼭지를 잠갔다. 마개를 뽑으려고 손을 내밀었다가 멈칫했다. '뭐지?' 마개가 수도꼭지에 돌돌 감겨 있었다. 그런데 왜 물이 빠지지 않았을까?

그녀는 얼음처럼 차가운 물속으로 손을 넣어 이리저리 더듬었다. 뭔가가 배수구를 단단히 막고 있었다. 그녀는 우왕좌왕한 끝에 간신히 그걸 빼냈다. 물이 콸콸 빠지기 시작했다. 프랜은 소름이 돋은 팔을 꺼내 손에 쥔 것을 쳐다보았다.

조그맣고 분홍빛이 도는 하얀색 소라고둥이었다.

◊

그녀는 잠을 잔다. 하얀 방에 누워 있는 창백한 소녀다.

간호사들이 날마다 그녀를 알뜰하게 보살핀다. 하지만 오늘 아침은 평소보다 분주하다. 오늘은 특별한 날이다. 오늘은 문병객이 오는 날이다.

미리엄은 소녀를 들어서 옷을 갈아입히는 아랫사람들을 거든다. 청소를 감독하며 모든 방과 기계 장치와 피아노 건반과 소라고둥에 먼지 한 톨 남지 않도록 챙긴다.

꽃병에 싱싱한 꽃을 꽂고 소녀의 머리를 감겨서 말린 다음 윤기가 날 때까지 빗어준다. 조금 있으면 차를 끓이고 케이크를 구워서 아이 곁에 앉아 기다릴 것이다.

여기는 미리엄의 영역이다. 간호사가 있고 의사가 정기적으로 왕진을 오지만, 여기서 가장 많은 시간을 보내며 끔찍했던 그 일이 있기 전부터 30년 넘게 근무한 사람은 그녀다. 소녀의 어머니가 사실상 은둔 생활을 하고 소녀는 이렇게 되기 전부터 말이다.

그 일이 벌어지지 않았더라면 미리엄은 떠났을지 모른다. 나가서 자신의 인생을 살았을지 모른다. 하지만 두 사람 다 미리엄에게 전적으로 의존했다. 어머니와 딸, 양쪽 모두. 미리엄은 그들을 버릴 수 없었다. 그들을 버리면 어떻게 될지 겁이 났다. 때문에 그녀는 남았고 여러 면에서 이제는 여기가 그녀의 가족, 그녀의 인생이 되었다. 그걸 후회하지는 않는다. 사실은 그녀가 여기에 남은 이유가 있다고 생각할 때가 많다.

그녀는 주머니에서 종이 한 장을 꺼낸다. 여러 번 접힌 부드러운 종이다. 어린아이의 얼굴이 그녀를 쳐다본다. '저를 보신 적 있나요?' 미리엄은 한숨을 쉬고 소녀 쪽으로 다시 고개를 돌린다. 몸을 앞으로 숙여 꼼짝 않는 소녀의 손을 가볍게 토닥인다.

"얼마 안 남았어." 그녀는 속삭인다. "얼마 안 남았어."

19

게이브는 차를 몰았다. 할 수 있는 게 그것뿐이었다. 그가 형사거나 탐정이었다면, '팀원'이 있고 전문가를 호출할 수 있는 사람이었다면 좀 더 생산적인 일을 하고 있을지 몰랐다.

하지만 게이브에게는 아무것도 없었다. 자신이 누군지도 이제는 알 수 없었다. 집도 없고 직업도 없고 이제는 아버지도 남편도 아니었다. 일행도 없이 정처 없이 달리는 운전자였다.

하지만 이제 그에게 뭔가가 생겼다. 사진. 상처. 그는 달리는 동안 그 부분에 대해 계속 곱씹었다. 그의 기억을 쿡쿡 찌르고 당기며 구멍을 내려고 했다. 아이에게 밴드를 붙여준 게 정말 그날 아침이었을까? 다른 날 아침과 헷갈렸을 수도 있을까? 아니었다. 그런 건 절대 잊을 수 없는 법이었다. 아내와 딸을 살아생전에 마지막으로 본 날을 어떻게 잊을 수 있겠는가.

그리고 그 월요일 아침은 평소와 달랐다. 평소에는 그가 이지를 학교에 데려다주지 않았다. 사실 그는 그 문제를 놓고 제니와 옥신각신했던 기억이 났다.

"너무 갑작스러운데. 미팅 날짜를 바꿀 수 없어?"

"안 돼. 중요한 고객이야."

"하지만 그럼 내가 지각할 텐데."

"그래서? 오늘 하루잖아. 칼퇴근도 하면 어때? 막 나가는 김에."

"왜 이래, 제니."

"농담 아니야, 게이브. 당신 지난 주말에 이지 생일 파티도 참석 못 했잖아."

"그날 한 번이야. 일이 밀렸는데 그럼 어떻게 해."

"하마터면 애 태어나는 것도 보지 못 볼 뻔했지."

"아, 또 시작이네."

"또 시작해볼까? 항상 일 때문이라 이거지? 그런데도 내가 전화해보면 항상 자리에 없더라? 고객 만나러 갔든지, 운전 중이든지 아니면 휴대전화를 꺼놨든지. 지난주 월요일에는 어디 갔었어, 게이브? 회사에서는 모른다던데?"

"망할. 끝난 줄 알았더니 아니었어? 또 트집 잡기야?"

"트집 잡는 거 아니야."

"그럼 무슨 말이 하고 싶은 건데?"

한참 동안 정적이 이어졌다. 제니의 표정을 보고 게이브는 하마터면 실토할 뻔했다. 하마터면.

"무슨 말이 하고 싶은 거냐면— 오늘 저녁에는 늦지 않게 퇴근하라고. 일주일에 딱 한 번. 내가 부탁하는 건 그뿐이야. 하루만이라도 같이 저녁을 먹고, 당신 딸이 잠들기 전에 책을 읽어주고, 평범하고 행복한 가족인 척하는 거."

제니는 게이브의 가슴 깊숙이 비수를 꽂아놓고 외투를 입고 핸드백을 어깨에 메고 이지에게 학교 잘 다녀오라고 인사하러 갔다.

게이브는 뒤따라가려다 그의 발에 똬리를 틀고 밥 달라고 야옹거리던 슈뢰딩거에 걸려서 넘어질 뻔했다. 그는 욕을 하며 고양이를 발로 거칠게 밀어서 치우고 전화기를 집었다.

그때 이지가 자다가 일어나 헝클어진 머리와 빨개진 뺨을 하고 부엌으로 들어왔다.

"안녕, 아빠!"

아이는 하품을 하고 고양이를 안으려고 허리를 숙였다가…….

"아야야아!"

분명 그날 아침이었다. 얕은 상처 위로 차오르던 선홍빛 피가 기억이 났다. 조금 짜증을 내며 아이를 달랬던 것도. 우왕좌왕 조그만 디즈니 밴드를 찾아서 상처 위에 붙여준 것도. 전부 기억이 났다.

'그런데 사진에서는 그 상처가 어디로 갔을까?'

그는 그 질문을 이리 돌리고 저리 돌리며 열심히 씨름했지만 계속 같은 결론에 도달했다. 상처가 없다면 그 사진은 나중에 찍은 거였다. 상처가 나은 이후에. 이지가 죽었다는 판정을 받은 날 이후에.

그러니까…… 이 사진은 가짜였다. 그럴 수밖에 없었다.

그렇다면 이지가 죽었다고 그를 속이기 위해 누군가가 사진을 조작한 걸까? 가짜 사진을 만든 걸까?

하지만 왜? 그리고 이지의 사진이 가짜라면 제니는 대체 어떻게 된 걸까?

목이 메었다. 심장 주변 아니면 심장이 있었던 자리가 아팠다. 게이브는 이 문제에 대해서 생각해본 적이 있었다. 여러 번 있었다. 고속도로를 장시간 달릴 때면 달리 생각할 게 없었다. 때문에 어떤 식으로 이지가 살아 있을 수 있겠는지 가능한 시나리오를 모두 점검해보았다. 어떤 식으로 착오가 빚어졌을 수 있었겠는지.

그럴 때마다 결론은 하나였다. 고통스럽고 잔인한 진실이었다.

제니가 죽었어야 이지가 살아 있을 수 있었다.

집 안에 있었던 여자의 시신이 제니였다는 데 의심의 여지가 티끌만큼도 없어야 했다. 그랬어야 경찰에서 그 여자아이가 이지라고 미루어 짐작했을 것이다. 물론 그 아이는 나이와 체구와 머리색과 피부색이 같아야 했을 것이다. 하지만 아이를 잘 모르는 경우에는 쉽게 헷갈릴 수 있었다.

이지가 유치원에서 처음으로 공연한 성탄극이 생각났다(제니가 툭하면 이 사건을 끄집어냈기 때문에 절대 잊을 수가 없었다). 이지는 성모마리아 역할을 맡았다고 했다. 그는 늦게 도착하는 바람에 제니와 몇 줄 떨어져 뒤편에 앉아야 했다. 하지만 휴대전화로 사진을 찍고 아이들이 웅얼웅얼 대사를 읊을 때마다 박수를 쳐가며 열심히 관람했다. 나중에 그는 이지에게 그렇게 멋진 성모마리아는 처음이었다고 얘기했다.

아이는 울음을 터뜨렸다.

"왜 그래?" 그는 물었다.

"나 성모마리아 아니었어요. 목자였단 말이에요!"

제니는 이지를 안아주며 그에게 나지막이 쏘아붙였다. "어제저녁에 성모마리아였지. 얘기했잖아. 배역을 번갈아가며 맡는다고."

그 기억을 떠올리면 아직도 얼굴이 화끈거렸다. 하지만 중요한 건 뭔가 하면 그조차 자기 딸과 다른 아이를 헷갈렸으니 모르는 사람들은 얼마든지 그럴 수 있다는 것이었다. 경찰도 마찬가지였다. 그들은 집 안에 쓰러진 여자아이가 이지가 아니라고 생각할 이유가 없었다.

'부인과…… 따님 때문입니다.'

물론 문제가 있긴 했다. 할아버지가 이지가 맞는다고 했다는 것. 해리. 존경받는 전직 외과 의사. 하지만 생각하면 할수록 그가 뭔가를 숨기고 있는 것이 분명했다. 그로 인해 점점 망가지고 있었다.

게이브는 운전대를 잡은 손에 좀 더 힘을 주었다. 해리. 빌어먹을 해리. 그 긴 시간 동안. 거짓말을 하다니. 모든 사람들 앞에서 이지가 죽은 척하다니.

'하지만 왜 그랬을까?'

게이브는 그와 제니 부모님과의 관계가 항상 '껄끄러웠다'고 딱 잘라 말할 수 있었다. 아니, 까놓고 얘기하자면 에벌린은 게이브를 비싼 루부탱 구두에 묻은 오물 취급했고, 해리는 참아야 하는 희미한 악취처럼 대했다. 해리가 그를 이용하고 기만했다는 건 받아들일 수 있었다. 에벌린은 거기서 삐딱한 쾌감을 느꼈을 수도 있었다.

하지만 애지중지하는 자신의 명성과 심지어 처벌의 위험까지 감수해가며 경찰에 거짓말을 하다니. 가짜로 장례식을 치르고 다른 아이의 유골이 묻힌 무덤가에 매달 꽃까지 놓다니.

맙소사. 정말이지 엄청난 이유가 숨어 있어야 했다.

그리고 그 아이는 누구였을까? 그 대목에서 게이브는 계속 발목이 잡혔다. 이지가 살아 있으려면 다른 아이가 그의 집에서 죽었어야 했다. 다른 시신이 신원 확인을 거쳐 화장되었어야 했다. 하지만 다른 아이가 살해당했다면 왜 아무도 실종 신고를 하지 않았을까?

경찰은 이지가 다니던 학교의 모든 학부모에게 연락했다. 그럴 수밖에 없었던 것이 그 전주에 이지의 생일 파티가 열렸다. 워낙 많은 사람들이 집을 드나들었기 때문에 쓸 만한 DNA 정보를 수집할 가능성이 상당히 줄었다. 하지만 "아, 그나저나 경관님, 우리 딸이 없어졌어요"라고 한 사람은 없었다.

머리가 지끈거렸다. 그는 눈을 비볐다. 그러다 요란한 경적 소리에 화들짝 정신을 차렸다. 캠핑카가 차선을 넘나들고 있었다. 그는 주행차로를 달려오는 트럭을 피해 원래 달리던 차로로 얼른 핸들을 돌렸다. '젠장. 숨을 쉬어, 게이브, 집중하고. 머리를 써봐.'

두 명의 여자아이. 헷갈릴 정도로 닮은. 거의 맞바꿀 수 있을 정도로 닮은.

'나 성모마리아 아니었어요. 목자였단 말이에요!'

하지만 아무도 그 아이의 실종 신고를 하지 않은 이유가 뭘까?

퍼뜩 정답이 떠올랐다. 선을 연결하느라 머릿속에서 신경세포가 터지는 것이 느껴졌다. 그가 지금까지 엉뚱한 각도에서 답을 찾고 있었다. 늦게 도착해 뒷자리에 앉아서 멍하니 사진만 찍었을 뿐 사실상 눈여겨보지는 않고 있었다.

다른 아이가 이지처럼 보일 수 있다면 이지도 그 아이처럼 보일
수 있었다.

'어제저녁에 성모마리아였지. 얘기했잖아. 배역을 번갈아가며 맡
는다고.'

다른 아이가 실종되지 않았다면?

이지가 그 아이의 대역을 맡고 있다면?

20

"맛있어?"

앨리스는 에그 맥머핀을 입 안에 쑤셔 넣으며 고개를 끄덕였다. 오늘 아침 따라 걸신이 들렸네, 프랜은 죄책감을 달래며 이렇게 생각했다. '너는 나쁜 엄마야.' 머릿속에서 그녀를 나무라는 목소리—그녀의 어머니 목소리와 아주 비슷했다—가 들렸다. '기본적인 걸 등한시하고 있잖아. 끼니, 수분 공급, 휴식, 아 그리고 물에 빠져 죽지 않게 챙기는 것도.'

그녀는 아직까지 호텔에서 벌어졌던 사건에 대해 묻지 않고 피했다. 앨리스의 체온이 회복됐는지, 호흡과 심장박동이 정상인지 확인하는 게 급선무였다. 얼음처럼 차가운 물에 오래 있지는 않았지만 (온수가 아니라 냉수를 튼 게 얼마나 다행이었던가) 이건 새롭게 등장한 걱정스러운 현상이었다.

그녀는 커피를 한 모금 마셨다. "앨리스, 화장실에서 있었던 일에 대해 얘기할 수 있을까?"

앨리스는 밤색 머리에 덮인 눈으로 그녀를 흘끗 올려다보았다. 프랜은 머리 뿌리를 보고 미간을 찌푸렸다. 염색을 다시 할 때가 됐다. 사소하지만 간과하면 안 되는 부분이었다.

"기억이 안 나요." 그녀가 말했다.

"아무것도?" 프랜은 기다렸다.

앨리스는 한숨을 쉬고 반쯤 먹다 만 머핀을 내려다보았다. "그 아이가 또 보였어요."

그 아이. 프랜은 점점 짜증이 치밀어 오르는 것을 느꼈다. 그 아이가 누굴까? 상상 속의 친구일까? 앨리스가 만들어낸, 트라우마의 소산일까? 아니면 다른 무엇일까?

"그 아이가 너더러 물을 틀고 그 안으로 들어가라고 했어?" 프랜은 물었다.

"아뇨. 그냥 뭘 보여 달라고 했어요."

프랜은 이를 악물고 머리칼을 귀 뒤로 넘겼다. '흥분하지 말자.'

"뭘 보여 달라고 했는데?"

앨리스는 무릎 위에 올려놓은 배낭을 만지작거렸다. 덜거덕-덜거덕. 덜거덕-덜거덕. 그 소리에 프랜은 충치를 때운 자리가 웅웅거렸다. 그녀는 그 짓 좀 집어치우라고 소리를 지르고 싶었지만 참았다.

"앨리스, 너 물에 빠지거나 저체온증으로 죽었을 수도 있었어. 그 아이가 너를 해치고 싶어 하는 것 같니?"

앨리스는 눈을 동그랗게 뜨고 그녀를 쳐다보았다. "아뇨. 오해하지 마세요. 그런 거 아니에요."

프랜은 잔을 내려놓고 앨리스의 팔을 잡았다. 배낭이 쿵 소리와 함께 바닥에 떨어졌다.

"그럼 얘기해봐. 그 아이가 누구니? 이름이 뭐야?"

앨리스는 꿈틀거렸다. 프랜은 팔을 좀 더 세게 잡았다. '너무 세게 잡았잖아.' 머릿속에서 이렇게 말하며 혀를 차는 목소리가 들렸다.

"몰라요."

"잘— 생각해봐."

뭔가가 테이블 위에 올려놓은 프랜의 팔꿈치 근처에서 진동했다. 앨리스는 팔을 빼고 빨갛게 남은 손자국을 문질렀다.

"아줌마 휴대전화예요."

프랜은 휴대전화를 빤히 쳐다보았다. 이 번호를 아는 사람은 한 명뿐이었다. 그리고 그는 중요한 일일 때만, 비상사태일 때만 이 번호로 연락해야 한다는 걸 알았다. 프랜은 전화기를 휙 집어서 문자 메시지를 확인했다.

'그가 알아차렸습니다.'

21

아무리 야간 근무를 오래 했어도 낮에 잠을 자는 건 어려웠다. 케이티에게는 암막 커튼과 귀마개, 편안한 잠옷, 메모리폼 베개가 있었지만 마찬가지였다. 생체 시계를 속일 방법은 없었다. 뇌에서 낮이라는 걸 알고 말 안 듣는 어린애처럼 잠을 거부했다.

대개는 재밌는 책과 따뜻한 우유와 시리얼이 있으면, 그리고 가끔은 나이톨 두 알을 먹으면 긴장이 풀렸다. 하지만 오늘은 수면 보조제도 소용이 없었다. 머릿속이 너무 분주하고 산만했다.

아무리 그러지 말자고 다짐해도 비쩍 마른 그 남자 생각을 멈출 수가 없었다. 디 아더 피플.

수첩에 왜 그 단어가 적혀 있었을까?

그녀는 이리저리 뒤척이고 베개를 토닥이고 발로 찬 이불을 다시 덮다가 마침내 패배를 인정했다. 침대에서 몸을 일으켜 터덜터

덜 조그만 부엌으로 내려갔다.

물 주전자를 올려놓고 비스킷 깡통에서 다이제스티브를 두어 개 꺼내고 찬장 서랍을 열었다. 배달 메뉴, 스페어 열쇠, 종이 클립, 스카치테이프 사이에서 엽서를 꺼냈다.

해변이 내려다보이는 절벽의 풍경이었다. 태양은 빛나고 하늘은 짙은 파란색에 파도는 하얀 포말을 꼭대기에 뒤집어썼다. 사진 아래 화려한 필체로 이렇게 적혀 있었다. *갤머스 만에서 띄우는 인사.*

온 가족이 마지막으로 다 같이 여행을 갔을 때 회반죽을 칠한 민박집에 묵었었다. 눈에 확 띄는 빨간 머리 가발을 쓰고 입질 심한 테리어를 키우는 특이한 60대 여주인이 운영하는 곳이었다. 그들은 동네 선술집에서 점심 특선을 먹고 해변에서 삐딱한 모래성을 쌓고 심지어 여기 이 절벽에서 사진도 찍었다.

행복한 가족 여행과는 거리가 멀었다. 케이티는 엄마가 점심 때 진토닉을 너무 많이 마시는 바람에 일찍부터 뭉개진 미소를 지으며 발뒤꿈치를 딛고 휘청거리는 동안 그녀가 통통한 루의 손을 잡고 서 있었고, 언니는 뚱한 얼굴로 사진 찍기 싫다며 투덜거렸던 기억이 났다.

아빠만 점점 성글어가는 머리칼을 바람에 날리고 구닥다리 코닥 카메라를 열심히 들여다보며 '발꼬랑내'라고 외치라고 그들을 들들 볶으면서 진심으로 즐거워하고 여유를 부렸다. 그들의 삶에서 견고하고 안정적이었던 단 한 가지가 그거였다. 그것이 그들을 한데 붙잡아놓는 접착제였다.

적어도 아빠만큼은 그랬다. 그런데 어느 날 그런 아빠를 빼앗겼다. 갑작스럽고 잔인하고 악랄하게.

아빠를 발견한 사람이 케이티였다.

9년 전이었다. 재킷이 필요 없겠다는 착각을 불러일으키지만 매서운 바람에 팔뚝에 닭살이 돋는 그런 화창한 봄날 아침이었다.

케이티는 일요일 점심시간에 맞춰 부모님 집을 찾아갔다. 자주 있는 일은 아니었다. 엄마는 정신이 멀쩡할 때도 음식 솜씨가 그저 그랬다. 하지만 케이티는 부모님이 몇 달에 한 번만이라도 다 함께 모이는 자리를 마련하려고 노력한다는 데 감사했다.

세 자매 중에서 가장 가까이 살며 말뿐만 아니라 실제로 자주 연락하고 찾아뵙는 사람은 케이티였다. 그녀가 보기에 그들 자매는 전형적인 역할을 수행하는 중이었다. 약간 제멋대로이고 항상 이런저런 말썽을 일으키는 막내. 반항적이고 엄마와 사사건건 부딪치다 여건이 갖추어지자마자 집을 떠난 첫째. 그리고 중간. 믿음직하고 재미없는 역할. 와인 한 병과 아빠의 텃밭에 심을 화분을 챙겨 들고 점심 준비를 도우러 일찌감치 찾아갈 사람은 케이티뿐이었다.

이날 아침에 케이티는 와인과 화분을 모두 깜빡했고 미소를 짓는 것조차 힘에 부쳤다. 샘이 수두에 걸려서 밤새 칼라민 로션을 바르고 뽀뽀해주느라 잠을 거의 자지 못했다. 아팠을 때 샘을 한 번도 돌본 적 없는 크레이그는 케이티의 가족과 저녁을 먹느니 아이와 함께 집을 지키는 쪽을 선택했다. 그녀로서는 사실 다행이었다. 안 그래도 부부 사이가 별로 좋지도 않은데, 남편에게 트집 잡히는 스트레스까지 더할 필요가 없었다.

케이티는 곤두선 신경을 달래며 차에서 내려 현관문 쪽으로 걸어갔다. 그녀의 부모님은 30년 전에 건설됐을 때만 해도 환하고 참신했던 단지의 외딴 현대식 주택에서 살았다. 베이지색 조립식 벽돌과 UPVC 유리창과 붙박이 차고로 이루어진, 네모반듯하고 아무 특징 없는 건물이었다. 보는 관점에 따라 근교 생활의 꿈일 수도 악몽일 수도 있었다. 하지만 그녀의 부모님과는 잘 맞았다. 아빠는 매주 일요일 아침마다 근교 생활자의 숨겨진 원칙에 따라 집 앞 진입로에 차를 세워놓고 반짝거릴 때까지 닦고 광을 냈다.

그런데 이날은 아니었다. 차고 문이 반쯤 열려 있었다. 문 바로 앞쪽으로 자동차 보닛이 보였지만 섀미 가죽 장갑을 흔드는 아빠는 보이지 않았다. 그녀는 손목시계를 흘긋 확인했다. 10시 45분이었다. 세차를 이미 끝냈나 보다는 생각이 들었지만 진입로에 물기가 없었다. 연석으로 스며든 비누 거품 자국도 보이지 않았다.

느낌이 좋지 않았다. 그녀는 현관문 앞으로 다가가 초인종을 눌렀다. 안에서 차임벨 소리가 희미하게 들렸다. 그녀는 기다렸다. 평소 같았으면 엄마가 당장 달려나왔을 것이다. 그녀는 초인종을 다시 한번 눌렀다. 여전히 아무 기척이 없었고 젖빛 유리 너머로 그림자가 등장하지도 않았다. 걱정이 그녀의 배 속을 가장자리에서부터 살금살금 갉아먹기 시작했다.

그녀는 핸드백에서 열쇠를 찾아 잠금장치를 해제하고 문을 밀어서 열었다.

"어엄마. 아아빠. 케이티 왔어요!"

집 안이 정적으로 무겁게 느껴졌다. 그리고 또 다른 뭔가가 있었다. 그녀는 코를 쿵쿵거렸다. 어떤 냄새가 났다. 평소 손님이 온다고 하면 엄마가 사방에 뿌려놓는 그 역겨운 방향제 냄새가 아니었다. 땀과 퀴퀴한 담배 냄새 같았다. 그녀의 부모님은 평생 담배를 피운 적이 없었다.

그녀는 얼른 거실로 갔다. 심장이 철렁했다. 난장판이었다. 장식장의 서랍이 열려 있었다. 책꽂이에 꽂혀 있었던 책들이 내동댕이쳐 있었다. 장식품이 박살 났다. 뒤 베란다 문이 활짝 열려 있었다.

엄마가 가운 차림으로 소파 옆에 쓰러져 있었다. 항상 완벽한 스타일을 자랑하는 금발이 시커먼 피로 엉겨 붙었다. 멍이 들고 통통부은 얼굴에도 피가 묻어서 굳었다.

"엄마."

케이티는 달려가 무릎 꿇고 앉았다. 숨소리가 들렸지만 희미하고 거칠었다.

'아빠는 어떻게 됐을까?'

"걱정 마세요. 제가 구급차 부를게요, 알았죠?"

그녀는 휴대전화를 꺼내서 다시 현관 앞으로 달려나갔다. 찬바람이 그녀의 맨 팔을 훑고 지나갔다. 그녀는 고개를 돌렸다. 부엌과 차고 사이 문이 열려 있었다. 아빠? 그녀는 휴대전화를 손에 쥐고 쿵쾅거리는 심장을 달래며 그쪽으로 걸어가 서늘하고 어두컴컴한 공간으로 들어섰다.

차가 평소처럼 후면 주차되어 있었지만 열쇠가 시동 장치에 꽂힌 채 운전석 문이 열려 있었다.

'도둑이 차를 훔치려고 했나 봐. 그런데 무슨 일이 생겨서 훔치지

못하게 된 거지. 그 때문에 겁에 질려서 도망을 친 거야······.'

"아빠!"

아빠는 애무라도 하는 듯 트렁크 위로 고꾸라져 있었다. 피가 차 옆면을 타고 흘러 은색 도장 위로 줄무늬를 남겼다. '아빠가 나중에 엄청 짜증을 내시겠네.' 그녀의 머릿속에서 조그맣게 책망하는 목소리가 들렸다. 차를 더럽혀놨다고.

다른 부분은 보이지 않았다. 차와 차고 벽 사이에 껴서 으스러졌기 때문이었다. 어찌나 세게 받혔는지 트렁크가 찌그러지고 뒤 유리창이 깨졌을 정도였다.

아빠는 그녀 쪽으로 고개를 돌리고 있었다. 햇볕 때문에 꼬리에 주름이 생긴 밝은 파란색 눈이 이제는 대리석처럼 공허했다. 놀란 눈빛이 그 안에 박혀 있었다. 이렇게 될 수도 있다는 눈빛이. 자신의 차를 몰고 가려는 쓰레기를 막으려다가 자신의 인생이 이 차갑고 어두운 차고에서 막을 내리게 되었다는 눈빛이. 두 번 다시 일어나 일요일 아침을 맞이할 일이 없게 되었다는 눈빛이. 가죽 장갑과 왁스와 함께 보내던 모든 일요일이 영영 끝났다는 눈빛이. 그녀는 아빠의 공허한 눈을 마주 보다가 비명을 지르기 시작했고······.

휴대전화가 팔꿈치 옆에서 진동하자 케이티는 움찔하다가 뜨거운 차를 조리대 사방에 엎질렀다. '젠장.' 그녀는 전화기를 집었다. 카페 매니저 마르코였다.

'오늘 오후에 추가 근무할 수 있어?'

이선인가 네이선인가가 또 출근하지 않은 모양이었다. 그녀는 야간에 이어서 오후에까지 일을 하고 싶지 않았다. 원래는 2~3일 쉬기로 되어 있었다. 게다가 루에게 아이들 픽업을 부탁해야 했다. 하지만 또 한편으로는 샘의 교복이 조금 끼기 시작했고, 다시 잠을 청하는 건 어차피 물 건너간 얘기였다. 사실 정신을 쏟을 만한 다른 일이 생기면 더 나을지 몰랐다.

그녀는 답장을 보냈다. '좋아요.'

'그래. 이따 봐.'

케이티는 한숨을 쉬었다. 엽서를 다시 보았다. 아빠의 기일에 도착한 엽서였다. 뒤로 뒤집었다. 뒷면에 언니 특유의 가늘고 길쭉한 필체로 이렇게 적혀 있었다.

잊지 마. 아빠를 위해서 한 일이었어.

♡♡

하지만 무슨 일을 했는데? 케이티는 생각했다. 도대체 무슨 일을 했는데, 프랜?

22

게이브가 맨 처음 사마리아인을 만난 건 새벽 2시 고속도로 다리에서였다. 만나기 바로 전에 손목시계를 확인했기 때문에 시각을 기억했다. 손목시계를 확인한 이유는 알 수 없었다. 자살하려던 참이었고 자살에는 늦을 일도 없었는데 왜 그랬을까.

그는 전에도 자살에 대해 고민한 적이 있었다. 6개월 전부터 주기적으로 그랬다. 대개 새벽 이 시간대였다. 안 좋은 생각들이 떠오르는 때가 이즈음이었다. 자정과 동틀 무렵 중간의 어두컴컴한 오지. 악령들이 끈적끈적하고 쓰디쓴 분노의 흔적을 남기고 코를 찌르는 고통과 회한의 냄새를 풍기며 어둠 속에서 스르르 빠져나오는 시각.

이지 생각이 항상 그를 저지했다. 차를 찾겠다는 생각이. 희망 아니면 고집스럽고 끈질긴 현실 거부가 악령들을 물리쳤다. 하지만 그들은 집요했다. 지칠 줄 몰랐다. 그를 놓지 않았다. 발톱을 점점 더 깊숙이 파묻었다.

오늘 밤처럼 이 길을 달리던 도중에 절망이 그를 집어삼켰다. 그는 거의 48시간 동안 잠을 자지 못했다. 악몽이 떠날 줄 몰랐다. 잠을 감당할 수가 없었다. 깨어 있는 것도 감당할 수 없었다. 그는 고속도로에서 빠져나와 로터리를 돌아서 남쪽으로 건너가는 다리로 진입했다.

반쯤 갔을 때 차를 연석에 걸쳐서 댔다. 차에서 내려 난간으로 다가갔다. 시린 추위 속에 그 앞에 서서, 아래를 쌩하니 지나가는 차량들을 눈물이 고인 눈으로 물끄러미 내려다보았다. 하얀 불빛, 빨간 불빛, 하얀 불빛, 빨간 불빛. 어느 정도 시간이 지나자 최면 효과가 생겼다.

그는 난간 위로 한쪽 다리를 걸쳤다.

그도 머릿속 깊숙한 곳에서는 이것이 한심한 짓이라는 것을 알았다. 그가 죽이려는 사람이 그 혼자만이 아닐 수도 있었다. 하지만 그 목소리는 저 멀리서 들렸다. 끝내고 싶다는 생각뿐이었다. 죽지 않으려고 애를 쓰는 일이 고통스럽고 그저 피곤했다. 너무 힘들었다. 삶 자체가 고문 기구가 되어 1분, 1초가 형틀에 박힌 못처럼 그를 짓눌렀다.

다른 쪽 다리도 난간 위로 걸쳤다. 이제 그는 좁은 난간을 두 손으로 꽉 쥐고 그 위에 걸터앉았다. 손을 놓기만 하면 됐다. 나머지는 중력이 알아서 해줄 것이다. 그는 심호흡을 한 번 하고 눈을 감았다.

"뭐 기다리는 거 있어요?"

그는 깜짝 놀랐다. 움찔하는 바람에 몸이 기울자 난간을 부여잡고 바로 세웠다.

"뭐야, 씨!"

"나 때문에 하마터면 떨어질 뻔했다면 미안해요." 남자는 피식 웃었다. "그럴 생각은 없었다면요."

게이브는 고개를 돌렸다. 바람이 얼음장 같은 손가락으로 그의 머리칼을 움켜잡고 찢었다. 눈물이 나서 시야가 흐려지는 것이 느껴졌다. 서서히 눈의 초점이 맞았다.

키가 크고 호리호리한 남자가 그의 뒤에 서 있었다. 머리에서부터 발끝까지 까맸다. 재킷, 바지, 모자. 피부색까지. 눈동자 주변만 아주 가느다랗게 하얬다. 게이브로서는 그가 어디에서 등장했는지 알 길이 없었다. 다른 차가 다가오는 소리는 들리지도 않았다. 죽음의 순간에 그를 찾아온 천사이거나 정반대로 그를 지옥으로 끌고 가려는 악마인가 하는 어이없는 생각마저 들었다.

게이브는 킬킬거렸다. 부들부들 떨리는 미친 웃음소리가 입가에서 질질 흘러나왔다.

남자는 주머니에 손을 넣고 평온한 표정으로 서서 계속 그를 쳐다보았다. 밤새도록 그렇게 서 있을 수도 있어 보였다.

"뭐 재밌는 일 있어요?"

"아뇨." 게이브는 고개를 저었다. "아뇨. 나 지금, 씨, 엄청 진지해요."

"자살은 엄청 진지한 일일 수밖에 없으니까요."

"두말하면 잔소리."

"무슨 사연인지 듣고 싶은데요."

"사양하겠습니다."

"내가 들어주는 걸 워낙 잘하는데."

"나는 워낙 말수가 없어서요."

남자가 쿡쿡 웃었다. 목구멍 깊은 곳에서 쉰 소리를 내며 웃었다.
"그런데 말은 잘하네요."

"예전에 글을 썼어요."

"그래요? 어떤 글을요?"

"거짓말요. 대부분."

"정직을 과대평가하는 사람들이 많죠."

"특히 광고 업계에서는요."

"광고 일을 했어요? 재미있었겠네요."

게이브는 미소를 지었다. "소용없어요."

"뭐가요?"

"나한테 말 시키려는 거. 나를 딴 데 정신 팔리게 만들려는 거.
뛰어내리지 못하게 막으려는 거."

"그래도 노력하는 형제를 욕하면 되겠어요?"

"맞아요. 맞아요, 그렇죠."

"그래서, 뛰어내릴 거예요?"

"네."

"내가 막을 방법이 없어요?"

"네."

"마지막으로 하고 싶은 말은요?"

"항상 긍정적으로 생각해라?"

"인생이라는 게 알고 보면 개떡이죠?"

"당신이 몬티 파이선* 팬일 줄은 몰랐네요."

"아, 나한테 어떤 면모가 있는지 알면 놀랄 거예요."

남자는 주머니에서 양손을 꺼냈다. 한쪽 손에 총을 들고 있었다. 그걸로 게이브를 겨누었다.

"뛰어내려요."

"지금 뭐 하는 짓이에요!"

"죽고 싶다면서요. 뛰어내려요. 얼른."

남자가 좀 더 다가왔다. 게이브는 난간을 더 세게 쥐었다.

"잠깐만요—"

"왜요?"

"나는—"

둘 사이의 간격이 어찌나 좁아졌던지 게이브가 남자의 냄새를 맡을 수 있을 정도였다. 비싼 애프터 셰이브와 박하사탕과 쇠 냄새가 났다. 총 냄새겠지. 게이브가 짐작하기로는 그랬다. 남자가 그의 옆구리에 대고 총을 눌렀다.

"뛰어내려요. 아니면 내가 죽여버릴 테니까."

"안 돼요!"

"안 된다고요?"

---

* 영국을 대표하는 코미디 그룹. 위에서 주고받은 대화가 이들이 부른 노래 가사다.

"죽이지 말아요."

남자가 그를 빤히 쳐다보았다. 눈이 새까맸다. 게이브의 심장이 쿵쾅거렸다. 손바닥에 땀이 고였다. 바람이 그를 앞뒤로 흔들었다. 오래 버틸 수 없을 것이었다.

남자가 다른 쪽 손을 내밀었다. "내려와요."

게이브는 잠시 망설였다. 그러다 상대가 내민 손을 잡고 훌쩍 난간을 도로 넘었다. 모든 기운이 빠져나가는 바람에 당장 다리가 꺾였다. 그는 스르르 미끄러져 내려가 난간에 기대고 땅바닥에 주저앉았다. 온몸이 계속 부들부들 떨렸다. 그는 두 팔로 몸을 감싸 안고 울음을 터뜨렸다.

남자가 게이브의 옆에 앉았다. 눈물이 마를 때까지 기다려주었다. 그러고는 이렇게 말했다. "들어봅시다."

그는 얘기했다. 이지에 대해, 아이가 납치되는 것을 본 날 저녁에 대해. 상실감과 고통과 죽은 제니에 대해. 밤낮으로 고속도로를 오르내리며 찾는 것에 대해. 그의 절망에 대해. 고문의 끝이 보이지 않는 것에 대해. 그러고 나서 좀 더 털어놓았다. 지금까지 어느 누구에게도, 심지어 제니에게도 한 적 없는 얘기를 했다. 총을 든 낯선 사람에게 모든 것을 얘기했다.

얘기가 끝나자 남자가 말했다.

"휴대전화 줘봐요."

게이브는 휴대전화를 꺼내 그에게 건넸다. 남자는 번호 하나를 입력했다.

"도움이 필요하면 나한테 연락해요. 내가 당신을 생각해서 찾아

봐줄게요. 당신 딸도 찾아봐줄게요."

"내 말을 믿는 거예요?"

"나는 희한한 일들을 많이 봤거든요. 정말 희한한 일이 진짜일 때가 얼마나 많은지 알아요?"

남자는 일어나서 다시 손을 내밀었다. 게이브는 그 손을 잡고 몸을 일으켰다.

"당신은 아직 죽을 때가 되지 않았어요." 남자가 그에게 말했다. "죽을 때가 되면 알 수 있을 거예요."

남자는 몸을 돌려서 다리 저쪽에 세워놓은 차를 향해 멀어졌다. 천사네, 게이브는 생각했다. 맞아, 천사야. 그러다 문득 어떤 생각 하나가 떠올랐다.

"잠깐만요!"

남자는 걸음을 멈추고 뒤를 돌아보았다.

"당신 이름을 안 가르쳐줬잖아요."

남자는 새하얀 이를 반짝이며 미소를 지었다. 이 하나에 조그만 돌이 박혀 있었다. "어떤 사람들은 나를 사마리아인이라고 부르더 군요."

"그렇군요. 멋지네요."

"맞아요. 그렇죠."

"그러니까 당신 하는 일이 그거예요? 고속도로 다리를 돌아다니 면서 사람들 목숨을 구하는 거?"

미소가 뚝 끊겼다. 게이브는 갑작스럽게 뼛속을 파고드는 냉기를 느꼈다.

"전부 구하지는 않아요."

카페는 작았고, 도로에서 뒤로 물러나 방치된 건설 현장처럼 생긴 땅에 지어진 헛간 비슷한 건물이었다. 게이브는 그 앞을 몇 번 지난 적이 있었다. 그 도로를 따라가다 보면 나오는 교외 공장지대로 가끔 필요한 물품을 사러 갈 때가 있었다.

그는 카페가 문을 닫았고 아마 철거하려는가 보다고 생각했다. 심지어 상호도 없고 '카페'라는 단어만 나무 위에 빨간색 페인트로 서툴게 적혀 있는데, 살짝 아래로 흘러서 꼭 피 같았다. 앞에 주차된 자동차 두 대 중에 한 대는 바퀴가 없었다.

심지어 출입문 안쪽에 달린 팻말에도 '영업 종료'라고 되어 있었다. 하지만 게이브가 통로 역할을 하는 파편과 깨진 벽돌을 따라가서 문을 밀자 괴로움에 젖은 신음 소리를 내며 문이 열렸다.

안은 워낙 어두침침해서 눈이 적응하기까지 시간이 걸렸다. 조그만 정사각형 공간 양쪽에 일렬로 테이블이 놓여 있었다. 뒤편에 음식을 내보내는 구멍과 주방이 숨어 있었다. 조명이 희미하게 반짝였다. 다른 손님이라고는 저쪽 구석 테이블에 앉아서 그림자와 거의 구분이 되지 않는 한 명뿐이었다.

게이브는 연락하기 전에 얼마 동안 운전을 하는 한편 밀가루 반죽처럼 이리저리 치대가며 고민을 거듭했다. 사진을 들고 경찰서로 갈 수도 있겠지만 그의 말을 그냥 무시하지 않을까? 적당히 비위를 맞춰주고 그에게 받은 진술서를 폐기처분하지 않을까? 그를 가르치려 드는 그들의 차분한 말투가 벌써부터 들리는 듯했다.

"그러니까 장인이 시체안치소 사진을 위조했다는 겁니까?"

"선생님이 착각하셨을 가능성이 더 크지 않을까요? 고양이가 따 님을 할퀸 날이 다른 날이었겠죠."

그리고 사마리아인이 한 말도 들렸다. "그건 증거가 아니야."

그렇지, 그는 생각했다. 증거는 차 안에서 곤죽으로 분해되어가 는 그 남자지. 그가 모든 열쇠를 쥐고 있건만 내놓는 것이라고는 유 해 가스뿐이었다. 그러면 성서와 수첩이 남았다. 디 아더 피플. 그게 무슨 뜻일까? 무슨 의미가 담기긴 한 걸까? 밑줄이 그어진 구절과 그가 수첩에서 찾은 단어가 서로 연관이 있을까 아니면 그가 스스 로 만든 모래밭에서 바늘을 찾으려는 걸까?

누구한테 물어볼 수 있을까? 경찰은 아니었다. 바로 그때 어떤 생각 하나가 그의 배를 쿡쿡 찔렀다.

범죄 활동에 대해, 삶의 어두운 측면에 대해 어쩌면 경찰보다 더 잘 알지 모르는 사람이 한 명 있었다. 이 두 단어가 무슨 뜻인지 아 는 사람이 있다면 그였다.

게이브는 그에게 다가갔다. "자네는 나를 이보다 더 훌륭할 수 없는 곳으로 부른다니까?"

사마리아인이 고개를 들었다. 어두침침한 조명 아래에서 그의 눈은 텅 빈 구멍처럼 보였다. "트집 잡지 마. 여기 내 거야."

"자네가 여기 사장이라고?"

"퇴직연금이라고 해두지."

사마리아인은 의심스러워하는 게이브의 눈빛을 간파한 게 분명 했다.

"아직 공사가 덜 끝났어."

게이브는 그 공사라는 게 돈세탁이 아닌가 하는 생각이 들었지만 아무 말도 하지 않았다. 그는 사마리아인의 사업이나 사생활에 대해 절대 묻지 않았다. 별로 듣고 싶지 않은 대답을 들을 것 같은 예감이 느껴졌다. 밤에 일을 하고 총을 들고 다니며 아무도 없는 숲을 어슬렁거리고 본명을 밝히기를 거부하는 사람이 산타클로스일 리 없다는 결론은 논리의 비약이랄 것도 없었다.

게다가 사마리아인은 친구 비슷한 존재였다. 어쩌면 게이브에게는 유일한 친구일 수도 있었다. 그리고 그가 뭐라고 남을 판단하겠는가? 인간에게는 선과 악이 공존했다. 세상에 자기 본모습을 고스란히 드러내는 사람은 거의 없었다. 세상이 그 본모습을 보고 비명을 지를 수도 있기 때문이었다.

"그래서, 커피는 마실 수 있을까?"

"네가 직접 끓이면. 옆쪽에 주전자가 있어. 왼쪽 찬장에 인스턴트 커피가 있고. 우유는 없어."

게이브는 조리대 뒤편으로 걸어가 주전자를 얹고 싱크대에서 지저분한 머그 두 개를 찾아 뜨거운 물과 커피를 부었다. 식기 건조기에 들어 있던 얼룩덜룩한 숟가락으로 양쪽 머그를 잘 저은 다음 커피를 들고 다시 테이블로 갔다.

"이제 보니까 자네 입맛이 고급이군그래."

사마리아인은 웃지 않았다.

"디 아더 피플에 대해서 얘기하고 싶다고 했지?"

본론으로 직행이었다. 가끔 게이브는 인정하기 싫지만 자기 혼자 일방적으로 사마리아인을 친구라고 생각하는 건 아닌지 궁금해질 때가 있었다.

"그런 이름 들어본 적 있어?"

"그걸 어디서 들었어?"

게이브는 가방에서 수첩을 꺼냈다. 사마리아인에게 그 단어를 떠놓은 페이지를 보여주었다.

"여기 쓰여 있었어. 무슨 뜻인지 알 수 없었지만……."

"태워버려."

"뭐라고?"

"수첩 들고 나가서 태우고 그 단어를 봤다는 사실조차 잊어버리라고."

게이브는 사마리아인을 빤히 쳐다보았다. 이렇게 평정심을 잃은 그의 모습은 본 적이 없었다. 믿기지 않았지만 동요하고 있었다. 그 생각이 들자 게이브는 심란해졌다.

"왜 그래야 하는데?"

"그 옛 같은 사이트 근처에서 얼쩡거렸다가는 큰코다칠 테니까. 내 말 믿어."

"이지를 찾는 데 도움이 된다면 태울게."

"진심이야?"

"진심이야."

"다리에서 뛰어내리려고 했을 때도 진심이라고 했잖아."

"이건 달라."

"사실 다르지 않아."

"내가 전부터 얘기했잖아, 아버님이 시신을 보고 착각한 게 분명하다고. 이제는 아버님이 일부러 거짓말을 한 게 분명하다고 생각해. 아버님은 지금도 거짓말을 하고 있어. 어쩌면 누가 이지를 데려갔는지 알지도 몰라. 하지만 아무 증거도 없단 말이지. 이 단어가 어떤 식으로든 사건과 연관이 있는지, 뭐라도 파악하는 데 도움이 되는지 알아야겠어."

다시 정적이 흘렀다. 한참 뒤에 사마리아인은 자기 잔을 집어서 커피를 한 모금 마셨다. 한숨을 쉬었다.

"다크 웹이라고 들어본 적 있어?"

게이브는 몸에 소름이 돋는 것을 느꼈다. 당연히 들어본 적 있었다. 실종된 아이나 친척이 있는 사람은 다크 웹에 대해 모를 수가 없었다. 기존의 검색엔진으로는 접근할 수 없는 모든 것을 아우르는, 광대한 지하 인터넷. 화려한 공식 웹 아래에 숨겨진 공간.

일반적인 웹을 믿지 못하는 사람들이 종종 그곳을 이용했다. 하지만 법의 테두리 밖에서 활동하려는 사람들이 이용하는 공간이기도 했다. 깊고 어두컴컴한 곳이 원래 그렇듯 거기에는 오물과 침전물이 쌓였다. 아동 포르노. 소아성애자 웹사이트. 심지어 스너프 필름*까지.

아이를 잃어버린 부모가 결국에는 자신도 거기로 흘러들어 가는 건 아닌지 두려워하는 곳이기도 했다. 사람들의 생각과 다르게 접근하기 어렵지도 않았다. 토르 번들(ISP를 숨기기 위한 방편이었다)

---

* 실제 살인이나 자살 현장을 촬영한 영상물.

이라는 것만 있으면 됐다. 하지만 일단 들어가더라도 어딜 뒤져야 하는지 모르면 헛수고였다. 임의의 알파벳과 숫자의 조합일 수 있는 특정 링크. 그 뒤에 어떤 끔찍한 것이 숨어 있는지 모를 잠긴 철문과 막다른 골목길로 가득한 동네에서 번지수도 도로명도 열쇠도 없이 집을 찾는 것과 비슷했다.

"응." 그는 결국 대답했다. "들어본 적 있어."

"거기 가면 디 아더 피플을 찾을 수 있어."

"그게 웹사이트야?"

"마음이 맞는 사람들과 만날 수 있는 커뮤니티에 가깝다고 해야 겠지."

"어떤 식으로 마음이 맞는 사람들?"

"사랑하는 사람을 잃은 사람들."

게이브는 미간을 찌푸렸다. 그가 예상한 답변이 아니었다.

"그런데 그게 왜 다크 웹에 있지?"

"경찰에서 네 아내를 죽이고 딸을 납치한 범인을 알아냈다고 쳐. 그런데 놈이 교묘하게 빠져나가서 활보하고 다니는 거야. 누가 봐도 죄인인데. 그럼 어떻게 할래?"

"그자를 죽이고 싶겠지."

사마리아인은 고개를 끄덕였다. "하지만 죽이지 못하겠지. 너는 살인범이 아니니까. 그렇기 때문에 너는 화가 나고, 무력하고 속수무책인 사람이 된 것 같겠지. 많은 사람들이 그런 기분을 느끼거든. 어떤 놈이 네 딸을 성폭행했는데 경찰에서는 합의에 의한 성관계였다고 해. 어떤 운전자가 네 엄마를 뭉개고 지나갔는데 운전면허

가 취소되고 그만이야. 의사의 과실로 네 아이가 죽었는데 그 의사
는 경고를 받고 끝이야. 인생은 공평하지가 않지. 평범한 사람들이
항상 정의를 구현할 수 있는 건 아니야.

　그런데 누가 와서 그걸 바로잡아주겠다고 해. 그 사람들에게 대
가를 치르게 하겠다고, 너와 같은 고통을 안기겠다고. 네 손은 더럽
힐 필요 없어. 너는 절대 엮일 일이 없어."

　게이브는 목이 말랐다. 그는 커피를 한 모금 마셨다. "그러니까
자경단원이나 청부 살인 업자를 고용할 수 있는 곳이란 말이야?"

　"어떻게 보면. 전문가도 있긴 하니까. 하지만 돈이 오가는 경우
는 거의 없어. 그보다는 대납에 가깝지. 품앗이라고 할까. 누군가에
게 신세를 지면 나중에 그걸 갚아야 해."

　게이브는 곰곰이 생각하며 어떤 식인지 파악했다.

　"「열차 안의 낯선 자들」 비슷하네?"

　"응?"

　"우연히 만난 두 사람이 서로를 대신해서 사람을 죽이기로 한다
는 영화야. 그러면 둘 다 알리바이가 생길 테니까. 생판 남을 밑도
끝도 없이 범행과 연결시킬 사람도 없을 테고."

　"그 비슷하다고 보면 돼. 다만 거기는 생판 남이 수백 명이야. 저
마다 쓸모가 있고 가치가 있지. 디 아더 피플은 그런 식으로 운영
이 돼. 거기서 도움을 받으면 그 대가로 거기서 요청하는 일을 해야
해. 작은 일일 수도 있어. 당장은 아무 소식이 없을 수도 있어. 하지
만 언젠가는 요청이 들어오게 되어 있어. 반드시. 그러면 군소리 없
이 갚아야 해."

게이브는 밑줄이 그어져 있었던 성경 구절을 다시 떠올렸다.

'그러나 다른 해가 있으면 갚되 생명은 생명으로, 눈은 눈으로, 이는 이로.'

"만약 갚기 싫으면?"

사마리아인의 시선이 총알처럼 그를 뚫었다. "도망쳐야지. 최대한 빨리, 최대한 멀리."

23

프랜은 돌아가는 것이 맞는다고 생각하지 않았다. 하지만 선택의 여지가 없었다. 그녀는 열심히 노력했다. 무너지지 않으려고 정말이지 열심히, 열심히 노력했다. 그들 두 사람 모두를 위해. 하지만 가장자리가 너덜너덜해지고 이음새가 벌어지려고 하는 것을 느낄 수 있었다.

그 꿈을 다시 꾸었다. 현실 부정이라는 묵직한 쇠사슬로 묶어 혼탁한 마음속 깊은 곳에 잘 가라앉힌 줄 알았는데, 아무리 튼튼하고 묵직한 쇠사슬로 묶어도 부족했다. 시커멓게 부풀어 오른 그 생각들, 그 죄책감과 자책과 후회가 계속 수면 위로 떠올랐다.

장례식, 관 속에 누운 아이. 엉뚱한 원피스. 어떨 때는 프랜이 가까이 다가가면 아이가 일어나 앉으며 눈을 떴다.

"왜 나를 두고 떠났어, 엄마? 왜 돌아오지 않았어? 어둡고 무서워. 엄마아아!"

그러면서 아이가 손을 내밀면 프랜은 몸을 돌려서 검은 옷을 입은 조문객 사이로 도망쳤다. 그들은 거대한 까마귀로 변해 지나가는 그녀를 향해 날개를 퍼덕이며 까악까악 울었다.

"독한 것. 독한 것. 독한 것. 독한 것."

아니라고, 그녀는 외치고 싶었다. 그녀가 이 아이를 살리지 않았던가. 그때 도망치지 않았다면 그들은 둘 다 죽었을 것이다. 그녀는 이 아이를 살리기 위해 모든 것을 버렸다. 앞으로도 이 아이를 절대 빼앗기지 않을 작정이었다.

그렇기 때문에 모든 신경 말단이 이건 아니라고, 지금 엉뚱한 방향으로 가고 있다고 외쳐도 어쩔 수가 없었다. 그녀에게는 선택의 여지가 없었다.

"스코틀랜드로 간다고 하지 않았어요?" 다시 차에 올라타 M1을 타고 남쪽으로 가고 있을 때 앨리스가 물었다.

"응. 그런데 중요한 일이 있어서, 앨리스. 우리 둘이 안전하게 지내려면 해야 하는 일이 있거든, 알겠지?"

앨리스는 고개를 끄덕였다. "알겠어요."

프랜은 그녀 혼자 해야 하는 일이라고 덧붙이지는 않았다. 하지만 이것 역시 선택의 여지가 없었다. 그리고 어쩌면, 정말이지 어쩌면 분위기를 바꾸는 좋은 계기가 될 수 있을지 몰랐다. 이건 그들이 전혀 예상하지 못했던 행보일 테니까. 그녀가 그 사람을 찾아갈 거라고는, 그 사람을 찾아가고 싶어 할 거라고는 상상도 하지 못할 테니까.

이제 휴게소에서 출발한 지 한 시간 남짓 지났다. 원점으로 거의 돌아왔다. 30분만 더 가면 목적지였다. 하지만 그녀는 시간을 거슬러 올라가는 느낌이었다. 떠난 지 9년이 지났다. 어느 끔찍했던 날 저녁에 온 집안이 풍비박산 난 지. 어쩌면 그들의 관계는 처음부터 아슬아슬했을지 모른다. 대부분의 가족이 그렇지 않을까. 피는 물보다 진할지 몰라도 뭘 붙이는 데에는 전혀 쓸모가 없다.

유일한 상수였던 아버지가 세상을 떠나자 남은 가족들은 뿔뿔이 흩어졌다. 닻이 없었기 때문에 서로에게서 점점 멀어지는 그들을 막을 방법이 없었다. 어머니의 경우에는 술독 안으로 점점 더 깊숙이 침몰했다고 해야겠지만.

프랜이 느낀 상실감은 곪아터지고 점점 심해졌다. 시야 가장자리가 항상 어두컴컴했다. 그 느낌이 어찌나 강렬했던지 어떨 때는 손을 내밀면 그녀를 감싼 채 고통과 분노와 원망으로 펄떡거리는 먹구름이 만져질 것만도 같았다. 범인이 잡혔지만 그걸로는 부족했다. 그걸로는 사라질 줄 모르는 내면의 아픔이 잠재워지지 않았다.

그때 어떤 사람이 그녀에게 해결책을 제시했다.

그러고 얼마 안 있어 멍청하게 술김에 아이를 임신했다는 사실을 알게 되었을 때 그녀는 떠나기로 마음먹었다. 스스로 모성애가 있다고 생각한 적이 없었건만 배 속에서 조그만 생명체가 자라고 있다는 걸 알게 된 순간, 그 아이를 사랑하고 보호하고 싶어졌다.

가족들에게 그 계획을 밝히지는 않았다. 그냥 다른 도시에 일자리를 얻어서 떠났다. 아버지의 장례식 날에. 그녀가 저지른 짓을 뒤로하고 새롭게 시작했다. 적어도 그녀가 생각하기에는 그랬다. 이후로 몇 번 더 거처를 옮겼고 몇 번 더 새롭게 시작했다. 하지만 프랜의 짐은 역에 두고 떠날 수 있는, 그런 게 아니었다. 그보다는 그림자에 가까워서 벗어날 방법이 없었다.

"여기서 나가야 하지 않아요? 이 분기점이라고 하지 않았어요?"

"이런 씨!"

앨리스가 나무라는 눈빛으로 그녀를 노려보았다.

"미안. 나쁜 말이야. 나도 알아."

그녀는 깜빡이를 켰고 차량 행렬을 뚫고 진입로로 차로를 바꿨다. 젠장. 아직 도착하지도 않았는데 벌써부터 스트레스를 받으며 감상에 빠져들고 있었다. 그녀를 짓누르는 낯익은 불안을 벌써부터 느낄 수 있었다. 도착하면 정확히 어떻게 할지조차 생각해놓지 않았다. 뭐라고 얘기할지. 이런저런 일을 어떤 식으로 처리할지. 그 어떤 것도 계획에 없었다.

하지만 모든 것에 일일이 대비할 수는 없는 법이었다. 한 해 동안 유난히 비가 많이 내렸다가 3년 연속으로 건조한 겨울이 반복돼 수위가 낮아지는 것을 무슨 수로 대비할 수 있을까. 주택단지 몇 군데가 새롭게 건설돼 주변 땅에서 물이 빠지는 것을. *그가 그 차를 발견하는* 사태에 무슨 수로 대비할 수 있을까. 다른 사람도 아니고 그가 발견하다니. 무슨 수로 그랬을까? 어딜 찾으면 되는지 무슨 수로 알았을까?

그녀는 앨리스를 흘끗 쳐다보았다. 생각에 잠긴 익숙한 표정으로 창밖을 내다보며 무릎 위에 얹어놓은 가방을 만지작거리고 있었다. 덜거덕-덜걱. 덜거덕-덜걱. 욕조를 막고 있었던 소라고둥은 앨리스의 컬렉션에 추가됐다. 그게 다 어디서 생겨난 건지 다시금 궁금해졌다. 해변의 소녀는 누구고 그 아이가 원하는 건 뭘까? '샌드맨이 올 거라고 그랬어요.' 그 말이 이토록 불길하게 느껴지는 이유는 뭘까?

또 다른 걱정거리였다. 깨어 있는 여기 이 세상에서는 그녀가 앨리스를 보호할 수 있을지 몰라도 꿈속에서는, 앨리스의 무의식 속에서는 무슨 수로 그 애를 보호할 수 있겠는가. 거기에서는 아이에게 아무 일도 벌어지지 않도록 지킬 수 없었다. 이 부분이 가장 큰 걱정거리였다.

프랜은 애써 불안을 떨쳐버렸다. 운전에 집중하자. 당면 과제에. 이제 마을 외곽이 얼마 남지 않았다. 그녀가 자란 동네였다. 예전에는 손바닥 보듯 훤했던 동네였다. 하지만 지금은 달라졌다. 전에 없었던 속도 감시 카메라 경고 표지판이 눈에 들어왔다. 카메라에 찍히는 것이야말로 가장 피해야 하는 상황이었다.

이건 한심한 선택이었어, 그녀는 다시금 생각했다. 한심하고 한심한 선택이었어. 하지만 이보다 나은 대안이 없었다. 훌륭한 대안도 없었다.

그들은 어딘지 모를 도시와 자매결연을 했다는 바턴 마시 표지판을 지났다. 한때는 번듯했던 단독 주택지로 이루어진 조그만 베드타운이었다. 여기서 번듯했다는 것은 획일적이고 개성이 없다는 뜻이었다. 그녀가 떠나기 훨씬 전부터 윤기라고는 찾아볼 수 없었다. 이제는 살림 줄이기를 거부하며 하루 종일 말도 안 되게 깔끔한 꽃밭을 가꾸고, 주차에 대해 투덜거리고, 매주 일요일마다 차에 광을 내는 연금 생활자들이 사는 나른한 고인물이 되었다. 아빠랑 비슷한 사람들 말이지, 그녀는 아픈 가슴을 달래며 생각했다.

집은 한눈에 찾을 수 있었다. 잔디는 깎았지만 화단은 아무것도 없는 맨땅이었다. 현관문에 낙천적으로 매달린 꽃바구니는 그냥 죽은 게 아니라 사실상 미라가 됐다. UPVC 창문과 문은 지저분했고 레이스 커튼은 누랬다. 범퍼가 찌그러진 소형 도요타가 진입로에 주차되어 있었다.

프랜은 이 모든 걸 눈에 담고 집을 그대로 지나쳐 조금 더 가면 나오는 모퉁이에 차를 세웠다. 그녀가 그러듯 이 동네 사람들도 처음 보는 차가 등장하면 눈여겨볼 것 같은 예감이 들었다.

"다 왔다." 그녀는 명랑하게 들리길 바라는 목소리로 말했다. "이제 내리자."

프랜은 차에서 내렸다. 앨리스는 궁금해하는 눈빛으로 그녀를 쳐다보았지만 곧 조약돌이 든 가방을 들고 뒤따라 내렸다. 프랜은 좌우를 두리번거리며 생뚱맞고 이상한 건 없는지 무의식적으로 확인했다. 다른 집들 모두 고요한 듯했다. 어딘가에서 조그만 개가 짖는 소리가 들렸다. 멀리서 잔디 깎는 기계가 윙윙거렸다. 근교의 평범한 소음이었다. 하지만 단단하게 뭉친 그녀의 배 속을 달래주지는 못했다.

그들은 모퉁이를 돌아 41번지 진입로를 걸었다. 가까워질수록 그녀의 직감이 몸을 돌려서 다시 차를 타고 떠나라고 외쳤다. 하지만 그녀에게는 해야 할 일이 있었다. 처리해야 하는 일인데…… 거기에 앨리스를 데려갈 수는 없었다. 앨리스는 그 차나 그 남자에 대해서 몰랐다. 그녀가 어떤 짓을 저질렀어야 했는지도.

프랜은 초인종을 눌렀다. 기다리는 동안 앨리스는 살짝 호기심이 어린 눈빛으로 좌우를 두리번거렸다. 프랜은 다시 초인종을 눌렀다. 예전에 어머니는 항상 단박에 대답했는데. '얼른 나와요. 안에 계신 거 알아요. 차가 앞에 있잖아요. 얼른 나와요.'

마침내 집 안에서 무슨 소리가 들렸다. 터벅터벅 천천히 걸어오는 발소리와 웅얼웅얼 내뱉는 욕설이었다. 체인이 덜거덕거리고 문이 빠끔히 열렸다.

프랜은 문 앞에 선 노파를 빤히 쳐다보았다. 나무랄 데 없는 노란 금색의 단발, 꼼꼼한 화장, 단정한 블라우스와 바지. 신경 써서 꾸민 외모. 모두가 사라졌다.

이 노파는 뼈만 앙상하고 등이 굽었다. 머리는 뿌리가 희끗희끗하고 지저분한 노란색이다. 화장은 전혀 하지 않았고 쭈글쭈글한 레깅스 위로 낡은 가운을 걸쳤다. 프랜은 퀴퀴한 와인 냄새를 느낄 수 있었다.

맙소사. 그녀가 예상했던 것보다 상태가 훨씬 심각했다.

노파가 실눈을 뜨고 프랜을 쳐다보았다. "무슨 일이시죠?"

프랜은 침을 꿀꺽 삼켰다. "엄마, 저예요."

그녀를 알아본 노파의 눈이 천천히 휘둥그레졌다. "프란체스카?"

잠시 후 노파의 시선은 프랜의 옆에 서 있는, 조그만 밤색 머리 여자아이에게로 향했다. 노파는 핏줄이 울퉁불퉁하게 드러난 한쪽 손을 부들부들 떨며 목으로 가져갔다. "얘는 누구니?"

프랜은 목이 메는 것을 느낄 수 있었다. "앨리스예요." 그녀는 앨리스의 손을 찾아 꼭 쥐었다. 무언의 암호였다. "엄마 손녀요."

◇

그녀는 잠을 잔다. 하얀 방에 누워 있는 창백한 소녀다. 미리엄은 그 옆 안락의자에 앉아 있다. 주전자 속 찻잎은 뭉그러졌고 케이크는 딱딱해졌다.

잠시 후 미리엄은 소녀의 손을 잡는다. 물리치료사가 정기적으로 찾아와 소녀의 팔다리와 손이 굳지 않게, 손가락이 손바닥 위로 영영 오그라들지 않게 조치를 취한다. 그래도 미리엄은 소녀의 관절이 뻣뻣하다는 것을 느낄 수 있다.

소녀의 얼굴은 석고처럼 차분하고 매끈하다. 걱정하느라 이마에 주름이 파이지도, 웃느라 눈가에 잔주름이 생기지도 않았다. 몇 년 전부터 웃거나 찡그리거나 운 적이 없다. 아마 앞으로도 영영 그럴 일이 없을 것이다. 식물인간이 되었더라도 표정을 짓고 소리를 내고 눈을 감았다 뜨는 환자들이 있지만 이 소녀는 아니다.

미리엄은 이제 그만 보내주는 것이 소녀를 위하는 길일지 모른다는 생각을 한다. 하지만 그녀가 결정할 사안은 아니다. 소녀의 의식이 저 안 어딘가에서 살아 숨 쉴 가능성이 손톱만큼이라도 남아 있는 동안에는. 노래 부르기를 좋아하고 바다의 소리를 좋아했던 소녀. 그녀 말고는 아무도 기억해주지 않는 소녀. 그 말고는 아무도 찾아주지 않는 소녀.

그는 소녀와 소녀 어머니에게 진 책임을 게을리한 적이 없다. 매주 와서 소녀의 곁을 지킨다. 말을 걸고 책을 읽어준다. 그리고 종종 미리엄과 대화를 나눈다. 그 모든 일에도 불구하고 미리엄은 그와의 대화를 즐기게 됐다. 그들은 둘 다 가족이나 가까운 친구가 없다. 둘 다 이 소녀에게 묶여서 그 곁을 떠날 수도 없고 소녀를 놓아줄 수도 없다. 그리고 그는 여태껏 문병을 건너뛴 적이 없다. 늦은 적도 없다.

오늘이 처음이다.

미리엄은 시계를 흘끗 쳐다본다. 오지 않으려나 보네, 그녀는 생각한다. 처음 있는 일이야.

어떤 예감이 전율처럼 미리엄을 관통한다. 무슨 일이 벌어진 것이다.

그녀는 선을 넘는 행동일지 고민하다가…… 휴대전화를 꺼낸다.

24

제니는 예전에 게이브에게 충고를 받아들일 줄 모르는 점, 논리적인 판단에 귀를 기울일 줄 모르는 점이 그의 가장 짜증나는 습관(이 밖에도 짜증나는 습관이 많은 모양이었다)이라고 말한 적이 있었다. 가는 길에 경고판이 난무하고 철조망으로 뒤덮여 있더라도 그는 직접 뛰어들어 보아야, 그것도 머리부터 뛰어들어 보아야 연못에 독가스와 상어가 득시글거린다는 것을 믿는 사람이라고 말이다.

대부분의 경우에 그렇듯 이번에도 제니의 말이 맞았다. 그녀가 지금 옆에 있었다면 게이브는 자신에 대해 맞는 말만 하는 점이 그녀의 가장 짜증나는 습관(그녀에게도 짜증나는 습관이 몇 개 있었다)이라고 얘기했을 것이다.

그것이 그리웠다. 제니의 많은 부분이 그리웠다. 이지를 그리워하는 만큼은 아니었다. 느껴지는 고통이 달랐다. 그의 삶에서 빛을 말소해버리는 총체적인 블랙홀은 아니었다. 그보다는 둔중한 욱신거림에 가까웠다.

냉혹하게 들릴지 몰라도 사실이었다. 잔인한 진실을 공개하자면 아내나 반려자를 잃는 것과 아이를 잃는 것은 달랐다. 그는 이지를 위해서라면 자신을 희생할 수 있었고 제니도 마찬가지라는 걸 알았다. 아무도 인정하지 않으려는, 그보다 불쾌한 진실이 있다면 그래야 하는 경우가 찾아왔을 때 딸아이를 위해 상대방을 희생시킬 수도 있다는 것이다. 제니는 이지를 살릴 수 있다면 서슴없이 그를 버스 앞으로 떠밀었을 것이다. 그래도 상관없었다. 훌륭한 선택이다. 그래야 맞는 거였다.

그들이 서로를 사랑하지 않은 건 아니었다. 한때는 그들도 서로를 열정적으로 미친 듯이 사랑했다. 하지만 열렬한 사랑은 시들기 마련이다. 그래야 한다. 다른 모든 것처럼 사랑도 진화해야 한다. 계속 유지되려면 화르륵 불타오를 게 아니라 부글부글 끓어야 한다. 그래도 계속해서 온기를 유지할 수 있게 관리해야 한다. 너무 오랫동안 방치하면 불이 완전히 꺼져서 한때 있었던 불씨를 찾느라 잿더미를 뒤져야 한다.

그들도 두 사람 모두 신경을 쓰지 않았다. 마지막까지 남아 있던 온기는 거의 사라졌고, 게이브는 그들이 다시 불이 붙을지 모른다는 헛된 바람을 안고 아무 소득 없이 나뭇가지를 던지고 있다는 것을 알았다. 모든 걸 한 문장으로 요약한, 진부한 표현도 있다시피 그는 제니를 사랑했지만 전처럼 사랑하지는 않았다.

한밤중에 비명을 지르며 깨어났을 때 그의 눈앞에 어른거리는 것은 제니의 얼굴이 아니었다. 이지의 얼굴이었다. 어떨 때는 종종 거기에 죄책감을 느꼈다. 하지만 제니가 지금 옆에 있다면 "당연히 그래야지"라고 말했을 거라고 그는 장담할 수 있었다.

그리고 그가 고민하는 문제에 대해 고민하지 말라고 얘기했을 것이었다.

'그 엿 같은 사이트 근처에는 얼쩡거리지도 마. 거기에 대해서 들은 모든 얘기를 기억에서 지워버려.'

하지만 경고판, 철조망, 상어……

게이브는 사마리아인과 헤어지고 뉴턴 그린 휴게소로 직행해 카페에 자리를 잡고 앉아 노트북을 꺼냈다. 이번에는 사근사근한 웨이트리스가 보이지 않았다. 차라리 잘된 일이었다. 그녀가 뒤로 다가와 뭘 하고 있는지 어깨 너머로 들여다보는 것은 싫었다. 그는 일부러 평소에 앉던 자리가 아니라 한쪽 구석에 틀어박혔다. 다행히 카페에 손님이 거의 없다시피 했다. 중년의 커플과 형광색 경찰 재킷을 입었고 머리를 삭발한 다부진 체구의 젊은 남자뿐이었다. 교통경찰인가 보다고 게이브는 생각했다. 그들은 양말처럼 대개 둘씩 짝을 지어 다녔지만 다른 한 짝은 빨다가 잃어버렸을 수도 있었다.

그는 노트북 쪽으로 다시 관심을 돌렸다. 사실 전에도 토르 브라우저를 다운받을까 고민한 적이 있지만 용기가 나지 않았다. 판도라의 상자를 여는 것과 비슷했기 때문이다. 게다가 그는 기계에 대해 잘 알지도 못했다. 다운받아 놓은 설명서를 읽었을 때는 간단해 보였다(이게 만약 영화였다면 자판을 몇 번 두드리기만 해도 백악관 보안 파일에 곧바로 접근할 수 있었겠지만). 하지만 족히 30분 동안 노트북의 여러 기능을 해제하고 활성화한 다음에야 브라우저를 설치할 수 있었다.

그는 화면을 빤히 쳐다보았다. '토르 브라우저에 접속하신 것을 환영합니다.'

이제 어쩐다? 그는 '디 아더 피플'이라고 입력해보았지만 예상했던 대로 아무 검색 결과도 뜨지 않았다. 다크 웹은 그냥 훑어보는 곳이 아니랬잖아, 그는 속으로 중얼거렸다. 뭘 찾는지 알아야 한댔지. 그는 자신이 뭘 찾는지 알지 못했다. 심지어 맞는 곳을 찾아왔는지 아니면 그냥 시간 낭비인지조차 알지 못했다.

제니가 잘난 척 중얼거리는 소리가 들리는 듯했다. '그러게 내가 뭐랬어?'

그는 좌절감을 달래며 수첩과 성서를 꺼냈다. 종이에서 올라오는 축축하고 퀴퀴한 냄새 때문에 목이 막혔고 밑줄이 처진 구절들이 그를 비웃는 듯했다. 스티커 맨이 이 구절에 밑줄을 친 이유가 다시금 궁금해졌다.

그때 어떤 생각 하나가 대형 트럭 같은 기세로 그의 머릿속을 쏜살같이 지나갔다.

다크 웹은 그냥 훑어보는 곳이 아니야. 웹 주소가 그냥 임의의 알파벳과 숫자의 조합일 수도 있어.

임의의 알파벳과 숫자는 어떤 식으로 기억할까? 체계를 정해야 했다. 남들은 우연히 보더라도 알아차리지 못할 만한 것으로. 그는 냅킨을 펼쳤다. 카운터로 가서 바리스타에게 볼펜 좀 빌릴 수 있겠느냐고 물었다. 바리스타는 묘한 눈빛으로 그를 쳐다보았지만 순순히 빌려주었다.

게이브는 테이블로 돌아가서 앉았다. 어떤 성경 구절에 밑줄이 쳐져 있는지 냅킨에 적었다.

출애굽기(Exodus) 21:23~25

레위기(Leviticus) 24:17~21

신명기(Deuteronomy) 19:18~21

신명기(Deuteronomy) 32:43

됐다. 가장 빤한 것부터. 각 구절의 첫 글자. 그는 노트북에 입력했다. http://ELDD.onion

꽝이었다.

이번에는 장 번호를 추가해 다시 시도해보았다. http://ELDD21241932.onion

아무것도 뜨지 않았다.

그는 희망이 점점 사라지는 것을 느낄 수 있었다. 숫자의 조합이 무궁무진한데, 자신의 짐작이 맞는지조차 알 수 없었다. 어쩌면 스티커 맨이 그냥 좋아하는 구절일 수도 있었다. 웹사이트하고는 아무 연관성이 없을 수도 있었다.

그래도 한 번만 더. http://E21L24D19D32.onion

그는 엔터키를 눌렀다. 화면 상단에 파란색 선이 떴다. 그 선이 느릿느릿 움직이다 끝에 다다랐을 때 어떤 페이지가 등장했다.

디 아더 피플

"맙소사."

아니면 경건하게 '하느님 맙소사'라고 해야 할까. 정말 들어맞을 줄은 몰랐다. 그는 아무 문제 없어 보이는 홈페이지를 빤히 쳐다보았다. 까만 바탕에 그냥 하얀 글씨로 적혀 있었다. 칠판 비슷했다.

홈페이지 이름 아래쪽 박스 안에 그보다 작은 글씨로 이렇게 적혀 있었다. '패스워드를 입력하세요.'

그는 밑줄이 쳐진 성경 구절을 쳐다보았다. 시도해볼 만했다.

23251721182143

그는 엔터키를 눌렀다. 다른 페이지가 번쩍 열렸다.

디 아더 피플에 오신 것을 환영합니다.

우리는 고통이 뭔지 압니다. 상실이 뭔지 압니다. 부당함이 뭔지 압니다.

우리는 고통을 공유합니다…… 공유해 마땅한 사람들과 함께.

이 짤막한 선언 아래로 링크가 세 개 있었다.

채팅. 요청. FAQ.

이 단어들을 빤히 쳐다보는 동안 불편한 느낌이 스멀스멀 배 속을 간질였다.

FAQ.

여기에서부터 살펴보는 것이 좋을 듯했다.

Q: 명칭을 디 아더 피플이라고 지은 이유가 뭔가요?

A: 인간은 누구나 비극은 다른 사람들에게만 벌어질 거라고 생각합니다. 자신에게 벌어지기 전까지는요. 우리도 당신과 같

은 사람들입니다. 끔찍한 일을 겪은 사람들입니다. 우리는 용
서하거나 잊어버리는 데서 위안을 느끼지 않습니다. 정의를
구현하도록 서로 돕는 데서 느끼죠.

Q: 정의라니 어떤 것 말인가요?

A: 그건 개인별로 다릅니다. 하지만 범죄에 걸맞은 처벌이 우리
가 추구하는 방향입니다.

Q: 나는 정의를 구현하려는 게 아니라면요?

A: 우리 게시판을 통해 비슷한 사람들과 자유롭게 소통하셔도
됩니다. 하지만 우리 사이트 접속자들은 대부분 초대를 받고
들어왔죠. 우리를 찾았다는 것은 이미 우리를 필요로 한다는
겁니다.

Q: 여긴 자경단 홈페이지인가요?

A: 전혀 그렇지 않습니다. 우리는 평범한 사람들입니다. 다만 서
로 손을 잡았을 때 저마다의 재능과 지식과 연줄을 활용할 수
있다는 사실을 알게 됐을 뿐입니다. 우리는 이런 자원을 모아
서로의 요청을 이행합니다.

Q: 대가를 지불해야 하나요?

A: 돈이 오가지는 않습니다. 그렇기 때문에 누구라도 우리 서비
스를 이용할 수 있습니다. 경제적으로 여유가 없는 사람들도.
우리는 기브 앤드 테이크 시스템으로 운영됩니다. 요청하고
신세를 갚는 시스템으로요.

Q: 그게 어떤 식인가요?

A: 요청하고 싶은 게 있으면 요청 페이지로 들어가세요. 당신의

상황과 무엇을 요청하고 싶은지 설명하는 서식을 작성하라고 할 겁니다. 최대 24시간 동안 당신의 요청을 검토합니다. 이 사이에는 요청을 수정하거나 철회할 수 있습니다.

24시간 이후에 수락할 만한 요청이라는 판단이 내려지면 당신에게 확답이 전달될 겁니다. 요청이 실행에 옮겨지면 수정이나 철회가 불가능합니다. 이후에 추가로 연락할 일은 없습니다. 이례적인 경우가 아닌 이상 모든 요청이 실행된다고 믿으시면 됩니다.

요청이 완료되면 당신에게 통보가 갈 겁니다. 이제 당신은 신세 하나를 빚지게 됩니다. 언제 이 신세를 갚으라는 요구가 전달될지는 모릅니다. 신세를 갚으면 우리에게 진 빚은 없어집니다.

Q: 신세를 갚지 않으면 어떻게 되나요?

A: 우리는 항상 기쁜 마음으로 기꺼이 이행할 수 있는 일을 할당하고자 노력합니다. 신세를 갚지 않으면 우리 사이트의 원활한 운영에 지장이 초래될 수 있습니다. 그렇기 때문에 그런 일이 없도록 몇 가지 방편을 마련해놓았습니다.

Q: 사람을 살해해달라고 요청할 수도 있나요?

A: 수락할 만한 요청이고 이례적인 경우가 아닌 이상 모든 요청이 실행됩니다.

게이브는 화면을 뚫어져라 쳐다보았다.

'모든 요청이 실행됩니다.'

맙소사.

그는 커피 잔을 집어서 한 모금 마셨다. 머리가 어지러웠다. 어쩌면 사마리아인의 말이 맞았을 수도 있었다. 그는 이런 단체의 근처에도 가고 싶지 않았다. 여기에 조금이라도 엮이고 싶지 않았다.

하지만 스티커 맨이 여기에 엮여 있었다. 그리고 그자가 이지를 데려갔다. 그 둘 사이에는 연관성이 있을 수밖에 없었다. 경찰은 아내와 딸이 집을 털려던 강도에게 살해당했다고 믿었다. 하지만 앞뒤가 안 맞았다. 도난당한 물건이 없었고 심지어 현금까지 그대로 있었다. 그의 집에 무단으로 침입한 사람이 있다고 경찰에 알린 제보자의 신원도 밝혀지지 않았다. 겉으로 보이는 게 다가 아니었다면 어떻게 되는 걸까? 그의 가족이 계획 살인의 표적이었다면?

하지만 *이유가 뭐였을까?* 그리고 해리하고는 무슨 상관이었을까? 이지가 죽었다고 게이브를 설득하는 일에 왜 그렇게 목숨을 걸었을까? 죽은 그 아이는 누구였을까? 이해가 안 되는 부분들이 여전히 너무 많았다.

그는 한숨을 쉬고 눈을 비볐다. 휴대전화에서 문자메시지 알림음이 울렸다. 그는 사마리아인이 어떻게 돼가고 있는지 궁금해서 연락했겠거니 생각하며 휴대전화를 집었다.

하지만 아니었다. 더 끔찍한 문자메시지였다.

메시지를 빤히 쳐다보는 동안 그의 심장이 가파른 낭떠러지 아래로 추락하듯 철렁 내려앉았다.

'이사벨라가 오늘 당신을 보지 못했네요.'

25

프랜은 어머니가 차를 끓이는 동안 부엌문 앞에서 서성거렸다.
앨리스는 거실의 소파에 앉아 있었다. 오렌지주스 잔과 비스킷이
담긴 접시가 커피 테이블 위에 놓여 있었다. 오렌지 과즙이 잔 바닥
에 가라앉았다. 프랜은 비스킷을 한 입 먹어보면 눅눅하고 퀴퀴할
거라고 장담할 수 있었다. 그런 소소한 부분들. 이를테면 카펫의 가
장자리에 쌓인 먼지. 방구석에 숨어 있는 거미줄. 살짝 떠는 어머니
의 손.

"미리 연락하지 그랬어." 그녀의 어머니가 말했다. "겨를이 없어
서 청소도 못 하고 제대로 씻지도 못했는데."

거짓말, 프랜은 생각했다. 겨를이 없어서 아직 술을 마시지 못했
는데 그들이 찾아오는 바람에 더욱 늦어졌을 것이다.

"죄송해요. 마침 이 근처에 온 김에 들른 거예요."

"들렀다고?" 어머니는 갑작스럽게 눈을 번뜩이며 그녀를 돌아보았다. "9년 동안 감감무소식이다가 갑자기? 나는 손녀딸이 있는 줄도 몰랐다."

그 모든 것에도 불구하고 프랜은 죄책감에 가슴이 무거워졌다.

"죄송해요."

"죄송하다고?" 어머니는 역겹다는 투로 내뱉었다. "너는 말 한마디 없이 사라진 뒤로 지금까지 전화 한 통, 엽서 한 줄 없었어. 우리를 네 삶에서 도려냈어. 그래놓고는 이제 와서 뜬금없이 이렇게 찾아오다니. 어떻게 된 거니, 프랜?"

"설명하자면 복잡해요."

어머니는 입술을 오므렸다. 어머니가 잔으로 받침 접시를 치자 사기가 덜거덕거리는 소리가 났다. "돈이 필요해서 온 거라면 나한테는 땡전 한 푼도 없다."

그러시겠죠, 프랜은 생각했다. 전부 술독에 갖다 바치셨을 테니. 그녀는 이 말을 삼키고 대신 이렇게 얘기했다. "해야 할 일이 있어서요. 그래서 한두 시간 정도 앨리스를 봐줄 사람이 필요해요."

"그런데 나 말고는 부탁할 사람이 없었다?"

프랜은 대꾸하지 않았다. 거짓말을 한들 무슨 소용 있겠는가.

어머니는 고개를 저었다. 충혈된 눈에 눈물이 점점 고였다.

"네가 나를 어떻게 생각하는지 알아. 하지만 제일 큰 손녀딸하고 친해질 기회는 주어야 하는 거 아니니?"

프랜은 어머니에게 큰딸과 친해지려는 노력조차 기울인 적 없지 않으냐고 대꾸하고 싶었다. 그리고 다른 손자들하고도 마찬가지 아니었느냐고. 프랜은 앨리스를 재우고 가끔 동생들의 SNS를 뒤진 적이 있었다. 그래서 케이티에게는 두 아이가, 루에게는 어린 딸이 있다는 걸 알았다. 프랜은 어머니가 그 아이들조차 본 적 없을 거라고 장담할 수 있었다. 하지만 지금은 시비를 걸 때가 아니었다.

그녀는 다시 말했다. "죄송해요."

어머니는 몸을 돌려서 부엌을 가로질렀다. 열린 문 너머로 앨리스가 무릎에 얹은 조약돌 가방을 움켜쥐고 앉아 있는 거실 쪽을 빤히 쳐다보았다. 프랜은 숨을 참았다. 승산 없는 모험이라는 것을 그녀도 알았다. 여기서 내쫓긴다면 다른 방법을 찾아야 할 텐데…….

그때 어머니가 서글픈 미소를 지으며 고개를 돌렸다.

"주어진 상황에서 최선을 다해야겠지?"

그녀는 발을 질질 끌며 거실로 들어가 앨리스 옆에 앉았다. 앨리스는 살짝 움찔했다.

"직소 퍼즐 좋아하니, 앨리스? 어딘가에 몇 개 남아 있을 텐데."

앨리스는 프랜을 얼른 훔쳐보았다. 프랜은 살짝 고개를 끄덕였다. 앨리스는 제 할머니를 다시 돌아보며 미소를 지었다. "네, 재밌겠어요."

프랜은 긴장이 풀리는 것을 느낄 수 있었다. 그녀는 자동차 열쇠를 집었다.

"금방 올게요."

바깥 하늘에는 부풀어 오른 잿빛 구름이 무겁게 드리워져 있었고 바람이 바늘처럼 살을 에었다. 프랜은 자동차 히터를 최고로 세게 틀었다.

큰길을 따라 3킬로미터쯤 가다 보면 정비소 겸 주유소가 있었다. 그녀는 그 앞을 그대로 지나쳐 500미터쯤 더 가서 갈림길에 차를 세웠다. 주유소로 걸어가 심드렁한 젊은 직원에게 "내가 이렇게 정신이 없다니까요"라고 적절한 대사를 늘어놓으며 휘발유 한 통을 사서 차로 들고 갔다. 그 정도면 충분하길 바랄 따름이었다. 다음 행선지는 교외의 세인즈버리였다. 거기에서 성냥과 갈기갈기 찢을 싸구려 티셔츠 몇 장을 샀다. 그런 다음 다시 길을 나섰다. 손목시계를 흘끗 확인했다. 거의 40분이 지났다. 배 속이 다시 뭉치는 것이 느껴졌다.

두고 온 앨리스를 생각하면 불안해졌다. 이 일을 해치워야 했다. 그것도 얼른. 15분이면 목적지에 도착할 수 있을 것이다. 바라건대 10분이면 일을 끝내고 다시 돌아갈 수 있을 것이다. 바라건대.

프랜은 좌회전 깜빡이를 넣고 좁은 길을 따라서 천천히 달렸다. 10분쯤 지났을 때 농가가 보였고 오른쪽으로 조그만 긴급 대피 구역이 등장했다. 그녀는 거기에 차를 대고 트렁크에서 필요한 물건을 꺼냈다. 멀리서 차 소리가 들렸다. 그녀는 숲의 품속으로 뒷걸음질 쳤다. 파란색 피에스타가 쌩하니 지나갔다. 조금 더 가면 카메라가 있다는 걸 모르는 모양이었다. 그렇게 달리다니 당해도 싸다. 그녀는 마지막으로 좌우를 확인하고 몸을 돌려 덤불 속으로 터벅터벅 걸음을 옮겼다.

머리 위를 덮은 가지들이 물기를 머금고 있다가 지나가는 그녀의 머리 위로 차가운 빗방울을 떨어뜨렸다. 아래로 처진 가지가 가

끔 얼굴을 때렸다. 걸음을 내디딜 때마다 휘발유 통이 점점 더 무겁
게 느껴졌다.

숲이 그녀의 기억보다 훨씬 무성했다. 그녀는 어렸을 때 친구들
과 함께 여기서 자전거를 타곤 했었다. 부모님 몰래 자주 그랬다.
당시는 새로운 주택 단지가 개발되기 전이라 다른 쪽으로 호수까
지 갈 수 있었다. 그녀와 친구들은 자전거를 타고 오래된 오솔길로
벌판을 가로질렀다. 말 한 마리, 잘하면 차 한 대가 간신히 지나갈
수 있을 만한 울퉁불퉁하고 잡초로 뒤덮인 길이었다.

엄마와 아빠는 여기서 놀지 말라고 그녀에게 신신당부했다. 엄
마는 온통 먼지를 뒤집어쓸 거 아니냐며 앓는 소리를 냈다. 아빠는
몇 년 전에 어떤 아이가 호수에 빠져 죽은 적이 있다고 했다. 그녀
가 그 말을 믿었는지 잘 모르겠지만 호수가 깊긴 했다. 쇼핑 카트
나…… 그보다 더 큰 걸 가라앉힐 수 있을 만큼 깊었다.

하지만 이제는 그렇지 않았다.

조그만 공터로 들어섰을 때 프랜은 말 그대로 숨을 참았다. 맙소
사. 호수가 웅덩이 수준으로 쪼그라들었다. 아무리 대비를 하고 또
해도 항상 예기치 못한 일이 벌어지기 마련이었다. 하지만 솔직히
차를 버린 건 작정하고 벌인 일이 아니었다. 다급한 마음에 저지른
짓이었다.

프랜도 그를 죽일 생각은 없었다고 말하고 싶었다. 하지만 그건
거짓말이었다. 그녀는 부엌칼을 손에 쥔 순간 뭘 해야 하는지 알았
다. 생존. 예전에는 자신이 그렇게 폭력적일 수 있는지 절대 몰랐
다. 하지만 3년 동안 예전 같으면 상상도 못 했을 일들을 수없이 저

지른 참이었다. 인간은 궁지에 몰리기 전까지는 자신의 진정한 한계를 알지 못하는 법이었다. 사랑하는 사람을 위해 어디까지 할 수 있는지. 가장 잔인한 행위는 가장 위대한 사랑의 소산이다. 어느 유명인이 남긴 말 아니었나? 아니면 그녀가 방금 전에 지어낸 말인가? 요즘은 구분이 잘 되지 않았다.

그래도 한 가지는 분명했다. 그날 밤에 그 남자가 집으로 쳐들어온 이유는 그들을 죽이기 위해서였고 그럴 만한 이유가 있었을 것이다. 훌륭한 이유가 있었을 것이다. 그의 행동에 정당성을 부여하기에 충분한 이유가. 하지만 그는 경솔했고 프랜은 준비를 단단히 하고 기다리고 있었다. 신기한 건 뭔가 하면 칼로 그의 몸을 찔렀을 때 잘못된 행동이라는 생각이 들거나 기분이 이상하거나 별로 끔찍하지 않았다는 것이었다. 필요한 조치처럼 느껴졌다. 프랜은 그를 찌르고 또 찔렀다. 확실하게 할 수 있도록.

그를 죽인 뒤에는 기계적으로 움직였다. 고물차 트렁크에 그를 싣고 앨리스를 깨워(하느님이 보우하사 그 와중에도 깨지 않았다) 떠나야 한다고 말했다. 그들은 가능한 한 큰길을 피해가며 남쪽으로 달렸고 이 근처 호텔에 방을 잡았다. 그녀는 일을 처리하느라 두어 시간 동안 앨리스를 혼자 두는 수밖에 없었다. *어마어마한* 위험을 감수한 셈이었다. 감히 두 번 다시 반복할 엄두가 나지 않는 모험이었다. 하지만 일석이조의 기회였다. 시신과 그 빌어먹을 차를 동시에 처분할 수 있는 기회였다. 그녀는 딱 알맞은 장소를 알았다. 거기라면 둘 다 절대 발견될 리 없다. 그녀가 생각하기로는 그랬다.

그녀는 부연 물 밖으로 트렁크를 내민 그 차를 바라보았다. 처음에 그가 그 차를 발견했다는 소식을 접했을 때는 대단하다는 생각이 들었다. 하지만 직접 와서 보니 좀 더 납득이 됐다. 아무라도 결국에는 발견할 수밖에 없었다. 그래도 그가 우연히 발견했을 가능성은 여전히 낮았다. 여기는 아는 것은 물론이고 드나드는 사람조차 드문 곳이었다. 누군가가 그에게 알려주었을 것이다. 하지만 그게 누구였을까?

걱정은 나중에 해도 늦지 않았다. 지금은 아무도 그 차를, 더욱 중요하게는 그 안에 뭐가 들었는지를 찾지 못하도록 조치를 취해야 했다. 그녀는 침을 삼켰다. 남은 게 많지 않을 것이었다. 남자의 옷을 벗겨서 태운 기억이 났다. 갑작스럽게 현실감이 되살아나며 속이 메슥거렸다. 그녀는 끙끙대며 그의 뻣뻣해진 팔다리를 움직여 더러운 스웨트 셔츠와 청바지를 벗겼다. 속옷에는 살짝 얼룩이 묻어 있었고, 그녀는 옷을 벗기는 것이 목숨을 빼앗은 것보다 더 엄청난 모독이라도 되는 양 어처구니없게 당황스러워졌다. 창백하고 털 없이 민둥민둥하며 말라가는 피 때문에 끈적끈적한 남자의 살을 보고 하마터면 토악질을 할 뻔했다. 간신히 참고 그의 주머니를 뒤졌다. 지갑이나 신분증은 없었다. 자동차 열쇠가 있길래(그들 집 근처에 주차된 차는 없었지만) 호수에 던졌다. 하지만 프랜은 전전긍긍하며 서둘렀다. 시신과 축축한 호수와 그녀가 저지른 행동의 결과에서 한시라도 빨리 탈출하고 싶었다.

차를 깨끗이 청소하지 않았다. 그녀와 앨리스를 지목할 만한 물건이 있는지 확인해보지도 않은 채 그냥 글러브박스에 쑤셔 넣었다. 그걸 바로잡아야 했다.

티셔츠를 찢었다. 그런 다음 얼른 청바지와 운동화를 벗고 휘발유 통과 찢은 옷을 들고 썩은 물속으로 들어갔다.

물이 어찌나 차가운지 숨이 턱 막혔다. 끈적끈적한 진흙이 발가락 아래에서 질벅거렸다. 그녀는 인상을 쓰며 이를 악물었다. 얼른 해치워야 했다. 차 앞에 다다랐다. 뒷문을 잡아당겼다. 물이 그녀를 떠밀었다. 그녀는 한참 만에 어찌어찌 문을 열고 물기가 거의 없는 뒷좌석에 찢은 옷을 던져 넣었다. 불이 잘 붙게 생겼다. 찢은 옷과 시트에 휘발유를 뿌렸다. 이 정도면 충분할까? 아니었다. 트렁크 안에 있는 것도 확실하게 태워야 했다. 그녀는 차에서 떨어져 나와 물살을 헤치며 뒤쪽으로 갔다. 마음을 단단히 먹고 트렁크를 살짝 열었다.

바로 그때 뒤에서 물 튀는 소리가 들렸다. 프랜이 한 박자 늦게 뒤를 돌아보았을 때 뭔지 모를 묵직한 것이 머리를 강타했다. 그녀의 머리가 폭발했고 무릎이 꺾였고 손에서 휘발유 통이 스르르 미끄러졌다. 멍하니 물속으로 주저앉자 수면이 갑자기 가슴 높이까지 올라왔다. 그녀는 숨을 헐떡이고 두 팔을 힘없이 첨벙이며 버둥거렸다.

어떤 사람이 프랜의 위로 등장했다. 그가 두 손으로 그녀의 목을 잡고 얼음같이 차가운 물속으로 머리를 눌렀다. 그녀는 저항하려고 했다. 남자의 손을 잡았다. 하지만 남자의 힘이 너무 셌다. 그녀는 몸을 뒤틀며 몸부림쳤다. 발길질을 하자 발뒤꿈치가 요란한 소리와 함께 그의 사타구니에 부딪치는 것이 느껴졌다. 그녀의 목을 잡은 손에서 힘이 풀렸다. 그녀는 물 밖으로 고개를 들고 천금 같은 숨을 한 번 쉬었다.

그가 주먹으로 프랜의 얼굴을 때렸다. 그녀는 다시 가라앉았고 그가 이번에는 아까보다 더 세게 그녀를 붙잡았다. 그녀는 허우적거리며 그의 손가락을 할퀴었지만 힘이 점점 빠졌다. 숨이 가빴다. 허파가 터질 것 같았다. 입술이 살짝 벌어졌고 머릿속에서 서로 엇갈리는 절박한 외침이 들렸다. '입 벌리지 마. 하지만 숨이 막히는데. 계속 그냥 버텨.' 그녀는 이 냄새나는 더러운 웅덩이에서 죽지 않을 것이다. 그럴 수는 없었다. 앨리스가 기다리고 있었고 프랜은 돌아가야 했다. 왜냐하면…….

뭔가가 주저앉았다. 목이 칼에 찔린 듯이 아팠다. 갑자기 머릿속이 가벼워졌다. 이제 몸에 아무 감각이 없었기 때문에 허파가 더 이상 화끈거리지 않았다. 팔다리가 부질없이 둥실 떠올랐다. 그녀는 저항할 수 없었다. 이 사태를 막을 수가 없었다. 그녀의 입이 천천히 벌어졌다. 물이 쏟아져 들어오는 가운데 그녀가 마지막으로 떠올린 생각은 이거였다. '앨리스는 직소 퍼즐을 싫어해…….'

게이브는 제니를 설득하려고 했다. 그는 『딸 이름 대백과사전』을 사실상 외우다시피 했다. 하지만 그녀가 요지부동이었다. "아이 이름을 이사벨라라고 짓고 싶어."

그리고 그들이 한 약속이 있었다. 딸이면 제니가 이름을 짓기로 했다. 아들이면 선택권이 게이브에게로 돌아갈 것이었다. 게이브는 조금 성차별주의적인 약속 아닌가 생각했지만 임신부와 싸우면 안 된다는 걸 모를 정도는 아니었다.

그가 설득하려고 하면 할수록 제니는 더욱 완강하게 버텼다. 게이브는 원래 그녀의 그런 면을 사랑했었다. 그녀의 고집. 누군가의 비위를 맞추거나 마음을 달래주기 위해 자기주장을 굽히지 않는 의지. 하지만 이 문제만큼은 그의 의견을 수용해주었으면 했다.

"대부분의 아내들은 남편이 좋아하지 않는 이름을 선택하지 않아." 그는 짚고 넘어갔다.

"대부분의 아내들은 그런 쓰레기 같은 남편하고 살지 않지. 아니, 이사벨라가 도대체 왜 싫다는 거야?"

게이브는 대답할 수 없었다. 설명할 수 없었다. 제니를 설득할 수 없을 것이 분명했기에 그는 그저 이름에 불과하다고 자기 자신을 설득하기로 했다. 예쁜 이름이라고. 그들의 이사벨라라고. 그들의 아이라고. 전혀 다른 사람이라고.

아이가 태어났을 때 그는 다른 모든 걸 금세 잊었다. 아이가 얼마나 예쁜지, 얼마나 시끄러운지, 조그만 아이 하나가 그들의 인생을 쥐락펴락한다는 게 얼마나 놀랍고 피곤한지만 기억했다.

하지만 그럼에도 불구하고 아이를 이지라고 불렀다.

악몽이 되살아났다.

그는 아버지가 됐다는 스트레스 때문이라고 스스로를 달랬다. 자연스러운 현상이라고. 정신이 하나도 없지 않으냐고. 적응할 거라고. 사태가 진정될 거라고.

귀한 딸을 이사벨라라고 부르다니 불길한 징조라고, 화근이라고 하는 끈질긴 속삭임은 애써 무시했다.

그가 벌떡 일어나는 바람에 커피 잔이 흔들려 식은 커피가 받침 접시 위로 넘쳤다. 어떻게 그걸 깜빡했을까? 문병 가는 날. 휴대전화에서 울린 알람을 왜 못 들었을까? 젠장, 젠장, 젠장. 그는 소지품을 챙겨 가방에 다시 쑤셔 넣었다. 지금 당장 출발해야 했다.

그는 얼른 캠핑카 앞으로 가서 열쇠를 꺼냈다. 미간을 찌푸렸다.

옆문이 아주 살짝 열려 있었다. 깜빡하고 잠그지 않은 걸까, 아니면 누가 허락 없이 들어간 걸까? 그는 문을 열고 안으로 올라탔다.

캠핑카 안에 한 남자가 있었다. 조그만 침대에 침착하게 앉아 있었다. 그보다 더 희한한 게 있다면 게이브가 본 적 있는 사람이라는 것이었다. 카페에서 본 젊은 경찰이었다. 혼자 다니던 교통경찰.

누가 봐도 생경하고 희한한 이 상황에 게이브는 잠깐 당황했다.

"미안하지만 무슨—?"

남자가 일어나 게이브의 얼굴을 때렸다. 너무도 갑작스럽게 날아온 불의의 일격이라 팔을 들어 방어할 생각조차 하지 못했다. 머리가 뒤로 젖혀져 캠핑카 옆면에 부딪혔다. 다리가 후들거렸다. 아직 자세를 바로잡지도 못했는데 이번에는 목을 주먹으로 강타당했다. 게이브는 켁켁거리며 숨을 몰아쉬었다. 누가 뜨거운 석탄을 쑤셔 넣기라도 한 듯 목구멍이 화끈거렸다.

남자가 그의 가방을 집었다.

"안 돼!" 게이브는 이렇게 외치려고 했지만 나온 소리는 "안 대애애애애애애!"에 가까웠다.

그는 손을 내밀었다. 간신히 끈을 붙잡았다. 남자가 다시 주먹을 날렸다. 게이브는 고개를 한쪽 옆으로 숙였다. 남자가 가방을 당기자 그는 꽉 붙잡았다. 둘이서 줄다리기를 하는 동안 게이브는 절박함에서 힘을 얻었다.

남자가 팔을 뒤로 뺐다가 그의 옆구리를 예리하게 가격했다. 불에 덴 듯한 통증이 작열했다. 게이브는 가방을 놓고 본능적으로 배를 부여잡았다. 남자는 가방을 낚아채 문을 열고 밖으로 뛰어내렸다. 게이브는 비틀거리며 그를 쫓아가려고 했지만 아파서 뒤로 휘청거렸다. 그는 바닥에 쓰러졌다. 열린 문 너머로 태평스럽게 어슬렁어슬렁 멀어지는 남자가 보였다.

게이브는 문을 붙잡고 몸을 일으키려고 했지만 손을 놓치는 바람에 까끌까끌한 아스팔트 바닥 위로 떨어졌다. 그는 뜨겁고 축축한 무언가가 새어나오는 것처럼 느껴지는 옆구리를 부여잡고 비명을 질렀다. 남자는 이제 희미한 실루엣에 불과했다. '이런 식으로 저자를 그냥 보낼 수는 없어.' 가방 안에 모든 게 들어 있었다. 노트북, 성서, 수첩, 머리끈. 그것이 그에게 남은 전부였다.

바닥을 기어서 쫓아가려고 했지만 기운이 점점 다했다. 그는 똑바로 누워서 숨을 헐떡였다. 휘발유와 매연 때문에 공기가 탁했다. 하늘이 너무 환했다. 그는 눈을 감았다. 희미하게 고함 소리가 들렸다. 잠시 후 이번에는 좀 더 가까이서 누군가의 목소리가 들렸다.

"어머나. 어떡해! 무슨 일이에요?"

그는 대답할 수가 없었다. 어둠에는 진정 효과가 있었다. 꼭 진통제 같았다. 그 안에서는 더 이상 고통이 없을 것이다.

하지만 그 목소리가 집요하게 말을 걸었다.

"눈을 떠요. 나를 봐요. 구급차를 부를 거지만 그때까지 깨어 있어야 해요."

게이브는 눈을 떴다. 어떤 얼굴이 위에서 어른거렸다. 아는 얼굴이었다. 예쁘장하지만 지쳐 보이는. 그 싹싹한 웨이트리스였다.

"내가……."

그는 옆구리에 댔던 손을 떼어내 손가락 사이로 뚝뚝 떨어지는 빨간색 액체를 멍하니 바라보았다.

"내가 칼에 찔린 모양이에요."

27

앨리스는 기다렸다. 기다리는 티는 내지 않으려고 했다. 불안한 티도. 두려워하는 티도. 하지만 사실은 그 세 가지뿐 아니라 그 이상의 감정을 느끼고 있었다.

지금쯤은 프랜이 돌아왔어야 했다. 그녀가 말하길 한 시간이면 될 거라고 했다. 기껏해야 한 시간 반이라고 했다. 그때부터 두 시간이 넘게 지났다. 지금까지 노파의 오래된 (그리고 상당히 허접한) 직소 퍼즐을 모두 맞추고 어색한 대화를 나누었다. 어떤 식으로 얘기해야 하는지 프랜에게 들었지만 이런저런 사항들을 기억하고 엉뚱한 소리를 하지 않도록 신경을 쓰는 일은 가끔 프랜을 '엄마'라고 부르는 걸 깜빡할 때도 있듯 여전히 쉽지 않았다. 그걸 깜빡하면 프랜은 엄청 짜증을 냈다.

이 노파도 왠지 모르게 앨리스에게 공포를 유발했다. 너무 많이 웃었다. 앨리스가 그걸 꺼림칙하게 여긴 것은 이가 전부 누렇기 때문만은 아니었다. 그리고 노파는 너무 안절부절못했다. 직소 퍼즐을 맞추려고 할 때면 손을 떨었다. 게다가 시큼하고 이상한 냄새를 풍겼다.

가만히 있지 못하는 노파 때문에 앨리스까지 신경이 더 곤두섰다. 앨리스의 음료가 아직 반이나 남았고 퀴퀴한 비스킷을 이미 세 개나 억지로 욱여넣었는데도 계속 뭘 더 마시겠느냐고 아니면 먹겠느냐고 물었다. 결국 앨리스는 노파의 입을 막기 위해 주스를 좀 더 마시면 좋겠다고 대답했다. 이 대답을 듣고 노파가 좋아하는 눈치였기에 앨리스는 이참에 얘기를 꺼냈다.

"화장실 좀 써도 될까요?"

"아, 그럼. 2층에 올라가서 왼쪽으로 첫 번째 문이야."

"감사합니다."

앨리스는 가방을 들고 좁은 층계참까지 계단을 올라갔다. 화장실 문이 열려 있었지만 볼일을 보려는 게 아니었다. 그저 노파에게서 잠깐 떨어져 있고 싶을 뿐이었다. 게다가 화장실도 납작하게 눌리고 지저분하며 텁수룩하고 흉측한 초록색 매트가 바닥에 깔려 있는 구식 같았다.

문이 세 개 더 있었다. 가장 가까운 방의 문이 열려 있었다. 앨리스는 안을 빼꼼히 들여다보았다. 누가 봐도 노파의 방이었다. 시커먼 가구가 많고 더블베드에는 누비이불이 덮여 있었다. 침대 옆 테이블에는 은색의 고급 액자에 담긴 사진이 있었다. 앨리스는 머뭇거렸다. 앨리스는 살금살금 훔쳐보고 다니는 아이가 아니었다. 하지만 이 집에 있고 보니 호기심이 생겼다.

결국 터벅터벅 카펫을 걸어가 액자를 집었다. 다섯 명이 화창한 햇살을 맞으며 절벽 꼭대기에 서 있었다. 아는 얼굴이 두 명 보였다. 지금보다 젊고 행복해 보이는 노파와 아주 어려 보이는 프랜. 프랜은 지금의 앨리스와 몇 살 차이가 나지 않아 보였다. 나머지 셋은 처음 보는 얼굴이었다. 어린 여자아이 둘과 남자였다. 프랜의 가족이었다. 앨리스는 프랜에게도 가족이 있을 거라고 생각해본 적이 없었다. 처음부터 지금까지 단둘이서 지냈으니 그럴 만도 했다. 두 번째 사진은 노파와 어떤 남자였다. 남자는 머리가 점점 벗어져가고 있었고 함박웃음을 짓느라 파란 눈의 눈가에 잔주름이 잡혔다. 좋은 분 같아 보인다는 생각이 들었다. 따뜻한 성격일 것 같았다.

앨리스는 사진을 다시 내려놓았다. 부엌에서 유리잔끼리 부딪치는 소리가 들렸다. 침대 옆 테이블에 조그만 서랍이 두 개 달려 있었다. 그중 하나를 열어보았다. 깔끔하게 접어놓은 손수건과 빅스크림* 한 통이 있었고, 오려낸 신문 기사 같은 것이 손수건 아래에서 고개를 삐죽 내밀고 있었다. 앨리스는 그걸 꺼내보았다. 글을 잘 읽긴 하지만 신문의 자잘한 활자는 조금 힘들었다. 그래도 헤드라인은 파악할 수 있었다.

'절도 미수범 손에 살해당한 주민'

'근교를 덮친 공포'

앨리스는 사진 속의 집을 알아보았다. 그리고 남자는 침대 옆 테

---

* 바르는 감기약.

이블에 놓인 사진 속의 그 남자였다. 좋은 분 같아 보였는데. 앨리스는 생각했다. 하지만 돌아가셨다니.

문을 빤히 쳐다보다가 다시 원래 있었던 자리에 넣고 서랍을 닫았다. 살금살금 방에서 나와 계단을 내려가기 시작했다. 반쯤 갔을 때 걸음을 멈추었다. 부엌에서 노파의 말소리가 들렸다. 잠깐 심장이 콩닥거렸다. 프랜. 프랜이 돌아온 것이다. 앨리스는 난간 너머로 내다보았다. 하지만 한 손에는 빨간 뭔가가 담긴 유리잔을, 다른 손에는 전화기를 들고 노파 혼자 서 있었다.

"네. 지금 여기 있어요. 아뇨, 아이 엄마는 오지 않을 것 같아요. 무슨 문제가 생겼나 봐요."

정적.

"여덟 살쯤 됐어요. 얼른 와주실 수 있나요? 감사합니다, 경관님."

경찰. 저 멍청한 할망구가 경찰에 연락한 것이었다. 앨리스는 도망쳐야 했다. 지금 당장. 계단을 내려가 현관문으로 달려갔다. 잠겨 있었다. 망할.

뒤에서 외치는 소리가 들렸다. "앨리스!"

노파가 부엌문 앞에 서 있었다. 앨리스는 필사적으로 좌우를 두리번거리다 근처 테이블 위에 놓인 열쇠를 발견했다. 열쇠를 얼른 집어서 구멍에 꽂았다.

"거기 가만히 있어!"

"싫어요. 경찰에 연락하셨잖아요."

노파가 움직이는 속도가 앨리스의 생각보다 빨랐다. 노파가 앨리스의 팔을 잡았다.

"내 말 들어—"

"이거 놔요!"

앨리스는 팔을 홱 뺐다.

"이리 들어와!"

앨리스는 문을 열고 비틀비틀 밖으로 나갔다. 노파가 뒤에서 외쳤다.

"네 엄마는 오지 않아. 널 버리고 간 거야. 두고 보면 알겠다만."

앨리스는 두고 볼 생각이 없었다. 눈물이 앞을 가렸다. 어디로 가고 있는지 알 길이 없었다. 하지만 들은 대로, 교육받은 대로 했다.

앨리스는 달렸다.

28

"일곱 바늘. 주요 장기 손상 없음. 운이 좋아서 그냥 스치기만 한 줄 아세요."

게이브는 젊은 의사를 바라보았다. 새빨간 머리카락에 비쩍 말 랐고 뚱한 북부지방 억양을 썼다. 농담인지 아닌지 판단하기가 힘 들었다.

"어, 감사합니다." 그는 중얼거렸다.

"물론 친구분께 발견되지 않았다면 돌아가셨을 수도 있어요."

"그냥 스치기만 한 걸로도요?"

"선생님 연령대에는 쇼크와 출혈이 종종 심장마비로 이어질 수 도 있거든요."

"그렇군요. 감사합니다."

의사는 그가 임사 체험의 무게를 인지했다는 데 만족스러워하며 기운차게 고개를 끄덕였다.

"병원에 계속 있어야 할까요?" 그가 물었다.

의사는 그의 차트를 들여다보며 '임사 체험'에 과연 하룻밤 입원이 필요한지 고민하는 눈치를 보였다.

"집에서 드실 항생제를 처방해드릴게요." 의사는 이렇게 말하고 총총히 사라졌다.

게이브는 딱딱한 병원 베개를 베고 누웠다. 의료 보험의 모든 게 그렇듯 연민까지도 철저하게 삭감됐네, 그는 생각했다.

옆구리가 욱신거렸고 꿰맨 부분이 당겼다. 운이 좋았다. 그는 운이 좋았다. 그리고 사실 의사가 한 말이 맞았다. 그가 캠핑카에서 비틀거리며 나왔을 때 금발의 그 웨이트리스가 자기 차에서 내리지 않았다면 결정적인 몇 분 동안 피를 흘리며 그대로 쓰러져 있었을 것이다. 하지만 그녀가 그를 발견했고 자기 스카프로 상처를 누르고 999에 전화했다. 그러고는 구급차가 도착할 때까지 그가 정신을 잃지 않도록 계속 말을 걸었다. 그녀는 자기 이름이 케이티라고 했다. 예쁜 이름이었다.

게이브는 그녀 덕분에 목숨을 건졌다. 사실 도움이 필요한 순간에 등장한 일종의 수호천사가 아닌가 하고 생각하는 중이었다. 진통제 때문에 드는 생각인지도 모르겠지만.

눈을 감자 이번에는 칼로 그의 배를 찌르고 그의 가방을 들고 유유히 사라졌던 그 남자가 다시금 눈앞에 떠올랐다. 카페에서 보았던 그 경찰이었다. 우연의 일치일 리 없었다. 그 남자는 오늘 게이브가 있었던 두 군데 장소에 다 등장했다. 매트릭스에 변화가 생겼든지, 그 남자가 게이브를 따라다녔든지 둘 중 하나였다. 하지만 이유가 뭐였을까? 사마리아인의 목소리가 머릿속에서 메아리쳤다.

'그 단어를 봤다는 사실조차 잊어버리라고…… 그 엿 같은 사이트 근처에는 얼쩡거리지도 마.'

디 아더 피플이라는 조직과 연관이 있을까? 게이브가 뭔가 중요한 걸 건드렸을까? 공격당할 만큼 중요한 뭔가를? 그의 구닥다리 노트북은 동기를 제공했을 리 없다. 웹사이트라면? 수첩이나 성서 안에 담긴 정보였을까? 그 암호?

얼토당토않은 억측처럼 느껴졌지만 그는 토끼 굴로 수직 낙하한 거나 다름없는 48시간을 보냈다. 그 차, 해리, 사진. 그의 전반적인 일상과 달랐다. 그중에서 최악은—하마터면 죽을 뻔했다는 건 빼고—입수했던 것들을 모두 빼앗겼다는 점이었다. 지도, 수첩, 머리방울, 성서. 모두 날아가버렸다.

"포먼 씨?"

의사의 딱 부러지는 목소리에 게이브는 눈을 떴다. 의사에게는 동행이 있었다. 다른 여자가 침대 옆에 함께 서 있었다. 40대 후반, 아담한 체구, 짧게 친 금발, 피곤해 보이는 표정. "그래요? 나더러 그 말을 믿으라고요?" 이렇게 되묻는 표정이었다.

게이브가 너무나 잘 아는 표정이었다. 그는 가족 살인 사건 조사 당시 상대가 그 표정으로 노려보는 것을 여러 번 느낀 적 있었다.

꿰맨 상처와 진통제가 없었다면 그는 분명 심장이 철렁 내려앉는 걸 실감할 수 있었을 것이다.

"개브리얼." 매덕 경위가 말했다. "이번에는 또 무슨 일인가요?"

29

케이티는 테이블을 닦고 빈 머그잔을 치우고 씻은 머그잔에 커피를 따르고 미소를 짓고 돈을 받고 거스름돈을 주었다. 몸은 그랬다. 정신은 딴 데 있었다. 빙글빙글 맴을 돌다가도 계속 같은 자리로 돌아왔다. 비쩍 마른 그 남자가 옆구리에서 시커먼 피를 흘리며 땅바닥에 쓰러져 있던 광경이었다. 공포에 질린 그의 눈빛. 데자뷰였다. 아빠를 연상시키는 부분이 너무 많았다. 다만 그 비쩍 마른 남자는 살아 있었다. 아직까지는.

사람들은 죽음을 얘기할 때 종종 마음의 평화와 순응을 운운한다. 그녀가 아빠의 눈빛에서 본 것은 그런 게 아니었다. 우리가 당연시하며 영원불변하리라고 스스로를 기만해온 목숨이라는 것을 그런 식으로 빼앗길 수 있다는 데 따르는 공포와 충격, 불신이었다.

우리는 죽음에 대해 생각하지 않으려 한다. 생각하더라도 자신과는 거리가 멀고 추상적인 것으로 간주한다. 어느 늦은 봄날 저녁에 우리 집 차고에서 나를 기습할 거라고는 절대 생각하지 않는다. 우리는 특별한 예외자이기 때문에 비극이 들이닥치지 않을 거라고 확신하는 것과 같다. 상상할 수 있는 최악의 상황은 다른 사람들에게만 벌어진다.

케이티는 테이블에 묻은 끈적끈적한 얼룩을 사납게 문지르다가 포기하고 메뉴로 덮어버렸다. 비쩍 마른 그 남자가 어떻게 됐는지 계속 궁금했다. 게이브. 구급차를 기다리는 동안 그가 알려준 이름이었다. 병원에 전화해서 물어볼 수도 있었다. 무사한지 그냥 확인하는 차원에서. 그녀는 흘끗 시계를 확인했다. 한 시간만 있으면 근무 시간이 끝난다. 정신없는 오후 시간도 지나갔다. 이선은 카운터를 차지하고서 예쁘장한 여자 손님과 얘기를 나누고 있었다.

그녀는 행주를 주머니에 쑤셔 넣고 잽싸게 직원용 휴게실로 갔다. 안으로 들어가 사물함에서 휴대전화를 꺼냈다. 병원이라. 그녀는 생각했다. 가장 가까운 병원이 뉴턴 종합병원일 것이다. 그녀는 인터넷으로 전화번호를 검색하고 통화 버튼을 눌렀다.

"네, 뉴턴 종합병원입니다."

"아, 안녕하세요. 오늘 오후에 실려 간 환자 안부를 확인하려고 전화했어요. 칼에 찔린 환자요."

"성함이요?"

"게이브요."

"성은요?"

"아." 그녀는 게이브의 성은 몰랐다. "죄송해요, 모르는데요."

"성함만으로는 환자분의 자세한 상태를 말씀드릴 수 없어요."

"그냥 무사한지만 알려주시면 돼요."

잠깐 정적이 흘렀다. "지금까지 사망한 환자는 없는 걸로 알아요."

"그렇군요. 다행이네요. 고마워요."

케이티는 전화를 끊고 입술을 씹었다. 달리 그에게 연락할 방법이 없었다. 성도 모르고. 전화번호도 모르고. 아니다, 잠깐. 그녀는 전화번호를 알았다. 옛날 옛적에 받은 '사람을 찾습니다' 전단지. 그의 딸 사진을 넣은 전단지. '저를 보신 적 있나요?' 그녀는 집 안 어딘가에 그 전단지가 있을 거라고 장담할 수 있었다. 버리자니 마음이 안 좋았다. 어디에 두었는지 찾기만 하면 됐다. 아니, 그럴 필요가 없을지도 몰랐다. 그냥 내버려둘 수도 있다. 그는 죽지 않았다. 그것만 알면 됐다.

하지만 불안한 마음을 잠재울 길이 없었다. 걱정이 그녀의 위벽을 할퀴었다. 케이티는 육감이나 그 비슷한 헛소리를 믿지 않았다. 부모님 집에서 으스러져 죽은 아빠를 발견한 날 아침에도 불길한 예감이나 기분은 눈곱만치도 느끼지 못했고 구름 한 점이 파란 하늘을 스쳐 지나가지도 않았다. 그런 게 전혀 없었다. 그런데도 지금은 뭔가 끔찍한 일이 벌어질 예정이거나 이미 벌어지고 있는 듯한 느낌을 떨쳐버릴 수가 없었다. 불안의 싹이 심어져 뿌리를 뻗으며 점점 자라나는 것을 느낄 수 있었다.

그녀는 동생에게 전화했다.

"여보세요."

"안녕, 루. 별일 없는지 궁금해서 전화했어."

"왜?"

"그냥. 나도 모르겠어."

무거운 한숨 소리. "애들 잘 있어. 지금 「스쿠비 두」 보고 있어. 나는 언니가 시킨 대로 차 마시면서 먹을 피시 핑거하고 감자칩 만드는 중이고."

"그렇구나. 좋아. 고마워. 이따 봐."

그녀는 통화를 마친 뒤에도 피해망상을 어쩌지 못하고 이번에는 엄마에게 전화를 돌렸다. 이러다 자동응답기로 넘어가겠다 싶을 정도로 한참 동안 신호가 울렸다. 엄마가 아직 일어나지 않았든지 이미 술에 취한 모양이었다. 그러다 딸깍하는 소리와 함께 쏘아붙이는 엄마의 목소리가 들렸다.

"너 지금 어디니? 몇 시간 전에 연락했는데."

그녀는 미간을 찌푸렸다. "엄마? 저 케이티예요."

"케이티?"

"누구라고 생각하셨던 거예요?"

잠깐 정적이 흘렀다. "걔 거기 있니? 그래서 전화한 거야?"

"누구요? 저 지금 일하는 중이에요. 엄마 괜찮아요?"

"아니, 당연히 안 괜찮지. 걔는 몇 년 만에 그렇게 불쑥 찾아와도 된다고 생각하는 모양인데—" 엄마는 말을 하다 말고 끊었다. "잠깐. 경찰이 왔다. 이제야."

"경찰이요? 왜요?"

"걔가 감감무소식이길래 내가 전화했지."

"누구요, 엄마?"

"네 언니. 프랜. 이제 전화 끊어야겠다."

딸깍하는 소리와 함께 갑작스럽게 전화가 끊겼다. 케이티는 휴대전화를 빤히 쳐다보았다.

프랜? 프랜이 돌아왔다고? 아니다. 그럴 리 없었다. 게다가 프랜이 절대 찾아갈 리 없는 사람이 엄마였다. 그 둘은 아빠가 돌아가시기 전부터 서로 으르렁거리던 사이였다. 아빠가 돌아가신 이후에는 두 사람 모두 예의를 갖출 필요성을 느끼지 못했다. 그랬으니 프랜이 완전히 인연을 끊고 집을 떠나고 싶어 했던 것도 무리는 아니었다. 그녀는 아빠의 장례식을 치르던 날 영영 떠났다.

하지만 그 전에 케이티에게 고백했다. 그녀가 어떤 짓을 저질렀는지.

케이티는 합리적으로 접근하려고 했다. 술에 취했을 때 엄마가 하는 얘기는 별로 믿을 만한 게 못 되었다. 피해망상증 환자처럼 굴고 욕을 일삼았다. 전에도 동네 사람들이 자기를 염탐한다고, 집에 몰래 들어오려는 사람이 있다고, 어떤 남자가 자기를 쳐다본다고 경찰에 연락한 적이 있었다. 항상 근거 없는 주장으로 밝혀졌다. 하지만 오늘은 그 정도로 술에 취한 목소리가 아니었다. 불안하고 흥분한 목소리였다. 그리고 왜 프랜을 들먹이며 없는 얘기를 지어내겠는가?

케이티는 휴대전화를 가방에 넣었다. 근무 시간이 끝나려면 한 시간이 남았다. 그때까지 기다릴 수가 없었다. 무슨 일인지 알아내야 했다. 지금 당장. 그녀는 후드 점퍼를 입고 가방을 집어 얼른 밖으로 나갔다.

줄이 점점 길어지고 있었다. 예쁘장한 아가씨 옆에 잘생긴 청년이 합류했다.

"어디 갔다 왔어요?" 이선이 그녀를 노려보았다.

"미안. 나 지금 가야겠어. 집에 급한 일이 생겨서."

"지금요? 나 혼자 여길 맡으라고요?"

"한 시간이잖아. 잘할 수 있을 거야."

"그럼 특별 수당을 받아야겠는데요."

"보는 사람이 아무도 없다 싶을 때 네가 팁 넣는 통에서 슬쩍하는 잔돈을 다 합하면 보너스로 충분하지 않을까?"

케이티는 다정하게 미소를 짓고, 어쩐지 이미 늦은 것 같은 느낌을 애써 무시하며 총총히 카페를 나섰다.

30

"따님을 마지막으로 보신 게 언제였죠, 포먼 씨?"

"말씀드렸잖아요. 고물차를 타고 가는 걸 M1 상행선 19번 분기점과 21번 분기점 사이에서 봤다고요."

"그건 불가능하다는 걸 저희 둘 다 알지 않습니까?"

"네?"

"선생님은 저녁 6시 15분에 집으로 전화를 했습니다. 그로부터 10분 전에 따님을 봤다고 하셨는데, 그때는 부인과 따님이 이미 세상을 떠난 다음이었어요."

"아니에요." 게이브는 고개를 저었다. 그러자 머리가 지끈거렸다. 며칠째 두통이 점점 심해지고 있었다. 압력. 모든 압력이 점점 강도를 더해갔다. 왜 그의 말을 귀담아 듣지 않는 걸까? 저들은 헛다리를 짚고 있었다. 엄청 헛다리를 짚고 있었다.

"포먼 씨, 얼마나 힘드실지 저희도 압니다."

"아뇨, 그럴 리가요. 계속 아내와 딸이 죽었다고 하시는데, 나는 그 아이를 봤어요. 내 딸아이는 살아 있다고요. 무슨 착오가 있었던 게 분명해요."

"착오는 없습니다, 포먼 씨. 이제 3월 26일 오후 4시부터 6시 사이에 어디 계셨는지 말씀해주시죠."

침묵.

"그날 출근을 하지 않았던데요. 그럼 어디 계셨습니까? 부인과 따님이 살해됐을 때 어디 계셨습니까?"

매덕 경위가 살펴보는 듯한 그 엷은 눈빛으로 게이브를 쳐다보고 있었다. 못생기지는 않았지만 흐릿한 눈동자 색과 아주 엷은 금발과 창백한 피부 때문에 쌀쌀맞게 보였다. 꼭 천사 석상처럼 말이지, 그는 생각했다. 부드러운 모서리도 온기도 없는. 직업상 어쩔 수 없지 않느냐며 진부한 소리를 늘어놓을 수도 있지만 그녀의 차가운 분위기는 직업보다 성격 때문일 것이다. 자기 어머니하고 인사할 때도 무뚝뚝하게 악수를 하지 않을까?

"흠." 매덕 경위가 말했다. "그 캠핑카를 배에 싣고 덥고 화창한 곳으로 떠났길 바랐는데요."

"그러니까 포기했길 바랐다고요?"

"여기에 머물러 있지 않길 바랐다고요."

"머물러 있지 않아요, 날마다 이동하지."

그녀는 게이브를 위아래로 훑어보았다. "그래서 어떤 소득이 있었나요, 개브리얼?"

게이브는 자세를 바꿨다. "칼침은 당신이 맡기에 좀 시시한 사건 아닌가요? 아니면 강력반에서 좌천됐어요?"

"아뇨. 무전기에서 당신 이름이 나왔을 때 개인적으로 관심이 생겼거든요."

"아니 이런, 고마워라."

"별말씀을." 그녀는 수첩을 꺼냈다. "자, 자세한 정황을 들어볼까요?"

그는 침대 옆에 놓인 물잔을 집어서 한 모금 마셨다. 갑자기 목이 말랐다.

"공격을 당했어요."

"캠핑카에서요?"

"네."

"그리고 범인이 노트북이 든 가방을 들고 도망쳤다. 맞습니까?"

"맞아요."

"범인의 인상착의를 들을 수 있을까요?"

"20대 중반. 키가 작고 다부져요. 경찰 제복을 입고 있었어요."

"경찰이 당신을 칼로 찔렀다고요?"

"아뇨. 범인이 경찰 *제복*을 입고 있었다고요."

"전형적인 좀도둑의 행보가 아닌데요."

"좀도둑 같아 보이지 않았어요."

"그게 무슨 말씀이시죠?"

"공격당하기 전에 카페에서 봤거든요."

그녀는 수첩에 끼적였다. "좋아요, 직원들한테 물어보면 되겠네요. 그자를 기억할지 모르니까." 그러고는 좀 더 예리한 눈빛으로 그를 보았다. "그자가 당신을 노린 것 같다고요? 왜요?"

게이브는 그녀를 마주 보았다. 그가 발견한 것 때문일 것이다. 그가 진실에 너무 가까이 다가갔기 때문일 것이다. 이지에게 너무 가까이 다가가기도 했고. 그는 그 말을 하면 매덕 경위가 수첩을 닫고 여기서 나가버릴 거라고 장담할 수 있었다. 하지만 밑져야 본전 아닌가.

"내가 뭘 발견했거든요. 이지가 살아 있다는 증거를."

수첩이 닫히지 않았다. 아직은. 하지만 그녀가 눈을 부라리지 않으려고 얼마나 애를 쓰고 있는지 게이브도 느낄 수 있었다.

"어떤 증거요?"

"그 차요."

"그 차를 발견했다고요? 어디서요?"

"호수에 버려져 있었어요."

"그런데 왜 경찰에 연락을 하지 않으셨나요?"

"전부터 내가 하는 얘기를 믿지 않았잖아요."

"그건 아니죠. 그 차가 있었다는 건 믿었어요. 심지어 당신의 설명에 부합하는 차량이 그날 저녁에 M1을 수상하게 달리는 걸 본 목격자도 있었고요."

"그런데 운전자가 나서지 않은 이유가 뭘까요?"

"음주 운전이었을지 모르죠. 자동차세를 연체했거나 무보험이었을 수도 있고요. 댈 수 있는 이유는 많아요. 하지만 중요한 건 뭔가

하면 당신이 본 아이가 이지일 수는 없다는 거예요. 이지를 닮은 다른 아이였다면 모를까."

"그럼 그 차를 왜 버렸을까요?"

"누가 알겠어요? 도난당했을 수도 있잖아요."

그는 전에도 그랬듯 짜증이 솟구치는 것을 느낄 수 있었다. 요정이 실제로 존재한다고 어른을 설득하려는 어린아이처럼 막막함을 느꼈다.

"차 안에 몇 가지 물건이 있었어요. 이지가 썼던 것과 똑같이 생긴 머리 방울. 이상한 구절에 밑줄이 쳐진 성서. 그리고 수첩. 그 수첩에 어떤 단어가 적혀 있었어요. '디 아더 피플'이라고."

그녀의 눈빛이 다시 예리해졌다. "'디 아더 피플'요?"

"들어보신 적 있어요?"

매덕 경위는 계속 게이브를 응시하며 그의 안색을 살폈다. "그 물건들이." 그녀가 천천히 말했다. "도둑맞은 그 가방 안에 들어 있었다고요?"

"네."

"그렇군요."

"아뇨, 잘 모르시겠나 본데 내가 공격당한 이유가 그 때문이에요. 저들이 증거를 없애고 싶었던 거라고요."

깊은 한숨 소리와 함께 희미한 박하사탕 냄새와 그보다 짙은 의구심의 냄새가 흘러나왔다.

"왜요?" 게이브는 걸고넘어졌다. "내가 다 지어낸 얘기 같아요? 내가 자해라도 했을 것 같아요?"

매덕 경위는 대답하지 않았고 게이브는 문득 *바로 그게* 그녀의 생각이었음을 깨달았다.

그는 베개 위로 다시 누웠다. "이런 망할."

"좋아요." 그녀가 말했다. "차가 어디 있는지 얘기해줘요. 사람을 보내서 호수 밖으로 견인이라도 하게."

게이브는 머뭇거렸다. 매덕 경위에게 차가 어디 있는지 얘기하면 시신이 발견될 테고, 그러면 경찰은 썩어가고 있는 시체라는 사소한 문제를 진작 언급하지 않은 이유를 물을 것이다.

"기억이 안 나요."

"기억이 안 난다고요?"

"네. 정확하게는 모르겠어요."

"3년 동안 찾아 헤매던 자동차를 기적적으로 발견했는데 거기가 어디였는지 정확하게는 모르겠다고요?"

그는 아무 대꾸도 하지 않았다. 이번에는 탁 소리와 함께 수첩이 닫혔다. 그녀는 고개를 저었다. "좀 쉬세요, 포먼 씨. 수사는 이것으로 마칠게요."

안 돼. 거의 성공했는데. 거의 설득할 뻔했는데. 하지만 그에게는 다른 증거가 없고…… 맞아, 사진! 사진은 노트북 가방이 아니라 그의 지갑에 있었다. 사진은 남아 있었다.

"*잠깐만요!*"

외투가 플라스틱 의자 위에 걸려 있었다. 그는 침대 밖으로 다리를 내리고 외투를 향해 손을 내밀었다가 옆구리에서 작열하는 통증에 얼굴을 찡그렸다.

"다른 증거도 있어요. 이거요."

그는 지갑에서 사진을 꺼내 매덕 경위에게 내밀었다. 그녀는 살짝 움찔했다.

"이거 어디서 났어요?"

게이브는 머뭇거렸다. 해리가 빌어먹을 거짓말쟁이긴 했지만 그를 경찰에 넘기고 싶지는 않았다. 아직은 그랬다.

"알려드릴 수 없어요."

그녀가 입을 꾹 다물었다. "알려주실 수 없는 게 많은 모양이네요."

"그게— 어떤 사람이 사진을 보냈어요. 제니와 이지가 죽었다고 나를 설득하려고 그랬나 본데 헛다리를 짚었어요. 상처 때문에요."

그녀는 실눈을 뜨고 사진을 보았다. "상처가 안 보이는데요."

"그러니까요. 그날 아침에 우리가 기르던 고양이가 이지를 할퀴었거든요. 그런데 이 사진 속의 아이는 상처가 없잖아요."

"고양이가 다른 날 할퀴었겠죠. 당신이 착각한 거겠죠."

"아뇨. 그렇지 않아요. 거짓말쟁이 취급도 이제 지긋지긋하네요."

"당신을 거짓말쟁이 취급한 사람은 없어요. 당신은 어떻게 생각할지 몰라도 나는 당신의 적이 아니에요."

"나를 살인범으로 여겼잖아요."

"솔직히 그렇게 생각한 적은 한 번도 없었어요. 앞뒤가 안 맞았으니까요. 집에 가서 아내와 아이를 죽이고 씻고 다시 고속도로를 타고 휴게소에 가서 전화할 때까지 모든 교통 카메라를 기적적으로 피할 수는 없잖아요. 말도 안 되죠. 그리고 신원을 알 수 없는 신고자도 있었고요."

게이브도 그 부분에 대해 생각한 적이 있었다. 살인이 벌어지기 직전에 게이브의 집에 무단으로 침입한 사람이 있다고 알린 전화. 동네 주민은 아니었다. 경찰에서는 지나가던 행인이 걱정돼서 신고한 모양이라고 결론을 내렸다. 하지만 정체를 드러내지 않은 이유는 뭘까?

"정직해 보이는 내 얼굴 덕분이라고 생각한 적도 있었는데." 그는 말했다.

"정직해 보이는 얼굴은 절대 믿을 게 못 돼요." 그녀는 잠깐 멈추었다가 다시 하던 얘기를 계속했다. "당신이 그 시각에 어디 있었는지 애초에 솔직하게 얘기했다면 수사가 훨씬 쉽게 풀렸을 거잖아요."

"색안경을 끼고 나를 쳐다볼 빌미를 하나 더 제공하라고요?"

"당신은 법의 심판을 받았고 형을 살았죠."

"부탁드릴게요." 그는 말했다. "사진에 대해 물어봐주시고 검시관이나 그런 분한테 확인해주시면 안 될까요? 아버님 혼자 시신의 신원을 확인했잖아요. 그냥 아버님의 말 한마디로 끝났잖아요."

"그런데 장인어른이 거짓말을 했다고 생각한다?"

"어쩌면요. 어쩌면 아버님이…… 착각했을 수도 있고요."

"지금 장인어른이 당신 아내와 딸의 시신을 착각했다는 거예요?"

"아뇨, 이지의 시신만요."

"그게 얼마나 정신 나간 소리처럼 들리는지 알아요?"

"그럼요. 알죠."

매덕 경위는 사진을 다시 집고 이지의 사진을 좀 더 열심히 들여다보았다. 그는 두근거리는 심장을 달래며 기다렸다. 이윽고 그녀가 게이브를 돌아보았다.

"알았어요. 사진을 보여줄 만한 사람을 찾아볼게요. 하지만 그보다, 차 어디 있어요?"

"기억이—"

"뺑칠 생각 하지 말고요."

그는 고민했다. 거짓말로 둘러대면 넘어갈 수도 있었다. 우연히 발견했다고. 트렁크는 본 적 없다고.

"14번 분기점으로 빠져나가면 나오는 바턴 마시요. 농가 지나자마자 긴급 대피 구역이 있어요. 오솔길을 따라가면 보여요."

그녀는 받아 적었다.

"어쩌다 발견하게 됐는지 얘기할 생각은 없겠죠?"

"네."

"좋아요." 그녀는 수첩을 주머니에 넣고 사진도 같이 주머니에 넣으려 했다.

"잠깐만요."

"왜요?"

그는 머뭇거렸다. "사진. 저한테 남은 게 그게 전부라서요. 유일한 증거예요."

"그런데 내가 증거도 잘 간수하지 못하는 그런 경찰로 보여요?"

"아뇨. 하지만—"

힐난의 기미를 머금은 '하지만'이 허공에서 메아리쳤다.

"살다 보면 남을 믿어야 하는 때도 있는 법이에요."

그는 고민하다가 고개를 끄덕였다. "알겠습니다."

그녀는 사진을 주머니에 넣었다.

"고마워요. 이제 당신 부탁을 들어줬으니 내 부탁 하나 들어줄래요?"

"뭔데요?"

"내가 아까 한 얘기에 대해서 생각해봐요. 낮잠. 해질 무렵에 마시는 마가리타."

"생각해볼게요."

"그래요. 인간은 누구나 다시 한번 기회를 누릴 자격이 있어요."

"나 같은 사람일지라도요."

"당신 같은 사람일수록요."

31

경찰차가 엄마의 집 앞에 주차되어 있었다.

케이티는 그 뒤에 차를 세우고 핸드브레이크를 당겨서 채우고 내렸다. 심장과 허파가 서로 자리싸움을 하는 듯이 느껴졌다. 어쩔 수가 없었다. 부모님의 집 앞에 주차된 경찰차만 봐도 너무 많은 기억이 떠올랐다.

엄마가 아무리 까다롭게 굴고 그들의 관계가 아무리 어색해졌더라도 그녀는 여전히 엄마를 걱정하고 사랑했다. 부모를 잃으면 그 존재가 삶에서 차지하는 부분이 얼마나 엄청났는지를 깨닫게 된다. 그녀는 아빠가 돌아가신 뒤에도 전화기를 들고 번호를 누르다가 "안녕, 우리 아가씨"라며 명랑한 목소리로 전화를 받아줄 아빠가 더 이상 없다는 사실을 깨닫고 몇 번이나 멈추었는지 몰랐다. 일시적인 부재가 아니었다. 아빠는 저세상으로 떠났다. 영원히. 그걸 깨달을 때마다 그녀는 휘청거리고 또 휘청거렸다.

'이번엔 다르잖아.' 케이티는 진입로를 걸어가며 자신을 다독였다. 다르지. 그래도 카페에서 시작된 불안감이 열 배 증폭됐다. 그녀는 초인종을 눌렀다. 잠시 후에 문이 열렸다.

엄마가 앞에 서 있었다. 비쩍 말랐고 후줄근하며 전보다 나이 들어 보였다. 엄마가 미심쩍어하는 눈빛으로 케이티를 쳐다보았다.

"왜 왔어? 걔가 너한테 연락했니? 걔 만났어?"

"엄마. 진정하세요. 엄마가 걱정돼서 일하다 말고 당장 달려온 거예요."

엄마는 그녀를 노려보더니 홱 하니 몸을 돌렸다. "들어오는 게 좋겠다." 엄마는 이렇게 말하고 복도를 되짚어갔다.

케이티는 이미 너덜너덜해진 신경을 건드리는 짜증을 달래며 엄마를 따라 조그만 베이지색 부엌으로 들어갔다. 얼굴은 불그스름하고 머리는 옅은 갈색인 젊은 경찰이 차가 담긴 머그잔을 앞에 두고 식탁에 어색하게 앉아 있었다. 다른 의자 앞에는 붉은색 병과 와인이 가득 채워진 잔이 놓여 있었다.

"그냥 마음을 좀 진정시킬 게 필요해서요." 엄마는 그에게 이렇게 얘기했을 것이다. 케이티는 전에도 그런 변명을 들은 적 있었다. 온갖 변명을 들은 적 있었다.

"이쪽은 케이티, 제 딸이에요." 엄마는 그렇게 얘기하며 의자에 털썩 주저앉아 와인을 한 모금 마셨다. 경찰은 자리에서 일어나 손을 내밀었다.

"맨퍼드 순경입니다."

케이티는 그와 악수했다. "무슨 일인지 들을 수 있을까요?"

"저희도 지금 그걸 파악하는 중입니다."

케이티는 엄마가 파악하고 싶은 건 저 빌어먹을 와인의 남은 양밖에 없을 거라고 대꾸하고 싶었지만 혀를 깨물었다.

"저희 엄마가 전화를 하셨다고요?"

"네, 실종 신고를 하고 싶어 하세요."

케이티는 미간을 찌푸렸다. "누가 실종됐는데요?"

"언니인 프란체스카 씨가—"

"우리 언니는 몇 년 전에 집을 나갔어요."

"여기 왔었어." 엄마가 말했다. "오늘."

케이티는 그녀를 빤히 쳐다보았다. "확실해요?"

"당연하지. 뜬금없이 왔다가 다시 갔어."

케이티는 이 정보를 처리하려고 애를 썼다. 프랜이. 돌아오다니. 그 오랜 세월이 흐른 뒤에.

"언니였던 거 확실해요?"

"내 딸인데 모르겠니."

"그런데 지금은 없다고요?"

"응."

"자발적으로 나간 사람도 실종 실고를 할 수 있을지……."

"걔 실종 신고를 하려는 게 아니야. 걔는 다시 오거나 말거나 상관없어. 항상 골칫덩어리였으니까. 너는 너무 어려서 기억 못 하겠지만—"

"엄마." 케이티는 말허리를 잘랐다. "언니 실종 신고를 하려는 게 아니면 경찰에 연락한 이유가 뭐예요?"

"그 아이 때문이지."

"그 아이라뇨?"

"앨리스. 프랜이 개를 여기 두고 갔어."

"앨리스가 누군데요?"

"프랜 딸. 내 맏손녀."

손녀? 케이티는 입을 벌렸다가 다시 다물었다. 프랜에게는 딸이 없다고 말하려다가 모를 일이라는 생각이 들었다. 그녀는 언니를 거의 10년 동안 못 만났다. 그 사이 언니가 아이를 한 세트 낳았을 수도 있었다. 케이티는 한 번도 본 적 없는 조카들을.

"음, 그 아이가 지금 어디 있는데요?"

"없어졌어. 내가 아까부터 하려던 얘기가 그거야. 도망쳤어. 혼자서 저 바깥 어딘가로—" 엄마의 표정이 부드러워졌고 케이티는 아주 잠깐 동안이나마 예전의 엄마를 언뜻 느낄 수 있었다.

"개를 찾아야 해. 무슨 끔찍한 일이 벌어지기 전에."

32

게이브가 화끈거리는 상처와 현기증을 달래며 병원에서 조심스
럽게 걸어 나왔을 무렵에는 날이 점점 저물고 있었고 하늘은 잔뜩
부푼 구름으로 시커멓다. 상처에서 피가 나기 시작하거나 염증이
생기거나 누런 고름이 나오면 어떻게 해야 하는지가 적힌 '자가 관
리' 안내 팸플릿과 진통제로 주머니가 부스럭거렸다. 놀랍게도 '꿋
꿋하게 무시하라'고 되어 있지는 않았다.

그는 캠핑카를 두고 온 휴게소까지 타고 갈 택시를 예약해놓았
다. 오고 있다는 문자를 방금 전에 받았다. 그는 벌벌 떨며 병원 입
구에 서서 지나가는 차량을 열심히 쳐다보았다.

환자복에 슬리퍼를 신은 몇 명이 모여서 담배를 피우고 있었는
데, 그중 한 명은 링거 스탠드를 잡고 있었다. 니코틴을 충전하느라
아픈 몸을 이끌고 이 추위에 나와 있는 환자들을 보고 비웃을 사람

도 있을 것이다. 하지만 게이브는 이해했다.

인간에게는 누구나 중독의 대상이 있다. 우리가 목숨보다 더 소중하게 여기는 것들. 결국에는 우리의 목숨을 앗아가는 것들. 어떻게 보면 그것들 덕분에 우리 인생이 간단해진다. 뭐가 나를 잡아갈지 아니까. 기습 공격을 당하지 않을 테니까. 빌 힉스*도 이렇게 얘기하지 않았던가. "문제는 아무 이유 없이 죽는 당신 같은 사람들이에요."

자동차 경적 소리가 들렸다. 그는 고개를 들었다. 옆면에 '에이스택시'라는 스티커가 너덜너덜하게 붙은 흰색 도요타가 승하차장에서 있었다. 그는 발을 질질 끌며 다가갔다. 택시 운전수는 염소수염을 조그맣게 기른 민머리의 아시아계 남자였다.

"개브리얼 태우러 오셨어요?" 게이브는 물었다.

"네."

그는 얼굴을 살짝 찡그리며 올라탔다.

"뉴턴 그린 휴게소 맞으시죠?"

"네. 고마워요."

그는 자리에 앉아 더듬더듬 안전벨트를 찾았다.

"사고당하셨어요?"

"네?"

"고속도로에서 사고당한 분들을 여기서 많이 태우거든요. 제일 가까운 병원이잖아요?"

---

* 미국의 스탠드업 코미디언.

"그렇죠."

"무슨 사고였어요?"

"그냥 추돌 사고요."

"그래요? 요전 날에는 어떤 노인이 운전을 하다가 심장마비를 일으켜서……."

게이브는 등받이에 몸을 기대고 귀를 닫았다. 피곤하고 추웠다. 금방이라도 부러질 듯한 뼈를 몇 뼘 안 되는 살갗이 감싸고 있는 기분이었다. 방지턱을 넘기만 해도 몸이 가루로 부서질 것 같았다. 매덕 경위에게 차에 대해 얘기하고 사진을 보여준 것이 과연 옳은 선택이었는지 계속 고민이 됐다. 사마리아인이 언짢아하지는 않을지 걱정스러웠다. 하지만 중요한 건 사마리아인이 아니었다. 게이브는 하품을 했다. 아팠다. 고속도로가 한데 뭉뚱그려진 빛과 어둠으로 지나갔다.

"어디쯤에 내려드릴까요, 손님?"

택시가 휴게소 주차장으로 들어섰다. 게이브가 정말로 깜빡 졸았던 모양이었다. 택시 기사는 알아차리지도 못했고 신경 쓰지도 않는 눈치였다. 게이브는 눈을 깜빡였다.

"아, 끝까지 가서 폭스바겐 캠핑카 옆에 세워주시겠어요?"

"알겠습니다."

택시는 캠핑카가 아직 주차되어 있는 곳으로 터덜터덜 이동했다. 게이브는 순간 공포를 느꼈다. 열쇠를 어디 두었더라? 주머니를 더듬어보니 한 번도 열쇠를 넣은 적 없는 오른쪽 윗주머니에 들어 있었다.

"고맙습니다. 얼마죠?"

"18파운드 40펜스요."

그는 지갑을 두고 똑같은 공포를 느꼈다가 평소 열쇠를 넣는 다른 주머니에서 찾았다.

쭈글쭈글한 20파운드짜리 지폐를 꺼내 기사에게 건넸다. "거스름돈은 됐어요."

이렇게 인심을 쓸 만한 형편이 아닐지 몰랐지만 너무 피곤해서 신경 쓸 여력이 없었다.

"고맙습니다, 손님."

게이브는 옆구리를 움켜쥐고 택시에서 내렸다. 불안을 달래며 좌우를 두리번거렸다. 택시가 멀어지자 돌아오라고 외치고 싶은 생각이 들었다. 나 혼자 여기 두고 떠나지 말라고. 한심한 발상이라는 건 그도 알았다. 주차장은 번잡했다. 차량들이 끊임없이 드나들었다. 사람들이 환하게 불을 밝힌 휴게소를 오갔다. 큼지막한 갈색 래브라도를 데리고 나온 비쩍 마른 여자가 좁은 잔디밭 주변을 터벅터벅 걸으며 중얼중얼 노래를 불렀다. "쉬쉬 응가응가. 얼른 하자, 부르봉. 쉬쉬 응가응가."

평범한 휴게소의 풍경이었다. 하지만 이제는 어떤 것도 평범하게 느껴지지 않았다. 모든 게 전보다 어둡고 날카롭고 의심스럽게 느껴졌다. 그는 지금까지 캠핑카에서 자는 것이 위험할지 모른다는 생각을 해본 적이 없었다. 폭행과 강도를 당하는 사람들의 얘기를 들어도 키 190센티미터짜리 남자인 자신은 안전하다고 생각했다. 이제는 옆구리를 잡아당기는 바늘땀이 그도 취약한 인간이라는 사실을 일깨워주었다.

"잘한다, 부르봉!"

개가 똥을 싸고 있었다. 여자는 더없이 기뻐하는 목소리였고 그녀가 똥이 가득 담긴 배변 봉투로 그를 공격할 일은 없었다. 게이브에게 필요한 것은 수면이었다. 그는 피곤했고 신경이 날카로웠다. '그리고 이건 무차별 공격이 아니었잖아.' 그는 속으로 중얼거렸다. 남자는 원하던 걸 가져갔잖아. 게이브가 생각하기에 그 남자가 다시 돌아올 일은 없었다.

캠핑카 문을 열고 안으로 올라탔을 때 누군가의 목소리가 들리자 게이브는 좀 전의 그 개를 따라 할 뻔했다.

"잠금장치 좀 어떻게 해야겠어, 친구."

사마리아인은 게이브가 조그만 레인지로 데워준 씁쓸한 커피를 한 모금 마셨다.

"여긴 무슨 수로 들어왔어?"

"말했잖아, 잠금장치 바꿔야겠다고."

"자네 때문에 간 떨어질 뻔했잖아."

사마리아인은 어깨를 으쓱했다.

게이브의 머릿속에 퍼뜩 떠오른 생각이 있었다. "내가 어디 있는지 어떻게 알았어?"

"경찰 무전으로 들었지."

"경찰 무전도 들을 수 있단 말이야?"

"나만의 방법이 있지."

어련하시겠어, 게이브는 생각했다.

"어떤 머저리가 뉴턴 그린 휴게소에서 칼에 찔렸다고 하더라고. 백인 남성, 40대 초반이라 하고."

"그걸 듣고 나일 거라고 짐작했다?"

"네 목숨을 호시탐탐 노리는 사람이 전부터 있었잖아. 그래서? 어쩌다 그렇게 됐어?"

게이브는 알려주었다.

"우리가 그 차에서 발견한 물건을 노린 것 같아."

사마리아인은 긴 다리를 꼬고 무표정한 얼굴로 귀를 기울였다. 게이브의 얘기가 끝나도 한참 동안 아무 말도 하지 않았다.

"좋아." 이윽고 그가 말했다. "앞으로 우리 이렇게 하자."

"우리?"

"내 도움 안 받을 거야?"

게이브는 사마리아인의 도움을 받아들이면 악마와 아주 소소한 거래를 수없이 맺는 듯한 기분이 들 때가 많았다. 하지만 그에게 어떤 선택의 여지가 있을까.

그는 한숨을 쉬었다. "알았어."

"캠핑카는 그냥 여기 두고 호텔에 가서 자."

"왜?"

"왜냐하면 이 캠핑카에 있으면 너는 독 안에 든 쥐나 다름없거든."

"하지만 그 남자는 찾던 걸 가져갔잖아."

"그리고 너는 그 남자의 얼굴을 똑똑히 봤고."

"그자가 다시 찾아올 거라고 생각해?"

사마리아인은 깊이를 알 수 없는 눈으로 게이브를 물끄러미 쳐다보았다.

"나라면 그럴 거야."

"알았어."

"내 차 써."

"진심이야?"

"당분간인데 뭐. 조용히 숨어서 내가 연락할 때까지 기다려."

"자네는 어쩌려고?"

"내가 이 캠핑카에 있을게. 그자가 다시 오면 기다리고 있다가 얘기 좀 하게. 오케이?"

게이브는 천천히 고개를 끄덕였다.

"알았어."

"걱정 마. 그자가 다시는 너를 괴롭히지 못할 거야."

사마리아인은 뒤로 기대앉고 씩 웃었다. 그의 이에 박힌 이상한 돌이 번뜩였다. 게이브는 몸서리가 나려는 것을 애써 참았다.

게이브는 그 미소 뒤에 뭐가 숨어 있는지 고민하지 않는 편이 좋다는 것을 터득했다. 이 남자의 정체가 뭔지, 그를 돕는 이유는 뭔지, 나중에 그 대가로 뭘 바랄지 궁금해하지 않으려고 하는 것과 같은 맥락이었다.

'어떤 사람들은 나를 사마리아인이라고 부르더군.'

하지만 다른 사람들은 그를 뭐라고 부르는지 가끔 궁금해질 때도 있었다.

33

앨리스는 다 쓰러져가는 놀이터 그네에 앉아서 앞뒤로 천천히 그네를 흔들었다. 날이 점점 저물어가고 있었다. 어린아이와 그들의 부모는 저녁을 먹고 씻고 잠자리에 들기 위해 집으로 돌아갔다. 10대 몇 명만 남아서 자기들끼리 서로 태워가며 조그만 회전무대를 너무 빨리 돌리고 있었다.

앨리스는 계속 고개를 숙이고 조용히 그네를 탔다. 놀이터에 나와 있는 아이를 눈여겨보는 사람은 없었고, 앨리스는 혼자 걸어서 집에 갈 수 있을 만한 나이로 보였다. 프랜이 항상 강조한 지침이 그거였다. 훤히 보이는 곳에 숨을 것. 놀이터나 공원이나 학교 근처에. 다른 가족과 부모들 옆에. 아이들이 많이 있는 곳에. 누가 엄마 어디 있느냐고 물으면 멀리 보이는 아무나 가리키거나 오고 있다고 할 것. 내가 전화할 때까지 그 자리에서 기다릴 것.

'내가 전화할 때까지 기다릴 것.'

그것도 프랜이 항상 강조한 부분이었다. 뭔가가 잘못되면, 내가 네 문자메시지에 답이 없으면 내가 전화할 때까지 기다려. 나한테 전화하면 안 돼. 그건 너무 위험해.

앨리스도 노력했다. 기다리고 또 기다렸다. 무릎 위에 놓인 휴대전화는 계속 컴컴하고 잠잠했다. 결국 앨리스는 원칙을 깨뜨렸다. 프랜의 목소리를 들어야 했기 때문이었다. 하지만 연결이 되지 않는다는 음성 안내만 흘러나왔다.

앨리스는 쉴 새 없이 앞뒤로 움직였다. 그네가 아파하는 동물처럼 끽끽거렸다. 아직 시간이 있다고 속으로 중얼거렸다. '아직 시간이 있어. 가느다란 보슬비가 쏟아지기 시작했고 추워서 손가락에 감각이 없었지만 그래도. 아직 시간이 있어. 그냥 기다려.'

기다림의 끝에 대해서는 생각하고 싶지 않았다. 기다림을 멈추면 어떻게 되는지에 대해서는. 그게 어떤 의미인지에 대해서는. 프랜이 마지막으로 한 얘기에 대해서는.

'내 전화가 없으면 안 좋은 일이 벌어졌다는 뜻이야. 내가 다쳤을 수 있어. 죽었거나. 그러니까 나한테 전화하지 말고 이 번호로 연락해. 그리고 우리가 세워놓은 계획대로 해. 알았지?'

앨리스는 절대 벌어질 리 없는 일에 대해 의논하고 있다는 생각을 하며 고개를 끄덕였던 기억이 났다. 전에 그런 일이 벌어졌는데도 불구하고. 절대 입에 올리면 안 되는 아주 끔찍한 사건이 벌어졌는데도 불구하고. 앨리스는 그 끔찍한 사건을 기억하지 못하는 척했다. 하지만 가끔 기억이 났다. 단편적으로. 그 남자가 기억났다.

그리고 피도. 그리고 엄마— 자신의 진짜 엄마도.

앨리스는 프랜과 같이 있으면 마음이 놓였다. 어떤 면에서는 프랜을 사랑했다. 앨리스에게는 다른 누구도 없었다. 하지만 프랜이 사라진 지금, 앨리스는 그 어느 때보다 심한 공포를 느꼈다.

앨리스는 휴대전화를 내려다보았다. '조금만 더 기다려보자.' 속으로 중얼거렸다. 조금만 더.

34

케이티는 아이들을 데리러 가는 시간에 늦는 것을 질색했다. 그
녀는 절대 아이들을 실망시키지 않겠다고 항상 약속했다. 항상 아
이들 옆에 있겠다고 했다.

엄마는 알코올의존증이 심각해지기 전부터 몽롱한 눈빛으로 교
문 앞으로 와서 차가 막혔다는 둥, 약속이 있었다는 둥 핑계를 댈
때가 너무 많았다. 케이티는 엄마와 함께 깡충깡충 집으로 가는 친
구들을 부러운 눈빛으로 바라보며 루와 함께 마지막까지 그 앞에
서 있었을 때 느낀 당황스러움과 배 속으로 번지던 불안감을 절대
잊지 않았다. 그들의 엄마 차는 모퉁이를 돌 때 트렁크에서 병들이
덜거덕거리는 소리가 나지 않을 것이었다.

케이티는 살면서 쌓은 업적이 별로 없을지 몰랐다. 하지만 그녀
가 자랑스럽게 여기는 한 가지가 있다면 좋은 엄마라는 사실이었

다. 물론 그녀도 실수를 저지른 적이 있었다. 모든 부모가 그랬다. 하지만 그녀는 항상 아이들을 최우선시했다. 아이들이 행복하고 불안하지 않은 어린 시절을 보낼 수 있도록 항상 최선을 다했다. 과거가 반복되지 않도록.

그런데 이제 그 엄마가 다시 케이티의 일상에 지장을 초래하고 아이들의 일상을 어지럽히고 있었다. 케이티는 루의 집 초인종을 눌렀다. 기다렸다. 평소처럼 안에서 소란스러운 소리가 들렸다. 미아는 울고 샘은 "엄마 오셨다!" 하고 소리를 지르고 그레이시는 시비비스 채널에서 나오는 노래를 부르고 있었다.

문이 확 열렸다. "언니가 이렇게 늦게 올 줄 몰랐어." 루가 말하며 케이티를 안으로 들였다.

"미안." 케이티는 말했다. "일이 생겨서 처리하느라."

"엄마 때문에?"

케이티는 망설이다가 말했다. "사실은 프랜 언니 때문에."

루는 그녀를 빤히 쳐다보았다. "프랜 언니?"

케이티는 엄마 집에서 무슨 일이 있었는지 최대한 짧게 설명했다. 루의 눈썹이 위로 솟구쳤다. "프랜 언니한테 딸이 있다고?"

"뭐. 엄마 말로는."

"우리한테는 일언반구도 없었다니 믿기지가 않네. 하긴 나는 애초에 언니가 왜 떠났는지 그것도 이해가 안 되더라. 아니, 우리 셋다 아빠를 사랑했잖아. 언니가 아빠를 더 사랑했던 것도 아닌데."

"이유가 있었겠지."

"그랬겠지."

케이티는 관자놀이를 문질렀다. 두통이 슬금슬금 시작되려는 것을 느낄 수 있었다. "언니가 다시 돌아오고 경찰에서 그 아이를 찾을 수 있으면 좋겠는데."

만약 그 아이가 정말 있다면, 그녀는 생각했다.

"아무튼 나는 샘이랑 그레이시를 집으로 데려가야겠다."

그들은 거실 겸 주방으로 들어갔다. 샘은 아이패드에 푹 빠졌고 그레이시와 미아는 「기글비즈」를 보고 있었다.

"얘들아, 안녕." 케이티는 최대한 명랑하게 재잘거렸다. "루 이모랑 바이바이 할 시간이다."

"내가 애들 물건 챙겨올게."

루는 쌩하니 복도로 다시 달려 나갔다.

쟤가 평소답지 않게 정신을 똑바로 차리고 있네, 케이티는 생각했다. 이제 보니 머리도 빗고 살짝 화장까지 했다. 이유가 궁금했다. 그때 부엌 의자에 걸려 있는 재킷이 그녀의 눈에 들어왔다.

루가 샘과 그레이시의 가방과 외투를 들고 돌아왔다.

"어디 있니?" 케이티가 물었다.

"응? 누구?"

루는 거짓말을 잘 못했다. 케이티의 시선을 따라가던 루의 어깨가 축 처졌고 얼굴은 평소의 부루퉁한 표정으로 바뀌었다.

"오늘 내가 애들 데리러 가기로 한 날 아니었잖아. 이미 잡아놓은 계획이 있었는데 그냥 취소할 수가 없었단 말이야. 언니 생각해서 배려했더니."

케이티는 받아치려고 입을 열었다가 이번만큼은 자신이 불리한 입장이라는 것을 깨달았다.

"미리 얘기하지." 그녀가 말했다. "그냥 궁금해서 물어본 거야."

"뭐가요?"

그들은 고개를 돌렸다. 스티브가 샤워를 해서 축축하게 번들거리는 웃통을 드러내고 문 앞에 서 있었다. 그는 다부진 근육질이었고 깨끗이 삭발한 머리에 한쪽 팔은 문신으로 장식했다. 늘 그렇듯 겉으로는 싹싹한 분위기를 풍겼지만 어딘지 모르게 케이티의 마음에 들지 않는 구석이 있었다. 아니면 케이티는 루가 대개 어떤 찐따를 선택하는지 알기에 항상 최악의 경우를 예상하기 때문일 수도 있었다.

"안녕, 스티브." 그녀는 감정을 배제한 목소리로 말했다.

"잘 지내죠, 케이티?" 그는 미소를 지었다. 케이티는 벗은 몸을 보고 자신이 불편해하는 하는 것을 스티브가 재밌어한다고 장담할 수 있었다. 그는 루에게 셔츠를 내밀었다. "자기야, 이거 내 재킷이랑 같이 빨아줄래?"

"그래."

루는 셔츠를 받고 의자에 걸어둔 재킷을 집었다. 눈에 확 띄는 경찰 재킷이었다.

"근무 시간이 끝났나 봐요?" 케이티가 물었다.

"네. 추가 근무를 좀 했어요. 하지만 앞으로는 2~3일 쉬어요." 그는 케이티에게 시선을 고정한 채 손을 내밀어 루의 엉덩이를 주물렀다. "그 시간을 잘 활용할 생각이에요."

케이티는 뻣뻣하게 미소를 지었다. "그렇군요. 음, 이제 그만 가

야겠네요. 샘, 그레이시, 일어나. 이제 집에 가야지. 날이 캄캄해지
고 있어."

그녀는 아이들을 차에 태우고, 하루 일과와 친구들과 수업은 어
땠고 점심으로 뭘 먹었는지 물으며 딴 데로 주의를 돌렸다. 아이들
은 똑같은 대답으로 일관했다. "재밌었어요. 별일 없었어요. 기억
안 나요. 몰라요. 집에 가서 텔레비전 봐도 돼요? 배고파요. 과자 없
어요?"

큰길을 중간쯤 지났을 때에야 그레이시가 물었다.

"그런데 왜 늦었어요, 엄마?"

케이티는 백미러에 비친 그녀를 보고 웃었다.

"차가 막혀서."

집에 도착하자 그녀는 아이들을 거실에 앉혀놓고 간식을 준비하
러 갔다. 우유를 따르고 접시에 비스킷을 담으며 또다시 엄마 생각
을 했다.

'걔가 여기 왔었어. 오늘.'

엄마는 예전에도 야단법석을 일으킨 적이 있었다. 알코올과 피
해망상에 취해 연극을 벌였다. 하지만 오늘 오후의 사건은 왠지 모
르게 심란했다. 엄마가 너무 자신만만해 보였다. 게다가 너무 믿기
힘든 얘기였다. 프랜이 몇 년 만에 뭐 하러 돌아왔을까? 정말 딸이
있을까? 엄마의 신고를 접수한 젊은 경찰은 어떻게 생각하는지 빤
했다.

"제가 콜을 넣을게요." 케이티가 문까지 배웅하자 경찰이 말했

다. "여자아이가 혼자 돌아다닌다는 신고가 접수되지는 않았는지. 혹시 모르니까요."

'혹시 모르니까요.' 케이티는 그 안에 숨은 뜻을 알아차렸다. 당신 어머니가 제정신이 아닌 것 같긴 하지만 그래도 찜찜하지 않게 몇 군데 좀 물어볼게요.

그녀는 고개를 끄덕였다. "그러게요. 감사합니다."

"언니한테서 연락이 오면 저희한테 알려주시겠습니까?"

"당연하죠."

케이티는 차에 올라타 멀어져 가는 그의 모습을 지켜보았다. 부엌에서 와인 병이 쨍그랑거리는 소리가 들렸다.

사실 그 경찰을 나무랄 수는 없었다. 그녀도 엄마가 술에 취해 벌인 촌극으로 치부하고 싶은 마음이 있었다. 하지만 왠지 몰라도 그럴 수가 없었다. 여기서 몇 가지 의문이 제기됐다.

프랜이 정말로 돌아왔다면 왜 엄마를 찾아왔을까? 그 둘은 한 번도 살가운 사이였던 적이 없었다. 그리고 딸이 있다면 도대체 왜 아이를 두고 사라져버렸을까? 그리고 그 아이는 어디 갔을까?

그녀는 쟁반에 간식을 담아 거실로 돌아갔다. 그레이시는 「페파 피그」를 보느라 정신없었고 샘은 소파에 널브러져 아이패드로 「스파이더맨」을 보고 있었다. 그녀는 문 앞에 잠깐 서서, 고치 안에 안전하게 들어앉아 행복해하는 아이들을 보며 마음의 위로를 얻었다.

휴대전화 벨이 울렸다. 그녀는 왔던 길을 되돌아가 식탁에 쟁반을 내려놓고 전화를 받았다.

"여보세요."

아무 대꾸도 없었지만 케이티의 귀에 숨소리가 들렸다.

"여보세요?"

"케이티예요?"

어린 여자아이가 불안한 목소리로 머뭇머뭇 물었다.

"그런데. 누구니?"

다시 정적이 흘렀다. "제 이름은 앨리스예요. 프랜이 무슨 일이 생기면 이 번호로 전화하라고 했어요."

앨리스.

"프랜은 어디 있는데?" 케이티는 물었다.

"저도 몰라요. 부탁인데 저 좀 도와주실 수 있어요?"

케이티는 고민했다. 샘과 그레이시를 흘끗 보았다. 아늑한 집에서 따뜻하고 안전하게 시간을 보내고 있었다. 아이들만 집에 두고 갈 수는 없었다. 하지만 잠시 후에 이런 생각이 들었다. 만약 저 아이들이 길을 잃어서 겁에 질린 채로 어둠속을 혼자 헤매고 있다면? 누군가가 저 아이들을 도와주길 바랄 것이다.

'걔를 찾아야 해. 무슨 끔찍한 일이 벌어지기 전에.'

"알았어. 지금 거기 어디니?"

244

35

호텔 복도. 게이브는 번호가 달린 문들을 물끄러미 쳐다보며 휘청휘청 복도를 따라 걸었다. 외계인의 우주선처럼 이상하고 낯설게 느껴졌다. 손에 들린 카드를 흘끗 보았다. 421이었다. 실눈을 뜨고 벽에 달린 방향 표시를 확인했다. 우회전, 그러고 나서 좌회전, 다시 좌회전을 하자 그 번호가 달린 문이 그의 앞에 등장했다.

처음에는 손에 들린 플라스틱 카드를 어찌해야 하는지 알 수가 없었다. 그러다 잠시 후에 생각이 났다. 카드를 문손잡이 옆에 달린 구멍에 넣고 긁었다. 위잉 하는 소리가 났다. 그는 문을 밀어서 열고 안으로 들어갔다.

더듬더듬 스위치를 찾아서 눌렀다. 아무 일도 벌어지지 않았다. 그는 어리둥절해하며 다시 한번 시도했다. 그러다 문득 기억을 떠올렸다. 카드. 그 카드를 문 옆 다른 구멍에 넣어야 했다. 카드를 꽂자 불빛이 쏟아졌다.

그는 좌우를 두리번거렸다. 대부분의 사람들에게는 이 방이 작고 단출해 보이겠지만 게이브에게는 광활하게 느껴졌다. 제대로 된 방에서 잠을 청한 지 한참 됐다. 더블베드와 책상과 화장실이 딸린 방과 캠핑카의 극적인 대조가 망치처럼 그를 강타했다. 그는 오랜 기간 동안 손바닥만 한 캠핑카에서 지내느라 평범한 삶이 어떤 건지 잊어버렸다. 이 공간이 사치스럽게 느껴졌다. 비용도 마찬가지였다. 게이브는 집을 팔고 받은 돈을 저금해두었고 지출도 거의 없었다. 하지만 2~3일이면 모를까, 그 이상은 이런 데서 지낼 형편이 되지 못했다.

가방을 침대 위에 던지고 진통제를 꺼냈다. 화장실로 가서 플라스틱 잔에 물을 받아 진통제를 넘겼다. 거울 쪽은 애써 쳐다보지 않았다. 그는 원래 거울을 좋아하지 않았고 자신의 모습이 어떤 식으로 비쳐질지 알았다. 머리가 희끗희끗하며 나이에 비해 주름이 너무 많은, 안색이 창백하고 비쩍 마른 남자. 잃어버린 희망과 회한이 얼굴에 새겨진 남자.

인간들은 무슨 마법의 묘약이라도 되는 양 인생을 운운하지, 그는 생각했다. 하지만 인생이란 망자의 길을 따라 천천히 기어가는 것에 불과하다. 아무리 많이 우회해도 결국에는 모두 한 방향으로 간다. 유일한 차이가 있다면 여정의 길이일 뿐. 그는 옆구리 상처에 한쪽 손을 얹었다. 오늘 저녁에 하마터면 추월 차로로 갈 뻔했다.

게이브는 화장실 문을 닫고 다시 침실로 돌아갔다. 침대에 앉자 갑자기 망연자실해졌다. 뭘 하면 좋을까? 호텔에 어떤 서비스가 있는지 적힌 책자를 하릴없이 뒤적였다. TV, 와이파이, 바/레스토랑, 그리고 마지막 장 사이의 뭔지 모를 끈적한 것. 그는 책자를 얼른 다시 내려놓았다.

몇 번을 시도한 다음에야 지직거리는 TV 채널을 몇 개 소환할 수 있었다. 그는 결국 포기하고 방 안을 이리저리 걸었다. 옷장을 열어보았다. 봉에 고정된 옷걸이와 여분의 베개가 있었다. 침대 옆 테이블 서랍을 열어보았다. 조그만 성서 말고는 아무것도 없었다. 그는 물끄러미 바라보며 다른 성서를 떠올렸다. 밑줄이 그어져 있던 구절. 눈은 눈으로. 디 아더 피플. 그는 서랍을 다시 탁 닫았다.

피곤해야 맞는 거였다. 그리고 큼지막한 침대라니 흔치 않은 호사였다. 하지만 그는 피곤한 단계를 넘어섰다. 바짝 긴장한 흥분 상태였다.

호텔 서비스를 떠올렸다. '바/레스토랑.' 그렇게 피를 흘리고 진통제까지 먹은 마당에 술을 마시면 안 될지도 몰랐다. 하지만 아무 목적도 먹을거리도 할 일도 없이 낯선 호텔에 고립돼 있지 않은가.

그는 카드키를 들고 휴대전화를 챙겨서 어슬렁어슬렁 바로 내려갔다.

레드와인을 한 잔 주문해 조용한 구석 테이블로 들고 갔다. 머리 위 어딘가에 달린 스피커에서 닐 다이아몬드가 「스위트 캐롤라인」을 노래했다. 그 전에는 「헬로」를 외치는 라이오넬 리치에게 배턴을 넘겨받은 필 콜린스가 그녀를 가리켜 '연애의 달인'이라고 평가했다. 조금 있으면 로비 윌리엄스가 '천사들'에 대한 애정을 선포할 거라고 그는 장담할 수 있었다. 악마의 선곡에서 천사를 운운하다니 어째 아이러니했다. 게이브가 보기에 술집의 배경 음악은 너무 취해서 도망칠 수 없는 사람들이나 참고 들을 수 있었다.

그는 와인을 한 모금 마셨다. 약간 시큼한 맛이 났다. 제품의 수준이 반영된 건지 하도 오랜만에 마시는 와인이라 그런 건지 알 수가 없었다. 그와 제니는 예전에 저녁마다 한 병씩, 어떨 때는 두 병씩 와인을 마시곤 했다. 아일랜드 식탁에 앉아서 술잔을 사이에 두고 그날 있었던 일들을 얘기했다. 적어도 처음에는 그랬다. 나중에는 이지가 잠자리에 들고 제니가 책을 들고 작은방으로 들어가면 그 혼자 데운 저녁을 먹으며 술잔을 기울였다.

그랬음에도 제니가 이 자리에 있었으면 좋겠다는 마음이 간절했다. 그 생각이 길고양이처럼 어딘지 모를 곳에서부터 슬금슬금 기어 나왔다. 그의 머릿속에 똬리를 틀고 꿈쩍하지 않았다. 그를 감싸 안았던 제니의 팔과 머리칼에서 풍겼던 감귤향이 생각났다. 아무일 없을 거라고 그에게 속삭일 때 얼굴에 닿던 따뜻한 숨결도.

게이브는 한참 동안 누군가에게 위로를 받은 적이 없었다. 누군가의 손길을 느낀 적이 없었다. 거기에 대해 너무 진지하게 고민하지는 않으려고 했다. 하지만 가끔 신경을 건드릴 때가 있었다. 그는 다시 짝을 만나고 싶었다. 밤이면 여자 곁에 눕고 싶었다. 은밀한 미소와 입맞춤과 우스갯소리를 함께 나누고 싶었다. 그와 제니가 공유한 것은 오래전부터 얼음처럼 싸늘한 침묵에 더 가까웠다. 그랬음에도 그마저 그리웠다.

꼭 누군가가 있어야 인생이 완벽해지는 건 아니었다. 하지만 인생은 이가 빠진 직소 퍼즐과 같아서 혼자서는 완성하기 버거웠다. 술기운에 시작된 그날 저녁의 묵상은 그쯤에서 막을 내렸다. 그의 전화벨이 울렸던 것이다.

"여보세요?"

"개브리얼?"

여자 목소리였다. 그를 개브리얼이라고 부르는 사람은 한 명밖에 없었다.

"매덕 경위님?"

"통화 가능해요? 지금 타이밍이 별로예요?"

"네. 아니, 그러니까 통화 가능하다고요."

"지금 어디예요?"

"호텔요."

"캠핑카가 아니라?"

"오늘 저녁은 여기 있으려고요."

"그렇구나. 어느 호텔요?"

"음, 18번 분기점 근처 홀리데이 인요. 거기 바에 있어요."

"알았어요. 30분 안으로 갈게요."

"왜요? 아니, 이렇게 금세 연락 주실 줄 몰랐거든요."

"새롭게 드러난 사실이 있어서요."

"어떤 사실인데요?

"가서 얘기해줄게요."

"그냥 전화로 하면 안 되고요?"

"네." 잠깐 정적이 흘렀다. "직접 봐야 하거든요."

36

　케이티는 공원 근처에 차를 댔다. 불안하고 미안했다. 지금까지 샘과 그레이시만 집에 두고 나온 적은 없었다. 젠장. 경찰에 신고해도 됐을 텐데. 현관문을 잠그고 샘에게 열쇠를 주었다. 가장 무서운 목소리로 엄마 말고는 아무한테도 문을 열어주지 말라고 했다. 기껏해야 30분이면 올 거라고 했다.

　샘은 눈을 부라렸다. "엄마는 내가 바본 줄 알아요?"

　"나도 아닌 거 알아. 네가 이제 다 컸으니까 이런 일을 맡기는 거지."

　"어디 가요, 엄마?" 그레이시가 거실 문 앞에서 서성이며 물었다.

　"문제가 생긴 여자아이를 도우러 가야 해서."

　"왜요?"

　"너희 사촌인데 길을 잃었다고 해서 엄마가 가서 여기로 데려와야 해."

"우리한테 사촌이 또 있어요? 이름이 뭔데요?"

"앨리스. 갔다 와서 엄마가 핫 초콜릿 만들어줄게. 알았지?"

"아싸! 핫 초콜릿이다!"

공원은 차로 고작 10분 거리였다. 케이티도 잘 아는 공원이었다. 어렸을 때 거기서 자주 놀았고 한 번인가 두 번 샘과 그레이시를 데리고 간 적도 있었다. 오늘 저녁에는 그녀가 기억하는 것보다 더 작고 허름해 보였다. 가로등이 몇 개 고장 나서 길거리도 좁고 음울하게 느껴졌다.

하지만 영리한 선택이었다. 근처에 학교가 있기 때문에 학부모들이 집으로 가는 길에 에너지를 발산할 수 있도록 아이들을 종종 데리고 왔다. 물론 7시 30분이 지난 지금 다른 아이들은 모두 집으로 돌아갔다. 사랑하는 가족이 있는 따뜻하고 아늑한 집으로. 그랬다고 그녀는 생각하고 싶었다. 어쩌면 그게 아닐 수도 있었다. 그중 일부는 부모끼리 서로 싸우고 물건을 집어던지는 집으로 아니면 아빠는 바쁘고 엄마는 무관심해서 자기들끼리 알아서 챙겨야 하는 집으로 돌아갔을 수도 있었다. 남들은 동화처럼 산다고 상상하기 쉽지만 사실 반짝이는 현관문과 대롱대롱 매달린 꽃바구니와 깔끔하게 깎인 잔디밭 뒤에 뭐가 숨겨져 있을지는 아무도 몰랐다.

케이티는 차문을 잠그고 좌우를 둘러보았다. 어느 누구의 흔적도 보이지 않았다. 심지어 길을 따라 일렬로 늘어선 조그만 단층집들마저 닫힌 커튼 사이로 아주 희미한 불빛만 내비칠 뿐 고요하고 아무도 없어 보였다.

'지금 여기서 뭐 하는 거야, 케이티? 애들이랑 집을 지켜야지. 이 문제는 경찰한테 맡기고.'

그녀는 점퍼 지퍼를 올리고 이런 생각을 떨쳐버렸다. 무슨 일인지 몰라도 어린아이에게 문제가 생겼는데, 만약 자신의 아이가 혼자서 겁에 질려 있다면 자신도 누구에게든 도움을 받을 수 있길 바랄 것이다. 아빠가 그들에게 늘 강조한 것이기도 했다. '네가 아니면 누구한테 맡기려고?'

케이티는 공원 안으로 들어갔고 오솔길을 따라 조그만 연못을 지났다. 왼쪽으로 놀이터가 나왔다. 아무도 없는 듯했다. 그녀는 휴대전화를 꺼내 가장 최근에 통화한 번호를 찾았다. 통화 버튼을 눌렀다. 멀리서 다른 휴대전화 벨이 울리는 소리가 들렸다. 그녀가 기다리자 잠시 후 정글짐 아래 그늘에서 조그만 형체가 모습을 드러냈다.

"앨리스?"

아이는 망설이며 그 자리에서 움직이지 않았다. 아주 가냘팠고 청바지와 어그 부츠에 까만 후드 점퍼를 입고 있었다. 한 손에 조그만 배낭을 쥐고 있었다. 케이티의 심장이 오그라들었다. 아이가 너무 어리고 너무 연약해 보였다.

"케이티 맞아요?"

케이티는 고개를 끄덕였다. "응. 내가 네—" 그녀는 머뭇거렸다. 방금 전에 만난 마당에 이모라고 하려니 이상하게 느껴졌다. "네 엄마의 여동생이야."

아이가 고개를 숙이자 얼굴 위로 좀 더 그늘이 드리워졌다. "프래…… 엄마가 무슨 일이 생기면 이모한테 연락하라고 했어요. 이모라면 알맞은 조치를 취할 거라고."

"엄마는 어디 있니, 앨리스?"

"저— 저도 몰라요."

"엄마한테 무슨 문제가 생긴 거니?"

앨리스는 고개를 끄덕이다가 오른쪽 덤불에서 부스럭거리는 소리가 들리자 움찔했다. 케이티도 움찔하며 실눈을 뜨고 어둑어둑한 덤불을 쳐다보았다. 아이가 불안해하자 그녀까지 덩달아 불안해졌다. 새나 바람이었을 것이다. 그래도 케이티는 아무도 없는 이 공원에 더는 있고 싶지 않았다.

"가자." 그녀가 말했다. "날이 점점 어두워지고 있어."

앨리스는 배낭을 방패처럼 움켜쥐고 조그만 어깨를 움츠린 채 놀이터에서 천천히 걸어 나왔다. 케이티와 얼마 안 되는 거리를 두고 걸음을 멈추었다. 케이티는 아이들이 겁에 질리면 고슴도치처럼 가시를 세우고 몸을 동그랗게 만든다는 생각을 했다. 하지만 어느 순간에는, 특히 지치고 배가 고플 때는 경계심을 놓아야 하는 법이다.

"뭐 좀 먹었니?" 그녀는 물었다.

앨리스는 고개를 저었다.

"치즈 토스트 좋아해?"

아이는 조심스럽게 고개를 끄덕였다.

"우리 애들도 그런데."

"아이가 있어요?"

"응. 샘은 열 살, 그레이시는 다섯 살이야. 치즈 토스트에 브라운

소스 발라서 먹는 거 좋아해. 너는 어때?"

"저는 치즈는 좋아하지만…… 브라운소스는 아니에요."

"알았어, 그럼 치즈만 넣자."

케이티는 가시가 서서히 들어가고 앨리스의 어깨에서 긴장이 풀리는 것을 보았다. 그녀는 손을 내밀었다. 앨리스는 잠깐 머뭇거리다 그 손을 잡았다.

"이제 집에 가자."

앨리스는 가는 내내 배낭을 무릎 위에 얹은 채 말없이 앉아 있었다. 안에 돌멩이 같은 게 들었는지, 아이가 자리에 앉자 배낭에서 이상하게 덜거덕거리는 소리가 났다. 케이티는 그 가방의 정체가 궁금했지만 캐묻지 않았다. 질문은 나중으로 미루어도 될 것이다. 경찰에 신고하는 것도 나중으로 미루어도 될 것이다. 지금 이 아이에게 필요한 것은 먹을거리와 휴식과 따뜻한 침대였다.

케이티는 자신이 사는 길목으로 접어들자 앨리스를 다시 한번 흘끗 쳐다보았다. 후드를 내려서 창백하고 골격이 가는 얼굴이 좀 더 드러났다. 긴 밤색 머리를 얼굴 양옆으로 곧게 늘어뜨렸는데, 케이티로서는 뿌리 색이 더 밝다는 것을 모르려야 모를 수가 없었다. 거의 금발에 가까웠다. 염색을 했나? 어린애 머리를 뭐 하려?

그녀의 시선을 느끼기라도 한 듯 앨리스가 고개를 돌렸다.

"왜요?"

"아무것도 아니야." 케이티는 밝은 목소리로 말했다. "다 왔다."

"여기가 이모 집이에요?"

"응." 케이티는 꽃바구니가 매달려 있고 싸구려 화분이 놓인 자신의 조그만 연립주택이 얼마나 좁고 앙증맞아 보일지 갑자기 깨달았다.

"좋네요." 앨리스가 말했다. "제대로 된 집 같아요."

동경이 깃든 아이의 말투에 케이티의 심장이 또다시 짜르르했다. 언니는 도대체 무슨 생각이었을까? 무슨 짓을 저지른 걸까? 케이티는 프랜이 떠나기 전에도 그녀와 가깝게 지냈다고 할 수 없었다. 그들은 서로 많이 달랐다. 프랜은 전부터 쉽게 흥분하고 충동적이며 따지기를 좋아했다. 사실 엄마를 많이 닮았다. 하지만 충분히 납득이 갈 만한 이유가 있었거나 아니면…… 뭔가 끔찍한 일이 벌어진 게 아닌 이상 딸을 버릴 성격은 아니었다.

"자." 그녀는 핸드브레이크를 당겼다. "들어가서 뭐 좀 먹자."

그들은 현관문까지 오솔길을 걸어갔다. 케이티는 열쇠를 넣고 문을 열었다.

"우리 왔어." 그녀는 앨리스를 부엌으로 안내하며 큰 소리로 외쳤다.

샘과 그레이시가 거실에서 뛰쳐나왔다. 호기심이 텔레비전과 아이패드를 이긴 것이다.

"이쪽은 샘하고 그레이시." 케이티가 소개했다. "그리고 이쪽은 너희 사촌 앨리스."

"사촌이 또 있는 줄 몰랐는데." 샘이 말했다.

"앨리스 엄마는 아주 먼 데 사시거든." 케이티가 말했다.

"오스트레일리아?" 그레이시가 물었다. "조너스네 가족은 오스트레일리아로 갔는데 거긴 엄청 멀어."

케이티는 앨리스를 보며 미소를 지었다. "조너스는 작년에 그레이시랑 같은 반이었던 친구야." 그녀는 설명했다.

"오스트레일리아에는 대접시만 한 거미가 산대." 샘이 말했다. "하지만 그 거미는 위험하지 않아. 사람을 죽이는 건 작은 거미지."

"새—앰." 케이티가 경고했지만 앨리스는 미소를 지었다.

"붉은등거미." 그녀가 말했다. "변기에서 사는 애들."

"우웩." 그레이시가 말했다.

샘은 씩 웃으며 전과 다르게 존경하는 눈빛으로 앨리스를 쳐다보았다. "스파이더맨 좋아해?"

앨리스는 어깨를 으쓱했다. "난 원더우먼이 더 좋아."

"나는 페파 피그 좋아해." 그레이시가 말했다.

"페파 피그는 여자애들용이지." 샘이 거만하게 선포했다. "스파이더맨은 남자애들용이고."

"남자든 여자든 둘 다 좋아할 수 있어." 앨리스가 말했다.

샘은 곰곰이 생각했다. "그럴지도. 내 스파이더맨 게임 보여줄까?"

"좋아."

"그거 좋은 생각이다." 케이티가 말했다. "앨리스한테 먹을 거 만들어주는 동안 너희 모두 다른 방에 있으면 어떨까? 잘잘 시간이 지났는데 차도 못 마셨대. 앨리스, 후드 점퍼랑 배낭은 현관 앞에—"

"아니에요…… 말씀은 감사하지만."

"응?"

"배— 배낭은 계속 들고 다니고 싶어서요."

앨리스는 배낭을 보호하듯 끌어안았다.

"안에 뭐가 들었는데?" 그레이시가 물었다.

"그냥…… 조약돌. 내가 조약돌을 모으거든."

"나는 레고 카드를 모으는데." 샘이 말했다.

"그— 그래." 케이티는 천천히 말했다. 배낭이 안심 인형 같은 역할을 하는 모양이었다. "알았어. 그럼 후드 점퍼만 거기 놔. 샘, 어디 놓으면 되는지 앨리스한테 가르쳐줄래?"

샘이 앞장서서 현관 쪽으로 안내하고 그레이시가 깡충깡충 뒤쫓아갔다. 케이티는 썰어놓은 빵과 치즈를 꺼내며 불안한 마음을 애써 달래려고 했다. 뭔지 몰라도 아주 잘못된 느낌이 들었다. 앨리스는 겁에 질렸고 불안해했다. 하지만 충분히 겁에 질렸거나 불안해하지 않았다. 엄마가 갑자기 사라졌는데 놀라지 않은 눈치였다. 심지어 언제 돌아오느냐고 묻지도 않았다.

'무슨 일이 생기면 이 번호로 전화하라고 했어요.'

왜 그랬을까? 프랜은 어떤 일이 벌어질 거라고 생각했을까? 아이 머리를 왜 염색했을까? 그리고 또 다른 것도 있었다. 앨리스는 통화를 했을 때도, 그리고 공원에서도 처음에 '엄마'가 아니라 '프랜'이라고 했다.

케이티는 그레이시가 신나게 재잘거리는 거실 쪽을 흘끗 보았다. 아이들은 받아들이는 속도가 훨씬 빠르지. 케이티는 생각했다. 변화도 그렇고 처음 보는 사람도 그렇고. 아이들이 공격에 취약한 이유가 그 때문이었다. 물론 앨리스도 아이에 불과했지만 케이티는

왠지 모르게 불안했다. 그 아이의 존재가 여기 있는 그들 모두에게
위협이 되는 듯한 느낌이 들었다.

케이티는 오늘 저녁 자신이 올바른 판단을 내렸길 바랐다.

그들의 둥지로 뻐꾸기를 초대한 것이 아니길 바랐다.

37

매덕 경위는 열심히 통화를 하며 바로 들어왔다. 게이브의 테이블에 앉으면서 그를 거들떠보지도 않았다. 게이브는 기다렸다. 경찰 신문을 받았을 때 익히 경험했던 능력 과시 수법이었다. 그 수법의 목적은 그들에게 약점 잡힌 것이 있는지, 스스로 무죄라는 것을 알지만 그들에게 범인으로 지목당할 만한 *뭔가가* 발견됐는지 마음 졸이며 진땀 흘리게 만드는 것이었다.

잠시 후에 매덕 경위는 가방을 의자 등받이에 걸치고 휴대전화를 내려놓고 테이블 너머로 그와 시선을 맞추었다. 미소를 짓지는 않았다. 그녀는 원래 미소를 짓는 법이 없었다.

"시간 내줘서 고마워요."

그에게 선택의 여지라도 있었다는 걸까.

"별말씀을요."

"얼굴이 말이 아니네요."

"칼에 맞으면 그렇게 돼요."

"하긴."

"동정은 됐다 치고 여긴 어쩐 일이에요?"

"공무 집행차 온 건 아니에요."

"아."

"그러니까 먼저 비공식적으로 다시 물을게요. 그 사진 어디서 났어요?"

게이브는 그녀를 빤히 쳐다보았다. "왜요? 뭐 알아낸 거 있어요?"

"그 사진 어디서 났어요, 개브리얼?"

그는 뒤로 기대고 앉아서 팔짱을 꼈다. 옆구리가 욱신거렸다.

매덕 경위는 그를 똑바로 쳐다보았다. "좋아요. 내 일상이 어떤 식인지 알려줄까요? 아이들이 잘못 선택한 운동화를 신고 잘못 선택한 길거리를 지나가다가 다른 아이들에게 칼을 맞아요. 가정 폭력은 우리가 여러 번 찾아간 집이라도 살인이 벌어지기 전에는 폭행 당사자를 고발하지 않아요. 시설에서 제대로 된 치료를 받아야 하는 약물중독자, 알코올중독자, 정신질환자들이 길거리를 헤매고 다니도록 방치되어 있다가 약 먹는 걸 깜빡하는 바람에 칼로 누구 머리 가죽을 벗기고 유치장에 갇혀요."

"재미있겠네요."

"개판이죠. 그러다 가끔 내가 왜 경찰이 되고 싶어 했는지 일깨워주는 사건이 벌어져요. 진심으로 내 마음을 움직이는 사건이. 계속 신경이 쓰여서 밤잠을 설치게 만드는 사건이."

"내 사건 같은 사건 말이죠."

"진심으로 범인을 잡고 싶어요. 처음부터 뭔가가 이상했어요. 강도의 소행이라고 생각한 적 없어요."

"그래서 내가 연루되어 있을 거라고 생각했죠."

"범인이 피해자와 구면인 경우가 십중팔구거든요. 그런데 그 익명의 제보자가 마음에 걸렸어요. 공범이 있나 싶더라고요. 덜컥 겁이 나버린 공범이."

게이브는 후회할 말을 내뱉지 않도록 이를 악물며 익숙한 분노가 폭발하지 않게 애써 저지했다.

"그래서 하시고 싶은 얘기가 뭡니까?"

"네. 내 친구 하나가 검시관실에서 근무해요. 마침 퇴근하던 길에 그 앞을 지나다 부인과 따님에 대해 작성된 파일과 검시 사진을 볼 수 있겠느냐고 물어봤어요."

매덕 경위는 외투에서 플라스틱으로 된 두툼한 증거 폴더를 꺼냈다. 그걸 테이블에 내려놓고 그 위로 한 손을 얹었다. "논의를 진행하기 전에 *비공식적인* 차원에서 몇 가지 물어보고 싶은 게 있는데요."

"그러시죠."

"집에 따님 사진이 몇 장이나 있었을까요?"

"대여섯 장쯤 있었을 텐데, 벽에 걸어놓은 건 예전에 찍은 사진이었어요. 애들이 워낙 금세 달라지니까 다른 사진으로 바꿔서 걸 생각이었지만……." 그는 말끝을 흐렸다. 하지만 급하지도 중요하지도 않은 일인 것 같았기 때문에 늘 생각에 그치고 말았다.

"좀 더 최근에 찍은 이지 사진이 있나요?"

"네. 휴대전화에요."

"가장 최근에 찍은 거 볼 수 있을까요?"

게이브는 전화기를 꺼내 사진을 띄웠다. 그 사진을 볼 때마다 가슴이 조금씩 찢어졌다. 동네 공원에서 찍은 사진이었다. 이지는 아이스캔디를 먹으며 살짝 실눈을 뜨고 카메라를 보며 웃고 있었다.

그와 이지, 단둘이서는 외출한 적이 별로 없었다. 하지만 그날은 제니가 독감에 걸려서 좀 쉴 수 있도록 그가 이지를 데리고 나갔다. 계절에 걸맞지 않게 날이 따뜻했고 하늘은 파랬고 햇살은 황금빛이었다. 이지는 신이 나서 조잘거렸다.

'아빠, 그네 밀어줘요. 아빠, 나 미끄럼틀 타는 거 봐요. 아빠, 내가 트램펄린 위에서 얼마나 높이 뛸 수 있는지 봐요.'

이후에 그들은 오리에게 먹이를 주었고, 이지는 조그만 카페의 야외 테이블에 앉아서 끈적끈적한 오렌지 맛 아이스캔디를 먹다가 분홍색 여름 원피스에 얼룩을 남겼다. 조그만 주머니 안에 담긴 완벽한 순간이었다. 그의 세상 속 모든 것이 딱 맞아떨어진 보석 같은 몇 시간이었다. 그는 행복했다는 것을 느낄 수 있었다.

그러고 얼마 안 있어 모든 게 끝이 났다. 그는 이지에게 다시 놀러나가자고 약속했다. 두말하면 잔소리지만 그 약속은 이루어지지 않았다. 하찮고 사소한 일들에 계속 가로막혔다.

"이거 언제 찍은 거예요?" 매덕 경위가 물었다.

"음, 여기 날짜가 있어요." 그는 휴대전화에 저장된 날짜를 보여주었다.

그녀는 실눈을 뜨고 확인했다. "그래도 사건이 벌어지기 6개월 정도 전이네요."

"네. 제니가 바빴거든요. 우리 둘 다 바빴어요." 그는 미간을 찌푸렸다. 그들이 언제부터 이지의 일거수일투족을 더 이상 기록하지 않았을까? 언제부터 그들 가족이 그렇게 갈기갈기 분해됐을까?

"신문에 실린 사진은 학교 사진이죠?"

"네, 그 전해에 찍은 거요."

매덕 경위는 손끝으로 테이블을 두드렸다. "정식으로 시신을 확인한 분이 장인어른이었죠? 누가 그러기로 결정한 거예요?"

"사실 그렇게 결정한 사람은 없었어요. 원래 내가 하기로 되어 있었는데 속이 안 좋아서 쓰러지는 바람에……."

"그러니까 당신은 죽은 따님을 본 적 없다?"

"네."

그녀는 입술을 씹었다. 결정을 내린 모양이었다.

"좋아요. 이게 당신이 나한테 준 사진이에요."

매덕 경위는 플라스틱 폴더를 열어서 약간의 거리를 두고 제니와 이지의 사진을 테이블 위로 꺼냈다.

그에게 사진을 확인할 수 있게 잠깐 시간을 허락했다.

"이건—" 매덕 경위는 폴더에서 다른 사진을 꺼내 사진 옆에 놓았다. "검시실에서 입수한 부인의 사진이고요."

게이브는 사진을 빤히 쳐다보았다. 해리에게 받은 사진과 일치했다. 심장이 철렁 내려앉지는 않았다. 이미 예상하고 있었기 때문이었다. 가끔 그냥 알게 되는 때도 있었다. 제니는 죽었다. 그는 제니가 남긴 빈 공간을 느낄 수 있었다.

그는 고개를 끄덕였다. "네. 같은 사진이네요."

매덕 경위는 다시 폴더 안으로 손을 넣었다. "이건 검시실에서 입수한 두 번째 사진이에요."

게이브는 자신의 몸에 힘이 들어가는 것을 느낄 수 있었다. 결정적인 순간이었다.

"당신 집에서 시신으로 발견된 여자아이 사진이에요. 장인어른이 당신 따님이라고 한 아이요."

그녀는 그 사진을 이지의 사진 옆에 놓았다.

그의 세상이 팽창했다가 수축하는 동시에 산산이 부서지는 느낌이었다. 아이의 얼굴은 창백했고 골격이 가늘었고 금발을 뒤로 넘겨 우뚝한 이마를 드러냈다. 아주 닮았고 심지어 낯이 익었지만…….

"이지가 아니에요."

"그렇죠. 검시 보고서를 좀 더 살펴봤거든요." 그녀는 한숨을 쉬고 휴대전화에 저장한 문서를 그에게 보여주었다. 한 문장에 빨간색으로 동그라미가 쳐져 있었다.

"앞쪽 유치 한 개 유실. 외상 가능성이 있음."

게이브는 그녀를 빤히 쳐다보았다. "외상이라니요?"

"이가 빠졌어요. 현장에서 발견됐고요."

그 말에 담긴 의미가 서서히 이해됐다. "이지는 그 전에 앞니가 빠졌어요. 진술서를 작성했을 때 말씀드렸다시피."

매덕 경위는 고개를 끄덕였다. "어쩌다 혼동이 벌어졌는지 알겠지만 그걸 알아차린 사람이 없었다니." 그녀는 말을 잠깐 멈추었다. "나라도 알아차렸어야 하는 건데 말이죠."

게이브의 얼굴 위로 미소가 번졌다. 어쩔 수가 없었다. 그는 폭소를 터뜨리고 싶었다. 울고 싶었다. 펄쩍펄쩍 뛰고 싶었다. 처음부터 이지가 죽지 않았다는 걸 알고 있었지만 이 사실은 몰랐다. 그래서 입증할 방법이 없었다. 이제 이렇게 등장했다. 증거가.

"미안합니다." 그는 말문을 열었다. "이러면 안 되는데. 다른 아이가 죽은 거니까요. 하지만—"

"이해해요. 당신 딸이 아니잖아요. 미안해할 것 없어요. 미안하다고 해야 할 사람은 나죠. 당신 말이 맞았어요. 당신 딸은 그날 저녁에 죽지 않았어요. 어쩌면 아직까지 살아 있을지 몰라요." 그녀는 앞으로 몸을 숙였다. "그래서 그 아이를 찾는 데 도움이 될 만한 정보를 알고 있으면 얘기해주셔야 합니다."

게이브는 고민했다. 그가 해리에게 빚을 진 건 없었지만. 젠장. 해리는 그에게 설명해야 할 의무가 있었다. 그는 해리의 눈을 똑바로 쳐다보며 거짓말쟁이라고 쏘아붙이고 싶었다.

"아뇨. 그런 정보 없습니다."

"알겠습니다." 그녀는 안 믿는다는 투로 대답했다. "알려드릴 게 하나 더 있는데요. 그 차를 찾았어요."

그는 속으로 느껴지는 죄책감이 표정으로 드러나지 않길 바라며 기다렸다.

"그렇군요."

"시신이 있었어요— 트렁크에. 거기 방치된 지 좀 됐더군요."

그는 최선을 다해 충격을 받은 척했다.

"맙소사."

"네. 그리고 그게 다가 아니에요."

"그게 다가 아니라고요?"

"근처에서 피해자를 한 명 더 찾았어요. 어떤 여자를요."

이번에는 진짜 충격을 받았다.

"여자요?"

"누군지는 아직 몰라요. 의식을 회복할지도 장담할 수 없고요."

"살아 있어요?"

매덕 경위는 묘한 표정으로 그를 쳐다보았다. "그런 상태도 살아 있는 거라고 할 수 있다면요."

그의 머리는 이 새로운 정보를 처리하느라 애를 썼다. 여자라니. 누굴까?

"개브리얼, 그 차에 대해서 아는 사람이 또 있나요?"

사마리아인. 밤일.

그는 천천히 고개를 저었다. "없을 거예요."

"하지만 확실하지는 않은 거죠?"

"네."

"그리고 차를 발견했을 때 트렁크 안은 들여다본 적이 없고요."

"네."

"좋아요. 그 입장을 계속 고수해요."

"그 입장? 내가 그 차하고 연관이 있다고 생각하는 거예요?"

"아뇨. 하지만 수많은 질문에 대답할 마음의 준비를 하세요. 또 다시 스포트라이트를 받게 될 테니까. 알겠어요?"

"알겠어요."

"그리고 실력 있는 변호사를 구해놔요."

38

놀랍게도 아이들은 거의 군소리 없이 이불 속으로 들어갔다. 늘 한계 지점을 훨씬 넘어설 때까지 버티려드는 샘까지 그랬다. 평소보다 한 시간이나 늦게 잠자리에 든 데다 저녁에 예상치도 못했던 신나는 시간을 보내느라 다들 기운이 빠진 모양이었다. 솔직히 앨리스는 치즈 토스트 위에 얼굴을 박고 쓰러질 수도 있을 것처럼 보였다. 토스트를 한 입 먹을 때마다 하품을 했고 파란 눈 아래가 반달 모양으로 거무스름했다. 케이티는 그 아이가 마지막으로 잠을 잤거나 끼니를 제대로 챙긴 것이 언제였는지 궁금해졌다.

케이티는 아이에게 샘의 낡은 잠옷을 입히고, 계단 아래 붙박이장에서 잡동사니 상자 아래에 묻혀 있었던 공기 주입식 매트리스를 한참 만에 찾아냈다. 그 매트리스를 그레이시의 방에 깔자 그레이시는 난생처음 파자마 파티를 한다고 좋아했다.

268

40분 뒤에 케이티가 확인해보니 다들 자고 있었다. 그레이시는 한쪽 팔로는 폐파 피그를 끌어안고 다른 쪽 팔은 이불 위로 내민 채 옆으로 반쯤 웅크리고 누웠다. 샘은 늘 그렇듯 불가사리처럼 팔다리를 아무렇게나 뻗고 안전하게 꿈나라로 여행을 떠났다.

앨리스만 잠이 들어도 편안해 보이지 않았다. 그 아이는 무릎을 가슴 위로 단단히 끌어안았고, 보이지 않는 괴물을 막는 방패라도 되는 양 덜거덕거리는 소리가 나는 그 희한한 배낭을 계속 붙잡고 있었다.

케이티는 아이를 잠시 바라보다 방문을 닫고 터벅터벅 1층으로 내려가 부엌으로 들어갔다. 차를 한 잔 끓일까 하다가 생각을 바꿔서 냉장고로 향했다. 4분의 3 정도 남은 화이트와인을 꺼냈다.

케이티는 술꾼이 못 됐다. 일단 근무 시간부터가 그랬으니 아침에 마시지 않는 이상 술꾼이 될 수가 없었다. 그뿐만 아니라 집안에 알코올중독자가 있으면 언성이 높아지고 그릇이 깨지고 눈물과 비명이 난무하던 순간에 얽힌 기억이 떠오르기 때문에 시원한 와인 한 잔의 매력이 반감됐다.

하지만 지금은 배 속을 헤집는 불안감을 달랠 수 있는 무언가가 필요했다. 그녀는 큰 잔에 와인을 따르고 한 모금 마셨다가 톡 쏘는 맛에 살짝 움찔했다. 아일랜드 식탁에 앉아서 휴대전화를 집어 들었다.

오늘 저녁에는 앨리스에게 무슨 일이 벌어졌고 프랜은 어디 있느냐고 더 이상 캐묻고 싶지 않았다. 그 딱한 아이는 피곤해 보였고 충격을 받은 것이 분명했다. 하지만 엄마 전화번호를 가르쳐줄 수 있겠느냐고 물어보기는 했다. 앨리스는 주저하며 알려주었다. 케이티의 휴대전화에 저장된 것과 번호가 달랐지만 결과는 마찬가지였다. 당장 음성 안내가 흘러나왔다. "지금 거신 번호는 연결이 되지 않습니다."

'무슨 일이야, 언니? 돌아온 이유는 뭐고 지금 어디 있는 거야?'

이유가 뭐가 됐건 간에 앨리스를 엄마에게 맡기다니 얼마나 다급한 상황이었는지 알 수 있었다. 왜 케이티를 찾아오지 않았을까? 하지만 케이티는 정답을 알았다. 프랜이 어떤 일을 계획하고 있었건 케이티는 말렸을 것이다. 경찰에 신고하라고 했을 것이다.

그것이 케이티의 역할이었다. 착한 아이, 믿음직한 아이. 모두가 당연하게 여기는 아이. 프랜은 도움이 필요할 때 케이티를 찾지 않을 것이다. 하지만 비상시에는 그녀를 동원할 것이다. 최후의 수단 삼아. 착하고 믿음직한 케이티. 손가락이 갈기갈기 베이더라도 상관 않고 항상 깨진 조각들을 치우는 아이.

그녀는 두 손에 얼굴을 묻었다. 피곤했다. 책임감과 그날 벌어진 사건들의 무게가 그녀를 짓누르고 있었다. 날이 밝으면 경찰서에 가야 한다고 앨리스를 설득할 작정이었다. 하지만 그것이 앨리스에게는 무엇을 의미할까? 사회복지사. 보호시설. 케이티는 정말 그 아이를 정부에 넘길 수 있을까? 앨리스는 어린아이에 불과했다. 당황해서 어쩔 줄 몰라 하는 아이였다. 케이티가 그 아이의 이모였다. 가족으로서 그 아이를 돌볼 의무가 있었다. 원래는 엄마들이 해야 하는 일이지만. '망할, 뭐가 이렇게 복잡해.'

그녀는 자리에서 일어나 남은 와인을 개수대에 버렸다. 도움이 되지 않았다. 술은 도움이 된 적이 없었다. '고민들이 둥둥 떠다니기만 하네.' 그녀는 이런 생각을 하며 힘없이 현관 앞으로 나갔다가 계단 옆에 놓인 무언가에 발이 걸리는 바람에 하마터면 날아오를 뻔했다.

"젠장."

붙박이장에서 꺼낸 상자였다. 공기 주입식 매트리스를 꺼낸 뒤에 그 자리에 방치했던 모양이었다. 그녀는 발가락을 문질렀다. 이 상자들을 정리해야 했다. 안 그래도 작은 집이 쓰레기로 넘쳐났다. 묵은 사진, 카드, 팸플릿. 하지만 케이티는 뭐든 잘 버리지 못했다. 얼마나 쉽게 잃어버릴 수 있는지 알기 때문이었다. 인생, 가족, 사랑. 모든 게 너무나 쉽게 부서졌다. 그녀가 이 빛바랜 사진과 쭈글쭈글한 종이 위에 비뚤배뚤하게 그린 그림에 집착하는 이유가 그 때문일지 몰랐다.

허리를 숙여 상자를 옆으로 치웠을 때 뭔가가 맨 위에서 펄럭거렸다. 그레이시가 그린 그림이었다. 머리색은 이상하고 팔다리는 뒤틀린 희한한 작대기 가족이 거대한 고딕풍의 집을 배경으로 서 있는데, 뇌운과 무지개와 거미까지 완벽하게 갖추었다. 어떻게 보면 기발하고 어떻게 보면 팀 버튼의 작품을 닮은 악몽이었다.

케이티는 웃으며 다시 상자에 넣으려다 그게 어떤 전단지 뒷면에 그려진 그림이라는 사실을 알아차렸다. 그녀는 전단지를 뒤집었다. 여자아이의 얼굴이 그녀를 보며 웃었다.

'저를 보신 적 있나요?'

그 전단지였다. 그녀는 그 전단지를 찾으려다가 이런저런 일들이 벌어지는 바람에 완전히 잊어버리고 있었다. 그레이시가 그 뒷면에 낙서를 하도록 내버려두었다니 조금 미안해졌다. 하지만 그래도 연락처를 입수했다. 내일 전화해서 게이브라고 했던 그 비쩍 마른 남자가 어떻게 지내고 있는지 물어볼 수 있었다. 이러니저러니 해도 그를 챙길 만한 다른 사람이 없었다.

그녀는 가끔 가족을 저주했지만 그래도 가족이 있었다. 소중한 아이들이 있었다. 그렇게 끔찍한 사건으로 모든 것—삶의 동반자와 하나뿐인 딸까지—을 잃어버리면 얼마나 괴로울지 상상조차 되지 않았다.

사진을 물끄러미 들여다보았다. 이지. 예쁘장한 아이었다. 금발. 파란 눈. 앞니 빠진 자리가 훤히 드러나는 미소. 예쁘장하고 어쩐지 낯이 익었다. 눈과 미소가 왠지 모르게 그랬다. 이 아이를 본 적 있다는 강렬한 느낌이 문득 케이티를 강타했다. 당연히 이 전단지는 전에도 본 적 있었다. 아마 그래서 그렇게 느껴졌을 것이다. 하지만 뭔가가 있었다, 뭔가가…….

뒤에서 계단이 삐걱거렸다. 그녀는 홱 하니 고개를 돌렸다. 앨리스가 마블 잠옷을 입은 일본 공포 영화 주인공처럼 밤색 머리로 얼굴 좌우를 덮고 겁에 질린 두 눈을 동그랗게 뜨고서 계단 맨 아래 칸에 서 있었다.

"앨리스— 놀랐잖아!"

"죄송해요."

"아냐, 괜찮아." 케이트는 전단지를 후드 점퍼 주머니에 넣고 애써 미소를 지었다. "왜? 잠이 안 와?"

"할 얘기가 있어요."

"그래. 알았어. 부엌으로 들어가자. 우유 좀 마실래?"

"아뇨, 괜찮아요."

앨리스는 식탁에 앉았다. 그 배낭을 계속 붙잡고 있었다. 배낭에서 계속 덜거덕거리는 소리가 났다. 왠지 모르겠지만—한심한 이유일 것이다—그 소리에 케이티는 소름이 끼쳤다. 덜거덕-덜걱. 덜거덕-덜걱.

"엄마 때문에 걱정돼?" 케이티가 물었다.

앨리스는 조그맣게 고개를 끄덕였다.

"음, 우리, 내일 경찰에 연락해서……."

"안 돼요!" 앨리스는 괴로워하는 목소리로 울부짖었다.

"하지만 경찰한테 도움을 받을 수 있을지 모르잖아."

"안 돼요." 앨리스는 고개를 저었다. "경찰에 신고하면 안 돼요."

케이티는 속수무책으로 아이를 바라보았다. "왜?"

"프랜이 그랬는데, 신고하면 자기가 경찰에 잡혀갈 거라고 했어요. 그리고 나는 위험하게 내버려질 거라고."

"앨리스, 가끔 언니를 엄마가 아니라 프랜이라고 부르는 이유가 뭐니?"

"그게……." 앨리스는 거짓말을 하다가 들킨 아이처럼 찔리는 표정을 지었다. 잠시 후에 아이가 한숨을 쉬었다. "진짜 엄마가 아니라서요."

그거였다. 케이티는 뭔가가 이상해도 아주 이상하다는 것을 감지하고 있었다.

"네 진짜 엄마는 어디 계신데?"

"돌아가셨어요."

"저런. 그럼 너는 입양된 거야?"

"아뇨."

"그럼 언니가 너를 키우는 이유가 뭐야?"

앨리스는 입술을 씹었다. 진실을 알아내려고 시도했던 사람이 한동안 없었던 모양이었다. 그래서 상처에 박힌 유리 조각을 끄집어내는 느낌일 것이다.

"끔찍한 일이 벌어졌어요. 그때 엄마가 돌아가셨어요. 에밀리도. 프랜이 날 구했어요."

케이티는 전보다 더 혼란스러워졌다. "에밀리가 누군데?"

"프랜 딸이에요."

"잠깐. 언니한테 딸이 있었는데 죽었다고?"

앨리스는 고개를 끄덕였다. "프랜이 나를 지키려고 하는 이유가 그 때문이에요. 나까지 잃을 수는 없으니까."

'맙소사.' 케이티는 지금까지 들은 이야기를 열심히 정리해보았다. 프랜의 딸이 죽었다고? 그럼 이 아이는 누구일까? 이 아이의 가족은 어디 있을까? 아버지는 있을까? 아버지는 이 아이가 어디 있는지 알까 아니면 어딘가에서 이 아이를 찾고 있을까?

바로 그때 깨달음이 대형 망치처럼 그녀의 머리를 강타했다.

어디서 본 듯했던 느낌. 그 눈, 그 미소.

'끔찍한 일이 벌어졌어요. 그때 엄마가 돌아가셨어요.'

가슴 속에서 숨이 멎은 듯했다. 하느님 맙소사. 그게 가능한 얘기일까?

그녀는 주머니에서 전단지를 꺼냈다.

'저를 보신 적 있나요?'

그녀는 사진을 보고 다시 앨리스 쪽으로 시선을 돌렸다. 물론 아이는 나이를 먹었고 머리를 염색했고 영구치가 다 자랐다.

하지만 착각의 여지가 없었다.

"그게 뭐예요?" 앨리스가 물었다.

케이티는 아이의 손을 잡았다. "아가, 아무래도…… 네 사진인 것 같아."

39

이지는 영화 「토이 스토리」를 좋아했다. 게이브는 그 영화를 보면 걷잡을 수 없이 슬퍼졌다. 유년기의 끝. 나이를 먹어서 찬밥 신세가 되는 것에 대한 두려움. 내가 없어도 세상은 잘 돌아간다는 깨달음.

게이브는 이지의 네 번째 생일을 몇 달 앞두고 이런 묵상에 젖었다. 제니가 새 장난감으로 집 안이 채워지기 전에 이지의 예전 장난감을 몇 개 치우는 임무를 그에게 맡긴 참이었다.

"아니면 더 넓은 집으로 이사 가는 수밖에 없어."

말은 하지 않았지만 언제 깨질지 모르는 그들의 결혼 생활을 감안했을 때 그건 가망 없는 얘기라는 것을 두 사람 모두 알고 있었다. 그리고 제니 말이 맞았다. 분홍색 플라스틱이 넘쳐났다.

게이브는 이지의 장난감 상자에서 좀 더 최근에 장만한 장난감

더미에 묻혀 있는 버즈를 발견하고는 함박웃음을 짓고 있는 녀석의 얼굴을 쳐다보았다. 무한한 공간 저 너머로* 보내야 할까 아니면 중고 용품점으로 넘겨야 할까? 차마 버릴 수가 없었기 때문에 버즈를 한쪽 옆에 내려놓고 다른 해묵은 장난감을 모으기 시작했다. 바비를 흉내 낸 싸구려 인형, 유모차, 너덜너덜해진 솜 인형, 크리스마스나 생일 선물로 받았지만 한 번도 가지고 논 적 없는 기타, 참신한 플라스틱 제품. 그것들을 쓰레기봉투 두 개에 나눠 담았다. 하나는 중고 용품점에 기증할 것이었다. 나머지 하나는 쓰레기로 버릴 것이었다. 분류를 마쳤을 무렵에는 시간이 많이 늦어서 두 개 모두 차고에 가져다놓고 그 길로 잊어버렸다.

이지는 없어진 장난감을 찾지 않았다. 게이브가 몇 시간에 걸쳐 조립한 새 플라스틱 제품들이 허구한 날 발에 치일 정도로 많았다. 그렇게 몇 주가 지났을 때 날이 갑자기 따뜻해졌다. 게이브는 기계를 꺼내 잔디를 깎으려고 차고 문을 열었다. 이지가 그와 함께 달려 들어갔다가 표정이 어두워졌다.

"내 장난감이 왜 다 여기 있어요, 아빠? 그거 다 버릴 거예요?"

"한참 동안 가지고 놀지 않았잖아."

"하지만 *지금* 가지고 놀고 싶어요."

아이는 작정하고 봉투를 뒤지기 시작했다. 게이브는 치밀어 오르는 짜증을 달랬다.

"이지, 새 장난감 많잖아. 이거 다 둘 데가 없어. 그중 몇 개는 중

---

* 버즈의 몸에 달린 버튼을 누르면 나오는 대사.

고 용품점에 들고 갈 거야. 「토이 스토리」에서도 앤디가 가지고 놀
던 장난감을 꼬맹이한테 주잖아."

"나머지는요?"

그는 머뭇거렸다. "음, 나머지는 버려야지."

아이는 충격으로 눈을 동그랗게 떴다.

"그럼 불태워지잖아요."

망할. 왜 「토이 스토리」 얘기를 꺼냈을까?

"이지, 고장 났고 부품도 없고—"

"고장 났다고 그냥 태워버리면 어떡해요. 우디도 고장 났지만 고
쳐졌잖아요."

게이브는 한숨을 쉬었다. "이지, 고칠 수 없는 것도 있어."

"왜요? 전부 그냥 두면 왜 안 돼요?"

이 말과 함께 아이는 울음을 터뜨렸다. 이지는 그렇게 느닷없이
격한 감정을 분출할 때가 있었다. 그는 무릎을 꿇고 앉아서 흐느끼
는 아이를 안아주었다. 뜨거운 눈물이 그의 티셔츠로 스며들었다.

아이가 느끼는 괴로움을 이해할 수 있었다. '전부 그냥 두면 왜
안 돼요?' 그럴 수는 없으니까. 인생은 불공평하니까. 골라서 선택
해야 하는데 가끔은 선택하기가 어려울 때도 있다. 가끔은 아예 선
택권이 없을 때도 있다. 끈으로 묶고 풀로 발라서 고칠 수 없는 물
건과 사람도 있고 누구나 앞 베란다에서 햇살을 맞으며 생을 마감
하는 것은 아니다.

그는 이런 얘기를 입 밖으로 꺼내지는 않았다. 아이의 눈물을 닦
아주며 물었다. "아이스크림 먹으러 갈까?"

그 사건이 벌어진 뒤에 어둠과 고통의 거대한 골짜기를 헤매던 게이브에게 이지의 방을 정리하는 임무가 맡겨졌다. 도저히 수행할 수 없는 임무였다. 그는 뭐 하나도 버리지 못하고, 머리 방울 하나 처분하지 못하고 당황한 아이처럼 방 안을 맴돌기만 했다. 결국에는 이삿짐센터에 연락해 장난감과 옷과 가구 일체를 보관 창고에 맡겼다.

이제 그는 보안등이 비추는 가운데 줄줄이 이어지는 셔터 닫힌 창고 문을 바라보며 서 있었다. 327번. 노팅엄 바로 외곽의 이 공장지대는 거의 2년 만이었다. 임대 창고를 비우고 내용물을 모두 처분하고 자동이체를 해지해야겠다고 여러 번 생각했다. 하지만 그날 오후에 차고 앞에서 마주한 이지의 얼굴이 번번이 그의 발목을 잡았다.

'그거 다 버릴 거예요?'

이걸 처분하고 나면 끝이 시작될 것이다. 이지를 떠나보내고, 지난 3년 동안 그를 지탱해주었던 희망이라는 구명정을 내버리게 될 것이다. 아이는 돌아오지 않는다고 인정하게 될 것이다. 끝이라고.

그는 문 옆에 달린 키패드 앞으로 걸어가 비밀번호를 눌렀다. 이지의 생일이었다. 문이 천천히 열리고 자동 조명이 깜빡이며 되살아나는 동안 뒤로 물러나 있었다.

마음의 준비를 했는데도 고통이 몸이 움찔거릴 정도로 세게 그를 강타했다. 모든 게 여기 있었다. 이지의 삶이. 아이의 방에 있었던 가구, 장난감, 그림, 소꿉놀이, 자전거. 모든 게 이 어두컴컴하고 차가운 창고 안에 차곡차곡 쌓여 있었다. 알록달록한 물건들과 우중충한 콘크리트블록의 부조화가 이보다 더 극명할 수 없었다. 장난감은 주인의 손길이 필요한데, 그는 생각했다. 그 점에 관한 한 우디의 말이 맞았다.

게이브는 앞으로 다가가 그 안에 담긴 추억이 전해지기라도 하는 듯 침대 머리판과 페파 피크 세발자전거에 손을 얹었다. 시간이 지날수록 뛰어놀거나 잠을 자는 이지의 모습을 떠올리기가 점점 더 어려워졌다. 과거를 향해 점점 멀어지며 희미해져가고 있었다. 그리고 그는 현재에 못 박혀 있기 때문에 아이의 이름을 부르거나 뒤쫓아 달려갈 수 없었다. 뒤로 돌아갈 수 없고 전진할 뿐이었다.

"게이브?"

그는 고개를 돌렸다. 해리가 문 앞에 서 있는데 불빛 때문에 흰 머리가 후광 같았다. 지팡이에 몸을 기댔고 전보다 더 수척하고 구부정해 보였다.

게이브는 엷은 미소를 지었다. "들어오세요. 그렇게 어색하게 서 계시지 말고요."

그는 머뭇머뭇 앞으로 한 발 내디디는 해리를 지켜보았다. 잠시 뒤 벽에 달린 스위치를 눌렀다. 자동문이 서서히 내려와 그들을 안에 가두었다.

"이게 무슨—" 해리는 눈을 가늘게 뜨고 임대 창고를 가로질러 게이브를 쳐다보았다. "이게 무슨 일인가, 게이브? 여긴 뭐고?"

"아이가 떠나고 남은 게 이것뿐이에요."

그는 해리가 눈을 깜빡이고 주위를 둘러보며 천천히 상황을 파악하는 모습을 지켜보았다. 모든 움직임을 관찰했다. 후골이 까닥이는 것, 왼쪽 눈 윗부분이 살짝 실룩이는 것, 손이 떨리는 것.

"급한 일이라고 하지 않았나. 내가 꼭 봐야 할 게 있다고."

게이브는 고개를 끄덕였다. "맞습니다. 이걸 보여드리고 싶었어요. 제가 어떤 식으로 희망을 버리지 않았는지 알아주셨으면 해서요. 딸아이가 집으로 돌아왔을 때를 대비해서 어떤 식으로 이걸 보관했는지를요."

"이걸 보여주겠다고 이 밤에 나를 여기로 불러냈단 말인가? 허!" 해리는 한숨을 쉬었지만 어색했다. "더 이상 자네를 도울 방법이 없군그래."

"진실을 밝혀주시면 되죠."

"밝혔잖은가."

"아뇨. 아버님은 거짓말을 하셨습니다. 그 시신을 보고 제 딸이 맞는다고 하신 그날부터. 어머님이 제게 주신 그 약이 효과 만점이었겠죠? 아니면 호텔을 나서기 전에 마신 커피에 어머님이 뭘 넣으셨나요? 안약이었을까요? 위험 부담이 있었지만 아버님은 성공하셨죠. 제가 알고 싶은 건 이유입니다."

해리는 평소처럼 차분하고 거만한 분위기를 어느 정도 회복했다.

"나는 자네를 안쓰럽게 생각하네. 진심이야. 하지만 이번에는 도가 지나쳤어." 그는 고개를 저었다. "저 문 열게. 경찰을 부르기 전에."

"그러시죠. 경찰에서도 아버님과 대화를 나누고 싶어 할 겁니다. 검시 사진을 위조하고 시신의 신원을 제대로 밝히지 않은 이유에 대해서. 경찰에서도 알아요, 아버님. 하지만 제가 먼저 아버님과 얘기를 하고 싶었어요."

해리는 검버섯이 난 손으로 휴대전화를 쥔 채 머뭇거렸다. 게이브는 이래도 모르쇠로 일관할지 궁금해하며 기다렸다. 잠시 뒤 해리의 어깨가 처졌다. 패배를 인정하는 신호였다. 그는 이지의 침대가에 걸터앉았다.

게이브는 그를 보며 나이 들어 보이는 게 아니라 아파 보인다는 생각을 했다. 문득 몇 년 뒤에 해리가 양팔에 관을 대롱대롱 매달고 얇은 환자복 너머로 비쩍 마른 새하얀 다리를 내민 채 지금처럼 병상에 몸을 눕히는 장면이 그려졌다. 자신이 메스를 휘두르던 시절에 인형을 가지고 놀았을 의사들의 처분에 맡겨진 왕년의 명의. 죽음이 상대를 구분하지 않는다면 세월은 인정사정없다.

"사진을 위조한 건 도를 넘은 짓이었다고 전부터 생각하고 있었어." 해리가 말했다. "그래도 만일의 경우를 대비해 보관하고 있었지. 자네가 그 차를 찾았다고 했을 때 나는 선택의 여지가 없었어. 이제 그만 포기하도록 자네를 설득하려면 그 사진을 쓸 수밖에 없었어."

"거의 성공할 뻔했어요." 게이브는 말했다.

"하지만 완전히 성공하지는 못했구먼."

"고양이 때문이었죠."

"음?"

"그날 아침에 고양이가 이지의 뺨을 할퀴었거든요. 그래서 제가 밴드를 붙여주었죠. 사진을 보니 상처가 없더군요. 상처가 생긴 이후에 찍은 게 분명할 텐데."

해리는 고개를 저었다. "어쩌면 차라리 잘된 일인지 모르겠네. 여태껏 이런 비밀을 감추고 있느라 내가 얼마나 힘들었는지 자네는 모를 거야."

"아버님이 힘드셨다고요?" 게이브는 믿을 수 없다는 듯이 그를 빤히 쳐다보았다. "아버님은 딸이 죽었다고 저를 설득하려고 하셨어요. 제 자신을 고문하면서 딸아이를 찾아다니도록 내버려두셨어요. 다른 아이가 그 아이의 무덤에 묻히도록 방치하셨고요. 어떻게…… 어떻게 그러실 수가 있죠?"

"양심은 우리 모두를 비겁한 인간으로 만든다."* 해리의 표정이 좀 더 신랄하게 바뀌었다. "아이가 생기면 부모는 그 아이를 위해 뭐든 할 수 있어. 뭐든. 제니는 우리 외동딸이었고 우리에게는 세상의 전부였어. 이지는 우주였고."

"그래서 그 둘이 사는 집에 그렇게 자주 놀러오셨나요?"

"에벌린이 자네를 좋아하지 않았어."

"이런, 그런 줄 몰랐네요."

"그래서 에벌린과 제니의 사이가 껄끄러워졌지. 진실이 밝혀졌을 때, *자네가 그동안 숨겨왔던 비밀이 공개됐을 때* 나는 에벌린의 판단이 맞았다는 걸 깨달았지. 자네는 제니나 이지를 차지할 자격이 없었어."

게이브는 주먹을 불끈 쥐었다. "그 일은 이 사건과 상관이 없습

---

* 셰익스피어의 희곡 「햄릿」에서 햄릿의 대사.

니다."

"장담할 수 있나?"

"그건—" 그는 주춤했다.

해리는 사악한 미소를 지었다. "고민해본 적 없나? 왜 나일까? 왜 내 가족일까? 왜 이런 일이 벌어졌을까?"

당연히 있었다. 그에게 주어진 벌인가 보다고 생각했었다. 업보, 숙명, 운명.

아니면.

우리는 고통을 공유합니다…… 공유해 마땅한 사람들과 함께.

그의 입 안이 바짝 말랐다. "무차별 공격이 아니었군요?"

해리는 드디어 2 더하기 2를 해낸 느린 아이 대하듯 게이브를 쳐다보았다. 그는 고개를 저었다. "그렇지. *자네가 저지른 짓* 때문에 벌어진 일이었어. *그 아이에게 저지른 짓* 때문에. 자네는 그 아이의 이름을 자네 딸에게 지어 붙였지, 무슨 블랙 유머라도 되는 듯이."

게이브는 그를 빤히 쳐다보았다. 공포가 스멀스멀 목젖을 타고 올라왔다.

"이사벨라 말일세."

◊

그녀는 잠을 잔다. 하얀 방에 누워 있는 창백한 소녀다. 그녀는 주변에서 삑삑거리고 윙윙거리는 기계 소리를 듣지 못한다. 미리엄의 손길도 느끼지 못하고 방에서 나가도 알아차리지 못한다. 창백한 소녀는 아무것도 보거나 듣거나 느끼지 못한다.

하지만 꿈은 꾼다.

그녀는 해변을 걷고 있다. 석고처럼 매끈한 피부는 태양의 키스 아래서 황금빛으로 물들었고 금발은 희끗희끗하게 하얀색에 가까워졌다. 그 노란색 공이 이제 천천히 바닷속으로 저물고 있다. 희미한 산들바람이 불자 포말을 머리에 인 잔물결이 수면 위에서 일렁인다.

이사벨라는 해변을 사랑한다. 하지만 원래는 여기 있으면 안 된다. 원래는 바이올린 레슨을 받고 있어야 한다. 매주 수요일 저녁

식사 후에는. 월요일에는 성악, 금요일에는 피아노다. 어머니 말로는 그녀가 음악에 특출한 재능이 있다고 한다. 그래서 잠재력을 발휘할 수 있도록 돕는 거라고 한다. 하지만 이사벨라는 엄마가 레몬에서 즙을 짜듯 자신이 사랑하는 것에서 재미를 짜서 없애는 게 아닌가 하는 생각이 가끔 들 때가 있다.

그나마 바이올린 레슨은 집 밖에서 받는다. 선생님이 사는 해변의 조그만 연립주택에서. 거기에서 연주가 더 잘된다. 엄마가 그러기로 수락한 유일한 이유다. 가정부 미리엄이 데려다주고 데리러 온다. 그렇다, 그들에게는 가정부가 있다. 청소부와 정원사도 있다. 이사벨라는 자신이 특권층이라는 것을 안다.

그녀의 아버지는 돈을 많이 벌었고, 그녀가 어렸을 때 아버지가 세상을 떠나자 전부 어머니의 몫이 되었다. 그들은 아주 넓은 마당이 딸린 대저택에서 살았다. 어머니는 외동딸에게 원하는 것을 모두 준다고 생각하고 싶어 하지만 물론 열네 살짜리가 진심으로 바라는 것, 그러니까 자유는 예외다.

이사벨라는 어머니가 걱정하는 이유를 안다. 아버지가 갑자기 돌아가셨기 때문이다. 그래서 그녀마저 빼앗길까 봐 불안한 거다. 그렇기에 딸 주변에 담을 치려고 한다. 안전하게 지킬 수 있게. 그 담벼락이 아름답기는 하지만 그런다고 감옥이 감옥 아닌 다른 게 되는 건 아니다.

그래서 이사벨라는 가끔 지금처럼 짤막한 탈출의 순간을 놓치지 않는다.

바이올린을 가르치는 웹스터 선생님이 3주 일정으로 휴가를 떠났다. 이사벨라는 어머니에게 그 얘기를 하지 않았다. 학교 수업이 끝난 뒤에 평소처럼 미리엄이 모는 차를 타고 조그만 연립주택으로 왔다. 그런 다음 해변으로 나왔다.

이사벨라는 해변에서는 한 번도 외로움을 느껴본 적이 없다. 여름이 썰물처럼 사라진 뒤에도 여기 오면 항상 생동감이 넘친다. 개를 산책시키는 사람들, 소풍 나왔던 짐을 정리하는 가족들, 손을 잡고 거니는 커플들. 그리고 해변 자체만으로도 그렇다. 철썩이는 파도, 덜거덕거리는 조약돌, 성마르게 까악까악거리는 갈매기들로 시끌벅적하다.

해변에는 대부분 자갈이 깔려 있지만 바다 바로 옆에는 모래가 있다. 이사벨라는 신발과 양말을 벗고 물가를 따라 걸으며 발 위로 철썩이는 파도와 발가락 사이로 파고드는 모래를 느끼는 것을 좋아한다.

수건을 들고 오지 못했으니 산책로 가장자리의 담벼락에 앉아서 발을 말릴 것이다. 가끔은 바이올린 케이스에 넣고 다니는 조그만 메모지에 자연에서 영감을 얻은 멜로디를 끼적일 것이다. 막판에는 해변을 따라 걸으며 조약돌과 예쁜 소라고둥을 주울 것이다. 여기에 왔었다는 걸 어머니에게 들킬 수도 있으니 집에 가서 잘 숨겨야 한다.

이사벨라는 7시가 되면 자신만의 시간이 끝난다는 걸 안다. 그녀는 위를 흘끗 쳐다본다. 저 멀리 절벽 위에 우뚝 자리 잡은 그녀의 집이 여기서도 얼추 보인다. 어머니가 어마어마하게 넓은 거실에 혼자 앉아서 기다리고 있을 것이다. 그녀는 한숨을 쉬고 해변을 천천히 되짚어 올라오며 얼마 안 남은 자유의 순간을 만끽한다. 갈매기들이 까악까악 작별 인사를 한다. 파도가 잘 가라고 속삭인다. 쏴아아아. 쏴아아아아. 그녀는 갈색 조약돌 틈바구니에서 하얗게 반짝이는 무언가를 발견한다. 소라고둥이다. 그녀는 쭈그리고 앉아서 그걸 줍는다.

분홍색과 하얀색이 섞인 예쁜 소라고둥이다. 이렇게 큼지막하고 깨진 데 하나 없는 소라고둥은 거의 본 적이 없었다. 이사벨라는 안에 아무것도 없는지 확인한다. 뿌듯해하며 후드 점퍼 주머니에 넣는다. 손목시계를 흘끗 확인한다. 7시 10분 전이다. 서둘러야 한다.

그녀는 산책로 계단을 종종걸음으로 올라간다. 산책로 양옆으로 차량이 늘어서 있다. 막판까지 남은 당일치기 여행객들이 도로 저편으로 줄줄이 이어지는 카페에서 커피를 마시거나 피시 앤드 칩스를 먹고 있는 모양이다.

그녀는 마지막으로 한 번 더 보고 싶은 걸 참지 못하고 주머니에서 소라고둥을 꺼낸다. 미리엄이 했던 얘기가 생각난다. '소라고둥을 귀에 대면 바닷소리를 들을 수 있어.'

미리엄은 그런 식의 황당한 얘기를 얼마나 많이 아는지 모른다. 가끔 조금 엄할 때도 있지만 이사벨라는 그녀에게 다른 면이 있다는 걸 안다. 이사벨라가 어렸을 때는 미리엄이 부엌에서 그녀를 데리고 조그맣고 달달한 컵케이크와 큼지막하고 폭신폭신한 스펀지케이크를 만들어주고는 했다. 어머니가 피곤해할 때마다 마당에서 숨바꼭질을 같이 하거나 비오는 날 오후에 책을 읽어준 사람도 미리엄이었다. 이제 그녀는 나이를 먹었고 미리엄은 자기 방에 두고 보는 반전 스릴러 소설(어머니가 종용하는 두꺼운 고전이 아니라)을 가끔 빌려준다. 그들만의 깜찍한 비밀이다.

이사벨라는 미소를 짓는다. 그녀는 고둥을 들어서 귀에 대고 도로로 나선다. 바다가 그녀의 머릿속에서 울부짖는다.

어쩌면 그 때문에 요란한 자동차 엔진 소리를 듣지 못했을지 모른다.

40

1996년

그런 일들은 모두 눈 깜짝할 새 벌어진다고 했다. 사람들은 항상 그렇게 얘기한다. "아, 모든 게 눈 깜짝할 새 벌어졌어요." 하지만 아니었다. 그의 경우에는 그렇지 않았다. 그는 고통으로 얼룩진 그 모든 1분 1초와 모든 소리와 모든 사소한 부분을 전부 기억할 수 있었다. 그녀의 마지막 순간이 유리 조각과 뼈와 피로 그의 기억에 각인돼 지워지지 않았다.

심지어 그는 운전을 하면 안 되는 상황이었다. 그의 차가 아니었다. 하지만 그가 다른 친구들—미치, 제이스, 케브—에 비해 멀쩡했다. 그들을 '친구'라고 부르는 것은 오버였다. 사실 함께 자란 사이에 불과했다. 그들은 한동네에 살았고 같은 학교에 다녔다. 환경과 거주지로 한데 묶인 사이였다.

그날 저녁에 그들은 동네 스파 마트 뒤편 덤불 숲속 벤치에 대자로 뻗었다. 점장 데일은 그들이 미성년자라는 걸 알면서도 아무 거리낌 없이 싸구려 술을 팔았다. 여기서 산책로와 제멋대로 늘어선 피시 앤드 칩스 가게, 쇼핑센터, 쓰러져가는 카페, 조잡한 기념품 가게를 따라 멀리까지 커브길이 이어졌다. 그 너머로 바다와 부두가 얼추 보였다.

그들은 마리화나를 피우고 사과술을 마셨고 게이브는 집에 가서 학교 숙제를 해야 한다는 것을 알았지만 기분 좋게 알딸딸했다. 그리고 배가 고팠다.

그의 생각을 읽기라도 한 듯 제이스가 불쑥 말했다.

"씨발, 배고파 뒈지겠네."

"나도." 케브도 혀 꼬부라진 소리로 말했다.

미치가 자기 자동차 열쇠를 딸랑딸랑 흔들었다. "우리 차 타고 부둣가에 가서 감자칩 좀 먹고 쇼핑센터 돌아다니는 쌈빡한 계집애 있나 찾아보자."

그 동네에서 산책로까지는 1.5킬로미터 정도라 걸어갈 만했지만 미치는 어디든 낡은 피에스타를 몰고 다녔다. 그들 중에서 차가 있는 사람은 미치 하나였다. 삼촌이 술집에서 만난 어떤 남자에게 싸게 넘겨받은 차에 미치가 카스테레오, 네온등, 지나가는 경찰차를 향해 "날 잡아가쇼!"라고 외치는 거나 다름없는 온갖 쓰레기를 달았다.

"가자."

미치가 벤치 꼭대기에서 뛰어내렸다가 당장 앞으로 고꾸라졌다. 제이스와 케브는 그걸 보고 약에 취한 하이에나처럼 요란하게 웃었다. 미치는 몸을 굴려 턱을 훔쳤다. 자기 손가락에 묻은 피를 보고 다시 폭소를 터뜨렸다.

"에이 씨, 완전 좆됐네."

"그냥 걸어가자." 게이브가 말했다. 그는 알딸딸했던 기분이 점점 사라지는 것을 느낄 수 있었다.

"좆까." 케브가 내뱉었다.

미치는 일어나 앉아서 고민하는 눈치를 보였다. 순간 게이브는 미치가 그러자고 할지 모른다는 생각을 했다. 그가 그러자고 하면 나머지는 술에 취한 양떼처럼 뒤따를 것이었다.

하지만 미치는 열쇠를 게이브에게 던졌다. 게이브는 어찌어찌 그 열쇠를 받았다. "나 면허 없는데."

"그래서 뭐? 운전할 줄은 알잖아, 안 그래?"

그건 그랬다. 미치에게 기본적인 부분을 배웠다.

"갓 게이브, 갓 게이브." 케브가 연호했다. 제이스는 바보처럼 씩 웃기만 했다.

게이브는 싫다고 하고 싶었다. 마리화나와 약 기운이 사라지고 있었지만 그래도 한도를 초과했다. 하지만 그가 하지 않으면 미치가 운전대를 잡을 텐데 미치의 상태가 게이브보다 훨씬 심각했다.

'네가 신경 쓸 문제 아니잖아. 일어나서 집으로 가.'

하지만 그럴 수가 없었다. 싫다고 해도 운전만 하지 않으면 되는 게 아니었다. 지금 일어나서 가버리면 갓 게이브에게 그들이 실망할 것이다. 갓 게이브가 계집애 같은 놈으로 전락할 것이다. 갓 게이브가 그들 그룹에서 쫓겨날 것이다.

그는 열쇠를 들고 어슬렁어슬렁 차로 가서 올라탔다. 제이스와 케브는 우르르 뒷자리에 몸을 실었다. 미치는 휘청휘청 걸어와 그의 옆 조수석에 털썩 주저앉았다. 게이브가 시동을 걸자 미치가 몸을 움직여 카스테레오 볼륨을 자기 입맛에 맞게 올렸다. 스피커를 때리는 프로디지의 노랫소리에 차체가 흔들렸다.

"좋았어!" 케브가 외쳤다.

게이브는 스파 주차장에서 나와 도로로 진입했다. 덜거덕거리며 억지로 기어를 3단으로 바꿨다.

"야, 너 꼭 우리 할머니처럼 운전한다." 제이스가 킬킬거렸다.

게이브는 화끈거리는 얼굴을 달래며 인상을 썼다. 시속 30킬로미터로 덜커덩덜커덩 달리면 액셀러레이터를 있는 힘껏 밟고 달리는 것보다 더 눈에 띌 것이다. 액셀러레이터를 밟자 차가 쌩하니 앞으로 질주했고 그들은 시속 60킬로미터, 70킬로미터, 마침내 80킬로미터로 구불구불한 낭떠러지 길을 달려 내려갔다. 처음에는 떨렸지만 이내 재미있어졌다.

산책길을 따라 달리자 부두의 눈부신 조명이 점점 눈앞으로 다가왔다. 왼쪽에서는 태양이 하늘을 분홍색과 주황색으로 물들이며 바닷속으로 가라앉고 있었다. 오른쪽에서는 줄줄이 이어지는 허름한 민박집에 달린 꼬마전구와 네온등과 플라스틱 샹들리에가 한데 뭉뚱그려졌다. 프로디지가 부싯돌 어쩌고 하며 울부짖었다. 후렴의 시작과 더불어 액셀러레이터를 조금 더 밟았을 때…….

그 아이가 보였다.

방금 전까지만 해도 아무도 없었던 도로 한복판에 눈 깜빡할 새 어떤 여자아이가 등장했다.

거의 흰색에 가까운 금발이었고 피부에 핏기가 없었다. 많아 봐야 열네 살이었다. 장식 없는 노란색 여름용 원피스에 샌들을 신고 있었다. 그녀가 고개를 돌렸다. 파란 눈을 휘둥그레 떴고, 갑작스럽고 결정적인 그들의 만남에 충격을 받은 듯 입을 'O' 모양으로 조그맣게 벌렸다.

1초를 몇 개로 쪼갠 순간에 벌어진 일이었음에도 게이브는 이 모든 것을 보았다. 그 시간이 지났을 때 그녀는 허공으로 날아올라 앞 유리창 뒤로 넘어갔다. 거대한 돌풍이 그녀를 들어서 싣고 가기라도 한 것 같았다. 그 충격으로 몸이 앞으로 튕겨져 나가자 안전벨트가 가슴과 어깨 속으로 깊숙이 파고들며 그를 뒤로 홱 잡아당겼고 그는 헤드레스트에 머리를 부딪혔다.

브레이크를 밟은 기억이 없음에도 끼이익 하는 소리가 들렸고, 차가 펄쩍 뛰고 미끄러지다 마침내 몸서리를 치며 멈추어 서는 순간까지 그의 손안에서 저항하는 운전대가 느껴졌다.

'내가 그 아이를 쳤어. 내가 그 아이를 죽였어. 내가 그 아이를 쳤어. 내가 그 아이를 죽였어. 젠장, 젠장, 젠장, 젠장.'

그는 비명과 고함이 오가고, 차문이 열리고, 케브와 제이스가 비틀거리며 차에서 내리는 것을 어렴풋이 인식했다. 누군가가 그의 팔을 잡았다. 미치였다. 게이브는 운전대 위로 몸을 숙인 채 그대로 얼어붙었다. 심장은 멍이 든 가슴에서 탈출하려 들었고 숨은 짧고 낯선 헐떡임으로 터졌다. 미치는 몸을 돌려서 도로를 가로질러 옆길로 달려서 도망쳤다.

게이브는 백미러 쪽으로 시선을 들었다. 여자아이는 차 뒤편으로 몇 미터 떨어진 도로 위에 쓰러져 있었다. 미동도 없었고 몸이 이상하게 꺾였다.

고함 소리가 들렸다. 끼이익 하는 브레이크 소리를 듣고 카페와 술집에서 나온 사람들로 소란스러웠다. 아이스크림 가게 주인인 뚱뚱한 남자가 두툼한 휴대전화를 꺼내 구급차를 보내달라고 소리를 지르고 있었다.

지금 당장은 그를 보는 사람이 없었다. 다들 경악한 눈빛으로 여자아이를 쳐다보고 있었다.

'뭐 해. 도망쳐.'

게이브는 부두 쪽을 흘끗 쳐다보았다. 도망칠 수 있었다. 아직은 여기서 빠져나갈 수 있었다. 그는 운전대에서 손을 떼어내고 쓰러지다시피 비틀비틀 차에서 내렸다. 앞으로 한 걸음 내디뎠다가…… 방향을 돌려 절뚝절뚝 아이에게로 다가갔다.

그녀는 이상한 각도로 도로 위에 누워 있었다. 눈을 반쯤 뜨고 있었지만 얼굴이 피범벅이었고 옅은 금발 아래로 까만 그림자가 펼쳐져 있었다. 이 와중에도 한 손에 깨지지 않은 소라고둥을 쥐고 있었다.

게이브는 무릎을 꿇고 그녀의 옆에 앉았다. 고무와 소금과 그보다 더 진하고 잔인한 어떤 냄새를 맡을 수 있었다. 그는 그녀의 손을 잡았다. 손톱이 깨지고 찢어졌고 손마디는 살갗이 다 벗겨졌다.

그녀의 눈동자가 그를 향해 움직였다.

"구급차가 오고 있어." 그는 진짜 그런지 아닌지 알 수 없었지만 이렇게 말했다. "괜찮을 거야."

하지만 그는 이미 그렇지 않다는 것을 알 수 있었다. 비정상적인 각도로 꺾인 팔다리. 입가에서 부글거리는 핏방울. 그의 눈 안쪽에서 뜨거운 눈물이 고였다

"정말 미안하다."

그녀의 입술이 움직였다. 게이브는 얼굴을 좀 더 숙였다. 그녀의 입김은 뜨거웠고 쇠 냄새가 났다.

"들어봐요오오."

그녀가 그 단어를 내뱉자 피가 물보라처럼 뿜어져 나왔다. 아마도 엄청난 고통을 느끼며 죽어가고 있었을 테니 그럴 리 없었겠지만, 그녀는 웃으려고 애를 쓰는 것처럼 보였다.

"바닷소리가 들려요."

41

"그건 사고였어요."

"자네는 술을 마셨지."

"저는 그때 어렸습니다. 그래서 실수를 저질렀죠. 하지만 대가를 치렀습니다."

"집행유예 그리고 벌금." 해리는 콧방귀를 뀌었다.

"사고였어요. 그 아이가 제 바로 앞으로 튀어나왔고요. 게다가 제가 얘기한 대가가 그게 아니라는 걸 아시잖습니까."

"어쩌면 그걸로는 부족했을지 모르지."

게이브는 고개를 저었다. "20년도 더 된 일이에요. 이유가 뭡니까? 이제 와서 이러는 이유가."

"그야 나도 모르지."

"아버님이 아시는 건 뭔데요?"

"그 여자한테 들은 것밖에 몰라."

"그 여자라뇨?"

"이지를 데리고 있는 여자."

게이브는 참을 수가 없었다. 꿰맨 옆구리가 찌릿하게 당겼지만 의자를 박차고 일어나 해리의 옷깃을 잡고 임대 창고의 콘크리트 블록으로 내동댕이쳤다. "그 여자 이름이 뭐예요? 어디 있어요? 내 딸 어디 있어요?"

해리는 게이브와 키가 거의 같았고 게이브도 나이를 먹을 만큼 먹었지만, 그는 잡고 들어 올렸을 때 해리가 얼마나 허약해졌는지 느낄 수 있었다. 멀끔한 옷으로 덮인 힘없는 근육. 값비싼 애프터 셰이브 아래로 느껴지는 희미하고 시큼한 공포의 냄새. 그는 조그 맣게 번뜩이는 죄책감을 느꼈다. 하지만 아주 조금이었다.

"그 여자 이름은 몰라. 이지가 어디 있는지도 모르고."

"거짓말."

"진짜야."

"이지가 위험한 상황인가요?"

"아니야. 그런 거 아니야."

"그럼 어떤 건데요? 얘기해보시죠?"

해리의 얼굴에서 핏기가 가셨다. 그가 쌕쌕거리기 시작했다. 게이브는 손을 놓았다. 해리는 침대 위로 다시 털썩 주저앉았다. 죽기 직전의 가래 끓는 소리 비슷한 한숨을 토하며 그가 말했다.

"그날 저녁에 자네 전화를 받고…… 에벌린은 히스테리를 일으 켰어. 나는 에벌린을 설득해서 수면제를 좀 먹이고 재웠지. 정작 나는 잠을 설쳤지만. 아침 일찍 일어나서 1층으로 내려갔어. 현관 매트 위에 갈색 봉투가 있더군. 소인은 없는데 안에 큼지막한 뭔가가 들어 있었어. 열어보니 휴대전화와 쪽지였어."

'당신 손녀는 살아 있어요. 이 휴대전화를 들고 공원으로 가세요. 놀이터 옆 벤치에서 기다리세요. 경찰에는 연락하지 말고요.'

"그래서 그 쪽지에 적힌 대로 하셨어요?"

"내 딸과 손녀를 잃은 줄 알았는데, 누군가 나타나서 희망을 준 것 아닌가. 황당한 소리처럼 들릴지 몰라도—" 그는 언저리가 벌겋게 된 눈으로 게이브를 올려다보았다. "내가 달리 어쩔 수 있었겠나?"

게이브는 침을 꿀꺽 삼켰다. "그런데요?"

"그래서 맞아, 공원으로 갔어. 자네도 어딜 말하는지 알지?"

게이브는 알았다. 어쩌다 한 번씩 '할머니와 할아버지'네 집에 놀러갔을 때 이지를 데리고 간 공원이었다.

"벤치에 앉아서 기다렸지. 얼마 되지 않았을 때 휴대전화가 울렸어. 받아보니 어떤 여자가 이렇게 얘기하더군. '그네 쪽을 보세요.'

나는 고개를 돌렸어. 그 아이가, 이지가 어떤 여자와 함께 놀이터에 서 있지 뭔가. 여자가 말하길 이지를 다시 만나고 싶으면 자기가 시키는 대로 하라더군. 한 시간 뒤에 다시 전화해서 어떻게 해야 하는지 알려주겠다면서."

"그렇게 두 사람이 사라지도록 내버려두셨다고요?"

"쫓아갈 수도 없었어. 거의 여든이 다 된 나이에? 게다가 나는 충격으로 정신을 차릴 수가 없었어. 이지가 살아 있다니. 있을 수 없는 기적이었으니까."

"그래서 어떻게 하셨나요?"

"집에 가서 에벌린에게 말했지. 나더러 미친 거 아니냐고 하거나 경찰에 신고하라고 할 줄 알았는데 아니었어. 내 손을 잡더니 이렇게 얘기하더군. '그 여자가 시키는 대로 해요. 손녀딸을 되찾을 수만 있다면 뭐든 해요.'"

"저한테 약을 먹여서 시신을 보지 못하게 하고 검시관에게 거짓말을 하고 그런 식으로요?"

"여자가 말하길 이지를 보호하려면 그 아이가 죽은 것처럼 모두를 속이는 방법밖에 없다고 했어."

게이브는 그를 빤히 쳐다보았다. 소름 끼치는 쿵 소리와 함께 또 다른 뭔가가 딱 맞아떨어졌다.

"그 여자의 딸이었죠? 죽은 아이가. 아버님이 신원을 확인한 그 아이가."

해리는 맥이 빠진 얼굴로 고개를 끄덕였다.

"그 여자는 도대체 왜 경찰에 신고를 하지 않은 거죠?!"

"할 수가 없었어. 그 여자 말로는 실수를 저질렀다고 하더군. 자기 능력 밖의 일에 말려들었다고. 제니와 이지를 구하려다 자기 딸이 죽었대."

게이브는 인간이 얼마나 겁에 질리면 자기 딸의 시신을 다른 아이의 무덤에 묻히도록 버리고 갈 수 있는지 열심히 상상해보았다. 겁에 질렸거나 정신병자에 가깝거나 둘 중 하나였다.

"그 여자가 아버님은 어떻게 찾아냈을까요?"

"우리가 어디에 사는지 이지가 알려주지 않았을까 싶어."

아마 여자가 가족들에게 데려다주겠다고 해서 그랬겠지. 게이브는 생각했다. 그는 치밀어 오르는 분노를 눌렀다.

"그 여자가 또 무슨 얘기를 하던가요?"

"자네가 저지른 끔찍한 짓을 응징하느라 그런 일이 벌어진 거라고. 이지가 살아 있다는 걸 알면 그 일을 맡은 사람들이 끝까지 추적할 거라고 했어. 그 사람들은 절대 빚을 남겨두지 않는다며."

"'그 사람들'이 누군지 얘기하던가요?"

"'디 아더 피플'이라고 부르던데."

게이브는 등골이 서늘하게 쭈뼛해지는 것을 느낄 수 있었다.

"그 여자가 하는 얘기를 믿으셨다고요?"

"뭘 믿었는지 잘 모르겠어. 그저 손녀가 돌아오기만을 바랐을 뿐. 여자가 약속했거든, 자기가 시키는 대로 하면 안전해졌다 싶을 때 이지를 데려다주겠다고. 그러면 그 아이와 함께 떠날 수 있을 거 아닌가. 우리 셋이서."

"그렇게 셋이서요?"

"제니는 그래주길 바랐을 거야."

"제니가 어떻게 해주길 바랐을지 무슨 수로 아세요?"

"나는 그 아이가 이혼하고 싶어 했다는 걸 알아. 에벌린한테 얘기했거든."

게이브는 멍하니 그를 쳐다보았다. 이혼. 그 단어가 가끔 그들 사이에 맴돌 때가 있었지만 거의 입 밖으로 나온 거나 다름없었을지 몰라도 확실히 형태를 갖춘 적은 없었다. 구체적으로 거론하면 현실이 될까 두려웠기 때문이었다.

그들이 이혼 직전이었다는 것은 게이브도 알았다. 그는 월요일마다 행방불명이 되는 것을 제니에게 감추기가 점점 힘들어졌다. 그가 다니는 회사는 근무시간이 유연했다. 창의적인 업계였고 많은 직원들이 재택근무를 했다. 그래도 그는 회의에 불참하거나 핑계를 대고 프레젠테이션에서 빠져야 하는 경우가 생겼다. 그러던 중에 제니가 회사로 전화했다가 재택근무 중이라는 대답을 듣고 그의 덜미를 잡았다.

"당신 바람 피워?" 어느 날 저녁에 제니가 대놓고 물었다. 게이브는 펄쩍 뛰며 강하게 부인했고 다행히 그녀는 그의 눈빛을 보고 진짜라는 것을 알았다. 하지만 그가 다른 것을 두고 거짓말을 하고 있다는 것도 알았다. 결국에는 바람을 피우지 않는다 하더라도 상관없어졌다. 뭔가를 숨기는, 믿지 못할 그로 인해 그들 사이에 넘을 수 없는 벽이 생겼다.

하지만 제니가 에벌린에게 얘기한 줄은 전혀 몰랐다. 예전에 그녀를 가리켜 "모성애가 말레피센트 수준"이라고 하지 않았던가.

그는 고개를 저었다. "저한테는 아무 얘기도 한 적이 없습니다."

"그 아이는 자네 곁을 떠나고 싶어 했어." 해리는 으르렁거렸다. "좀 더 일찍 실행에 옮겼더라면 아직까지 살아 있었을지 모르는데."

게이브는 반박하고 부인하고 싶었다. 하지만 그럴 수가 없었다. 맞는 말이었다. 그녀가 떠났더라면. 그를 좀 더 미워했더라면.

"그런데 이지가 지금 아버님과 같이 있지 않은 이유가 뭡니까?"

해리는 입을 굳게 다물었다.

"제가 알아맞혀 볼까요?" 게이브는 매몰차게 말했다. "아직 충분히 안전하지 않다고 했겠죠. 계속 다음 주 아니면 다음 달 아니면 내년으로 미뤄졌겠죠."

"자네가 화근이었어. 포기할 줄 모르는 자네가. 그 빌어먹을 차를 찾는답시고 계속 헤집고 다녔잖은가. 자네가 전부 망쳐놓았어."

"도대체 경찰에 신고하지 않으신 이유가 뭡니까?"

"겁이 났으니까. 경찰에 신고하면 두 번 다시 이지를 보지 못할까 봐."

"이지가 아직 살아 있다는 걸 무슨 수로 아십니까? 이름도 모르는 그 여자가 처음부터 지금까지 거짓말을 했을 수도 있는데요."

해리는 머뭇거렸다. 안전하게 자리 잡을 만한 곳을 찾기라도 하는 듯 휘청거리는 시선으로 사방을 두리번거렸다. "그 여자가 3개월마다 사진이나 영상을 보내줬어. 그러니까 이지가 안전하게 보살핌을 받고 있다는 걸 알았지."

"그 휴대전화를 가지고 계시죠? 그 여자가 남긴 휴대전화요."

"음."

"그럼 보여주세요."

"암호 처리가 되어 있어. 전송하고 24시간이 지나면 삭제되도록."

"그럼 그 여자한테 전화하세요." 게이브는 말했다. "전화해서 만나야겠다고 하세요."

"그래 봐야 소용없을 거야."

"그럴듯한 이야기로 그 여자를 설득하세요. 아버님은 거짓말 잘하시잖아요."

"자네 문자를 받고 연락을 해봤는데 전화를 받지 않더군."

"다시 해보세요."

"이해를 못 하는구먼. 그 번호로 연결이 안 된다니까. 이제는 자네를 돕고 싶어도 방법이 없어. 그 여자가 사라져버렸거든."

사라져버렸다. 이지와 함께. 게이브는 좌절감에 벽을 한 대 치고 싶었다. 그때 매덕 경위에게 들은 말이 생각났다.

'차를 찾았어요. 피해자가 한 명 더 있었어요. 어떤 여자요.'

"아버님, 제가 그 차를 찾았다고 말씀드렸을 때 그 여자한테 얘기하셨나요?"

그는 멋쩍어하는 예의를 갖추었다. "응."

"젠장!"

"왜?" 해리가 묘한 눈빛으로 그를 쳐다보았다.

"그 차 트렁크에 심하게 부패된 시신이 들어 있었어요. 거기 있은 지 꽤 된 시신이요. 경찰이 오늘 호수에서 그 차를 견인했는데 근처에서 심하게 폭행을 당해 거의 죽은 거나 다름없는 여자를 발견했다고 했어요."

게이브는 해리의 축축한 눈이 사태를 파악한 눈빛으로 바뀌는 것을 보았다. "그게 이지를 데려간 그 여자인 것 같단 말이지?"

"아버님한테 제가 그 차를 발견했다는 얘기를 듣고 그 여자가 증거를 없애러 다시 찾아간 것 같은데요."

"하지만 만약 그게 그 여자라면—"

"제 딸은 도대체 어디 있느냔 말이죠."

42

타이타닉 호가 침몰하는 와중에도 밴드는 연주를 계속했다. 모두가 아는 얘기였다. 하지만 케이티는 그들이 왜 그랬는지 궁금해질 때가 많았다. 현실 부정이었을까, 의무감이었을까 아니면 다른 모든 게 사라져버린 순간, 최악의 사건이 벌어진 순간에 익숙하고 위안이 되는 무언가에 집중할 필요가 있었을까?

그녀는 이날 아침에 타이타닉 호에서 연주를 하고 있는 듯한 기분을 살짝 느꼈다. 아니면 불길에 휩싸인 로마를 앞에 두고 피들을 켜는 심정이랄까. 모든 게 일상에서 벗어난 마당에 일상적인 일들을 하고 있었다.

그녀는 콘플레이크를 담고 그릇에 우유를 붓고 토스트를 굽고 오렌지주스를 따랐다. 차를 한 잔 끓인 다음 샘과 그레이시를 거실 텔레비전 앞에 앉혀놓고 없어진 교복 카디건과 양말을 찾느라 건

디 아더 피플

조기를 뒤졌다. 그러는 내내 머릿속에서 계속 들리는 고함 소리를 못 들은 척했다. '빙산이다! 빙산이다!'

'저를 보신 적 있나요? 아무래도 네 사진인 것 같아.'

앨리스(아직은 시기상조라 이지라는 이름을 받아들일 수 없었다)는 아직 일어나지 않았다. 케이티가 지친 몸을 이끌고 아이를 자리에 눕혔을 때가 11시가 지난 시각이었다. 아이는 새롭게 밝혀진 사실을 침착하게 받아들였다. 걱정스러울 정도로 그랬다. 케이티가 좀 더 많은 정보를 알아내려고 갖은 노력을 기울였지만 앨리스는 엄마가 돌아가시던 날 저녁에 대해 기억나는 것이 아무것도 없다고 주장했다. 그냥 끔찍한 일이었고 프랜이 자신을 구출했다. 이 말만 달달 외운 주문처럼 반복했다. 하지만 케이티는 반신반의했다.

여덟 살이나 아홉 살이 되면 대부분의 아이들이 아주 어렸을 때 겪은 일들을 잊어버리기는 했다. 이른바 '아동기 기억상실'이었다. 뇌가 빠른 속도로 성장하며 신경 경로를 새로 설정하기 때문에 생기는 현상이었다.

하지만 케이티가 짐작하는 대로 앨리스가 그 아이라면 어머니가 살해됐을 때 다섯 살이었을 것이다. 정신적인 충격으로부터 보호하기 위해 뇌에서 은폐 작업을 벌였더라도 몇 가지는 기억할 수 있을 만한 나이였다.

기억은 수증기처럼 증발하지 않는다. 그보다는 잃어버린 열쇠에 가까웠다. 어딘가에 따로 잘 보관하거나 어떤 문을 두 번 다시 열고 싶지 않아서 깊은 우물에 버릴지라도 열쇠가 없어지지는 않는다. 방법만 알면 언제든 되찾을 수 있다.

케이티는 원래 게이브에게 연락하려고 했었다. 그는 딸이 살아 있다는 사실을 알 권리가 있었다. 처음부터 그의 생각이 맞았다는 사실을 알 권리가 있었다. 그리고 앨리스도 아빠를 만나면 예전 생활의 기억이 일부나마 되살아날지 몰랐다.

하지만 조금 더 생각해보고는 참았다. 게이브는 아직 병원에 있을지 몰랐다. 그리고 앨리스는 좀 쉬어야 했다. 시간을 두고 이 상황을 정리해야 했다. 게이브가 당장 만나야겠다고 고집을 부리면 (분명 그럴 것이다) 감당하기 힘들 수 있었다. 양쪽 모두에게 그럴 수 있었다. 그뿐만 아니라 케이티는 확실하게 하고 싶었다. 그 딱한 남자를 희망에 부풀게 했다가 또다시 박살 내고 싶지 않았다.

그녀는 앨리스를 재운 다음 몇 시간 동안 인터넷을 샅샅이 뒤져 그 사건에 얽힌 정보를 찾았다. 3년 전이었다(그러니까 아이의 나이가 맞아떨어졌다). 당시에 텔레비전과 신문을 도배했다. 범인은 체포되지 않았고 동기도 없어 보였다. 가뜩이나 게이브가 무죄로 석방된 뒤에는 더욱 그랬다. 도난당한 물건은 없었다. 무단 침입의 흔적도 없었다. 집주인이 범인에게 문을 열어주기라도 한 것 같았다.

'정말 그랬을지 몰라.' 케이티는 생각했다. '아이하고 같이 온 여자를 누가 위험인물로 간주하겠어?'

냉기가 스멀스멀 그녀의 심장을 감싸는 것을 느낄 수 있었다. 이 말은 무슨 뜻일까? 프랜이 어떤 식으로든 연루됐을 거라는 뜻이었다. 하지만 프랜의 딸은 어떻게 된 걸까? 앨리스의 말이 진짜라면 그 딸도 죽었다. 케이티가 아는 한 프랜은 자기 아이를 위험한 곳에 데리고 다닐 엄마가 아니었다. 그렇다면 뭘까? 프랜이 하필 그때 그 자리에 있었던 것에 불과할까? 아니면 그 중간 어딘가에 정답이 있을까? 그녀가 공범이었을까? 걷잡을 수 없는 지경으로 치달은 상황에 빨려 들어갔을까? 한 아이라도 살려서 도망치는 것 말고는 방법이 없는 상황에. 하지만 누구한테서 도망친 걸까?

그녀는 엽서를 다시 떠올렸다.

'아빠를 위해서 한 일이었어.'

케이티는 머그잔을 들어 차를 한 모금 마셨다. 짐작했던 대로 싸늘하게 식어 있었다. 어떨 때는 마시지 않고 버린 차가 몇 잔인지를 기준으로 그녀의 일평생을 가늠할 수도 있을 것 같았다. 차를 버리고 다시 한 잔 끓이려던 찰나 초인종이 울렸다. 그녀는 펄쩍 뛰었다. 오늘 아침에는 신경이 나달나달했다.

그녀는 현관 앞으로 나갔다. 문 꼭대기에 달린 유리창 너머로 형광색 경찰 재킷이 보였다.

'경찰이 언니를 찾았나?'

그녀는 문을 열었다.

"안녕하세요, 케이티?"

누군지 알아차리기까지 잠깐 시간이 걸렸다. 제복 차림보다는 동생네 집에서 웃통을 벗고 어슬렁거리는 모습이 더 눈에 익었기 때문이었다.

"스티브? 여긴 어쩐 일이에요?"

"자는데 내가 깨운 건 아니죠?"

그는 미소를 지었다. 케이티는 가운을 좀 더 질끈 동여매고 싶은 충동을 느꼈다.

"사실 아침상을 차리고 있었어요."

"그렇군요. 들어가도 될까요?"

그녀는 머뭇거렸다. 그레이시와 샘은 아직 텔레비전 앞에 자리를 잡고 앉아 있었다. 앨리스는 2층에서 자고 있었다. 하지만 그 아이가 내려오면…….

"중요한 일이 있어서요."

그녀는 마지못해 고개를 끄덕였다. "그래요."

앞장서서 부엌으로 안내하는데, 머릿속 깊은 곳에서 왠지 모를 불안이 싹텄다. 스티브가 그녀의 집 주소를 어떻게 알았을까? 경찰이니 그럴 수도 있겠다 싶었다. 하지만 신경에 거슬리는 다른 뭔가가 있었다.

케이티는 부엌문을 닫고 억지로 미소를 지으며 그를 마주 보았다. "무슨 일인데요?"

스티브는 주변을 두리번거렸다. "커피 한 잔도 안 주세요?"

그녀는 예의 바른 사람이 되려는 타고난 본능을 꾹꾹 눌렀다. "애들 학교에 데려다줘야 하거든요. 중요한 일이라면서요."

그의 표정이 당장 험상궂어졌다. 그녀는 루를 떠올렸다. 루의 한심한 선택을 떠올렸다. 제복이 인성을 보장하는 것은 아니었다.

"당신 언니, 프랜의 일이에요."

그녀는 몸이 뻣뻣하게 굳었다. "우리 언니가 왜요?"

"언니한테 문제가 생겼고 언니 때문에 당신한테도 문제가 생길 거예요."

"언니를 마지막으로 본 게 9년 전인데요."

"그 아이 어디 있어요, 케이티?"

공포가 번개처럼 그녀를 관통했다. 이자가 무슨 수로 앨리스에 대해 알아냈을까? 이게 어떻게 된 일일까?

"네?"

"만약 그 아이를 숨기고 있다면 정의 실현을 가로막는 거예요."

그녀는 애써 침착한 말투를 유지했다. "당신, 실종 담당이 아니라 교통경찰 아니었어요?"

"그 아이가 여기 있다는 거 알아요. 그 아이만 넘겨주면 전부 좋게 끝낼 수 있어요."

문득 그녀는 신경에 거슬리는 다른 뭔가의 정체가 뭐였는지 알아차렸다. 어제 스티브는 이틀 동안 출근을 하지 않는다고 했다. 그런데 이렇게 제복을 입고 찾아오다니.

'빙산이다. 빙산이다.'

"오늘 근무하는 날이긴 하고요?"

그는 한숨을 쉬며 두 손을 내밀었다. "맞아요. 이거 경찰 관련 업무 아니에요. 채권 추심이라고 해두죠. 당신 언니가 진 빚이 있는데 이제 갚을 때가 됐거든요."

"이 집에서 나가주세요."

"알았어요." 그는 미소를 지었다. 그러고는 케이티의 얼굴로 주먹을 날렸다.

그녀의 코가 쩍 하는 고통스러운 소리와 함께 폭발했다. 비명을 지르려고 했지만 피로 목구멍이 막혔다. 그녀는 꾸르륵거리며 비틀비틀 뒷걸음질 쳤다. 스티브가 바닥으로 쓰러지기 전에 케이티를 붙잡아 개수대에 대고 밀쳤다.

"개인적인 감정은 없어. 아르바이트로 수입 좀 챙기려는 거지."

그녀는 간신히 몇 마디를 내뱉었다. "누가…… 보내서 왔어요?"

"아, 당신도 알 거라고 생각하는데." 그는 입술로 케이티의 살갗을 스치고 지나며 귀에 대고 어떤 이름을 속삭였다. 공포로 그녀의 배 속이 오그라들었다.

"루는…… 어쩌고요?"

그는 비웃음을 흘렸다. "그 뒤룩뒤룩한 걸레 같은 당신 동생? 즐기려고 만난 게 아니라 비즈니스였지. 감시 차원에서."

그가 두 손으로 케이티의 목을 감싸고 눌렀다. 그녀는 비명을 지르고 숨을 들이마시려고 했지만 코가 으스러진 곤죽인 데다 목구멍이 반쯤 막혀 있었다. 거실에서 「스쿠비 두」 주제가가 희미하게 들렸다. 애들이 여기로 들어오면 어쩌지? 이자가 애들을 해치면?

케이티는 그의 얼굴을 붙잡고 손톱으로 살갗을 할퀴었다. 스티브는 그녀의 목을 더 세게 졸랐다. 그녀는 발길질을 하고 몸을 꿈틀거리며 떼어내려고 했지만 그의 힘이 너무 셌다.

스티브가 자기 얼굴을 그녀의 얼굴에 갖다 댔다. "차라리 너였으면 좋았을 텐데. 시간이 좀 더 있었더라면 우리 둘이서 지금 재밌게 놀아볼 수 있을 텐데."

뭔가가 휙 지나가는 것이 케이티의 곁눈으로 보였다. 문이 열렸다. 앨리스가 부엌 안으로 들어왔다. 안 돼, 케이티는 생각했다. 안 돼. 들어오지 마. 가. 도망쳐. 샘이랑 그레이시 데리고 도망쳐.

하지만 앨리스는 도망치지 않았다. 앞으로 다가와 자기 머리 위로 뭔가를 휘둘렀다. 덜거덕거리는 소리에 이어 쿵 하는 소리가 들렸고 케이티의 목을 조르고 있던 손이 갑자기 풀렸다. 그녀는 헉헉대며 숨을 들이마셨다. 스티브가 한쪽 옆으로 휘청거리며 식탁과 의자 위로 넘어졌다.

그가 다시 정신을 차리기 전에 앨리스가 배낭을 들어서 다시 한 번 휘둘렀다. 배낭은 으드득하는 듣기 좋은 소리와 함께 그의 두개골을 강타했다. 이번에는 그가 완전히 정신을 잃고 바닥 위로 털썩 쓰러졌다.

맙소사. 앨리스가 방금 전에 경찰을 폭행한 것이었다.

'날 죽이려고 했던 경찰이잖아.'

다른 때 같았으면 케이티는 그 황당함에 깔깔대고 웃었겠지만 지금은 겁에 질렸고 아파서 죽을 것 같았다. 그녀는 쉿소리를 내며 숨을 두어 번 더 들이마셨다. 앨리스는 그걸 다시 써야 할지 고민하는 사람처럼 배낭을 움켜쥔 채 그 자리에 서 있었다. 케이트는 후들거리는 다리를 억지로 움직여서 앨리스에게로 다가가 그 앙상한 어깨를 한 팔로 감싸 안았다.

"그 안에 뭐가 들었니?" 그녀는 꺽꺽대며 물었다. "돌멩이?"

앨리스는 고개를 저었다. "조약돌요."

그럼 그렇지.

"엄마? 무슨 일이에요?"

그녀는 고개를 돌렸다. 샘이 그레이시와 함께 부엌문 앞에 서 있었다. 아이들은 경악한 표정으로 그녀를 빤히 쳐다보았다. 그레이시가 울음을 터뜨렸다.

"엄마! 얼굴이."

케이티는 얼른 달려가 아이들을 끌어안았다. "괜찮아, 괜찮아."

"스티브 아저씨가 왜 바닥에 누워 있어요?"

그녀는 스티브를 흘끗 돌아보았다. 배낭에 맞고 기절했지만 피는 흘리지 않았다. 어떻게 보면 다행스러운 일일지 몰랐다. 경찰을 죽이는 것은 차원이 다른 문제였다. 하지만 다르게 해석하면 그가 깨어날 수도 있다는 말이었다.

'우리 둘이서 지금 재밌게 놀아볼 수 있을 텐데.'

"설명은 나중에 할게. 지금은 신발 신고 외투 입어. 나가야 해. 지금 당장."

"이사벨라를 보러 와줬으면 해요."

그렇게 그의 진짜 형벌이 시작됐다.

재판에서는 게이브의 나이와 그간의 모범적인 행적이 중요한 역할을 했다. 목격자들은 아이가 차 바로 앞으로 그냥 걸어 나왔다고 증언했다. 그가 차를 제때 멈출 방법이 없었다고 했다. 다른 친구들은 도망쳤지만 게이브는 남아서 구급차가 올 때까지 아이의 손을 잡고 말을 걸었다. 충격과 혼란의 와중이라 사람들은 그가 운전자인 줄 몰랐다. 하지만 변호사가 말하길 그가 과속 운전을 했을 가능성이 크고 알코올 농도가 법정 허용 수치를 넘었기 때문에 아이가 간신히 목숨을 부지했다 하더라도 구류 판결을 면하지 못했을 텐데······.

그 편지가 그를 살렸다고 했다.

아이—그는 이제 아이 이름이 이사벨라라는 것을 알았다—어머니인 샬럿 해리스가 판사에게 편지를 보냈다. 편지 내용은 알 길이 없었지만 샬럿이 영향력 있는 인물이라는 사실은 나중에 들어서 알고 있었다. 그런 그녀가 선처를 부탁했다.

그러고는 그에게 만나자고 했다.

그들은 거대한 거실에서 만났다. 발코니가 딸린 창문과 넓은 유리문 너머로 백악 절벽이 내다보였다. 두툼한 초록색 카펫처럼 파릇파릇한 잔디밭이 반짝이는 수영장까지 이어졌다. 크리스털과 도자기, 대리석과 유리가 그들 주변에서 빛났다.

아름다웠다. 하지만…… 덜렁대고 혈기 왕성하며 어지르기 좋아하는 10대 여자아이가 이 집에서 살았다니 그림이 잘 그려지지 않았다. 거대한 공간은 텅 빈 것처럼 느껴졌다. 이 집이 한 번이라도 활기찬 분위기를 풍긴 적이 있는지 궁금해졌다.

샬럿 해리스는 탄산수를 반짝이는 유리잔에 따랐다. 집처럼 그녀도 우아하고 차분했다. 옅은 금발에 티끌 하나 없는 크림색 원피스를 입고 반짝이는 진주 목걸이를 했다.

"문병은 매주 월요일 2시 정각에 이루어질 거예요. 정확히 한 시간 동안. 당신이 어디에 있든, 무슨 일을 하든."

"어, 어째서 월요일을?"

샬럿은 냉랭한 눈빛으로 게이브를 바라보았다. "이사벨라가 월요일 오후 2시에 태어났거든요." 그녀는 이 말의 무게를 게이브가 느낄 때까지 기다렸다가 하던 얘기를 계속했다. "요일이나 시간은 바꿀 수 없어요. 이사벨라가 나을 때까지 꼬박꼬박 문병을 와야 해요."

게이브는 그녀를 빤히 쳐다보았다. 이사벨라는 계속 식물인간 상태였다. 낫기는커녕 언제쯤 의식을 회복할지, 의식을 회복할 수는 있을지 아무도 장담하지 못했다.

"하지만 만약—"그는 침을 삼켰다. "—낫지 않으면요?"

샬럿은 미소를 지었다. 게이브는 그녀의 모든 숨구멍을 통해 뿜어져 나오는 증오를 느낄 수 있었다.

"그럼 당신이 죽는 그날까지 꼬박꼬박 문병을 와야겠죠. 알아들었어요?"

그는 알아들었다.

매주 월요일마다 게이브는 기계들이 주변에서 윙윙거리고 삑삑거리는 가운데 이사벨라의 침대 옆에 앉았다. 그녀에게 말을 걸고 책을 읽어주고 가끔은 부드럽고 서늘한 손을 잡고 있었다.

이사벨라는 잠을 잤다. 하얀 방에 누워 있는 창백한 소녀였다.

그는 인근 기술전문대학에서 공부하는 동안에도 이사벨라를 보러 갔다. 그 학교를 선택한 이유도 병원에서 도보로 이동할 수 있는 거리이기 때문이었다.

학교를 졸업한 뒤에도 낮 시간을 자유롭게 쓸 수 있도록 저녁에 술집에서 일하고 현지 광고 회사에서 프리랜서로 근무하며 그녀를 보러 왔다. 광고 회사에서 정규 카피라이터 자리를 제안했을 때는 안 그래도 쥐꼬리만 한 월급을 삭감하는 조건으로 매주 월요일 오후마다 근무를 하지 않기로 합의했다. 병원에 입원해 오늘내일하는 어머니를 보러 가야 한다고 둘러댔지만 그 무렵 어머니는 이미 저

세상 사람이었다.

이사벨라의 어머니가 딸을 병원에서 퇴원시켜 외딴 절벽 위의 집에 특별히 마련한 별채로 옮겼을 때도 버스를 한 번 갈아타고 버스 정거장에서 1.5킬로미터를 걸어가며 그녀를 보러 갔다.

멀리 떨어진 노팅엄 소재의 유명 회사에 스카우트되었을 때도 서식스까지 왕복 네 시간 거리를 다녀올 수 있도록 일주일에 이틀은 재택근무를 하겠다고 우겼다.

제니를 만난 뒤에도 이사벨라를 보러 갔다. 제니에게 얘기하고 싶은 마음이, 사랑하는 여자와 모든 것을 공유하고 싶은 마음이 하늘을 찔렀지만 차마 그럴 수가 없었다. 그녀의 실망하는 눈빛을 차마 감당할 수가 없었다.

아내와 딸과 여행을 갈 때도 점점 더 교묘한 핑계를 대가며 일주일을 꼬박 다녀오는 일은 없도록 했다. 일찍 돌아오는 비행기 표를 예약했고, 일부러 열차를 놓쳤고, 식중독에 걸린 척했고, 심지어 친구 장례식장에 다녀와야 한다는 거짓말까지 동원했다. 전부 약속을 지키기 위해서였다.

제니가 진통을 하는 동안에도 이사벨라를 보러 갔다.

이지가 학교에서 처음으로 크리스마스 연극을 했을 때도, 이지의 세 번째 생일날에도 이사벨라를 보러 갔다.

아내가 도살당하고 딸이 납치되는 순간에도 이사벨라를 보러 갔다. 이 소름 끼치는 아이러니는 나중에서야 그의 머릿속으로 스며들었다.

그 이후에도 집 앞을 에워싼 기자와 사진기자들을 헤쳐가며 이사벨라를 보러 갔다. 그들은 혐의를 제기하고, 그가 예전에 저지른 범죄와 유죄판결을 기사화했다.

'혼수상태에 빠진 소녀를 방치한 살인 용의자'

'죽어가도록 내버려뒀던 소녀를 찾아가는 살인 용의자'

'최초의 피해자'

게이브는 알아들었다. 두말하면 잔소리였다.

샬럿의 조치로 그는 철창 안에 갇힌 것보다 더 죄수처럼 지냈다. 그는 이사벨라에게 죽을 때까지 구속되는 종신형을 선고받았다.

"그래서 이 모든 게 말이 안 되는 거야. 샬럿은 내가 대가를 치르길 바랐어. 하지만 이런 식은 아니었다고."

그는 사마리아인을 돌아보았다. 그들은 바로 옆에 차를 세워놓고 고속도로 다리에 서 있었다. 간밤에 그 경찰은 캠핑카를 다시 찾아오지 않았다. 사마리아인은 그 얘기를 전하면서 조금 실망한 기미를 보이는 듯했다.

"너 때문에 자기 딸 인생이 망가졌잖아." 사마리아인이 말했다. "그러니까 네 인생도 망가뜨리고 싶어 할 이유가 충분히 있다고 보는데."

바람이 차가운 보슬비를 그들의 얼굴 쪽으로 불어서 날렸다. 게이브는 턱까지 옷깃을 세웠다. 사마리아인은 날씨도 잊은 듯 평소처럼 까만 재킷에 티셔츠를 입고 난간 위로 몸을 기댔다. 저 아래로 보이는 고속도로에는 쌩하니 달리는 차량 행렬이 이른 아침부터 이어졌다. 강물처럼 절대 끊길 줄 몰랐다. 차량은 항상 점점 많아졌다. 길을 떠나는 사람들의 숫자도 항상 점점 많아졌다.

"이 사건의 배후가 샬럿은 아니야." 게이브는 딱 잘라 말했다. "그녀는 디 아더 피플과 접촉하지 않았어."

"무슨 수로 그렇게 장담해?"

"무엇보다도 샬럿은 기계를 싫어하거든. 미리엄이 예전에 그러는데 휴대전화도 없다고 했어. 다크 웹은커녕 구글이 뭔지도 몰랐을 거야."

"다른 사람의 도움을 받았을 수도 있지 않을까?"

게이브는 고개를 저었다. "아니. 샬럿은 은둔자나 다름없었어. 가족도 없고. 친구도 없는."

"사람들에게 얼마나 뜻밖의 면모가 있는지 아나?" 사마리아인은 말했다. "대개는 좋지 않은 방향으로. 게다가 듣자 하니 샬럿 해리스는 아주 골 때리는 작자 같은데."

"응, 그랬지."

샬럿 해리스는 반질반질하지만 독을 잔뜩 품고 있는 소라고등과 같았다. 그녀가 아내와 딸을 잃고 괴로워하는 게이브를 보았다면 희희낙락했을 것이다.

하지만 그럴 기회가 없었다.

사마리아인이 그를 흘끗 쳐다보았다. "그랬다고?"

게이브는 엷은 미소를 지었다. "샬럿 해리스는 죽었어. 이지가 태어나기 1년 전에."

44

그들은 고속도로 카페 한쪽 구석의 끈적끈적한 테이블에 앉았다. 이 안에서는 퀴퀴한 음식 냄새가 났고 형광등 불빛 때문에 모두가 좀비처럼 창백해 보였다. 젊은 아가씨가 카운터를 지키고 있었다. 케이티는 자신과 똑같이 생긴 여자가 나와서 잔을 치우는 건 아닐까 하는 생각이 들었다.

뉴턴 그린 남쪽으로 분기점이 몇 개 있었다. 케이티가 일하는 곳으로 갈 수는 없었다. 다른 건 둘째치더라도 스티브가 거길 알았다. 그가 쫓아올 수도 있었다. 예전 같으면 피해망상 환자가 했음직한 생각으로 느껴질 수도 있었다. 하지만 이제는 아니었다.

카페는 3분의 1 정도 찬 상태였다. 각양각색의 여행객들이 다른 테이블에 앉아 있었다. 베이컨 샌드위치를 욱여넣으며 휴대전화를 열심히 들여다보고 있는 두어 명의 젊은 인부. 여럿이서 차를 마시며 수다를 떨고 있는 연금 생활자. 아기 의자에 어린애를 앉혀놓은 젊은 여자.

번화가의 카페보다 더 규칙적으로 손님들이 드나들었다. 낯선 사람들의 행렬이 꾸준히 이어졌다. 케이티의 노림수가 그것이었다. 안전하고 익명을 보장받을 수 있고 사람이 많은 곳. 그래서 천천히 생각할 수 있는 곳. 상황을 재점검할 수 있는 곳.

그녀는 상점에서 색칠공부 책과 색연필, 그리고 진통제와 퉁퉁 부은 코에 붙일 일회용 밴드를 샀다. 그런 다음 밀크셰이크와 초콜릿 케이크를 들고 와서 아이들을 한쪽 구석의 조용한 테이블에 앉혔다.

일단 아이들은 이 상황을 받아들이는 눈치였다. 아이들이 원래 그랬다. 적응하고 현재에 충실했다. 물론 그렇다 하더라도 궁금해하는 것들은 있었고 케이티는 최선을 다해 잘 받아넘겼다.

'우리 왜 도망쳤어요? 스티브 아저씨는 어떻게 된 거예요? 그 아저씨 경찰 아니었어요? 우리 감옥 가요?'

그녀는 스티브가 경찰 옷을 입고 있었을지 몰라도 나쁜 사람이라고 말했다. 착한 경찰이 문제를 해결할 때까지 그들은 피해 있어야 했다.

"터미네이터처럼요?" 샘이 물었다. "터미네이터는 경찰인 척했지만 아니었잖아요. 존 코너의 엄마인 척하고는 그 아빠 눈을 꼬챙이로 찔렀고요."

"그거랑 비슷하다고 보면 돼." 케이티는 말하고 동생 앞에서 꼬챙이로 눈 찌르는 얘기는 하지 말라고 주의를 주었다(그러는 한편 어느 친구 집에서 「터미네이터 2」를 보았는지 궁금해했다).

아이들이 케이크를 먹고 밀크셰이크를 마시는 동안 그녀는 샘과 그레이시가 몸이 안 좋아서 결석한다고 학교에 문자를 보냈다. 그런 다음 루에게 문자메시지를 보냈다.

'별일 없어?'

'아니. 어제저녁에 스티브가 헤어지자고 했어.'

'잘됐네.'

'고마워.'

'스티브 위험한 인간이야. 오늘 아침에 우리 집으로 찾아와서 나를 공격했어.'

'농담이지?'

'아니.'

'헐!'

'집이야?'

'루시네 집.'

루시는 루의 가장 오래된 친구였다. 지각 있고 엄마답고 루와는 정반대였다. 케이티는 안도감이 파도처럼 그녀를 쓸고 지나가는 것을 느낄 수 있었다.

'오늘 밤에 거기서 잘 수 있어?'

'아마도.'

'스티브는 루시네 집이 어딘지 모르지?'

'응.'

'그가 전화해도 받지 마. 어디 있는지도 얘기하지 말고.'

'뭐야, 무섭잖아.'

'다행이네. 약속하는 거다?'

'알았어.'

케이티로서는 루가 약속을 지키길 바라는 수밖에 없었다. 그녀는 커피를 한 모금 마셨다. 앨리스는 그레이시를 도와서 디즈니 공주 삼총사를 색칠하고 있었다. 샘은 손으로 초콜릿 케이크를 뜯어 먹으며 슈퍼히어로를 그리는데, 입 안으로 제대로 들어가는 부스러기가 거의 없었다.

아이들에게 설명한 것과는 달리 '착한' 경찰을 불러도 될지 자신이 없었다. 그녀의 말을 믿어주지 않으면 어쩔 것인가. 또 다른 어떤 조직에 몸담고 있을지 몰라도 스티브는 경찰과 한편이었다. 증언이 엇갈리면 그의 말을 믿을 것이다.

집에 갈 수는 없었다. 어머니에게 연락할 수도 없었다. 이제 와 문득 생각해보니 그녀는 달리 기댈 사람이 없었다. 친구도 없고 그냥 알고 지내는 사람도 없었다. 항상 일하고 아이들 건사하고 하루하루 버티느라 바빠서 누굴 만날 시간이 없었다.

게다가 비상사태는 그녀와 체질적으로 맞지 않았다. 그녀는 반복적인 일상의 노예였다. 공포 상황 대처법을 몰랐다. 프랜은 알았다. 프랜은 예전부터 반항아였다. 문제를 일으키는 쪽이었다. 고집이 세고 충동적이었다. 세 자매 중에서 엄마와 가장 심하게 부딪쳤던 이유도 둘이 서로 워낙 닮았기 때문이었을지 모른다. 둘 다 항상 자기 생각이 맞는다고 확신했다. 걸핏하면 화를 내면서 남을 용서하는 데에는 더뎠다. 케이티는 격렬한 말다툼, 쾅 하고 문이 닫히는 소리와 악을 쓰는 소리, 가장 아끼는 딸과 아내 사이에서 중재자 역할을 하느라 진땀을 흘렸던 아빠를 아직도 생생하게 기억하고 있었다.

그런가 하면 엄마가 술을 너무 많이 마셨을 때 프랜이 케이티를 감쌌던 것도 기억했다. 케이티가 학교에서 집으로 오는 길에 선배 남학생 몇 명이 괴롭히려고 그녀 주변으로 모이자 프랜이 하키 스틱을 들고 덤벼들어 케이티가 그만하라고 사정할 때까지 그들을 두들겨 팼던 것도 기억했다.

'언니, 지금 어디 있어? 언니라면 이 골치 아픈 상황에서 어떻게 했을까?'

"엄마?"

그녀는 시선을 들었다. 샘이 의자에서 꼼지락거렸다. "화장실 다녀와야겠어요."

"그래." 케이티는 앨리스와 그레이시를 흘끗 쳐다보았다. "혼자 갔다 올 수 있겠어?"

샘은 눈을 부라렸다. "당연하죠. 열 살인데."

"그럼 얼른 다녀와. 모르는 사람하고—"

"얘기하고 말라고요? 알아요." 그는 테이블에서 빠져나왔다.

케이티는 곧바로 불안해졌다. 통로만 지나면 바로 화장실이었다. 하지만 누가 저 아이를 납치해가면 어쩐다? 갑자기 주변의 모든 것과 모든 사람이 의심스럽고 위험하게 느껴졌다. 디 아더 피플. 그녀는 생각했다. 그들은 어디든 있었다. 그리고 그중에서 누가 위험인물인지는 절대 알 수 없었다.

케이티를 경계하듯 쳐다보는 앨리스의 눈빛이 느껴졌다.

"우리 또 도망치는 거예요?" 앨리스가 물었다.

"뭐? 아니야. 이제 어쩌면 좋을지 고민하는 거야."

"프랜이 늘 그런 식으로 얘기했는데."

"그렇구나. 언니가 또 뭐라고 했니?"

"아주 멀리 떠나면 아무 일 없을 거라고요."

"정말 그랬어?"

"한동안은요." 앨리스는 라푼젤, 재스민, 벨에 계속 정신이 팔려 있는 그레이시를 흘끗 살펴보았다. 언성을 낮추었다. "그러다 나쁜 사람이 찾아왔어요."

케이티는 긴장이 되는 것을 느낄 수 있었다. "언제?"

"오래전에요. 프랜은 내가 자는 줄 알았지만 깨어 있었어요. 그 사람이 밤에 집으로 찾아왔어요. 둘이서 싸웠고 프랜이 그 사람을 해치웠어요."

"그게 무슨 소리야?"

앨리스 속삭이는 수준으로 언성을 낮추었다. "살금살금 1층으로 내려가 보니까 프랜이 차 트렁크에 그 남자를 싣고 있더라고요. 차고에 넣어두었던 고물차 트렁크에."

케이티는 침을 꿀걱 삼켰다. "그리고 나서 어떻게 됐어?"

"저는 다시 침대로 들어가서 자는 척했어요. 프랜이 와서 떠나야 한다고 했어요. 그 차를 타고 아주 멀리 있는 호텔로 갔어요. 프랜이 잠깐 나갔다 왔어요. 다음 날에 보니까 차가 없더라고요."

케이티는 남학생들과 하키 스틱을 떠올렸다. 언니가 사랑하는 상대를 어느 정도로 보호하는지 떠올렸다.

하지만 자신은 언니가 아니었다. *그렇다면 케이티는 어떻게 해야 할까?*

그때 문득 정답이 떠올랐다. 사실상 다른 방법이 없었다.

"더는 도망치지 않겠어." 그녀는 손을 내밀어 앨리스의 손을 잡았다. "우리, 이 상황을 정리하자."

그녀는 휴대전화를 집었다.

45

그는 한동안 이 길을 달린 적이 없었다. 그 많은 거리를 이동하고 고속도로를 수없이 왔다 갔다 했지만 이 길만큼은 차마 다닐 수가 없었다.

집으로 가는 길.

노팅엄셔 우드브리지.

그와 제니는 실물을 확인하지 않고 경매를 통해 얼기설기한 빅토리아 시대 목사관을 낙찰받았다. 드디어 열쇠를 넘겨받고 보니 터무니없이 많은 돈을 주고 나무좀과 쥐똥으로 뒤덮인 폐가를 장만한 것도 모자라 그들이 책정한 쥐꼬리만 한 예산으로는 지붕 교체 비용조차 감당할 수 없겠다는 사실을 알 수 있었다.

제니는 그녀의 부모에게 도움을 받고 싶어 했다. 게이브는 안 된다고 했다. 해리와 에벌린의 재산이 그들 사이에서 빚어지는 갈등의 원흉이었다. 해리가 비용을 부담해 성대한 결혼식을 치렀을 때도 게이브는 살짝 마음이 불편했다. 그래도 제니가 외동딸이고 그게 전통이려니 했다. 하지만 습관적으로 그들에게 금전적인 도움을 받는 건 싫었다. 제니에게는 아주 쉬운 일이었다. 그녀는 뭐든 받는 데 익숙했다. 게이브는 적선을 받고 싶지 않았다. 그는 어느 누구에게도 빚을 지지 않으려고 열심히 일해왔다.

이때 그들은 처음으로 심각하게 싸움을 벌였고 몇 주 지나는 동안 상처가 점점 곪았다. 결국에는 그가 험악한 분위기를 해소하기 위해 한 발 양보했지만 마지막 한 푼까지 갚아야 한다는 조건을 걸었다.

이 집을 그냥 살 만한 곳이 아니라 근사한 주택으로 둔갑시키기까지 몇 년이 걸렸다. 애정의 결실이었고 게이브는 그들이 거둔 성과에 엄청난 자부심을 느꼈다. 둘이서 회반죽과 페인트를 뒤집어쓰고 보낸 시간. 밖에는 눈이 내리는데 창문에 임시방편으로 비닐을 붙여놓고 진짜 장작불 앞에 서로 끌어안고 앉아 있었던 순간. 게이브와 제니가 만든 집.

적어도 그에게는 꿈에 그리던 집이었다. 빨간 벽돌, 반질반질하게 벽을 덮은 담쟁이덩굴, 내리닫이 창, 자갈이 깔린 기다란 진입로와 그걸 삼면으로 에워싼 마당. 아이가 생기자 인생이 완전해진 것 같았다.

뒷마당에는 이지를 위해 트램펄린과 그네를 설치했다. 여름이면 큼지막한 수영장에 물을 채웠고 미끄럼틀은 워터 슬라이드로 변신했다.

그들 가족을 위한 집. 게이브는 그 집에서 같이 나이를 먹고, 이지가 자라는 것을 지켜보고, 가능하면 손자까지 맞이하고 싶었다.

그리고 그들은 그 집에서 행복했었다. 대개는. 그는 그렇게 믿으려고 죽도록 애를 썼다. 그 집이 제니와 그의 극명한 차이—그들의 배경과 필요와 미래의 소망—를 드러내는 상징물이 되어버린 듯한 암울한 느낌은 떨쳐버리려고 죽도록 애를 썼다.

게이브에게 그 집은 성취의 정점이었다. 반면에 제니에게 그 집은 원래 살던 곳과 비슷한 집이었고 앞으로도 당연히 그런 집에서 살겠거니 했다.

제니는 다정한 여자였고 훌륭한 엄마였고 그를 참고 견디는 성인이었지만, 그는 아무리 애를 써도 제니에게 걸맞은 사람이 될 수 없을 거라는 자괴감에 시달렸다. 그는 언제까지고 개천에서 난 용일 수밖에 없었다. 언젠가는 그 운이 다할 것이었다.

그의 짐작은 맞아떨어졌다.

그가 가족을 위해 세운 집은 지푸라기로 만든 집이나 다름없었다. 처음부터 커다랗고 못된 늑대가 그림자 속에 숨어서 그 집을 불어서 날릴 순간만을 기다리고 있었다.

집은 별로 달라진 게 없었다. 진입로에는 시멘트가 깔렸고 레인지 로버 두 대가 앞에 주차되어 있었다. 이지가 뛰어 놀았던 마당에는 덱과 온수 욕조가 추가됐고 나무와 꽃을 심었다.

이 집은 아이가 없는 40대 전문직 부부에게 팔렸다. 게이브로서는 둘이서 지내는데 마당이 있는 방 다섯 개짜리 집이 필요한지 이유를 알 길이 없었다. 하지만 아이가 있는 사람들은 거기서 어떤 일이 벌어졌는지 알고 나면 사겠다고 나섰다가도 발을 뺐다. 이 집에 얽힌 섬뜩한 과거가 그들에게 영향이라도 미칠 듯이. 비극이 전염이라도 되는 듯이.

그는 예전 집을 올려다보았다. 그날 저녁에 경찰이 출동했을 때는 전동식 대문과 뒤 베란다 문이 모두 열려 있었다. 제니는 항상 대문을 닫아놓았다. 그들은 둘 다 보안에 신경을 썼다. 제니는 지킬 재산이 많은 부모 밑에서 자랐기 때문이었다. 게이브는 사람들이 할머니의 틀니에 묻은 접착제까지 훔쳐가는 동네에서 자라 얼마 되지 않는 것이라도 지키는 것이 습관이 되어 있었기 때문이었다.

이제 와 생각해보니 그 문을 열게 만든 사람이 있지 않았을까 싶었다. 그게 그 여자의 역할이었을까? 제니의 경계를 해제하고 진범이 들어올 수 있게 문을 열어두었을까? 하지만 뭔가가 어그러졌다. 제니가 죽고 그 여자의 딸도 죽고 그녀는 이지를 데리고 달아났다.

경찰에서는 이지가 다녔던 학교의 모든 직원과 다른 엄마들과 회사 동료들을 만났다. 그녀와 알고 지낸 모든 사람을 만났다. 아니, 그녀와 알고 지냈던 것으로 추정되는 모든 사람을 만났다.

'부인께서 범인을 집 안으로 들였을 수도 있을까요?'

'부인께서 누굴 만나기로 되어 있었나요?'

'부인의 친구들 이름을 아십니까?'

당연히 그는 몰랐다. 그는 그때까지 아내가 얼마나 낯선 사람이 되어버렸는지 알아차리지 못했다. 그는 제니의 친구도 하루 일과도 몰랐다. 그들은 한 집에서 한 침대를 썼지만 언젠가부터 더 이상

삶을 공유하지 않았다. 그게 언제부터였을까? '이혼'이라는 단어가 한 번도 도마 위에 오르지 않았던 이유가 그 때문이었을지 몰랐다. 그럴 필요가 없었다. 그들은 이미 뒷걸음질 치고 있었다. 양쪽 모두 상대가 사라져가는 것을 알아차리지 못할 정도로 천천히 서로에게서 멀어지며 살며시 결혼 생활의 종지부를 찍고 있었다.

주머니 안에서 휴대전화 벨이 울렸다. 그는 전화기를 꺼냈다.

"여보세요."

"개브리얼, 매덕 경위예요."

"네." 그는 기다렸다.

"그냥 알아두라고요. 장인어른이 경찰서로 출두해서 지금 신문을 받고 있어요." 잠깐 정적이 흘렀다. "그리고 또 하나. 당신 집에서 발견된 아이의 시신에서 채취한 혈액과 법의학 샘플을 다시 확인했어요."

혈액과 법의학 샘플. 너무나 차갑고 임상적인 단어였다. 그는 침을 꿀꺽 삼켰다. '이지가 아니잖아.' 그는 속으로 중얼거렸다. 이제는 심지어 멀쩡한 시신도 아니었다. 하지만 누군가의 딸이었다. 누군가의 어린 딸이었다. 그리고 그 아이도 이지처럼 「페파 피그」를 보며 깔깔대고, 산타클로스에게 편지를 쓰고, 나쁜 꿈을 꾸지 않도록 좋아하는 인형을 끌어안고 잤을지 모른다. 그는 그 아이가 이제는 단잠을 자고 있길 바랐다. 그 자신이 신이나 종교에 심취한 적은 없었지만 그 아이가 이제는 안전하고 따뜻한 곳에 있길 바랐다.

"개브리얼?"

"듣고 있어요." 그는 목젖을 누르는 뜨거운 덩어리를 삼키며 쉰 목소리로 대답했다.

"따님이 아닌 걸로 밝혀졌어요, 개브리얼."

"그렇군요."

기분이 좋아야 하는 거였다. 그의 주장이 옳았던 것으로 밝혀진 느낌이어야 하는 거였다. 그런데 아니었다. 이지는 여전히 오리무중이고 이 다른 아이는 죽은 이후에 또다시 버림받고 유기되었다.

"그리고 소식이 하나 더 있어요." 매덕 경위는 하던 얘기를 계속했다. "거기서 발견된 여자가—"

"신원이 밝혀졌나요?"

한참 동안 정적이 흘렀다. "내가 연락한 이유가 그 때문이에요." 다시 정적이 전화선을 타고 메아리쳤다. "병원 측하고 통화했거든요. 의식을 회복하지 못했어요. 15분 전에 죽은 것 같아요."

그는 이 정보가 흡수되길 기다렸다.

"트렁크에 있던 남자는요?"

"법의학팀에서 계속 작업 중인데 아직 소득이 없어요."

"그러니까 이지가 어떻게 됐는지 알 방법이 없는 거네요."

"한 가지 단서가 있을지 몰라요. 마이클 월슨이라는 이름 혹시 들어봤어요?"

"아뇨. 왜요?"

"9년 전에 강도 미수 사건으로 죽은 사람이에요. 아이의 시신에서 채취한 샘플과 맞아떨어지는 가족이 있는지 데이터베이스를 찾아보니 그의 이름이 떴어요."

"그 아이의 아버지인가요?"

"할아버지일 가능성이 더 커요. 그리고 우리 기록에 따르면 마이클 윌슨에게 딸이 세 명 있었어요."

그는 그 말의 의미를 파악하려고 열심히 머리를 굴렸다.

"그의 DNA를 신원 미상의 그 여자와 비교하는 중이에요." 매덕 경위가 하던 얘기를 계속했다. "맞아떨어질 거라고 봐요."

그 아이의 엄마, 그 아이의 할아버지. 둘 다 저세상 사람이었다. 하지만······.

"딸이 *세* 명 있었다면서요. 나머지는요?"

"나를 믿어줘요, 개브리얼. 모든 단서를 추적하고 있어요."

"속도가 너무 느리잖아요."

"만약 이지가 살아 있다면—"

"만약? 이지는 살아 있어요. 그 아이를 찾아야 해요!"

"지금 최선을 다하고 있어요."

"그렇죠— 모든 단서를 추적하면서. 그와 동시에 수업을 병행하고 있나요?"

"개브리얼—"

"진부한 이야기와 입에 발린 소리는 필요 없어요. 인력을 동원해서 그 아이를 찾아다니는 거라면 모를까."

"우리가 무제한으로 인력을 동원할 수 있는 게 아니잖아요."

"경위님은 그 아이가 죽었다고 생각하죠?"

"아뇨. 내가 그렇게 얘기하던가요."

"굳이 얘기할 필요도 없었겠죠."

"우리는 최선을 다하고 있어요. 내가 최선을 다하고 있어요. 수사에 도움이 될 만한 정보 혹시 아는 거 없어요?"

그는 머뭇거렸다.

'당신이 죽는 그날까지 꼬박꼬박 문병을 와야겠죠. 알아들었어요?'

"아뇨. 없어요."

"그렇군요. 그럼 우리한테 맡겨주세요."

게이브는 통화를 마치고 전화기를 창밖으로 내던지고 싶었지만 꾹 참았다. 거의 찾을 뻔했는데. 길이 끊겼다. 또다시. 거의 다 왔었는데, 그는 생각했다. 모든 해답을 찾기 직전이었는데. 하지만 아직도 갈 길이 멀었다. 그는 전체 스토리의 단편적인 부분들만 알고 있었다. 편린들만 알고 있었다. 진실을 아는 사람은 딱 한 명뿐이었고 그 한 명은 아무에게도 진실을 밝히지 않았다. 해리가 말한 대로 그 여자가 이지를 데려갔다면, 그때부터 지금까지 그 아이를 돌보고 있었다면 지금은 누가 그 역할을 대신하고 있을까? 누가 그의 딸을 데리고 있을까?

그는 진실을 모르는 채로 몇 년이나 더 버틸 수 있을까? 아니, 진실이 밝혀졌을 때 감당할 수 있을까? 아이를 찾았다는, 이지의 시신을 찾았다는 그 필연적인 경찰의 전화를 감당할 수 있을까?

그는 전화기에 저장된 이지의 사진을 띄웠다. '저를 보신 적 있나요?' 물론이지, 우리 딸, 그는 생각했다. 너를 수시로 보고 있지. 꿈을 꿀 때마다. 악몽을 꿀 때마다. 하지만 아빠가 보지 못한 게 너무 많아. 첫 영구치가 나오는 거. 네 머리칼이 짙어지고 굵어지는 거. 수영을 배우는 거 아니면 이제 더는 '노란색'을 '노안색'이라고 하지 않는 거. 너는 내 기억에서 점점 멀어지고 희미해져가고 있어.

기억의 강도는 그걸 붙잡고 있는 사람에 의해 결정되거든. 그런데 내가 지쳐버렸어. 얼마나 더 버틸 수 있을지 모르겠다.

그는 흐르는 눈물을 닦지 않았다. 화면 위로 떨어진 눈물에 사진이 가려져 이지를 거의 볼 수가 없었다. *가네, 가네, 떠나가네.*

바로 그때 그의 휴대전화에서 문자메시지 알림이 들렸다.

◊

그녀는 잠을 잔다. 하얀 방에 누워 있는 창백한 소녀다. 주변에서 기계들이 삑삑거리고 윙윙거리고 알람이 빨간색으로 깜빡인다. 창문이 요란한 소리와 함께 열리고 소라고둥이 바닥에 떨어져 날카로운 조각으로 산산이 부서진다. 피아노 건반이 내는 불협화음이 공기 중에 울려 퍼진다.

미리엄은 호출기 알람이 울리기도 전에 이 소리에 먼저 화들짝 놀란다. 그녀는 방 안으로 달려 들어가 상황을 파악한다. 심장이 쿵쾅거리고 부엌에서부터 계단을 달려온 두 다리가 후들거린다. 그녀는 난장판과 소라고둥과 열린 창문을 두리번거린다. 이게 도대체 무슨 일일까?

잠시 후에 늘 그렇듯 그녀는 정신을 차린다. 소녀의 곁으로 다가가 맥박과 심박수와 수액을 체크한다. 기계를 재설정하고 버튼을 누르고 조정한다. 기계들이 다시 일정하게 윙윙거리기 시작한다.

미리엄은 조그맣게 안도의 한숨을 내쉰다. 이런 일을 맡기에는 너무 나이가 많다는 생각이 든다. 이제 그녀도 은퇴를 해야 할 시점이다. 하지만 그럴 수가 없다. 이 집에서 맡은 책임이 있다. 하지만 가끔은 너무 피곤하다. 이 모든 일을 감당하기가 너무 버겁다.

미리엄은 주머니에 넣은 매끈한 종이를 다시 한번 만져본다. 그가 맨 처음 딸을 찾기 시작했을 때 준 전단지다. 그 역시 잃은 것이 얼마나 많은지 상기하기 위해 버리지 않고 보관했다. 그녀는 가끔 그 전단지를 바라보며 진짜 그럴까 생각했다. 그녀가 이사벨라를 쳐다보며 그 안 어딘가에 소녀가 살아 있는지 궁금해하는 것처럼 그의 딸도 어딘가에 살아 있을까. 돌아오지 못하는 두 명의 여자아이. 하지만 찾는 사람이 있는 한 절대 희망이 없는 건 아니다. 아직 발견하지 못했을 뿐이다.

미리엄은 소녀의 얼굴을 덮은 머리카락을 쓸어 넘긴다. 축축하다. 땀인가? 하지만 이사벨라는 땀을 흘리지 않는다. 그리고 무슨 냄새도 난다. 바닷물 냄새 같다. 이사벨라의 머리칼에서 바닷물 냄새가 난다. 창문이 열려 있어서 그런가 보다.

미리엄은 창문을 닫으러 간다. 바깥 하늘은 부루퉁하니 잔뜩 성이 난 것처럼 보인다. 수평선 위에서 폭풍이 만들어지고 있다. 미리엄은 몸서리를 친다. 그녀는 말도 안 되는 상상을 즐기는 성격이 아니지만 낌새가 이상하면 당장 알아차린다. 그런 기운을 감지할 수 있다.

그녀는 고개를 돌린다. 문 뒤편 어두컴컴한 곳에서 움직이는 뭔가가 그녀의 눈에 들어온다. 어떤 사람이 등장한다. 미리엄은 펄쩍 뛴다. 앙상한 갈비뼈 안에서 심장이 펄떡거린다.

"누구세요?" 그녀는 더듬더듬 묻는다. "원하는 게 뭐예요?"

그는 미소를 짓는다. 새하얀 이가 번뜩인다.

"나는 이름이 많아."

그가 총을 든다. 미리엄은 십자가 목걸이를 움켜쥔다.

"하지만 어떤 사람들은 나를 샌드맨이라고 부르지."

46

차가 막혔다. 하필이면 이런 때. 게이브는 울부짖고 비명을 지르고 주먹으로 앞 유리창을 치고 싶은 심정이 아니었다면, 이 얄궂은 상황에 폭소를 터뜨렸을 것이다.

앞에서 차량 행렬이 가다 서다를 반복했다. 그는 속도계가 슬금슬금 50킬로미터까지 올라가는 것을 보고 잠깐 4단 기어를 넣고 달리다가 다시 브레이크를 밟았다.

그는 운전대를 두드렸다. 이번에도 운명의 여신이 그를 농락하는 듯했다. 아이에게 닿지 못하도록 막는 듯했다. 데자뷰. 그는 항상 늦었다. 항상 눈앞에서 아이를 놓쳤다.

'당신 딸을 찾았어요. 카페에서 만나요. 12번 분기점요.'

물론 이 문자메시지가 잔인한 장난일 수 있었다. 못된 사기극일 수 있었다. 하지만 그럴 이유가 없지 않은가.

꿈은 이루어지기 직전일 때 가장 깨지기 쉽다. 아주 조금만 선택을 잘못해도 가루로 부서질 수 있다. 그는 아슬아슬한 외줄을 타고 굶주린 악어들이 입을 벌리고 있는 강을 건너 신기루를 찾아가고 있는 듯한 심정이었다. 연기처럼 사라질 수 있는 것을 위해 전부를 걸고 있었다.

사이렌 소리가 들렸고 구급차가 갓길을 쌩하니 지나갔다. 앞에서 사고가 난 모양이었다. 잠깐 딴 데 정신을 파는 바람에, 차로를 변경하지 못하는 바람에, 브레이크를 눈곱만큼 늦게 밟는 바람에 누군가가 가던 길이 중간에 끊겨버렸다.

이후로 몇 미터 동안 차량들이 계속 꾸물꾸물 기어갔다. 그는 좌절감이 한 눈금 더 증폭되는 것을 느낄 수 있었다. 저 앞으로 표지판이 보였다. 다음 분기점까지 800미터. 지름길은 아니지만 막히는 도로에 서 있는 것보다 빠져나가는 편이 낫지 않을까? 그는 손끝으로 운전대를 두드렸다. 차로를 변경할 수 있을까? 그냥 고속도로를 고수해야 할까?

3년 전에도 맞닥뜨렸던 딜레마였다. 또다시 잘못된 선택을 할 수는 없었다. 차량의 행렬이 앞으로 움직였다. 진출입로가 시시각각 다가오고 있었다. 차량 몇 대가 이미 빠져나갔다. 그는 너무 늦게까지 꾸물대고 있었다.

그는 고민하다가 얼른 깜빡이를 켜고 좌측 차로의 대형 트럭 앞으로 불쑥 끼어들었다. 트럭 운전자는 클랙슨을 울리고 성을 내며 상향등을 번뜩거렸다. 그는 그대로 무시했다. 진출입로가 끝나려하고 있었다. 그는 왼쪽으로 홱하니 운전대를 틀고 캠핑카 바퀴가 흰색 위험선을 타고 넘는 것을 느끼며 질주했다.

이번만큼은 너무 늦지 않기만을 바랄 따름이었다.

47

'왜 안 오는 거야?' 색칠공부 책은 내팽개쳐졌고 케이크 부스러기와 빈 잔이 테이블 위에서 나뒹굴었다. 케이티는 샘과 그레이시가 심심하다고 징징거리지 않게 휴대전화를 쥐여주었지만 두 아이가 점점 엉덩이를 들썩이고 있다는 것을 느낄 수 있었다. 앨리스는 앉아서 열심히 단어 찾기 게임을 하는 듯했지만 케이티가 들여다보니 지난 10분 동안 찾은 단어가 하나도 없었다.

그녀는 손목시계를 다시 확인했다. 문자를 보낸 지 한 시간이 넘었다. 전화기에 표시된 바로는 문자가 제대로 전달됐다. 그는 답장을 보내거나 통화를 시도하지 않았다. 물론 그녀는 전화가 왔더라도 받지 않았을 것이다. 직접 만나서 해야 하는 얘기도 있는 법이었다. 그가 문자를 읽지 않았을까? 잔인한 장난이라고 생각했을 수도 있었다. 그래서 오지 않으려나?

어떻게 해야 할까? 얼마나 더 기다려야 할까?

케이티는 다시 카페 안을 훑어보다가 일순 긴장했다. 형광색 재킷과 경찰 제복을 입은 두 남자가 카운터 쪽으로 걸어가고 있었다. 그녀의 심장이 전보다 빠르게 두근거렸다. 그냥 커피를 마시러 들른 걸까 아니면 업무상 볼일이 있어서 왔을까?

앨리스가 팔을 잡자 그녀는 움찔했다. "나도 알아." 케이티는 속삭였다.

경찰들은 카운터를 지키는 아가씨에게 말을 거는 듯했다. 케이티가 지켜보는 가운데 한 경찰이 고개를 돌리고 카페 안을 훑어보았다. 사람을 찾는 걸까? 그들을 찾는 걸까? 케이티는 다른 커플 뒤편으로 기둥에 일부 가려진 테이블을 골라서 앉았지만 경찰이 아이 셋과 함께 도망친 여자를 찾으러 왔다면 잠옷 바지 위에 후드 점퍼를 입고 부츠를 신은 그들 일당은 눈에 확 들어올 수밖에 없었다.

그녀는 앨리스를 향해 고개를 끄덕이고 속삭였다. "샘, 그레이시, 외투 입어."

"왜요? 어디 가려고요?"

"아무튼 여기서 나갈 거야."

아이들은 외투에 팔을 넣었다. 경찰은 계속 카운터 앞에 있었다. 케이티는 한 손가락을 입술에 댔고 그들은 의자를 뒤로 밀고 자리에서 일어났다.

경찰들이 고개를 돌렸다. 케이티는 그 자리에서 얼어붙었다가…… 큼지막한 테이크아웃용 잔에 담긴 커피를 보았다. 안도감으로 몸에서 힘이 풀렸다. 경찰들은 미소를 짓고 카운터를 지키는 아가씨에게 손을 흔들고 어슬렁어슬렁 카페에서 나갔다.

"됐다." 그녀는 말했다. "괜한 걱정이었어."

그녀는 앨리스 쪽으로 고개를 돌렸다. 하지만 앨리스는 딴 데를 보고 있었다.

그들 쪽으로 천천히 다가오는 어떤 사람을 빤히 쳐다보고 있었다. 키가 크고 비쩍 말랐고 까만 머리는 덥수룩하며 얼굴은 지쳐 보이는 사람이었다. 한쪽으로 살짝 기우뚱하게 걸었고 꿰매기라도 한 것처럼 옆구리를 붙잡고 있었다. 카페 안을 훑던 그의 시선이 자석에 이끌리듯 앨리스에게 꽂혔다.

충격. 경악. 남자는 걸음을 멈추고 한 손을 얼굴 위로 들었다가 다시 내리고 한 발 더 다가왔다.

그는 입을 벌렸지만 아무 말도 하지 못했다. 한 단어를, 한참 동안 쓰지 않은 이름을 찾는 듯한 표정이었다. 케이티는 그가 그 이름을 찾을 수 있길 열심히 응원했다.

하지만 앨리스가 먼저 해냈다.

"아빠?"

48

그 모든 시간. 그 모든 세월. 감히 이 장면을 상상했던 그 모든
순간.

하지만 그는 일순 엄청난 착각인 줄 알았다.

아이의 머리칼이 밤색이었고 그가 기억하는 것보다 길었다. 키
도 훨씬 컸다. 그리고 비쩍 말랐다. 다부졌던 팔다리가 길어지고 흐
느적거렸다. 뺨은 전과 다르게 토실토실하지 않았고 눈빛도 달라졌
다. 지치고 상처받은 눈빛이었다. 헐렁한 후드 점퍼와 잠옷을 입고
어그 부츠를 신은 이 깡마른 아이를 볼이 통통하고 금발이었던 딸
과 동일인으로 볼 수가 없었다.

그런데 그 아이가 말문을 열었다.

"아빠?"

그동안의 세월이 사라졌다. 둑이 무너지듯 사라졌다. 꿰맨 자리

가 쿡쿡 쑤셨지만 그는 앞으로 달려가 딸을 끌어안았다. 아이는 잠깐 긴장했다가 그에게로 파고들었는데, 손만 대면 부러질 것처럼 생긴 몸이 뜻밖에도 무거웠다.

그는 있는 힘껏 아이를 끌어안으면서도 북받치는 감정 때문에 아이를 으스러뜨리지 않도록 조심했다. 3년. 3년 동안 유령을 쫓아다닌 끝에 아이를 되찾았다. 그의 딸이. 그의 품 안에 있었다. 생생하고 견고하게. 살아 있었다.

"이지." 그는 아이의 머리칼에 얼굴을 묻으며 숨을 들이마셨다. "너를 한참 동안 찾아다녔어. 얼마나 보고 싶었는지 몰라."

'저를 보신 적 있나요?' 이제 보았다. 그는 아이가 두 번 다시 사라지지 않도록, 연기처럼 허공으로 날아가지 않도록 다시는 놓지 않을 작정이었다.

"게이브?" 다른 누군가가 부드럽게 그를 불렀다.

그는 내키지 않았지만 이지의 머리 너머로 시선을 들었다. 그 웨이트리스였다. 케이티. 얼굴을 거의 알아볼 수 없을 지경이었다. 눈 주변이 시커멨고 코는 까지고 퉁퉁 부었다. 사고를 당한 사람처럼 보였다. 잠옷 위로 후드 점퍼를 걸친 다른 두 아이가 그녀 옆에 있었다. 허둥지둥 집을 빠져나온 듯한 몰골이었다. 여긴 어쩐 일일까? 그녀가 무슨 수로 이지를 찾았을까?

"궁금한 게 많겠지만―" 다친 코 때문에 굵어진 목소리로 그녀가 말문을 열었다.

"얼굴이 왜 그래요?"

"스티브 아저씨 때문이에요." 어린 여자아이가 종알거렸다. "루

이모 남자 친구인데 나쁜 사람이었어요. 그 아저씨가 엄마를 때렸어요."

"우리가 집으로 돌아갈 수 없는 것도 그 때문이에요." 남자아이가 거들었다. "그 아저씨가 다시 찾아올 수도 있으니까. 그래서 도망치는 중이에요."

게이브는 남자아이를 빤히 쳐다보았다. 뇌가 수직 낙하하는 느낌이었다. 온갖 생각들이 머릿속에 속절없이 데굴데굴 굴렀다. "이게 다 무슨 소린지."

"알아요." 케이티가 말했다. "내가 전부 얘기해줄게요. 나중에. 지금 당장은 아이들을 안전한 곳으로 데려가야 해요. 아무도 우릴 찾을 수 없는 곳으로."

그는 고개를 저었다. "경찰서로 가야죠."

"안 돼요!" 이지가 그에게서 몸을 뗐다.

"이지—"

"나쁜 사람이 올 거예요. 그 사람이 우리를 찾아낼 거예요." 아이는 겁에 질려서 언성을 높였다. "안 돼요!"

"알았다, 알았어." 게이브는 딸을 달랬다. "네가 싫다는 건 아무것도 하지 않을게." 그는 아이를 다시 끌어안았다. "나는 네 아빠잖아. 앞으로는 아빠가 널 보살필게. 나쁜 사람한테서 지켜줄게."

그는 다시 케이티를 흘긋 쳐다보았다.

안전한 곳.

그는 고민했다. 잠시 후에 그의 입에서 이런 말이 나왔다. "내가 아는 데가 한 군데 있어요."

49

게이브는 남쪽으로 차를 몰았다. 이지는 조그만 배낭을 무릎에
얹어놓고 그의 옆자리에 앉았다. 안에 뭐 그리 귀한 보물이 들었는
지 궁금할 정도로 그 배낭을 꼭 붙잡고 있었다. 케이티는 뒤에서 자
기 아이들과 함께 꾸벅꾸벅 졸았다. 캠핑카의 덜컹거림이 피곤한
그들에게는 자장가와 같을 것이었다.

그녀는 이 모든 사태와 어떤 식으로 연결되어 있을까? 휴게소의
웨이트리스가. 그의 딸과 우연히 맞닥뜨렸을 리는 없었다. 그렇다
면 무슨 수로 아이를 찾았을까? 그녀도 어찌어찌 연루되어 있었을
까? 그랬을 것 같지는 않았다. 하지만 그의 단골 카페에서 일을 하
고 있었던 것이 단순히 우연의 일치였을까? 항상 웃는 얼굴로 항상
그의 근처에 있었던 것이? 그녀를 믿어도 될까? 하지만 그녀가 그
의 목숨을 살렸다. 게다가 전혀 모르는 사람이 모는 차에 아이들까

지 태우고 어딘지 모를 곳으로 달려갈 정도로 그를 맹신하는 쪽도 그녀였다.

비밀. 게이브는 생각했다. 엄청난 거짓말이 아니라 사소한 거짓말, 반쪽짜리 진실, 이런 것이 쌓이고 또 쌓여 거대하고 냄새가 코를 찌르는 기만의 기름덩어리로 굳어졌다. 그리고 그게 터지면 정말 골치 아파졌다.

그는 애써 다시 도로에 집중했다. 그들은 몇 킬로미터 전에 고속도로에서 벗어났다. 언덕에서 피어오른 아지랑이들이 잠들기 시작하는, 습하고 어두컴컴한 날이었다. 근교에서 빠져나와 시골길로 접어들자 좀 더 밤처럼 느껴졌다. 번뜩이는 중앙선의 반사표지와 어쩌다 한 번씩 반짝이는 농가의 불빛이 유일한 길잡이였다.

게이브는 길잡이가 필요 없었다. 그는 이 길을 훤히 알았다. 몇 킬로미터만 더 가면 해변 방향으로 달리게 될 것이다.

"어디 가는 거예요?" 이지가 물었다.

"나쁜 사람이 우리를 찾지 못할 만한 곳." 그는 말했다.

이지는 입술을 깨물며 배낭을 더욱 세게 끌어안았다. 그 안에서 뭔가가 덜거덕거리며 부딪치는 소리가 났다. "프랜도 그렇게 얘기했어요. 그럴 거라고 약속했지만…… 틀렸어요."

"프랜이 누구니?"

"저를…… 돌봐준 사람이에요."

'그 여자로군.' 그는 생각했다. '이 아이를 데려간 여자.'

"너한테 잘해줬어?"

"네. 대개는요."

"대개는? 너한테 손을 댄 적도 있어?"

"아뇨…… 하지만 가끔 짜증을 냈고 슬퍼했어요."

"너는 그 여자를 좋아했니?"

"아마도요."

게이브는 치밀어 오르는 씁쓸한 분노를 삼켰다.

"약속을 어기는 건 아빠도 싫어. 하지만 무슨 수를 써서라도 너를 보살피고 행복하게 살 수 있게 할 거야. 알겠니?"

진심으로 하는 얘기인지 그의 안색을 살피는 아이의 시선이 느껴졌다.

"알겠어요."

"그래도 숙제는 해야 하고 최소 서른 살까지 남자 친구는 금지야."

아이의 입술이 살짝 움직였다. 거의, 아주 거의 미소에 가까웠다.

"알겠어요."

그런 다음 이지는 하품을 하고 눈을 감았다.

그는 잠깐 넋을 잃고 이지를 바라보다가 계기판의 거치대에 꽂아둔 휴대전화를 집었다. 화면을 두드려 한참 동안 통화할 필요가 없었던 연락처를 찾았다. 그런 다음 통화 버튼을 눌렀다.

다시 한 시간이 지나자 낯익은 다운스의 시커먼 구릉이 눈앞에 등장했다. 조만간 서식스 시골을 구불구불 관통하는 시골길이 시작될 테고, 낭떠러지 쪽으로 오르막길에 들어서면 숲과 깔때기 같은 나무들이 서서히 사라질 것이다.

아름다운 지역이었다. 부유한 지역이었다. 도시 생활을 할 만큼

했고 돈도 벌 만큼 벌었다는 결론을 내린 런던의 수많은 '피난민'들이 무단 횡단하는 사람이 없도록 널찍한 대지가 딸린 개조 농가를 매입해, 레인지 로버를 몰고 헌터 부츠를 신고 웨이트로즈로 장을 보러 다니며 (래브라도를 데리고 질척질척한 들판을 산책시키는 일은 남에게 돈을 주고 맡겼으니) 시골 생활을 하고 있다는 착각에 젖어 지내는 곳이었다.

그런가 하면 실직률과 범죄율이 높은 가난한 바닷가 마을이 많은 곳이기도 했다. 그 마을의 밑바탕에는 폭력과, 돈 많은 런던 출신, 환경을 운운하는 브라이턴의 좌파, 특히 그의 고향처럼 가난한 공영주택단지에 정착한 이민자를 향한 지칠 줄 모르는 분노가 흘렀다.

하지만 그들이 거기로 가는 것은 아니었다.

해안 도로에서 벗어나 조그만 전용 도로로 들어서자 그 집이 눈에 들어왔다. 집을 에워싼 높은 담벼락에 가려 1층은 보이지 않았다. 멀리서 보면 안개에 덮인 회색이라 절벽 꼭대기에 자리 잡은 성처럼 느껴졌다. 가까이서 보면 등대처럼 회반죽을 칠한 새하얀 색이었다. 철제 대문 너머로 자갈이 깔린 기다란 진입로와 넓고 파릇파릇한 잔디밭이 이어졌고 거의 모든 방에서 바다가 보였다.

그것이 이 집의 이름이었다. 소라의 집.

게이브는 으리으리한 철제 대문 앞에 차를 세웠다. 일어나 있던 케이티가 창밖을 내다보았다.

"여기 어디예요? 호텔이에요?"

"아뇨."

"누가 사는 집이에요?"

"샬럿 해리스라는 여자가 딸이랑 같이 예전에 살았어요."

"지금은 아니고요?"

"딸은 열네 살 때 음주 운전자가 모는 차에 치였어요. 지금까지 줄곧 식물인간 상태예요. 별채에서 개인 간호사들에게 보살핌을 받고 있어요."

"어머나."

그는 잠깐 기다렸다가 말을 이었다. "내가 그 음주 운전자였어요. 그래서 매주 그녀를 보러 와요. 20년 넘게 그러고 있어요."

그는 차에서 내려 대문 앞으로 걸어갔다. 케이티가 이 정보를 접수하고 상황을 종합해보도록 시간을 주었다. 잠시 후에 그녀가 따라서 내리는 소리가 들렸다.

"그런데 그 아이 엄마가 우릴 이 집에서 지내게 하겠어요?"

"아뇨." 그는 벽에 달린 보안 패드에 번호를 입력했다. "샬럿 해리스는 죽었어요."

"그럼 이 집 주인이 누구예요?"

게이브가 버튼을 누르자 문이 열리기 시작했다.

"나요."

50

선물이 그냥 선물인 경우는 없다. 어떨 때는 사과의 뜻이고 또 어떨 때는 애정의 표현이다. 또 어떨 때는 지렛대이거나 정신적인 협박을 미묘하게 드러내는 수단이다. 또 어떨 때는 죄책감을 덜기 위한 방편이다. 또 어떨 때는 자신을 자애로운 사람으로 포장하기 위한 도구다. 또 어떨 때는 권력이나 돈을 과시하는 수단이다.

그리고 또 어떨 때는 덫이다.

샬럿 해리스의 변호사가 11월의 그 흐린 월요일에 '가능한 한 빨리' 시간을 내서 만나달라고 했을 때 게이브는 이유를 전혀 짐작하지 못했다. 그는 심지어 샬럿이 아프다는 사실조차 몰랐다.

게이브는 이사벨라를 보러 올 때 샬럿을 만난 적이 없었다. 몇 년 동안 그랬다. 원래도 혼자 있는 것을 좋아하던 그녀는 완전히 은둔자가 되었다. 가정부 겸 수석 간호사 미리엄의 귀띔에 따르면 이사벨라 옆에 앉아 있을 때만 방 밖으로 나온다고 했다. 절대 마당으로 나가는 일조차 없다고 했다. 두 사람 모두 각자의 방식으로 포로 생활을 하고 있네, 게이브는 이런 생각을 했었다.

그런데 샬럿이 죽었다니 이사벨라는 어떻게 되는 걸까? 누가 그녀를 보살피고 직원들 월급을 주며 그녀가 계속 관리를 받을 수 있도록 단속할까?

그때 변호사가 그에게 말했다.

게이브는 반짝이는 민머리에 조그맣고 동그란 안경을 쓴 말쑥하고 아담한 남자를 빤히 쳐다보면서 자신의 입이 벌어지는 것을 느낄 수 있었다.

"부지 전체를요?"

"그렇습니다."

"이해가 안 되는데요."

버라지 씨는 쌀쌀맞게 미소를 지었다. 꼭 변호사를 캐리커처로 그린 것 같네, 게이브는 이렇게 생각했다. 중절모에 우산만 있으면 되겠어.

"해리스 부인에게 가족이라고는 딸 이사벨라뿐인데 그 딸은 자기 일을 알아서 처리할 입장이 못 되죠. 부인은 이사벨라의 상황을 이해하고 계속 최상의 보살핌을 받을 수 있도록 보장할 수 있는 사람이 이 집과 부지를 관리하길 바랐습니다. 그것이 유언장의 한 가지 조건이에요. 이 부지를 매각할 수는 없지만 당신과 당신 가족이 와서 사는 건 얼마든지 환영합니다. 어느 정도까지는 당신이 원하는 대로 할 수 있는 당신 집이에요."

게이브는 끙끙대며 상황을 정리했다. 샬럿 해리스는 돈이 많았다. 하지만 이사벨라를 간호하는 데에는 1년에 수십만 달러가 들 것이었다. 그녀를 계속 간호하려면 땡전 한 푼에도 손을 대지 말아야 했다. 그는 샬럿이 죽으면 문병이 끝나거나 적어도 횟수가 줄어들 줄 알았다. 형벌이 종료될 줄 알았다. 그녀가 방편을 마련해놓을 줄 왜 몰랐을까. 하지만 이런 식일 줄은 상상도 하지 못했다.

"만약 제가 거부하면요?"

"현금은 이사벨라를 위해 계속 신탁으로 맡겨지고 부지는 유언 집행인이 관리할 겁니다."

버라지 씨는 게이브를 보며 희미하게 웃었다. 유언 집행인. 그 집행인이 그였다. 몇 년 전에 동의한 사안이었다. 샬럿의 말에 거역이란 있을 수 없는 일이었다. 하지만 그냥 형식적인 절차라고 했다. 그냥 서류상 필요한 거라고. 게이브는 당시에 별로 고민하지 않았다. 이제는 알 것 같았다. 탁. 우리 문이 닫혔다.

그는 고민했다. "만약 제가 간호를 중단하는 것이 이사벨라를 가장 위하는 길이라는 결론을 내리면요?"

"그럼 법원에서 그걸 입증해야 합니다. 그러려면 돈이 많이 들 테고요. 유언장의 11조 5장을 참고하라는 말씀을 드리고 싶은데, '이사벨라의 간호를 중단하거나 생명을 단축하는 행동'에는 유산을 한 푼도 쓸 수 없다고 되어 있습니다. 그러니까 자비로 그 비용을 충당해야 합니다."

아무렴 그렇겠지. 샬럿은 모든 경우의 수를 생각해놓았다.

"그리고 포먼 씨에게 맡겨진 수많은 사람들도 생각하셔야죠. 이 집의 관리인들요. 당신이 그들을 책임져야 해요. 부족함 없이 계속 일을 할 수 있게."

변호사는 조그맣고 동그란 안경을 벗고 자기 딴에는 따뜻한 미소랍시고 웃음을 지었다. 얼음장에서 간신히 벗어난 수준이었다.

그래도 관리인들에 대해 한 말은 맞았다. 그들은 좋은 사람들이었다. 특히 미리엄은 처음에는 가정부로, 이사벨라가 사고를 당한 뒤에는 간호사 경력을 살려 간호를 총괄하며 그녀를 돌보는 데 거의 한평생을 바쳤다. 그보다는 미리엄이 이걸 받을 자격이 있었다.

"미리엄은요? 샬럿 밑에서 오랫동안 일을 했잖아요. 그녀가 이걸 물려받아야죠."

"워턴 씨의 몫은 유언장에 따로 적혀 있습니다."

"그녀가 집을 가져야죠. 그녀에게 집을 넘기고 싶어요."

"그렇게는 안 될 겁니다."

"하지만 그 집은 제 것이고 제가 원하는 대로 할 수 있다면서요."

"어느 정도까지는요." 변호사는 유언장을 집어 들고 안경을 다시 썼다. 그러면서 엄청나게 신나하는 듯한 인상을 풍겼다.

"수령인은 소라의 집을 매도하거나 제3자에게 선물할 수 없다. 그럴 경우 유언장이 효력을 잃고 부지는 유언 집행인에게 귀속된다. 다음과 같은 상황에만 예외가 인정된다.

1. 수취인이 사망한 경우. 이럴 경우 소라의 집은 그의 최근친에게 양도된다.

2. 중병이나 수취인이 유언장의 의무를 제대로 수행할 수 없는 다른 상황으로 인해 자격이 박탈된 경우. 이럴 경우 소라의 집은 그

의 최근친에게 양도된다.

3. 수취인에게 최근친이 없거나 최근친이 사망했거나 중병이나 유언장의 의무를 제대로 수행할 수 없는 다른 상황으로 인해 자격이 박탈된 경우 저택과 부지는 법정 신탁 관리자가 관리하는 신탁에 위탁된다."

그녀가 제대로 엿을 먹였다. 샬럿 해리스는 죽어서까지 그를 놓아주지 않았다. 그 집은 아름다웠고 수백만 달러짜리였지만, 와르르 무너져 절벽 아래 바위로 떨어지면 게이브로서는 그보다 더 속이 시원할 수 없을 것이었다.

샬럿은 알았다. 그 집을 두 번 다시 보지 않는 것이 그녀가 게이브에게 줄 수 있는 가장 큰 선물이라는 것을 알았다. 소리가 울리는 방들, 소독약 냄새. 거기는 집이 아니었다. 병원도 아니었다. 영안실이었다. 환자가 죽었다는 걸 아무도 인정하지 않을 따름이었다. 남은 건 육신이라는 껍데기뿐이었다. 이사벨라는 존재했다. 하지만 살아 있지는 않았다.

그 사태를 초래한 사람이 그였다. 그가 이사벨라를 여기에 가두었다. 그래서 유언장을 받아들일 수밖에 없었다. 그걸 거부하거나 이의를 제기할 수 없었다. 그는 절대 이사벨라를 떠날 수 없었다. 그녀를 버릴 수 없었다. 그녀는 그가 책임져야 하는 존재였다. 샬럿은 그것도 알았다.

하지만 다른 것도 있었다. 샬럿이 몰랐던 게 있었다. 제니가 임신 중이었다. 4개월이었다. 언젠가는 이사벨라가 죽을 것이다. 아직까지 감염으로 죽지 않고 살아 있는 것이 기적이었다. 언젠가는 그와 제니가 이 세상을 떠날 것이다. 이 집에 얽힌 그의 감정이 어떻든 간에 아이에게는 훌륭한 유산이 될 수 있었다. 그가 그걸 무슨 수로 거부할 수 있겠는가.

게이브는 고개를 숙였다.

"좋습니다. 하지만 한 가지 조건이 있습니다. 일상적인 간호는 전부 미리엄이 관리하기로요. 당장 연봉을 50퍼센트 인상하고 언제든 나가고 싶을 때까지 무료로 이 집에서 지낼 수 있고요. 저는 관리비와 공과금을 부담하겠지만 거기서 살지는 않을 겁니다."

버라지 씨는 어깨를 으쓱하는 듯이 보였다. 정말로 그러지는 않았다. 변호사들은 어깨를 으쓱하지 않았다. 재밌는 얘기를 들어도 웃지 않고 캐주얼한 옷을 입거나 껌을 씹지 않듯이 그랬다.

"좋으실 대로 하십시오, 포먼 씨. 여기 그리고 여기에 서명해주십시오."

버라지 씨는 펜을 내밀었다. 게이브는 망설이다가 펜을 받아서 서명했다.

그렇게 무거운 심정으로 백만장자가 된 사람은 이 세상에 없었을 것이다.

"자기, 얼굴이 안 좋다." 나중에 집에 들어갔을 때 제니가 말했다. 그녀는 큼지막한 잔에 따른 와인을 건넸다. "무슨 일 있어?"

게이브는 그녀를 쳐다보았다. 투명한 초록색 눈, 곱슬곱슬한 금발, 헐렁한 티셔츠 아래로 살짝 나온 배. 그들의 아이. 그 생각을 하면 여전히 숨이 턱 막혔다.

그때 그녀에게 실토했어야 했다. 사실대로 얘기했어야 했다. 이렇게 엄청난 비밀을 아내에게 감추면 안 되는 거였다.

하지만 일단 얘기를 시작하면 전부 털어놓아야 했다. 그리고 그는 아내를 알았다. 제니는 그에게 병신, 거짓말쟁이, 빌어먹을 머저리라고 퍼붓다 분이 풀리면 집을 보겠다고 할 것이다. 끝까지 고집을 부릴 것이다. 그리고 그녀가 소라의 집을 대면하면 그길로 끝장이었다. 그녀는 거기서 살고 싶어 할 것이다. 드디어 꿈에 그리던 집을 만났을 테니.

눈을 반짝이는 제니의 모습이 눈앞에 선했다. 어느 방을 아이 방으로 하고 어느 방을 놀이방으로 쓸지, 어디에 트램펄린과 놀이터를 설치하면 좋을지, 인피니티 풀을 만들면 저녁놀을 얼마나 제대로 감상할 수 있을지 신나게 재잘거리는 그녀의 목소리가 들리는 듯했다. 와, 집 저편에 작은 방목장으로 개조할 만큼 넓은 땅이 있으면 조랑말을 키울 수도 있겠다.

그 뒤로 줄줄이 이어질 것이다. 이사벨라를 부지 내 개별 시설로 옮기는 것이 좋겠다고. 여긴 집이지 병원이 아니지 않느냐고. 그리고 미리엄은 다른 살 만한 데를 찾을 수 있지 않느냐고. 그들이 도와줄 수 있을지 모른다고. 이러니저러니 해도 샬럿에게 집을 넘겨받은 사람은 그였다. 가족들에게 최고의 환경을 제공하고 싶지 않아? 제니는 매정하지는 않았지만 현실적이고 실용주의적이었고 근본적으로 죄책감은 그녀의 몫이 아니었다.

그런 사태를 유발할 수는 없었다. 때문에 게이브는 서류를 주머니에서 꺼내지 않았다. 비밀이 하나 더 추가됐다. 벽돌만큼 무거운 비밀이었다. 벽돌처럼 비밀도 결국에는 우리를 물고 늘어져 익사하게 만든다.

그는 와인 잔을 받아 들고 제니를 향해 미소를 지었다. "아무것도 아니야. 그냥 회사 일 때문에."

51

불빛이 소라의 집 남쪽 별채에서 희미하게 어른거렸다. 게이브는 정문을 피해 일행을 집 반대편으로 안내했다. 아이들은 눈을 동그랗게 뜨고 올려다보았다.

"이게 다 아저씨 거예요?" 샘이 물었다.

"응."

"꼭 웨인 저택* 같아요." 샘이 감탄하는 투로 내뱉었다.

"아니면 애리얼이 사는 성." 그레이시가 거들었다.

"정문 열쇠가 없어요?" 케이티가 물었다.

"미리엄이 본채에 있을까 봐 방해하고 싶지 않아서요. 미리엄은 수간호사인데 남쪽 별채에 샬럿의 딸이⋯⋯." 게이브는 머뭇거렸

---

* 마블 코믹스에서 배트맨이 사는 저택.

다. '눕혀져 있다'는 표현은 쓰고 싶지 않았지만 뭐라고 하면 좋을지 알 수가 없었다. 관리를 받고 있다? 간호를 받고 있다? "잠들어 있거든요." 그는 말문을 맺었다. "가족용 부엌을 지나서 들어가는 게 좋겠어요."

"부엌이 한 개가 아니에요?"

"남쪽 별채는 독채라고 봐도 무방해요. 당직 간호사들이 자는 방, 부엌, 욕실이 갖추어져 있어요. 샬럿이 딸을 병원에서 데리고 오면서 특별히 지었는데, 나중에 증축한 티는 전혀 나지 않아요."

"병원에서 어떻게 그 딸을 퇴원시켜 줬대요? 부모가 자식을 퇴원시키려고 했다가 저지당한 판례를 여러 건 읽은 적 있는데."

게이브가 옆문에 열쇠를 꽂자 문이 열렸다.

"병원에서도 더 이상 방법이 없었거든요. 그리고 돈이 있으면 대부분의 평범한 사람들은 할 수 없는 일을 많이 할 수 있어요."

그들은 안으로 들어갔고 게이브는 불을 켰다. 그는 케이티가 조그맣게 숨을 토하는 소리를 들었다.

부엌은 어마어마하게 넓었다. 은은하게 빛나는 크롬 가전제품과 반질반질한 대리석 조리대가 보였고 타일 바닥은 천장에 설치된 스포트라이트를 받아 반짝였다. 거대한 미국 스타일 냉장고가 그들을 맞이했다. 한복판에 놓인 아일랜드 식탁은 뭐, 웬만한 집 부엌만 했다.

"원래 쓰던 부엌이 좀 오래됐거든요." 게이브가 설명했다. "미리엄이 개조하고 싶다고 하더라고요."

케이티는 좌우를 둘러보았다. "미리엄의 취향이 고급스럽네요."

"참 열심히 일을 하죠. 여기가 그녀의 집이에요."

"네? 그럼 당신은 여기서 살지 않아요?"

"네." 그는 짧게 대답하고 거대한 아일랜드 식탁 위로 열쇠를 던졌다.

"아예?"

"네."

"이 집 주인이 된 지 얼마나 됐는데요?"

"9년요."

그는 부엌을 가로지르고 짧은 복도를 지나 타원형의 넓은 홀과 연결되는 문으로 갔다. 홀을 지나면 거실과 식당과 구불구불한 계단이 나왔고, 여기서 2층으로 올라가면 안방과 손님방 세 개가 나왔다.

미리엄은 이 집의 반대편에서 근무 중이거나 오늘 밤에 비번이라면 이사벨라 근처의 간호사용 숙소에서 잠을 자고 있을 것이었다. 그는 미리엄을 깨우거나 놀라게 하거나 혹은 그녀가 집에 도둑이 든 줄 알고 경찰에 신고하는 사태를 막기 위해 휴대전화를 꺼내 얼른 문자를 보냈다.

"미리엄. 오늘 밤에 잠깐 집에 들렀어요. 설명은 나중에 할게요. 게이브."

그녀는 당연히 이상한 낌새를 느낄 것이다. 문병을 건너뛴 데다 그가 지금까지 소라의 집에 그냥 들른 적은 딱 한 번뿐이었다. 제니와 이지에게 그런 일이 있고 2~3주 지났을 때였다.

이제는 집처럼 느껴지지 않는 집으로 돌아가기 싫어서 정처 없

디 아더 피플

363

이 차를 몰다가 도착한 곳이 여기였다. 이사벨라의 침대 옆에서 흐느끼는 그를 발견한 미리엄이 본채로 데려가 억지로 뭘 먹이고 잠자리를 봐주었다. 뉴스를 봤을 텐데 아무것도 묻지 않았다. 그냥 그를 챙기기만 했다. 게이브가 보기에는 그게 그녀의 일인 듯했다. 하지만 의무가 됐건 연민이 됐건 그는 감사하게 받아들였다.

게이브는 몇 명 안 되는 후줄근한 일행을 돌아보았다. 한참 만에 다시 만난 그의 딸, 잘 알지도 못하는 웨이트리스와 그녀의 두 아이를 보며 미리엄처럼 실무적인 돌봄 정신을 발휘할 때라는 생각을 했다. 이제 그들을 데리고 뭘 어쩌면 좋을까?

누군가가 그의 팔을 건드리는 것이 느껴졌다. 케이티였다. "먼 길을 와서 다들 피곤하고 배도 고플 텐데. 내가 먹을 것을 좀 만들 테니까 자세한 얘기는 애들 재우고 나서 하면 어때요?"

"그러게요. 좋아요."

지당하신 말씀이었다. 생각해보니 그가 자신 말고 다른 사람에게 뭐가 필요한지 마지막으로 살핀 것이 언제였나 싶었다. 최근 들어 부모 노릇을 한 적이 없다 보니 감이 떨어졌다. 파트너 노릇도 마찬가지였다. 케이티가 냉장고 쪽으로 걸어가는 동안에도 따뜻했던 손길의 여운이 남아 있었다.

그녀는 냉장고 문을 열고 안을 들여다보더니 콧잔등을 찡그렸다. "인스턴트식품만 많고 다른 건 거의 없네요."

그녀는 찬장을 열어보기 시작했다. 게이브도 합류해 콩 통조림 여러 묶음을 찾아냈다. 케이티는 웃으며 빵 한 덩이를 휘둘렀다.

"이보다 더 성대한 만찬도 없겠어요."

그들은 간이 식탁에 둘러앉아서 먹었다. 게이브는 벽에 달린 평면 TV로 CITV 어린이 채널을 틀어놓았다. 배경음으로 들리는 방송 소리가 어렴풋이 신경을 건드리는 동시에 어마어마하게 위안이 됐다. 그동안 뭘 모르고 지냈는지 생각해보면 신기하다니까. 그는 생각했다. 예를 들면 어린이 TV 소리, 아이들이 벗어놓은 신발에 걸려 넘어지는 거, 요령도 없고 눈치도 없는 아이들의 특징.

"그러니까 너는 진짜 이름이 이지야?" 샘이 물었다.

이지는 고개를 끄덕였다.

"그리고 아저씨가 얘 진짜 아빠고요?" 샘이 게이브에게 물었다.

"응."

"우리 아빠는 바보 같은 어맨다랑 같이 살겠다고 나갔어요." 그레이시는 말했다.

"그렇구나."

"그 아줌마는 향수 냄새가 코를 찔러요." 샘이 덧붙였다.

"그리고 손톱 부러질까 봐 내가 탄 그네를 밀어주지도 않아요." 그레이시가 말했다. "그러고는 이러고 다녀요."

두 아이는 괴상망측하게 일그러진 표정을 지었다.

이지가 키득키득 웃었다. 게이브는 신기한 현상이 벌어지는 것을 느꼈다. 따뜻한 기운이 그의 배 속으로 번졌다. 아이와 함께 키득거리고 싶어졌다. 기분이 묘하지만 좋았다. 행복. 그는 생각했다. '행복이 바로 이런 느낌이지.' 하도 오랜만이라 그 기분을 잊고 있었다.

정신을 차리고 보니 그가 다시 이지를 빤히 쳐다보고 있었다. 아이가 살아 있었다. 이 순간이 꿈이 아니었다. 여기까지 오는 동안 온갖 질문들로 머리가 터질 것 같았다. 어쩌다, 어디서, 왜? 하지만 이제는 답이 궁금하지 않았다. 어쩌다 이렇게 됐는지도 관심 없었다. 그냥 이렇게 앉아서 딸과 함께 통조림 콩을 얹은 토스트를 먹고 싶을 따름이었다. 대부분의 부모는 대수롭지 않게 간주할 일이었다. 하지만 그에게는 두 번 다시 경험하지 못할 줄 알았던, 지극히 순수하고 평범한 일상의 순간이었다.

접시 바닥까지 싹싹 긁어먹고 게이브가 다른 찬장을 열어보니 대용량 비스킷이 한 통 있었다. 그들은 비스킷을 우적우적 삼키고 이런저런 대화를 나누며 평범한 일상의 광채를 유지했다. 어른에 비해 집중하는 시간이 짧고 새로운 상황에 적응하는 능력이 훨씬 뛰어난 아이들 덕분이지, 게이브는 생각했다. 그들은 뭐든 그냥 있는 그대로 받아들였다. 샘은 그들이 어쩌다 여기까지 오게 되었는가보다 이 집에 더 관심이 많았다. 면적이 얼마나 되는지, 방은 몇 개인지, 수영장이 있는지, 집사가 있는지 궁금해했다.

모든 궁금증이 커스터드 크림과 재미 다저스 쿠키와 함께 바닥을 드러내자 그레이시가 하품을 하기 시작했다. 어찌어찌 7시가 다 됐다.

"이제 자야 할 시간이네." 케이티가 의미심장하게 말했다. 그녀는 게이브를 흘끗 쳐다보았다. "애들을 어디에서 재울지 정하는 게 좋겠어요. 방이 모자라지는 않을 것 같고 해서요."

게이브는 고민했다. "음, 안방은 아마 이불이 깔려 있을 거예요.

다른 방은 잘 모르겠고요."

"나는 혼자 자기 싫어요." 그레이시가 당장 말했다.

"저도요." 샘이 거들었다.

이지는 아무 말도 하지 않았지만 게이브에게로 조금 더 바짝 몸을 웅크리는 듯했다.

"알았어. 그럼—"

"샘, 그레이시, 이지가 안방에서 같이 자면 어때요?" 케이티가 의견을 내놓았다. "더블베드일 테니까 애들 셋이 가로로 잘 수 있지 않겠어요?"

"맞아요. 좋은 생각이에요."

"그럼 우리는…… 아니, 저는 어떻게 할까요?"

"음, 더블베드가 두 개 더 있어요. 내가 이불을 찾을 수 있을 거예요."

"그럼 되겠네요."

"피곤해요, 엄마." 그레이시가 다시 하품을 했다.

"알았어, 우리 딸. 엄마랑 방으로 올라가자." 그녀는 미소를 지었다. "와, 그래도 잠옷은 벌써 입고 있어서 좋네."

게이브가 가는 곳마다 불을 켜가며 그들을 홀로 안내했다. 집이 어찌나 넓은지 여전히 적응이 되지 않았다. 그는 케이티와 아이들이 감탄하며 두리번거리는 것을 지켜보았다. 그들 눈에는 이 집이 쓸데없이 넓어 보일지 모르겠다는 생각이 들었다. 이렇게 집이 넓고 방이 많을 필요가 뭐가 있을까? 작은 집에서도 사랑이 넘쳐흐를 수 있는데, 이 집은 푹신한 카펫과 실크 벽지에도 불구하고 삭막하기 그지없었다.

그들은 구불구불한 계단을 천천히 올라갔다. 이 계단은 오랜만이었고 집이 그 어느 때보다 더 낯설게 느껴졌다. 그는 층계참에서 걸음을 멈추었다. 안방이 어느 쪽이더라? 오른쪽이지, 그는 생각했다.

"이쪽이에요." 그가 말했다.

"이 집에서는 길을 잃어버릴 수도 있겠어요." 케이티의 말투가 왠지 모르게 칭찬이라기보다 힐난처럼 들렸다. 그는 샬럿을 변호하고 싶은 묘한 충동을 느꼈다.

"샬럿의 남편이 대가족용 저택으로 장만했을 텐데 남편은 죽고, 샬럿은 재혼을 하지 않았고, 아이도 더 낳지 않았고 그러다…… 그 사고가 났죠."

그의 잘못이었다. 전부 그의 잘못이었다.

그는 방문을 열었다.

"여기예요."

"우와." 샘이 중얼거렸다.

안방도 다른 곳처럼 어마어마하게 넓었다. 기둥이 네 개 달린 침대는 아이 셋은 물론이고 어른 넷이 자기에도 충분했다. 샘과 그레이시는 그 위로 몸을 날렸다. 긴 여행과 피로와 이 낯선 집에 대한 어색함을 당장 잊었다.

거대한 퇴창이 한쪽 벽면을 거의 다 차지하고 있었다. 커튼이 젖혀져 있어서 낮에는 바다까지 내다보였다. 오늘 저녁에는 쉼 없이 들썩이는 시커먼 바다만 어렴풋이 보였다. 그 위에서는 바람이 구름을 반달 너머로 빠르게 내몰았다.

이지는 창문 쪽으로 다가갔다. 이중창이었지만 그래도 지축을 뒤흔드는 바람과 멀리서 포효하는 파도 소리가 들렸다.

시커먼 창유리를 배경으로 선 이지는 겁이 날 정도로 작고 연약해 보였다. 게이브는 아이를 붙잡아 밖에서 점점 덩치를 불리고 있는 폭풍 반대편으로 끌어당기고 싶은 충동을 느꼈다.

하지만 그는 다가가 이지의 옆에 섰다. 유리창에 반사된 그들의 어둑어둑한 모습이 바깥의 허공에서 맴도는 유령처럼 그들을 마주 보았다.

"날이 맑으면 몇 킬로미터 멀리 있는 바다까지 볼 수 있어." 그는 아이에게 말했다.

이지는 손을 들어서 유리창을 건드렸다. "해변이 저 아래에 있죠."

"응."

"제가 여기 와본 적이 있어요?"

게이브는 미간을 찌푸렸다. "글쎄다……." 그러다 그는 기억해냈다. 제니가 아팠을 때였다. 그가 이지를 데리고 출근하겠다고 했지만 월요일이었기 때문에 여기로 데리고 왔었다. 그때 이지는 8개월인가 9개월밖에 안 됐었다.

"한 번." 그는 말했다. "하지만 너는 그때 아기였어."

이지는 손을 거두고 배낭을 가슴에 끌어안았다. 안에서 덜거덕거리며 부딪치는 소리가 들리자 게이브는 갑자기 그게 무슨 소리와 비슷한지 생각이 났다. 조약돌이었다. 하지만 이지가 뭐 하러 조약돌이 든 배낭을 들고 다닐까? 바로 그때 몇 년 동안 생각한 적 없었던 다른 기억이 떠올랐다.

이지는 어렸을 때 이상한 수면 습관이 있었다. 어린아이들이 낮잠을 많이 자긴 하지만 이지는 아무 데서나 갑자기 잠이 들었다. 방금 전까지만 해도 멀쩡하게 종알거리다가 다음 순간 까무룩 기절하는 식이었다. 게이브는 크면 괜찮아질 거라고 확신했지만 (거울을 이상하게 무서워하는 것도 그렇고) 제니는 정상이 아니라고 주장했다. 그러다 이지가 세 살쯤 되었던 어느 날, 퇴근한 그를 붙잡고 제니가 히스테리를 부렸다.

"애가 또 그랬어. 갑자기 잠이 들었다가 깼는데, 보니까 손에 이걸 쥐고 있더라고."

"그게 뭔데?"

"조약돌 아니야?"

"아. 그걸 어디서 주워 왔대?"

"내 말이. 그걸 모르겠다고. 이걸 삼켰다가 숨이 막히기라도 하면 어떻게 해?"

그도 같이 걱정해주려고 했지만 피곤해서 집중할 수 없었기 때문에 제니에게 과민 반응이라고 생각하는 듯한 인상을 풍겼을 수도 있었다. 아이들이 원래 뭘 잘 줍고 다니지 않는가. 그리고 그 일은 두 번 다시 없었다. 적어도 제니가 다시 얘기한 적은 없었다.

하지만 이제 의아해졌다. 조약돌. 바닷가. 또 다른 생각 하나가 그의 머릿속에서 불쑥 고개를 들었다. 사마리아인의 이에 박혀 있었던 그 묘하게 반짝이던 돌. 얼음장 같은 바람이 창문 사이로 스며들어 그를 쓸고 지나가는 느낌이었다.

"그녀는 우리가 와주길 바랐어요."

게이브는 다시 이지를 흘끗 쳐다보았다. "응? 누가?"

하지만 이지는 이미 창문 앞에서 뒷걸음질을 치며 고개를 젓고 있었는데, 그를 향해 젓는 건지 유리창에 비친 뭔가를 보고 젓는 건지는 알 수가 없었다.

"안 돼. 지금은 안 돼."

'누구한테 얘기하는 걸까?'

이때 케이티가 씩씩하게 손뼉을 치자 그는 화들짝 놀랐다.

"좋아. 이제 다 같이 침대에 눕자."

아이들은 놀라울 정도로 군소리 없이 침대 안으로 기어들어 갔다. 방에서 살짝 퀴퀴한 냄새가 났지만 침대는 넓고 편안했고 부드러운 베개와 깨끗한 시트의 최면 효과가 거의 당장 나타나기 시작했다.

케이티는 샘과 그레이시의 정수리에 입을 맞췄다. "잘 자. 좋은 꿈 꿔."

게이브는 잠시 망설이다 침대 저쪽 끝에 있는 이지 옆으로 가서 앉았다. 허리를 숙여 아이의 이마에 입술을 댔다. 피부가 말도 안되게 부드럽게 느껴졌다. 머리칼에서는 희미하게 샴푸 냄새가 났다. 그는 아이의 체취를 들이마셨다. 체취가 너무나 익숙한 동시에 낯설었다. 예전에는 아이의 조그맣고 유연한 몸이 그의 일부나 다름없었다. 지금은 모든 것이 새로웠다. 딸이 생겼다는 것이, 아버지가 됐다는 것이. 이 모든 것이 그랬다. 그는 다시 배워야 했다. 다시 배워서 이번에는 더 잘해야 했다.

"잘 자."

"아빠?"

"응?"

이지는 졸린 눈으로 그를 올려다보았다. "아빠 어디 안 갈 거죠? 그죠?"

"응. 아무 데도 가지 않을 거야."

"절대 절대로?"

절대 절대로. 그런 것이 있다면, 그런 곳이 있다면 얼마나 좋을까, 그는 생각했다.

그는 딸의 이마를 덮은 머리카락을 쓸어 넘겼다. "절대 절대로."

그는 일어나 문 앞으로 걸어갔다.

"밖에 불 하나 켜놓을게." 케이티가 조그맣게 속삭였지만 들리는 대답이라고는 깊은 숨소리로 이루어진 삼중창뿐이었다.

케이티는 문을 닫았다. 게이브는 문 틈새로 잠든 딸의 모습을 빤히 쳐다보았다. 아이의 곁을 떠나고 싶지 않았다. 다시는 아이에게서 시선을 떼고 싶지 않았다. 절대 절대로.

하지만 지금은 파악해야 할 것들이 있었다. 그는 케이티를 돌아보았다.

"갈까요?"

52

벽난로 위에 달린 금색 시계의 화려한 바늘은 7시 20분을 가리키고 있었다. 묵직한 에메랄드색 커튼이 쳐져 있었기 때문에 케이티는 오전인지 저녁인지도 알 수 없었다. 지난 24시간이 끔찍하고 비현실적인 꿈처럼 느껴졌다.

게이브가 부엌에서 마실 것을 따르는 동안 그녀는 거실에 앉아 있었다. 오한을 참으려고 몸을 끌어안았다. 그 방은 근사했다. 하지만 추웠다. 면적이나 난방 때문이 아닌 듯했다. 집 전체에 온기가 없었다. 하지만 그게 다가 아니었다. 다른 뭔가가 있었다. 이 집은 어딘지 모르게 살짝 '핀트'가 맞지 않았다. 봉인된 전시품 같았다. 생동감 넘친 적이 없었기에 유령들에게조차 버림을 받은 곳이었다.

이 방은 우아했지만 인테리어에서 불협화음이 느껴졌다. 벽난로 옆쪽 벽에는 평면 텔레비전이 걸려 있었고, 큼지막한 황갈색 가죽

리클라이너가 두 개 있었고, 예전에는 진짜로 장작을 땠을 곳에서 가스난로가 이글거리고 있었다. 하지만 오늘 저녁만큼은 미적감각보다 편의성에 더 감사했다.

게이브는 수간호사 미리엄이 여기서 산다고 했다. 미리엄이 좀더 살 만한 곳으로 꾸몄겠지만 제대로 사랑해달라고, 진가를 인정하고 다시 생기를 불어넣어 달라고 이 집이 울부짖고 있는 듯했다.

케이티는 남쪽 별채에 누워 있다는 소녀를 떠올렸다. 이 집은 집이 아니었다. 살아 있는 거대한 무덤이었다. 그리고 게이브가 묘지기였다. 그가 이 집을 왜 그냥 팔아버리지 않았는지 궁금했지만 아마 그럴 수 없었을 것이다. 자기 때문에 목숨을 잃을 뻔한 소녀를 돌봐야 한다는 책임을 느꼈을 것이다.

인터넷으로 기사를 검색해 다시 읽었더니 기억이 되살아났다. 아내와 딸이 살해된 날 저녁에 게이브는 몇 년 전에 차로 치어서 혼수상태로 만든 소녀를 병문안하고 있었다.

그 자체가 그의 무죄를 입증하는 알리바이였지만 신문에서는 그걸 들먹이며 그를 난도질했다. 녹슨 칼로 찌르고 또 찔렀다. 게이브는 도망친 적이 없는데도 뺑소니라고 했다. 그는 소녀의 곁을 지켰고 경찰에 제 발로 찾아갔고 이후로 계속 보러 왔는데도 말이다. 하지만 그런 부분은 언급되지 않았다. 그는 이미 살인범이나 다름없었다. 그는 음주 운전자였다. 소녀를 쳐서 식물인간으로 만들었다. 이 모든 게 그가 자초한 일이라는 것이, 누가 봐도 알 수 있는 그들의 주장이었다. 정의의 실현. 업보.

케이티는 그때 게이브를 안쓰럽게 여겼던 기억이 났다. 어린 시절에 저지른 실수가 들쑤셔져 그를 공격하는 무기로 쓰이다니. 그러다 잠시 후에 아빠를 떠올렸다. 아빠를 죽인 젊은 남자. 그로 인해 산산이 부서진 그녀의 가족.

눈은 눈으로.

"브랜디 괜찮아요?"

게이브가 호박색 액체가 담긴 큼지막한 잔을 두 개 들고 다시 거실로 돌아왔다. 양이 많았다. 그녀는 브랜디를 마셔본 적이 없었지만 충격을 달래는 데 좋다고 들었다. 꿀꺽 한 모금 마셔보았다. '맙소사.' 얼얼하다는 게 이런 거로구나 싶었다. 목구멍에 달린 신경 말단을 불로 그슬리는 느낌이었다. 게이브도 그걸 마시고 켁켁거리는 걸 보니 술을 좋아하지 않는 모양이었다. 하지만 그는 이내 좀 전보다 크게 한 모금 들이켰다. 게이브도 그녀처럼 알코올이 필요한 듯했다.

그는 맞은편 소파에 자리를 잡았다. 그들은 상대가 적군인지 아군인지 파악하지 못한 채 각자의 잔을 움켜쥐고 오크로 만든 큼지막한 커피 테이블을 사이에 두고 어색하게 앉아 있었다.

잠시 후에 그가 말했다. "고마워요."

케이티로서는 생각지 못했던 인사였다.

"어떻게 된 일이건 내 딸을 돌려주었잖아요. 나조차도 그 아이가 살아 있는지 자신이 없던 때가 있었어요. 남들 말이 맞고 내가 정말로 미쳐버린 게 아닌가 싶었을 때가. 오늘 이날이 얼마나 소중한지 말로는 표현할 길이 없을 거예요." 그는 말을 멈추고 브랜디를 크게 한 모금 더 마셨다. "하지만 당신이 이지가 겪은 일과 어떤 식으로든 연관이 있다면 두 번 생각할 것도 없이 경찰에 넘길 거예요."

케이티는 침착하게 대답했다. "아무 연관 없어요. 이 상황에 대해 맨 처음 알게 된 때가 어제저녁이었으니까. 심지어 이지가 당신 딸이라는 확신도 없었어요. 자기 이름을 앨리스라고 했거든요."

"앨리스?" 그의 표정이 어두워졌다. "프랜이라는 여자가 지어준 이름인가 보군요."

케이티는 자기 잔을 내려다보았다. "저기, 이걸 기억해줬으면 좋겠는데요, 이지를 데려간 그 여자에 대해 어떻게 생각할지 몰라도 그녀가 이지를 보살피면서 지금까지 안전하게 데리고 있었잖아요."

그는 격한 웃음을 내뱉었다. "그 여자는 우리 딸을 납치했어요. 우리 딸이 죽었다고 믿게 만들려고 했고요. 그 여자를 변호하려는 이유가 도대체 뭐예요?"

그녀는 브랜디를 한 모금 더 마시고 얼굴을 찡그렸다.

"우리 언니거든요."

"당신 언니라고요?" 게이브의 표정이 어딘지 모르게 달라졌다. "당연히 그렇겠죠." 그는 고개를 저었다. "내가 바보 천치였네요."

"지난 9년 동안 본 적도 소식을 들은 적도 없었어요. 그러다 어제 오후에 전화를 받았어요. 언니의 딸인가 싶은 여자아이가 자길 도와달라고 하더라고요."

"뜬금없이요?"

"네."

"그런데 그 아이의 말을 믿었어요?"

"무슨 일인지 몰라도 어린아이였고 겁에 질려서 혼자 있었으니까요. 가서 우리 집으로 데려왔어요."

"아이가 뭐라고 하던가요?"

"처음에는 별말 없었어요. 자기 이름은 앨리스고 프랜이 자기한테 무슨 문제가 생기면 내 번호로 연락하라고 했대요." 그녀는 침을 꿀꺽 삼켰다. "하지만 처음부터 느낌이 이상했어요. 아이가 언니를 '엄마'라고 부르는 걸 자꾸 깜빡했고 보니까 머리를 염색했더라고요. 여덟 살짜리 아이의 머리를 염색한 이유가 뭘까 싶었죠."

"일곱 살이에요." 게이브가 말했다.

"네?"

"생일이 4월이에요. 아직 두 달 남았죠. 그러니까 일곱 살이에요."

케이티는 뺨이 화끈거리는 것을 느낄 수 있었다. "미안해요."

"얘기 계속해요." 그가 무뚝뚝하게 말했다.

그녀는 브랜디를 한 모금 더 마셨다. 이제는 이 화끈거리는 느낌에 점점 익숙해졌다.

"그날 밤에 아이가 실토하더라고요, 우리 언니가 친엄마가 아니라고. 진짜 엄마는 죽었다고. 우리 언니가 자길 살리고 지켜줬다고 했어요. 그런데 이제 우리 언니가 사라졌다고요."

"왜 경찰에 연락하지 않았어요?"

"하려고 했어요, 오늘 아침에……."

"그런데요?"

"이 사달이 벌어졌어요." 그녀는 자기 얼굴을 가리켰다. "그자가 이지를 뒤쫓고 있었더라고요. 나를 죽이려고 했던 것 같은데, 이지가 조약돌이 든 배낭으로 쳐서 기절시켰어요. 이지가 나를 살렸어요."

게이브의 입가에 아주 엷은 미소가 떠올랐다. "내 딸답네요."

그녀는 그들 사이의 긴장과 불신이 잠깐 느슨해지는 것을 느낄 수 있었다. 하지만 그가 이내 미간을 찌푸렸다.

"그런데 왜 경찰에 연락하지 않았어요?"

"왜냐면 나를 공격한 사람이 경찰이었거든요."

게이브가 뭔가를 깨달은 듯 눈을 동그랗게 떴다. "나를 칼로 찌른 사람도 경찰복을 입고 있었어요. 젊고 체구가 다부지고—"

"민머리고요?"

그가 고개를 끄덕이자 케이티는 한기를 느꼈다. 지금까지 스티브가 그녀의 동생을 이용하고 있었다. 그녀가 생각했던 방향과 달랐을 뿐이다.

"동일 인물 같네요."

"경찰이 왜 이런 일에 가담하고 있을까요?"

그녀는 어깨를 으쓱했다. "인간은 누구나 몸값이 있잖아요." 그녀는 스티브의 눈빛을 떠올렸다. 즐거워하던 그 눈빛을. "그중 일부는 남들보다 몸값이 더 싸고요."

그는 뭐라고 대꾸하려는 듯한 눈치를 보이다 고개를 저었다.

"그래서 도망친 거예요?"

"그러고 당신한테 연락을 했죠."

그는 생각에 잠긴 표정으로 고개를 끄덕였다. "하지만 아직도 뭐가 뭔지 잘 모르겠어요. '앨리스'가 이지라는 걸 어떻게 알았어요? 내 연락처는 무슨 수로 입수했고요?"

케이티는 주머니에서 쭈글쭈글해진 전단지를 꺼냈다. 그걸 그에게 내밀었다.

"이걸 가지고 있었거든요."

"이 사진을 보고 이지라는 걸 알았다고요? 비약이 좀 심한 거 아닌가요?"

그녀는 망설였다. 어디까지 얘기할까? 어디까지 실토할까? 그녀는 브랜디 잔을 큼지막한 커피 테이블 위에 조심스럽게 내려놓았다. "우리 언니는 나쁜 사람 아니에요. 언니는 이지를 위해서, 이지를 보호하기 위해서 그랬을—"

"그걸 어떻게 알아요? 9년 동안 만난 적 없다면서. 그게 거짓말이었나요?"

"아니에요!"

"생각해보면 너무 잘 맞아떨어지잖아요. 당신이 내가 커피를 마시러 자주 들르던 휴게소에서 일을 한 것도. 그리고 알고 보니 당신 언니가 내 딸을 납치한 사람인 것도. 이럴 확률이 얼마나 되겠어요?"

케이티가 그를 노려보았다. "내가 당신이 일주일에 한 번씩 찾아와서 나를 본체만체할 경우에 대비해 허접한 카페에서 몇 년 동안내 인생을 낭비할 사람으로 보여요? 네, 네, 대단한 계획이네요. 지난 24시간 동안 나는 집에서 폭행을 당해 아이들을 데리고 도망칠 수밖에 없었어요. 앞으로 두 번 다시 마음 편하게 집으로 돌아갈 수 있을지도 잘 모르겠고요. 내가 이런 사태를 바랐을 거라고 생각해요?"

그녀는 눈시울이 뜨거워지는 것이 느껴지자 눈물을 흘리지 않으려고 미친 듯이 눈을 깜빡였다. 그의 앞에서는 울지 않을 작정이었다. 흥분하지 마. 늘 그래왔듯이.

그는 묘한 눈빛으로 케이티를 빤히 쳐다보았다. 그러다 화가 풀렸는지 한숨을 쉬며 소파에 털썩 기대고 앉았다.

"당신 언니가 나쁜 사람이 아니라면 그날 저녁에 우리 집에 들어온 이유가 뭘까요? 이지를 데리고 도망친 이유가 뭘까요? 자기 딸의 시신을 버리고 간 이유가 뭘까요? 무슨 엄마가 그래요?"

"나도 몰라요. 겁에 질려서 그랬을 거라고 짐작할 밖에요. 언니는 분명 범인을 봤을 거예요. 당신 딸을 살리기 위해 자기 딸을 버렸을 수도 있어요."

"경찰에 신고하지 않은 이유는 뭐고요?"

"신고할 수가 없었겠죠. 빠져나올 수 없는 상황에 엮여 있어서."

"어떤 상황요? 어떤 상황에 엮여 있었길래 이 지경에 이르냔 말이죠."

케이티는 망설였다. 지금이 아니면 영영 기회가 없었다. 그녀는 지갑을 꺼냈다. 손이 덜덜 떨렸다. 귀퉁이가 너덜너덜한 명함을 꺼내 커피 테이블 위에 내려놓았다.

디 아더 피플.

게이브는 그 명함을 빤히 쳐다보다가 시선을 들었다. "디 아더 피플에 대해서 어디까지 알아요?"

"당신은 어디까지 아는데요?"

"사적 정의 실현. 상부상조. 눈에는 눈—"

"요청하고 신세를 갚고." 그녀는 씁쓸한 말투로 말문을 대신 맺었다. "우리 언니는 디 아더 피플이라는 단체에 빚을 졌어요."

"어쩌다가요? 어떤 부탁을 했길래요?"

"우리 아빠를 죽인 사람을 죽여달라고 했어요."

53

9년 전

떠났지만. 케이티는 카드를 물끄러미 쳐다보며 생각했다. "······ 영원히 기억될." 그래도 *떠났다*는 사실에는 변함이 없었다. 영원히. 떠났다는 사실에는.

그 단어가 그녀의 머릿속에 각인된 느낌이었다.

잊을 수가 없었다.

"지금 당장 문구를 결정하지 않아도 돼요." 카운터를 지키는 노파가 다정한 목소리로 말했다. "나중에 전화로 알려줘도 돼요."

하지만 그녀는 그럴 수 없었다. 꽃이냐 화분이냐만으로도 충분히 서로 옥신각신했다. 이것만큼은 결정해야 했다. 그리고 생각해보면 바보 같은 짓이었다. 아빠가 그 카드를 읽을 것도 아니지 않은가. 그녀가 아빠에게 보내는 카드도 아니지 않은가. 그래도 그녀는 문구만이라도 제대로 선택해야 한다는 부담감과 책임감을 느꼈다.

평범하고 진부한 표현을 피해야 했다.

하지만 어떤 단어를 쓸 수 있을까? 이건 잠을 자다가 조용히 눈을 감은 아버지의 장례식이 아니었다. 그는 죽음이 다행스러운 해방으로 느껴질 만큼 오랜 기간 동안 병으로 고생하지도 않았다. 사랑하는 아버지가 잔인하고 잔혹하게 살해당했을 때는 어떤 문구를 써야 적당할까?

꽃집 직원은 계속 케이티를 쳐다보고 있었다.

제멋대로 자란 백발을 하나로 틀어 올리고 두툼한 안경 너머로 눈이 나쁜 두더지처럼 쳐다보는, 체구가 아담한 노파였다. 파란색 원피스에 후줄근한 카디건을 입고 편한 검은색 신발을 신은 두더지였다.

"이런 상황일수록 더 힘들죠."

케이티는 좀 더 도끼눈을 뜨고서 그녀를 쳐다보았다. "제 상황에 대해서 어떻게 아시는데요?"

"미안해요. 오지랖 부리려고 한 말은 아니었는데 기사를 읽었거든요. 그래서…… 미안해요."

케이티는 헛기침을 해요. "감사합니다. 저는 그냥—"

"계속 화가 나죠?"

그녀는 댁이 신경 쓸 일은 아니지 않으냐고 쏘아붙이려고 홱 하니 고개를 들었다. 하지만 꽃집 직원의 말이 맞는다는 것을 깨달았다. 바로 그거였다. 추모의 문구를 생각해내기가 힘든 이유는 지금 이 상황에 계속 화가 나기 때문이었다. 이건 옳지 않기 때문이었다. 이럴 게 아니라 악을 쓰고 소리를 지르고 이런 사태를 방관한 신에게 분통을 터뜨리고 싶기 때문이었다.

그걸 알아준 사람은 처음이었다.

케이티는 고개를 끄덕였다. "맞아요. 계속 화가 나요."

꽃집 직원은 미소를 지었다. 연민의 미소는 아니었다. 어떤 미소라고 해야 할지 케이티로서는 알 수가 없었다. 나중에서야 생각해보니 흡족한 미소였다. 그녀가 정답을 얘기했을 때 보임 직한 미소였다.

"커피 한잔 할래요?"

"음, 좋죠."

꽃집 직원은 카운터 안으로 들어오라고 손짓했다. 가게 뒤편에 조그만 간이 주방과 편안한 의자 두 개가 있었다. 그녀가 물을 끓이는 동안 케이티는 앉아서 기다렸다.

"상실감은 받아들임의 문제라고 생각하는 사람들이 많지만 늘 그런 건 아니에요."

"그럼 제가 어떻게 해야 할까요?"

"아버지를 죽인 남자를 생각하면 어떤 기분이에요?"

케이티는 하도 격하게 숨을 들이마시는 바람에 갈비뼈에 금이라도 간 듯한 통증을 느꼈다.

"증오해요. 이렇게 얘기하면 안 된다는 건 알아요. 용서하려고 노력해야 한다는 것도 알아요. 열여덟 살밖에 안 된 어린아이니까요. 불우한 환경에서 자라 보호시설을 들락거렸고. 이해해요. 하지만 우리 아빠를 죽였잖아요. 벽에 대고 뭉갠 다음 죽도록 내버려뒀잖아요. 아빠를 살릴 수도 있었는데. 전화 한 통만 했더라도. 딱 한 번 후회하는 기미만 보였더라도. 그런데 그게 아니라 파티장에 갔어요. 우리 아빠는 피를 흘리며 죽어가는 동안 그 애는 약을 하고 코가 비뚤어지도록 술을 마셨어요."

케이티는 잠깐 멈추고 숨을 쉬었다. 이런 얘기를 꺼내기는 처음이었다. 이런 식으로 속내를 털어놓은 건 처음이었다. 그것도 생판 모르는 사람에게.

꽃집 직원이 커피를 머그잔에 담아서 두 잔 들고 왔다. "그래도 범인이 잡혔잖아요."

"그러면 뭐 해요. 우리 쪽 변호사 말로는 나이 때문에 과실치사로 가벼운 형을 받을 테니 마음의 준비를 하래요. 기껏해야 2년 아니면 3년일 거라고. 우리 아빠는 영영 목숨을 잃었는데 그 인간은 몇 년 형을 살고 끝이라니. 불공평해요."

"어떻게 하면 공평하겠어요?"

꽃집 직원의 질문이 충격적으로 다가왔다. 케이티의 대답은 그보다 더 충격적이었다.

"우리 아빠처럼 그 인간도 혼자 괴로워하면서 죽으면요." 그녀는 고개를 저었다. "휴. 너무 끔찍한 대답이다, 그렇죠?"

"아뇨, 솔직한 대답이라고 생각해요. 자."

직원이 그녀에게 명함을 건넸다.

케이티는 명함을 빤히 들여다보았다. 까만색 바탕에 두 단어가 흰색으로 적혀 있었다.

디 아더 피플.

그 글자 아래로 흰색 작대기 인간 둘이 손을 잡고 있었다.

"이게 뭐예요?"

"당신과 똑같은 일을 겪은 사람들과 접촉할 수 있는 웹사이트예요. 그 사람들이 당신에게 도움을 줄 수 있을지 몰라요."

"그렇군요. 감사해요. 나중에 한번 알아볼게요."

케이티는 알아볼 생각이 없었다. 왁자지껄 손뼉을 치자는 무슨 기독교 단체 사이트일 것이었다. 전도하려는 수작인 게 분명했다.

"일반적인 웹에서는 찾을 수 없어요."

케이트는 미간을 찌푸렸다. "그럼요?"

"다크 웹이라고 들어봤어요?"

케이티는 꾀죄죄하고 안경을 쓴 꽃집 직원을 쳐다보았다. 다크 웹이라니. 무슨 장난인가? 몰래 카메라인가?

그녀는 미간을 찌푸렸다. "그거 불법 아니에요?"

"전부 그런 건 아니에요. 좀 더 조용히 소통하고 싶어 하는 사람들을 위한 공간일 수도 있어요."

케이티는 명함을 뒤집었다. 뒷면에 일련의 글자와 숫자가 적혀 있었다.

"사이트 주소하고 비밀번호예요. 들어가보고 싶으면 참고해요." 꽃집 직원이 말했다.

"그러니까 그냥 채팅룸인 거죠?"

"그렇지는 않아요. 당신이 아버지를 위해 진심으로 정의를 실현하고 싶으면 그들이 다른 서비스를 제공할 거예요."

다른 서비스.

대화가 비현실적인 방향으로 흘렀다. 그 조그만 공간이 갑자기

숨 막히게 느껴졌다. 꽃 냄새에 속이 메슥거렸고 커피 맛은 썼다. 생판 모르는 사람에게 어쩌자고 고주알미주알 털어놓았을까? *상실감.* 그녀는 생각했다. 그것 때문에 판단력이 흐려졌다. 이 가게에서 나가야 했다.

"아무튼 감사해요. 말씀도 그렇고 커피도 그렇고. 이제 그만 가봐야겠어요."

"카드에는 뭐라고 적을까요?"

"그냥…… '보고 싶을 거예요, 아빠'라고 해주세요."

그녀는 허둥지둥 가게를 빠져나와 길거리를 오가는 한낮의 보행자 사이에서 시원한 공기를 벌컥벌컥 마셨다. 뚜벅뚜벅 인도를 따라 주차장으로 향했다. 명함을 쓰레기통에 버릴 생각이었는데, 쓰레기통이 보이지 않았거나 아니면 가는 길을 막은 사람들이 있었을 것이다.

그래서 어쩌다 보니 집으로 돌아올 때까지 명함이 지갑에 들어 있었다. 그녀는 그걸 꺼내서 분명 재활용 수거함에 던지려고 했다. 그런데 중간에 딴 데 정신이 팔렸는지 홀의 조그만 테이블에 방치하고 말았다.

샘과 일 문제로 정신이 없었기 때문에 명함은 열지 않은 스팸 메일처럼 며칠 동안 그 자리를 계속 지켰다. 그 존재를 거의 잊어버렸을 때 프랜이 장례 준비를 마무리 짓기 위해 찾아왔다.

언니가 집에 찾아온 적은 거의 없었다. 언니는 항상 다른 가족들과 거리를 유지했다. 솔직히 케이티는 별로 신경 쓰지 않았다. 엄마가 상대하기 까다롭듯 언니도 마찬가지였다. 신경질적이고 공격적이었다. 그래서 좋아하기가 힘들었다. 이렇게 표현하면 문제가 있는 쪽이 케이티인 것처럼 느껴졌지만, 사실은 프랜이 애정으로 향하는 길목에 장애물을 설치한 쪽에 가까웠다. 케이티로서는 프랜이 그러는 이유를 알 수가 없었고 이제 와서 장애물을 타고 넘을 기운이 있는지 그것조차 자신이 없었다.

그날 오후에 프랜은 허겁지겁 들어와서 얼른 가야 된다고 했다. 잠시 후에 그녀의 시선이 테이블 위에 놓인 명함으로 향했다.

"이게 뭐야?"

'아무것도 아니야. 그냥 쓰레기야. 버리려던 참이었어.'

케이티는 그렇게 얘기했어야 했다.

하지만 그러지 않았다. 공유해야만 할 것 같은 충동을 느꼈다. 어쩌면 언니와 대화다운 대화를 나눌 수 있는 기회일지 모르기 때문이었을까.

그녀는 말했다. "사실 황당한 얘기이긴 한데……."

장례식은 일주일 뒤에 열렸다. 무사히 지나갔다. 어쩌면 그것이 그 장례식에 대해 내릴 수 있는 가장 훌륭한 평가였다. 엄마는 쓰러지지 않게 케이티가 두어 번 팔을 잡아주어야 하긴 했지만 장례식 내내 얼굴 붉힐 필요가 없을 정도로 멀쩡한 정신 상태를 유지했다.

그녀의 팔을 잡아주는 사람은 없었다. 크레이그가 샘을 보겠다고 집을 지키고 있었기 때문이다. 또다시. 소리를 질러대는 아이를 장례식장에 데려올 수는 없다는 건 두 사람 모두 인정한 바였지만, 크레이그는 자기 부모에게 아이를 맡기고 와서 아내를 부축해주려는 시도조차 하지 않았다. 케이티는 그가 좋은 아빠가 되려는 마음에 그런 거라고 자기 자신을 설득하려고 했고 하마터면 성공할 뻔했다.

목사는 케이티와 다른 자매들이 부탁한 대로 살아생전 아빠에 대해 집중했고 잔인하고 몰상식했던 죽음에 대해서는 함구했다. 그리고 받아들임과 용서에 대해서도 얘기했지만 케이티는 나중에 아빠가 애지중지했던 꽃밭으로 옮길 관 주변의 화분을 흘끗 쳐다볼 때마다 다른 *서비스*를 운운했던 눈 나쁜 두더지가 생각나 몸서리가 나려는 것을 참았다.

영화에 출연해 슬퍼하는 딸 역할을 맡기라도 한 듯 무덤가에 서 있는 것이 비현실적인 느낌이었다. 루가 벌게진 얼굴로 상심의 콧물을 줄줄 흘리며 바로 옆에서 울부짖고 코를 훌쩍이는 아주 실감 나는 소리가 들렸음에도 이게 실제로 벌어지고 있는 상황일 수 없다고 느껴졌다. 저 딱딱한 나무 관 속에 누워 천천히 땅속으로 들어가고 있는 사람이 *그녀의* 아빠일 리 없었다. 이것이 아빠의 마지막일 리 없었다. 이래서는 안 되는 거였다. 아빠의 미소를 두 번 다시 볼 수 없고 아빠의 따뜻한 손길을 두 번 다시 느낄 수 없다니 상상조차 할 수 없었다. *떠났어.* 그녀는 생각했다. *영영.* 눈물이 뺨을 타고 흘러내렸고 누군가가 그녀의 손을 잡는 것이 느껴졌다. 프랜이었다.

케이티는 조문객들을 위해 동네의 조그만 술집을 예약해두었다. 술집은 발 디딜 틈이 없었다. 아빠는 인기가 많았고 그녀도 알다시피 이렇게 많은 사람들이 여기 모여 있는 광경을 보았더라면 아빠도 좋아했을 것이다. 말소리로 가게 전체가 웅성거렸고, 삭막하고 엄숙한 교회에서 벗어나자 돌덩이 같던 상실감이 완전히 없어지지는 않았지만 어느 정도 흩어지는 것을 느낄 수 있었다. 이런 게 아빠한테 어울리지. 그녀는 생각했다. 그 차가운 회색 교회와 딱딱한 나무 관이 아니라. 여기. 이곳. 사람들. 친구들. 웃음소리.

그녀는 루에게 엄마를 감시하라고 시켰지만 무의미한 임무였다. 사람들이 상심한 미망인에게 계속 술을 사주다 보니 벌써부터 제법 취해 있었다. 케이티는 어떤 의미에서는 엄마가 부러웠다. 그녀도 무작정 진을 들이켜며 망각에 투항하고 싶었다. 하지만 그럴 수가 없었다. 돌아다니며 조문을 받고 와주셔서 감사하다고 인사하고 목사와 잡담을 나누고 샌드위치가 부족하지는 않은지 체크하는 사람이 있어야 했다. 장례식에 참석하고 나면 다들 배가 고파지는 모양이었다.

급기야 억지로 미소를 짓느라 얼굴이 아플 지경에 이르자 그녀는 조용한 한쪽 구석에 서서 따뜻하게 데운 화이트와인을 홀짝이며 막대 비스킷을 깨작거렸다. 프랜이 사람들을 헤치고 그녀의 옆으로 다가와 섰다.

"그 웹사이트에 들어가봤어." 프랜이 평소처럼 거두절미하고 말했다.

"뭐? 왜?"

프랜은 명함을 내밀었다. "내가 이거 들고 갔어. 궁금해서."

케이티는 떨리는 손으로 명함을 다시 받았다. 그게 없어진 줄도 모르고 있었다. "그런데?"

"저질렀어."

"저지르다니 뭘?" 프랜을 빤히 쳐다보는 동안 케이티는 배 속이 단단히 뭉치기 시작했다. "언니, 무슨 짓을 저질렀다는 거야?"

프랜은 창밖을 흘끗 내다보았다. 케이티는 택시가 대기하고 있다는 것을 알아차렸다. 그녀는 미간을 찌푸렸다. "택시 불렀어? 내가 태워다주려고 했는데."

"집에 가서 짐 싸야 해."

배 속이 점점 더 심하게 뭉쳤다.

"짐? 어디 가려고?"

"미안. 더는 여기 있을 수가 없어. 아빠도 돌아가신 마당에. 새롭게 출발해야겠어. 그러는 게 모두를 위해 최선이야."

"지금 무슨 소리 하는 거야?"

프랜은 몸을 돌리더니 느닷없이 케이티를 으스러져라 끌어안았다. "아빠를 위해서 한 일이야. 그것만 기억하면 돼."

"언니?"

프랜은 포옹을 풀고, 살짝 어안이 벙벙한 얼굴로 숨을 몰아쉬는 케이티를 두고 몸을 돌려서 뚜벅뚜벅 술집에서 나갔다. 케이티는 쫓아서 달려가며 돌아오라고, 무슨 소린지 설명해보라고 소리를 지르고 싶었다. 그런데 그때 저편에서 유리 깨지는 소리가 들렸다. 엄마였다. 아빠의 장례식장에서 소란을 피울 수는 없었다. 그런 사람은 엄마 하나만으로 충분했다. 그 밖의 다른 요인으로 이 자리를 망칠 수는 없었다. 그녀는 언니가 기다리고 있던 택시에 올라타는 것을 보고 고개를 돌렸다. 웃는 얼굴로 고개를 끄덕이며 엄마가 벌인 일을 처리하러 술집을 가로질러 갔지만 그러는 동안에도 프랜이 한 말이 머릿속에서 계속 맴돌았다.

'*아빠를 위해서 한 일이야.*'

일주일 뒤에 전화가 왔다. 케이티가 부엌에서 칭얼대는 샘을 달래고 있을 때 휴대전화 벨이 울렸다. 그녀는 휴대전화를 집어서 어깨와 귀 사이에 끼웠다.

"여보세요?"

"케이티?"

"네?"

샘이 울부짖었다. 그녀는 아이의 입에 공갈젖꼭지를 물렸다.

"저 앨런 프랜트예요."

그들 가족을 담당한 피해 가족 지원팀 소속 직원이었다.

"아, 안녕하세요."

샘이 공갈젖꼭지를 바닥으로 뱉었다.

"아버님 사건에 변화가 생겨서요."

"어떤 변화가요?"

그녀는 샘을 안고 어정쩡하게 허리를 숙여서 바닥에 떨어진 공갈젖꼭지를 집었다.

"제이든 카터가 시신으로 발견됐어요."

그녀는 그 자리에서 얼어붙었다. *제이든 카터.* 아빠를 살해한 아이였다.

"어쩌다가요?"

"자살로 추정돼요."

추정돼요.

"어떻게 죽었는데요?"

"듣고 싶지 않을 텐데—"

샘이 품 안에서 꿈틀거렸다. 그녀는 공갈젖꼭지를 잠깐 입에 넣었다가 다시 아이에게 물렸다. 이번에는 아이가 뱉지 않았다.

"듣고 싶어요."

"면도칼로 자기 손목과 목을 그었어요."

"맙소사!"

부엌이 빙그르르 돌았고 입 안의 침이 한 방울도 남김없이 빨려나가는 기분이었다.

"네. 아주 섬뜩하죠."

"하지만…… 자살인가요?"

그녀는 그렇다고 대답해주길 바랐다. '제발 그렇다고 해줘요.'

"철저하게 조사가 이루어질 거예요. 제이든이 다시 유치장에 수감되어 있었고 몇 가지, 음, 앞뒤가 맞지 않는 부분이 있거든요. 하지만 아버님 사건에 관한 한 죽은 사람을 기소할 수는 없으니까요."

앞뒤가 맞지 않는 부분. 다른 서비스.

"네." 그녀는 속삭였다. "그렇죠."

"정말 유감스럽게 생각합니다."

"네. 감사합니다. 전화 끊을게요."

케이티는 전화기를 내려놓았다. 배 속이 울렁거렸다. 거실로 들어가 샘을 놀이울에 내려놓았다.

'우리 아빠처럼 그 인간도 혼자 괴로워하면서 죽었으면 좋겠어요.'

이럴 수가. 그녀는 부엌 개수대로 달려갔지만 헛구역질만 났다. 얼굴을 때리고 숨을 고르려고 했다.

'내가 저질렀어.'

우연의 일치. 우연의 일치일 것이다. 당연히. 그녀가 그 말에 너무 많은 의미를 부여하고 있었다. 하지만······.

휴대전화를 부여잡고 프랜의 연락처를 찾았다. 장례식이 끝난 뒤에 몇 번 연락했었지만 번번이 음성 사서함으로 넘어갔다. 이번에는 이런 음성 안내가 들렸다.

"지금 거신 번호는 없는 번호입니다."

확인차 다시 걸어보았지만 똑같은 메시지가 들렸다. 젠장. 좋아. 이제 어떻게 해야 하지? 잠시 후에 그녀는 깨달았다. 그녀는 샘을 안아서 유모차에 태우고 집을 나섰다.

금발을 짧게 자른 젊은 여자가 꽃집 카운터를 지키고 있었다. 케이티가 들어가자 그녀는 싹싹하게 미소를 지어 보였다.

"어떻게 오셨어요?"

"아, 네. 요전 날에 제가 왔을 때는 어떤 할머니가 계셨는데요."

싹싹한 미소가 사라졌다. "마사 말씀이세요?"

"이름은 못 들었어요. 그분이 다시 출근하시나요?"

직원은 고개를 저었다. "아뇨. 그래서 제가 대신 나와 있는 거예요. 어제 전화로 그만두겠다고 하지 뭐예요. 일주일 전에 미리 알려줘야 하는데, 이런 식으로 우리를 물 먹이네요."

케이티는 딛고 있던 세상이 무너지는 것을 느끼며 직원을 빤히 쳐다보기만 했다.

"연락처는 없으시겠죠?"

"알려드린다 한들 소용이 없을 거예요." 직원은 언성을 낮추었다. "전부 가짜거든요. 사장님이 진짜 열 받았어요."

케이티는 직원을 빤히 쳐다보았다. *가짜.* 그녀는 멍하니 꽃집을 나섰다. '숨을 쉬자.' 속으로 중얼거렸다. 침착하게. 이성적으로 생각해보자. 이 모든 게 그냥 황당하고 끔찍한 우연의 일치일 가능성이 커. 어떤 음모가 아니라. 실제 현실이야. 어디 앉아서 커피를 마시며 이 모든 상황을 객관적으로 바라볼 필요가 있었다.

동네 커피숍에 자리를 잡고 앉아 카푸치노를 주문하고 샘에게는 주스와 바나나를 먹였다. 그런 다음 지갑에서 명함을 꺼냈다.

디 아더 피플.

언니, 무슨 짓을 저지른 거야?

'무슨 상관이야? 아빠를 살해한 범인이 죽었어. 정의가 실현된 거지. 그 명함은 찢어버려. 잊어버려. 그냥 네 인생에 집중해.'

"카푸치노 주문하셨죠?"

그녀는 웨이트리스를 올려다보았다.

"아, 네, 고마워요."

웨이트리스는 찰랑거리는 잔을 테이블에 내려놓았다. 케이티는 점잖게 미소를 짓고 그녀가 멀어질 때까지 기다렸다가 휴대전화를 집었다.

'잊어버려. 그냥 네 인생에 집중해.'

그녀는 사파리 브라우저를 띄우고 검색했다. 다크 웹에 접속하는 법.

프랜이 무슨 짓을 저질렀는지 두 눈으로 확인해야 했다.

54

　게이브가 생각하기에 증오에는 딱 한 가지 문제점이 있었다. 증오가 인간을 잡아먹거나 망가뜨리지는 않았다. 그건 헛소리였다. 증오는 가장 힘든 시기에 원동력이 될 수 있었다. 상심, 절망, 공포. 사랑과 용서는 온기를 제공할지 몰라도 로켓을 달나라까지 날리는 힘은 증오에서 비롯된다.

　진짜 문제점은 뭔가 하면 결국에는 증오도 스스로 소진되어 버린다는 것이었다. 지금 이 순간 그는 분노를 간절히 원했다. 그런데 딸아이를 데려간 여자를 향해 분노를 소환해야 할 시점에 연료 탱크 뚜껑을 열어보니 말라 있었다. 다 휘발되어 버리고 없었다.

　그는 지친 눈빛으로 케이티를 쳐다보았다.

　"그래서 당신 언니가 그 자리에 있었던 거로군요. 신세를 갚기 위해."

케이트는 고개를 끄덕였다. "아마도요."

"왜 그냥 거부하지 않았을까요?"

"당신도 그 웹사이트를 보았잖아요. 거부할 방법이 있을 거라고 생각해요?"

그는 그렇다고 대답하고 싶었다. 그냥 웹사이트일 뿐이지 않느냐고. 여드름과 열등감과 세상에 대한 분노로 충만한 엽기적인 아이들 두어 명이 운영하는 곳일지 모른다고. 하지만 찌릿한 그의 옆구리가 너덜너덜한 살을 한데 꿰맨 바늘땀 일곱 개의 존재를 일깨워주었다. 불에 덴 듯 화끈거렸던 칼날. 그 남자의 눈빛.

신세를 갚지 않으면 우리 사이트의 원활한 운영에 지장이 초래될 수 있습니다.

케이티의 짐작이 맞았다. 그리고 그녀의 언니에게는 딸이 있었다. 그 딸을 위해서라면 언니는 무엇이든 마다하지 않았을 것이다. 생각과는 다른 방향으로 일이 흘러가고 말았지만.

"자기 가족보다는 우리 가족을 희생하는 편이 낫다고 생각했겠죠." 게이브는 매몰차게 말했다.

케이티는 입을 꾹 다물었다. "무슨 일인지 알았더라면 언니는 가담하지 않았을 거예요."

"하지만 가담했잖아요. 범인이 들어올 수 있게 제니의 경계심을 해제하는 역할에 불과했을지 몰라도. 그녀가 내 아내의 죽음을 공모했다는 사실에는 변함이 없어요."

"나도 알아요."

케이티는 술을 한 모금 마시다 다친 코에 유리잔이 닿자 움찔했다. 그는 분노가 잦아드는 것을 느꼈다. 이건 케이티의 잘못이 아니었다.

"진짜 뭐가 뭔지 모르겠네."

"그러게요."

"이 사람들은 누구일까요?"

"아무나 될 수 있어요. 배후에서 조종하는 사람은 있겠지만 대개는 상실감과 고통을 덜 수 있는 방법을 찾는 평범한 사람들이에요. 웹사이트에서는 그걸 이용하는 거예요. 그리고 한번 발을 들이면 그것으로 끝이죠."

"그 사이트에서 얘기하는 6단계의 법칙은 뭐예요? 우리 모두가 어떤 식으로든 연결되어 있다는 건가요?"

"맞아요. 누구든 쓸모가 있다는 거죠. 아무리 사소한 수준이라도. 어쩌면 나한테 그 명함을 준 꽃집 직원은 신세를 갚고 있었던 거였을지 몰라요."

"다단계 살인 조직이로군요." 그는 중얼거렸다. "그 단체에 대해 연구를 좀 했나 봐요?"

"제이든 소식을 들은 이후에 웹사이트에 수없이 접속했어요. 정체를 파악하려고 애를 쓰면서. 정보를 경찰에 넘길까 고민도 했지만—"

"그런데요?"

"겁이 났어요. 유치장에 구류된 재소자한테까지 접근할 수 있는 사람들이라면—"

그녀는 말문을 맺을 필요가 없었다.

"결국에는 그 사이트에 대해서 더는 생각하지 않고 내 가족과 사는 데 집중하기로 했어요. 아빠라면 그러길 바라셨을 테니까요."

"당신 언니는 생각이 달랐던 게 유감이네요."

"언니를 욕하지 말아요. 나도 아빠 생각을 하면 화가 났으니까. 내가 꽃집 직원한테 그런 얘기를 하지 않았다면 이런 일은 벌어지지 않았을 거예요."

"그거야 그냥 하는 얘기였잖아요."

"하지만 진심이었거든요."

"인간이라면 대부분 우울의 늪을 헤매던 순간에 누군가가 죽길 바란 적이 있을 거예요."

"차이점이 있다면 디 아더 피플은 그 소원을 이루어준다는 거죠."

'빌어먹을 사이코 요정 할머니처럼.' 그는 케이티를 보았다.

"날이 밝으면 경찰서에 가야 해요. 당신이 아는 대로 모두 얘기해야 해요."

그녀는 고개를 끄덕였다. 얼굴이 핏기 없이 핼쑥했고 코는 좀 가라앉았지만 눈 주변의 멍은 더 시커메졌다. 그런데 이제 그로 인해 더욱 끔찍한 순간을 맞닥뜨려야 했다.

"한 가지 더. 경찰이 이지를 태우고 갔던 차를 발견했어요."

그녀는 허리를 펴고 좀 더 똑바로 앉는 듯했다. "그런데요?"

게이브는 부패한 시신을 떠올렸다. 프랜의 소행인 것이 분명했다. 하지만 그 얘기를 꺼내면 문제만 더 복잡해질 테고 지금은 케이티에게 언니가 살인을 저질렀다고 알릴 때가 아니었다.

"어떤 여자도 발견했어요. 심하게 다친 여자를. 오늘 아침에 병원에서 숨을 거둔 것 같아요."

　　그녀는 숨을 들이마셨다. "그 여자 신원을 확인했대요?"

　　"아직은요."

　　"그렇군요. 알겠어요."

　　"그러니까 프랜이 아닐 수도 있지만……."

　　"아닐 확률이 얼마나 되는데요?"

　　"미안해요."

　　"아니에요." 케이티는 헛기침을 하고 고개를 저었다. "저도 속으로는 언니가 죽었다는 걸 알고 있었던 것 같아요."

　　"그렇군요. 그럼." 그는 잔을 기울였지만 놀랍게도 남은 술이 없었다. "이제 모든 얘기가 끝난 것 같네요."

　　"아니죠. 당신이 설명하지 않은 게 하나 있잖아요."

　　"그게 뭔데요?"

　　"당신 가족을 죽이고 싶어 했을 만큼 당신을 증오한 사람이 누굴까요?"

55

이지는 눈을 감고 천천히 고르게 숨을 쉬며 침대에 가만히 누워 있었다. 하지만 잠이 든 건 아니었다.

부엉이가 시커먼 벌판 위를 맴돌며 가끔 속삭이는 풀숲 가까이 몸을 낮추었다가 다시 솟구쳐 오르듯 잠이 들지 못하고 꿈결 위를 맴돌았다.

침대 저쪽 끝에서는 그레이시가 얼굴을 베개에 대고 쿵쿵거렸고 샘은 이불을 반만 덮은 채 대자로 누워 있었다. 1층에서는 케이티와 아빠(아직도 이 단어를 쓰면 기분이 너무 묘했다)가 이리저리 돌아다니며 얘기를 나누는 소리가 들렸다.

아빠는 괜찮아 보였다. 예전의 아빠에 대해서는 단편적인 기억밖에 없었다. 프랜은 아빠를 만나면 너무 위험하다고, 아빠는 안전하게 지켜줄 수 없다고 했었다. 하지만 그게 과연 사실인지 자신할 수 없었다. 이지는 아빠를 한눈에 알아보았고 끌어안았을 때 편안함과 따뜻함과 든든함을 느꼈다. 프랜이 했던 말 중에 많은 것들이 의심스러워지기 시작했다.

그날에 대해서도 그랬다. 그 사건이 벌어진 날. 악몽이 시작된 날.

이지는 나름대로 프랜을 사랑했다. 그녀는 잘해주려고 했고 이지도 프랜이 자신을 아낀다는 것을, 자신을 보호하기 위해 뭐든 마다하지 않을 것이라는 것을 알았다. 하지만 프랜에게는 왠지 모르게 항상 딱딱한 구석이 있었다. 심지어 이지를 끌어안았을 때도 그녀는 세상에 맞서 안팎으로 무장한 사람처럼 몸이 뾰족하고 울퉁불퉁하게 느껴졌다.

그런데 이제 프랜은 떠났다. 이유는 설명할 수 없지만 이지는 그녀가 죽었다는 것을 알았다. 어떤 사람이 다른 어딘가에 있다는 걸 알지만 지금은 곁에 없어도 헤어짐은 헤어짐이었다. 하지만 이번 경우는 느낌이 달랐다. 마치 프랜이 존재했던 세상에 어떤 공간이, 하나의 구멍이 생긴 것 같았다. 죽었다. 이지는 그 단어에 익숙해지길 기다렸다. 엄마처럼. 에밀리처럼. 죽는다는 건 천국에 간다는 뜻이라고 생각하는 사람들도 있었다. 프랜은 거짓말이라고 했다. 죽는다는 건 두 번 다시 돌아오지 않는다는 뜻이었다.

밖에서 바람이 휘파람 소리를 냈다. 이지는 침대 옆 테이블에 놓아둔 조약돌 배낭을 집어 가슴에 끌어안았다. 안에서 조약돌이 움직이며 덜거덕거렸다. 잠시도 가만있지 못했다. '여기가 어딘지 아는 거야.' 이지는 생각했다. 그리고 이상하게 자신도 여기가 어딘지 알 것 같은 기분이 들었다. 그런 느낌이 점점 더 강해졌다. 그러다 창밖으로 해변을 보았을 때 깨달았다.

거울 속의 소녀. 그녀가 여기 있었다.

이지가 잠을 잘 수 없는 이유가 그 때문이었다. 그녀의 존재가 느껴지고 방문 바로 밖에서 속삭이는 그녀의 목소리가 들리기 때문이었다.

'네가 필요해.'

물론 이지가 꼭 가야 하는 건 아니었다. 그냥 침대에 남아서 잠든 척할 수도 있었다. 하지만 유혹이 너무 강렬했다. 거의 실제로 잡아당기는 거나 다름없었다.

'부탁이야아아아아.'

그 소녀에게는 이지가 필요했다.

그리고 이지에게도 그 소녀가 필요했다.

이지는 일어나 침대 밖으로 다리를 내렸다. 그레이시가 뒤척이며 몸을 돌리고 뭐라고 중얼거렸지만 눈을 계속 감고 있었다. 이지는 이불을 젖히고 살금살금 카펫을 가로질렀다.

방문 앞에 다다르자 문을 조용히 열었다. 길쭉한 층계참 왼쪽으로 화장실이 있었다. 홀의 불빛이 희미하게 비치는 어둠 속으로 터벅터벅 나섰다. 누가 발소리를 듣더라도 상관없을 것 같았다. 화장실에 가나 보다고 생각할 것이다.

이지는 푹신한 카펫을 따라 걸어가 문 앞에 다다르자 안으로 들어가서 등 뒤로 문을 닫았다. 문을 잠그지는 않았다. 프랜이 항상 문을 잠그지 말라고 가르쳤다. 안에서 쓰러지면 프랜이 들어올 방법이 없기 때문이었다.

이상하지만 낯익은 이 집의 다른 모든 것처럼 화장실도 어마어마하게 컸다. 하지만 추웠다. 페인트는 흰색과 짙은 초록색이었다. 체크무늬 타일 바닥의 정중앙에 발이 달린 큼지막한 욕조가 놓여 있었다. 세면대와 그보다 더 새것 같아 보이는 개별 샤워 부스가 있었다. 창턱에는 조약돌과 소라고둥이 담긴 그릇이 놓여 있었다.

이지는 숨을 들이마시고 세면대 쪽으로 걸어갔다. 세면기를 내려다보며 숫자를 셌다. "하나, 둘, 셋."

그런 다음 고개를 들었다. 거울을 들여다보았다.

창백한 소녀가 이지를 마주보았다. 소녀의 뒤편에서 바다가 출렁거렸다. 바람에 하얀 금발이 이리저리 날렸다. 소녀가 미소를 지었다. 그런 다음 한 손을 자기 입술로 가져갔다.

'쉬이이이이이잇.'

56

게이브는 고요한 복도를 가만가만 지났다. 너무 조용했다. 너무 잠잠했다. 이사벨라처럼 이 집도 무기력 그 자체였다. 산 것도 죽은 것도 아니었다. 영원한 가사 상태였다.

그는 남쪽 별채 문 앞에 다다랐다. 키패드가 달린 이중 방화문이었다. 암호를 입력하자 문이 열렸다.

이쪽 별채에 들어설 때마다 짙은 애수가 그를 덮쳤다. 가끔 사형장으로 걸어가는 사람들이 이런 심정일까 싶을 때도 있었다. 확실한 운명을 향해 긴 통로 위로 느릿느릿 내딛는 발걸음. 화사한 해변의 별장 그림을 벽에 걸어놓고 은은한 조명과 카펫으로 아늑한 분위기를 꾸미려고 했지만 보호 시설 느낌에서 벗어날 길이 없었다. 화학약품 냄새와 탁한 공기 때문이었다.

용감하게 이사벨라를 놓아줄 수 있으면 좋겠다는 생각이 다시금 들었다. 그녀를 완전히 해방시킬 수 있다면 얼마나 좋을까. 하지만 그에게는 그런 용기가 없었다. 결과가 너무 두려웠고 그녀의 목숨을 책임질 자신이 없었다. 그가 무슨 자격으로 그녀의 목숨이 언제, 어떤 식으로 끝나야 하는지를 결정할 수 있을까? 다른 사람도 아닌 그가.

게이브는 부엌과 식료품 찬장과 조그만 화장실을 지났다. 이쪽 별채의 1층에는 간호사들이 숙소로 쓰는 방이 두 개 있는데 둘 다 방문이 열려 있고 안에 아무도 없었다. 2층에는 또 다른 손님방과 화장실이 있고 안방에 이사벨라가 누워 있었다. 당연히 엘리베이터가 설치되어 있지만 그는 계단으로 올라갔다. 피할 수 없는 순간을 조금이라도 뒤로 미루려는 꼼수에 불과하다는 것은 알았다.

마침내 이사벨라의 방 앞에 다다랐다. 그는 머뭇거렸다. 뭐라도 좋으니 발길을 막는 사건이 생기길 기다렸다. 전화벨이 울리길. 천장이 꺼지길, 땅이 갈라지길. 하지만 집 안에 흐르는 가차 없는 정적 말고는 아무것도 없었다.

그는 문을 열고 안으로 들어갔다.

◊

창백한 소녀가 해안가에 앉아 있었다. 이지는 잠깐 망설이다가 그 옆에 앉았다.

오늘은 바다가 거칠고 파도가 일렁거렸다. 성난 갈색 파도가 조그만 산처럼 솟구쳤다가 해변으로 제 몸을 마구 내동댕이쳤다. 거센 바람이 그들의 머리칼을 잡아챘다. 한쪽은 밝고, 다른 쪽은 까맸다. 하지만 이지는 춥지 않았다. 여기에 있으면 아무것도 느끼지 못했다.

그들은 한동안 말없이 앉아 있었다. 잠시 후에 창백한 소녀가 말했다. "그자가 이 근처에 있어."

"샌드맨 말이야?"

소녀는 고개를 끄덕였다.

"샌드맨이 누구야?"

"죽음. 해방. 어떤 남자. 끝의 시작. 그자는 여기에 한 번 찾아온 적이 있어. 아주 오래전에. 해변의 일부분을 들고 갔어. 그래서 이제는 점점 더 시끄러워지는 불협화음처럼 그자의 존재가 계속 느껴져."

"나쁜 사람이야?"

소녀는 고개를 돌렸다. 이지는 둘이 이렇게 바짝 붙어 앉은 것이 처음이라는 사실을 깨달았다. 소녀는 이지가 생각했던 것보다 훨씬 나이가 많았다. 사실상 소녀가 아니었지만 그래도 왠지 모르게 아이 같았다.

"거울이 어떤 역할을 하는지 알아?"

"상대를 비추는 거?"

"모든 걸 뒤집어봐. 이 세상에는 선도 악도 없어. 거울의 어느 편에 서 있는지에 따라 달라질 뿐이야."

이지는 프랜을 떠올렸다. 프랜을 사랑했지만 가끔 무서울 때도 있었다.

"맞는 말인 것 같아."

"미리엄은 두 종류로 샌드맨 얘기를 들려줬어. 한 얘기에서 샌드맨은 아이들 눈에 모래를 뿌려서 재운 다음 근사한 꿈을 보여줘. 다른 얘기에서는 아이들의 눈을 훔쳐가고. 거울의 양면이야. 꿈을 선물하는 자. 눈을 앗아가는 자."

"끔찍하다."

"여기도 마찬가지야." 소녀는 하던 얘기를 계속했다. "나는 여기 있으면 어둠으로부터 안전하지만 오래 있으면 있을수록 내가 점점 사라져."

이지는 검은색과 은색으로 물결치는 바다를 내다보았다. 터질 듯이 울분을 머금은 어두컴컴한 하늘이 머리 위에서 어른거렸다.

"그게 무슨 소리야?"

"우리가 맨 처음 만났던 때를 기억해?"

이지는 열심히 기억을 더듬었다. 머릿속을 헤집고 눈을 가늘게 떴다.

"아니. 그냥 아주 오래전부터 들락거렸던 것 같은데."

"그때 너는 아기였어. 하지만 우리 둘이 관계를 맺었어. 네가 나를 계속 붙잡아놓았어. 이 세상에. 덕분에 내 존재가 견딜 수 있었어. 하지만 그걸로는 부족해. 이제는."

"왜? 언니가 계속 머물러 있으면 어떻게 되는데?"

"해변이 뭘로 이루어졌을 것 같아?"

이지는 좌우를 두리번거렸다. 해변에는 대부분 자갈이 깔려 있었고 바다와 맞닿은 모래사장으로 갈수록 점점 드문드문해졌다.

"조약돌이랑 모래?"

창백한 소녀는 한 손을 들었다. 손가락 사이로 바람이 불자 손끝이 고운 가루로 서서히 바스러져 반짝거리며 해변으로 날아갔다.

"여기는 결국 이렇게 돼."

이지는 경악한 표정으로 소녀를 빤히 쳐다보았다. "내가 어떻게 하면 돼?"

"내가 떠날 수 있게 도와줘. 친구와 함께라면 그렇게 무섭지도 않을 거야. 너는 내 친구지?"

이지는 창백한 소녀의 눈을 들여다보았다. 언뜻 그 눈빛이 다정하게 느껴지지 않았다. 뭔가…… 다르게 느껴졌다.

이지는 망설이다가 말했다. "그럼. 당연하지."

소녀가 잘린 손을 내밀었다.

"그럼 나랑 같이 가자."

57

그녀는 잠을 잤다. 하얀 방에 누워 있는 창백한 소녀였다. 기계들이 그녀를 에워싸고 있었다. 시커먼 영원의 물결에 실려 떠내려가지 않도록 잠자는 소녀를 붙잡아놓는 수호자들이었다.

일정하게 삑삑거리는 기계음과 힘겨운 숨소리만이 이사벨라의 유일한 자장가였다. 게이브도 알다시피 그녀는 사고를 당하기 전에 음악을 좋아했다. 노래 부르는 것을 좋아했다. 악기 연주하는 것을 좋아했다.

이사벨라는 여전히 그때 그 아이로 보였다. 그가 이제 서른일곱 살이 된 그녀를 계속 그때 그 아이로 여기는 이유가 그 때문일지 몰랐다. 그간의 세월이 그녀의 얼굴에는 흔적을 남기지 않았다. 상심이나 기쁨의 흔적도. 환희나 고통의 흔적도. 여전히 반질반질하고 세월의 흐름이 남긴 티끌 하나 없었다. 삶의 체험이 남긴 티끌 하나 없었다.

방 한쪽 구석에는 조그만 피아노가 놓여 있었다. 뚜껑을 닫아놓았지만 엷은 먼지가 건반마다 덮여 있었다. 평소에는 피아노 위에 아이보리색 소라고둥이 있었다. 반질반질한 분홍색 안쪽 면이 귀의 섬세한 곡선을 닮은 고둥이었다.

하지만 오늘은 아니었다. 오늘은 소라고둥이 없었다.

그리고 이사벨라는 혼자가 아니었다.

어떤 사람이 침대 옆에 앉아 있었다.

회색 머리를 짧게 친 여자였다. 아무 무늬 없는 파란색 간호사복을 입었고 목에 십자가 목걸이를 걸었다. 기도를 하는 사람처럼 고개를 숙이고 있었다. 기계들이 삑삑거리고 윙윙거렸다.

"나 왔어요, 미리엄." 게이브는 말했다.

그녀는 천천히 고개를 들었다. "게이브. 웬일이에요?"

하지만 그녀는 놀란 표정이 아니었다. 체념에 빠져 조금 지친 표정이었다.

게이브는 침대 끝 쪽에서 서성였다.

"잠깐 동안 지낼 곳이 필요해서요."

"아, 그래요. 여긴 당신 집이잖아요."

"당신 집이기도 하고요."

"고마워요."

그는 침대 저편으로 건너가 다른 의자에 앉았다. "이사벨라는 좀 어때요?"

대답이 늘 같으니 의미 없는 질문이었다.

"좋아요. 우리가 깨끗하고 편안하게 보살피고 있어요. 그리고 가끔 내가 기도도 하고요."

게이브가 고개를 끄덕이는 동안 그녀는 목에 건 십자가를 만지작거렸다.

"그래서 여기 앉아 있는 거예요? 보니까 다른 당직 간호사는 없던데."

"나 혼자일 때가 많아요. 혼자서도 완벽하게 처리할 수 있고요."

"물론이죠. 저기, 미리엄, 상황에 변화가 생겨서 알려드려야 할 것 같아서요. 어제 오지 못한 이유가 그 때문이에요."

"네?"

"이지를 찾았어요."

"따님을요?"

그녀의 눈이 동그래졌다. 그녀는 십자가를 더욱 세게 움켜쥐었다.

"네."

"살아 있었어요?"

"네."

"어머나. 아유, 잘됐다. 그런데 어떻게요?"

"얘기하자면 길어요." 그는 얘기를 하다 말고 잠깐 멈추었다. "디아더 피플이라는 단체가 연루되어 있어요."

그녀는 미간을 찌푸리며 고개를 살짝 저었다. "그런 단체는 들어본 적 없는 것 같은데요."

"사랑하는 사람을 잃었거나 법원의 판결에 실망한 사람들을 대신해 정의를 구현한다는 단체예요. '눈에는 눈, 이에는 이'라는 정의를요." 그는 얘기를 하다 말고 잠깐 멈추었다. "내가 이사벨라에게 저지른 짓에 대한 보복으로 내 아내와 아이를 죽여달라고 그 단체에 요청한 사람이 있었어요."

미리엄은 그를 빤히 쳐다보았다. "미안하지만 조금 황당한 억측 아닌가요? 누가 그런 요청을 하겠어요?"

"분노와 증오와 상실감에 젖은 사람?"

"샬럿 말이에요?"

"처음에는 그런 줄 알았지만…… 아니에요, 이건 샬럿의 스타일이 아니에요. 이미 나를 자기 뜻대로 붙잡아놓았는걸요. 게다가 샬럿은 이지가 태어나기도 전에 세상을 떠났고요."

"그럼 누구요?"

"당신은 여기서 일한 지 얼마나 됐죠?"

"30년이 넘었죠."

"그 오랜 세월 동안 이사벨라를 돌봤죠. 질문도 없이, 대가도 없이. 이사벨라를 많이 사랑하나 봐요."

"맞아요, 많이 사랑해요."

게이브는 고개를 끄덕였다. 슬퍼서 심장이 터질 것만 같았다.

"그럼 제발 그래서였다고 얘기해줘요. 이사벨라를 위해서였다고. 돈이 아니라."

58

케이티는 꿈을 꾸다 말고 갑자기 움찔하며 눈을 떴는데…… 이유를 알 수가 없었다. 그녀는 어두침침하게 불을 밝힌 방에 적응하느라 눈을 깜빡였다. 어느 정도 시간이 지난 다음에야 여기가 어딘지 생각이 났다. 그러자 모든 기억이 물밀듯이 쏟아졌다. 대저택의 거실. 소파에서 잠이 든 모양이었다. 지금 몇 시일까? 그녀는 손목시계를 확인했다. 밤 10시 15분이었다. 그리 늦은 시각은 아니었지만 오늘 하루가 워낙 길었다.

게이브는 별채로 가서 이사벨라를 보고 오겠다고 했다. 그녀는 여기 남아서 브랜디를 마저 마시고 들어가서 누우려고 했었다. 아직 반이나 남은 잔이 테이블 위에 여전히 놓여 있었다.

케이티는 일어나 앉아 집 안에서 나는 소리에 귀를 기울였다. 그녀가 자다가 깬 이유가 있었다. 희미한 소음이었나, 쿵 하는 소리였나? 그녀는 귀를 쫑긋 세웠다. 엄마라면 누구나 아이들이 한밤중에 내는 소리에 주파수가 맞추어져 있다. 아이들이 쌔근쌔근 자고 있을 때와 뭔가 문제가 생겼을 때를 본능적으로 안다.

지금은 뭔가 문제가 생겼다.

그 소리가 다시 들렸다. 마룻장이 삐걱거리는 소리였다. 희미했고 조심스러웠다. 누군가가 움직이고 있었다. 게이브는 아니었다. 그의 발소리는 좀 더 무거웠다. 이건 아이의 발소리였다.

그녀는 일어나서 거실을 빠져나가 거대한 계단을 올라갔다. 안방은 왼쪽이었고 화장실은 층계참 끝이었다. 문 밑으로 노르스름한 불빛이 가느다랗게 새어나왔다. 그거였던 모양이다. 아이들 중 한 명이 화장실에 간 거였다. 그래도 본능 같은 것이 그녀에게 가서 확인해보라고 했다. 그녀는 어둠 속에서 손끝으로 벽을 훑어가며 층계참을 따라 걸었다. 손끝에 스위치가 닿자 불을 켰다. 층계참 위로 옅은 노란색 불빛이 쏟아졌다.

케이티는 화장실 문 앞으로 다가가 조심스럽게 문을 두드렸다.

"안에 누구 있니?"

잠잠했다. 아무 대답이 없었다. 심지어 물 흐르는 소리조차 들리지 않았다.

그녀는 다시 문을 두드리다가 잡고 밀었다. 잠겨 있지 않아서 문이 휙 열렸다. 화장실 안에 아무도 없었다. 하지만 세면대 위에 달린 거울이 톱니 모양으로 쩍 갈라졌고 세면대에 새빨간 핏자국이 문대어져 있었다.

'젠장.'

그녀는 공포로 얼어붙은 심장을 달래며 안방으로 층계참을 가로질러 갔다. 이불 밖으로 한쪽 다리를 내밀고 침대 발치에 누워 있는 샘은 한눈에 알아볼 수 있었다. 곱슬곱슬한 금발이 침대 머리 쪽에서 삐죽 보였다. 케이티는 큼지막한 더블베드 앞으로 살금살금 다가가 조심스럽게 이불을 젖혔다. 그레이시 옆으로 살짝 눌린 베개밖에 없었다.

이지가 사라졌다.

59

"착각하고 계시네요."

"나도 그랬으면 좋겠어요. 그리고 솔직히 고백하자면 진실을 파악하기까지 시간이 좀 걸렸어요. 진실을 알고 싶지 않았나 봐요. 유언은 바늘 하나 꽂을 틈이 없었어요. 나와 우리 가족에게 무슨 일이 벌어지면 부지는 신탁 관리자에게 위탁되죠." 그는 하던 얘기를 잠깐 멈추었다. "오는 길에 변호사 사무실에 전화해서 신탁 관리자가 누군지 확인했어요. 그러고 났더니 모든 조각이 딱 맞아떨어지더군요. 신탁 관리자는 딱 한 명이었어요. 미리엄, 당신."

미리엄은 살피는 눈빛으로 그를 빤히 쳐다보았다. 십자가를 잡고 있던 손을 놓았다. "나는 이사벨라를 돌보는 데 평생을 바쳤어요. 수많은 걸 희생해가며. 샬럿이 죽었을 때 그 오랜 세월 동안 헌신한 대가를 챙길 수 있을지 모른다고 생각했어요."

"그런데 샬럿은 자기 딸을 죽일 뻔한 사람에게 전 재산을 넘겼죠."

"나한테는 크리스털 그릇을 남겼어요." 그녀는 비웃음을 흘렸다. "자기가 쓰던 그릇을. 그게 말이 된다고 생각해요?"

"나도 그럴 수만 있다면 당신한테 모든 걸 주고 싶어요. 당신을 여기서, 이 집에서 살게 한 이유도 그 때문이에요."

"골다공증에 걸린 예순다섯 살짜리 여자한테 이 집이 무슨 소용이게요? 나도 이제 일을 그만하고 싶어요. 덜거덕거리며 이 사형수 감방을 돌아다니고 싶지 않아요. 하지만 여기서 벗어날 수가 없어요. 당신이 살아 있는 동안에는. 저 아이가 살아 있는 동안에는. 떠난다 한들 내 손에 뭐가 남겠어요? 정부에서 주는 연금과 어느 동네의 외풍이 심한 조그만 아파트?"

"당신이 부족함 없이 살 수 있도록 내가 조치를 취했을 거예요."

"나는 그보다 많은 것을 누릴 권리가 있었어요. 그리고 이사벨라는 정의를 실현할 권리가 있었고."

"그래서 디 아더 피플하고 접촉했군요. 그 단체는 어떻게 찾은 거예요?"

"여기서 잠깐 근무했던 간호사가 있거든요. 둘이서 가끔 대화를 나눴어요. 일을 그만두던 날에 그 간호사가 명함을 주더군요. '이 사람들이 도움이 될지 몰라요'라고 하면서. '하지만 일반적인 웹에서는 찾을 수 없어요.' 솔직히 그게 무슨 소린지 전혀 몰랐어요. 하지만 궁금하더라고요. 그래서 좀 알아보았고……." 그녀는 다시 십자가를 만지작거렸다. "기도의 응답을 받았어요."

게이브는 주먹을 불끈 쥐었다. "*예정대로였다면* 그 월요일 저녁에 나는 집으로 직행해 아내와 딸의 시신을 발견했겠죠. 그런 전적도 있고 하니 유력한 용의자로 지목을 받았을 테고요. 나는 감옥에 갇히고 우리 가족은 죽으면 모든 게 당신 차지가 됐겠죠."

"나는 그걸 받을 자격이 있어요. 그건 마땅히 내 몫이어야 했다고요."

"이사벨라의 상태가 악화되어야 한다는 조건이 따르지만 내가 사라지면 그거야 식은 죽 먹기였겠죠." 게이브는 하던 얘기를 잠깐 멈추었다. "그래도 내가 유죄 판결을 받을 거라고 장담할 수는 없었을 텐데요."

"무죄판결을 받는다 하더라도 나는 당신을 알아요, 게이브. 당신이 얼마나 나약한지. 아내와 딸 없이는 살 수 없었을 거예요. 당신이 스스로 목숨을 끊는 건 시간문제였겠죠."

"하지만 나는 그러지 않았죠. 그 차를 봤기 때문에. 이지가 아직 살아 있다는 걸 알았기 때문에."

그의 표정이 어두워졌다.

"*당신은* 알고 있었나요?" 그가 물었다.

"일이 잘못됐다는 연락을 받았어요. 이지가 아직 살아 있을 가능성이 있다고. 하지만 그쪽에서 아이를 찾아서 내 요청을 완수하겠다고 했어요."

"당신은 아이를 확실히 죽여야 했죠? 아이가 돌아와서 자기 유산을 달라고 하면 안 되니까. 당신이 당신 몫을 챙기려면 우리 모두 죽어야 했죠." 그는 자리에서 일어났다. 미리엄이라는 존재에 갑자기 구역질이 났다. "이제 경찰에 연락할 거예요. 이사벨라 곁에 있지 말고 여기서 나가주세요."

미리엄이 고개를 끄덕였다. "우리 대화를 휴대전화로 녹음하고 있었겠죠?"

"물론이죠."

그녀가 유니폼 주머니에서 뭔가를 꺼냈다. 혈관으로 얼룩덜룩한 그녀의 손과 하도 어울리지 않는 물건이라 게이브는 어느 정도 시간이 지난 다음에야 그 물건의 정체를 알아차릴 수 있었다.

"맙소사!"

미리엄은 자기도 놀란 듯 총을 내려다보았다. "손님이 찾아왔거든요. 샌드맨이라고 하면서 이걸 주더군요."

"미리엄, 제발 그 총 내려놓아요."

"그리고 나한테 선택권을 줬어요. 이 사태를 평화롭게 정리하는 올바른 길을 선택할 건지 아니면 그의 손에서 어마어마한 고통을 겪을 건지." 그녀는 총을 들었다. "이 안에는 총알이 한 개밖에 없어요."

그녀는 총구를 자기 관자놀이에 갖다 댔다.

"미리엄, 그러지 말아요."

"하지만 그 사람은 나를 잘못 봤어요."

그녀는 총구를 돌려 게이브를 겨누었다.

"나는 그를 두려워하지 않는다는 걸 모르더군요. 그리고 나는 내 몫을 차지하고 말 거라는 것도."

"미리엄……."

그녀가 방아쇠에 손가락을 얹었다. 바로 그때 누군가가 외쳤다.

"안 돼!"

60

이지가 티셔츠와 팬티 차림으로 문 앞에 서 있었다. 정전기 때문에 머리칼이 사방으로 뻗쳤고, 두 눈은 사납게 이글거렸고, 두 손은 피로 얼룩졌다.

"이지." 게이브는 절박하게 외쳤다. "다시 침대에 가서 누워. 얼른."

하지만 이지는 그의 말을 듣지 않았고 심지어 그가 보이지도 않는 듯했다.

"당신 딸이로군요." 미리엄은 미소를 지었다. "고마워라." 그녀는 총구를 돌렸다.

"안 돼! 나를 쏴요. 저 아이는 건드리지 말고." 게이브는 몸을 돌려 이지의 어깨를 붙잡았다. "이지!" 그는 애원했다. "일어나!! 여기서 나가."

냐요.

그는 팔을 타고 올라오는 찌릿한 충격을 느꼈다. 보이지 않는 힘이 그의 손을 뒤로 밀어냈다. 이제 그 힘을 온 사방에서 느낄 수 있었다. 전류였다. 전류가 허공에서 펄떡이고 치직거렸다. 그의 몸에서 털이 곤두섰다. 관자놀이 뒤편이 압력 때문에 불룩해졌다.

"그만해!" 미리엄이 외쳤다. "뭐 하는 건지 모르겠지만, 그만!"

이지는 눈을 깜빡이지도 않고서 그녀를 쳐다보았다. 미리엄의 손에 들린 권총이 흔들거리다가 갑자기 손가락에서 빙그르르 빠져나와 방 저편으로 날아갔다. 미리엄은 데기라도 한 듯 비명을 지르며 손가락을 감싸 쥐었다.

이지는 그녀를 지나 침대 쪽으로 다가갔다. 이제 이지의 시선은 잠을 자는 소녀에게 고정되어 있었다. 눈이 게이브가 여태껏 본 적 없을 만큼 짙은 파란색이었다. 그는 문득 평생 느껴본 적 없는 공포를 느꼈다. 이지가 침대 앞에 다다랐다.

"여기 있었구나." 이지가 속삭였다.

'안 돼.' 게이브는 생각했다.

그녀는 잠을 자고 있는 소녀의 손을 잡았다.

"안 돼!"

이사벨라가 눈을 떴다.

유리창이 와장창 깨졌다. 게이브는 저쪽 벽으로 내동댕이쳐졌다. 그 기세에 숨이 막혔다. 사나운 바람이 커튼을 할퀴고 스탠드를 방 저편으로 내던지고 침구를 낚아챘다. 바닷물이 눈을 찔렀다. 피아노 뚜껑이 쿵쾅거리며 여닫혔고 건반이 격한 불협화음을 토해냈다.

미리엄이 비틀비틀 의자에서 일어나려고 했다. 바람이 그녀를 도왔다. 그녀를 들어 올려 여기저기 긁힌 까만색 신발이 허공에 대롱대롱 매달리도록 잡아두었다가, 바닥에 있던 의자가 방 중간까지 미끄러질 정도로 세게 떨어뜨렸다. 미리엄이 지르던 비명이 갑자기 뚝 끊겼다.

아무 말 없이 손을 잡고 있는 두 소녀를 가운데에 두고 폭풍이 사납게 으르렁거렸다.

게이브는 안간힘을 써 내뱉었다.

"이지!"

하지만 이지는 그가 부르는 소리를 듣지 못했다. 이지는 다른 곳에서, 그를 넘어, 이 방을 넘어, 모든 것을 넘어 어느 지점을 바라보고 있었다.

"이지!!"

그는 잇달아 지푸라기라도 잡는 심정으로 외쳤다.

"이사벨라!"

바람이 조금 잠잠해지는 듯했다. 이사벨라가 베개 위에서 고개를 돌렸다. 그는 사고 이후 처음으로 소녀의 눈을 들여다볼 수 있었다. 그러자 그 모든 것이 다시금 눈앞에 펼쳐졌다. 시작. 끝. 그리고 그칠 줄 모르는 그 사이의 그것. 해변.

"미안하다." 그는 외쳤다. "정말, 정말 미안해. 하지만 제발 이지는 놓아줘. 그 아이는 보낼 수 없어."

소녀가 깊이를 알 수 없는 회색 눈으로 그를 마주 보았다.

그러다 잠시 후에 눈을 감고…… 이지의 손을 놓았다.

바람이 갑자기 그쳤다. 피아노 뚜껑이 쿵 하고 닫혔다.

이지가 바닥에 풀썩 쓰러졌다.

게이브는 휘청휘청 방을 가로질러 딸을 품에 안았다. 아직 숨이 붙어 있었다. '하느님 감사합니다.'

"게이브?"

그는 고개를 돌렸다. 케이티가 문 앞에 서 있었다. 그는 그녀를 보며 눈을 깜빡였다. "여긴 어떻게 왔어요?"

"자다가 깨 보니까 이지가 없어졌더라고요. 내가 문을 열고 들어오려던 순간에 문이 갑자기 열렸어요."

케이티는 두리번거리며 전반적인 상황을 파악했다.

"어머, 어떡해." 그녀가 한 손으로 입을 막았다.

게이브는 그녀의 시선을 따라갔다. 미리엄이 십자가를 쥔 채 침대 옆 의자에 고꾸라져 있었다. 목이 이상한 각도로 꺾였고 눈빛은 밋밋하고 공허했다.

게이브는 이사벨라 쪽으로 시선을 돌렸다. 소녀는 다시 잠을 자고 있는 듯이 보였다. 하지만 희미하게 오르내리던 가슴이 꼼짝하지 않았고 침대 옆 기계에서 이제는 귀에 거슬리는 삐 소리만 들렸다. 최후통첩이었다.

소녀는 이렇게 세상을 떠났다. '아니야.' 그는 생각을 고쳤다. '해방된 거지.'

그는 이지를 좀 더 으스러져라 끌어안았다.

"안녕, 이사벨라." 그는 속삭였다. "편안히 건너가길 바랄게."

61

그는 설탕을 잔뜩 넣은 블랙커피를 마셨다. 식사는 거의 하지 않았다. 가끔 전자담배를 피우며 수증기 구름을 뿜어냈다. 벽에 '전자담배 포함 금연' 팻말이 붙어 있었지만 그에게 뭐라 할 사람은 없었다. 여긴 그의 가게였다.

그는 검은색 옷을 입었다. 외투도 티셔츠도 데님도. 피부도 거의 검은색에 가까웠다. 키가 컸지만 너무 크지는 않았다. 근육질이었지만 보기 싫을 정도는 아니었다. 머리는 깨끗하게 밀었다. 한쪽 구석에 가만히 앉아 있으면 그림자에 가까웠다. 손님들 대부분은 그 그림자를 흘긋 쳐다보고는 멀찌감치 떨어진 자리로 갔다. 인종이나 편견 때문에 그런 건 아니었다. 그보다는 불안감 때문이었다. 그 남자를 너무 오랫동안 쳐다보면 절대 잊지 못할 무언가가 보일지 모른다는 느낌 때문이었다.

게이브는 어두침침한 카페를 가로질러 사마리아인의 맞은편에 앉았다.

"자네가 카페를 하다니 아직도 믿기지가 않아."

사마리아인은 씩 웃었다. "내가 워낙 재주가 많거든."

"그건 믿어지고."

"그나저나 너는 거의 인간에 가까워 보이는군. 아빠 노릇이 적성에 잘 맞나 봐."

게이브는 미소를 지었다. 어쩔 수가 없었다. '아빠'라는 단어만 들으면 그렇게 됐다. 이지 생각만 하면 그렇게 됐다. 몇 달밖에 안 됐지만 그들은 점점 서로에게 익숙해져가고 있었다. 이지는 밤에 나쁜 꿈을 꾸면 그를 불렀다. '아빠'라는 단어를 점점 자연스럽게 내뱉었다. 더는 살짝 미심쩍어하는 눈빛으로 그를 쳐다보지 않았다. 다시 서로 가까워지려면 아직 갈 길이 멀었다. 하지만 그는 기회가 주어졌다는 데 끝없이 감사했다.

그 전에는 아빠라는 자리를 당연하게 여겼다. 너무 바빴고 그의 사생활과 이사벨라에 대한 약속을 지키는 데 너무 연연하느라 딸에게 충분한 시간을 할애하지 못했다. 게이브는 '모든 일에는 이유가 있다'는 말을 믿지 않았다. 비극의 포인트는 말이 안 된다는 데 있는데, 사람들은 비극을 이해하려고 애를 썼다. 그냥 벌어진 일인데. 하지만 그에게 두 번째 기회가 주어졌다는 느낌은 있었다. 똑같은 실수를 두 번 다시 반복하지 않을 기회.

딸에게는 아직 수수께끼가 남았다. 그들은 이지의 기면증, 아이의 표현에 따르면 '쓰러지는 것'에 대해 몇 마디 대화를 나누었다.

그 증상은 '나쁜 사람'이 찾아온 날, 엄마가 죽임을 당한 날 이후에 다시 시작된 모양이었다. 그리고 프랜과 같이 지내는 동안 점점 심해졌다. 아마도 트라우마 때문이었을 것이다. 하지만 해변이나 조약돌에 대해 했던 얘기는 설명이 되지 않았다. 말도 안 되는, 정신 나간 소리 같았다. 하지만 게이브는 그 방에서 이사벨라와 같이 있었을 때 무슨 일이 벌어졌는지 목격했다. 그중 어느 것도 설명이 되지 않기는 마찬가지였다. 그렇기 때문에 일단은 그냥 받아들였다. 하지만 다행히 그날 밤 이후로 점점 좋아지는 것 같았다. 천천히.

이지는 일주일에 한 번씩 상담 치료를 받았다. 그들은 조금씩 자초지종을 파악하는 중이었다. 프랜과 어떤 식으로 도망을 다녔는지. 하지만 제니가 죽던 날의 자세한 정황은 복원하기가 더 어려웠다. 이지가 어딘가에 넣고 단단히 잠가서 치워버렸다. 상담사는 게이브와 경찰에게 그날의 기억은 영원히 봉인될지 모른다고 경고했다. 하지만 그래도 괜찮다고 게이브는 생각했다. 가끔은 좌절감이 느껴질지 몰라도 그냥 내버려두는 게 좋은 일도 있었다.

매덕 경위의 판단에 따르면 경찰 측에서는 이미 상당히 완벽한 시나리오를 입수했다. 알고 보니 프랜과 그녀의 딸 에밀리는 사건이 벌어지기 얼마 전에 게이브의 가족이 사는 곳으로 이사를 왔다. 에밀리는 이지와 같은 학교에 다녔다. 프랜은 교문에서 만나는 엄마들이 종종 그러듯 제니와 오며 가며 얼굴을 익힌 사이였을 것이다. 게이브도 그녀를 한두 번 본 적 있을지 몰랐다. 어쩌면 하교 시간에 아이들이 교문 밖으로 뛰어나왔을 때 그녀의 딸을 이지로 착각했을 수도 있었다. 두 아이는 '거의 쌍둥이'에 가까웠다.

매덕 경위는 어느 시점에 이르렀을 때 프랜이 디 아더 피플에게서 신세를 갚으라는 연락을 받았을 거라고 짐작했다. 게이브의 집에 찾아가 제니에게 대문을 열게 하고 범인이 들어올 수 있도록 문을 열어놓는 역할이었을 가능성이 컸다. 게이브도 이제 깨달았다시피 그에게 가족 살인범의 누명을 씌우려면 문을 따고 들어간 흔적이 없어야 했기에 중요한 역할이었다.

하지만 프랜은 계획을 고스란히 이행할 생각이 처음부터 없었다. 매덕 경위가 알려준 바에 따르면 프랜은 제니가 살해당하기 며칠 전에 집주인에게 퇴거를 통보하고, 열차표 두 장과 데번에 있는 휴가용 오두막집을 예약했다. 그런 다음 몸이 아픈 할머니를 보러 간다는 핑계를 대고 그 주 내내 에밀리를 학교에 보내지 않았다. 저렴한 선불 휴대전화도 두 대 장만했다.

사건 당일에는 게이브의 집으로 가기 전에 익명으로 경찰에 전화를 걸어 그의 집에 무단으로 침입한 사람이 있다고 신고했다. 앞으로 무슨 일이 벌어질지 몰라도 경찰이 늦기 전에 도착해서 막아주길 바랐을 것이다. 그러면 딸과 함께 디 아더 피플이 찾을 수 없는 곳으로 피신할 수 있었다.

하지만 그녀의 신고는 뒤로 밀렸고 경찰은 너무 늦게 도착했다. 프랜은 범인의 차를 타고 이지와 함께 도망쳤다.

트렁크에서 발견된 남자의 신원은 아직 밝혀지지 않았다. 하지만 이지가 한 말을 종합해보면 디 아더 피플 측에서 어느 시점에 그들의 소재를 파악한 모양이었다. 프랜은 남자를 죽이고 시신과 차를 호수에 버렸다.

게이브는 프랜이 그날 그의 집에 자기 딸을 데리고 간 이유를 여전히 알 수가 없었다. 단지 아이를 맡길 데가 없어서였을까? 그럼, 살인 사건이 벌어진 직후에 경찰에 신고하지 않았던 이유는 뭘까? 어떻게 자기 딸의 시신을 그냥 내팽개칠 수 있었을까? 그 퍼즐 한 조각이 없었다. 하지만 그도 알다시피 처음에는 집에 두 아이가 같이 있었다. 그러다 범인이 들어왔다. 한 아이만 목숨을 부지했다. 이지였다. 그리고 게이브가 그날 저녁에 그녀를 보았다. 고속도로에서. 앞차에 타고 있는 것을.

경찰은 그의 전화기에 녹음된 미리엄의 자백을 건네받았다. 해리도 진술서를 제출했지만 기소는 면했다. 공익에 위배되는 것으로 간주되지 않았기 때문이었다. 게이브도 동의하는 수밖에 없었다. 그렇다고 해서 그가 해리와 에벌린에게 손녀를 보여주어야 하는 건 아니었다. 아직은 시기상조였다.

DNA 검사 결과 이지가 그의 딸로 확증됐다. 에밀리의 유해는 엄마 곁에 다시 묻혔다. 마침내 모녀가 만났다.

케이티가 프랜의 장례식에 그를 초대했다. 그는 처음에 거절했다가 생각을 바꾸었다. 따지고 보면 프랜은 제니와 이지를 살리려고 했다. 그리고 이지를 안전하게 보호한 사람이기도 했다. 그 점에 대해서는 고마워해야 했다.

케이티의 어머니는 참석하지 않았지만 그녀의 여동생은 참석했다. 휴지에 대고 요란하게 흐느껴 울었다. 케이티는 그의 옆에서 좀 더 조용히 울었다. 그는 뭘 어쩌면 좋을지 몰라서 어정쩡하게 그냥 서 있었다. 그러다 어쩌면 조금 늦었을지 모르겠지만 그녀의 어깨를 팔로 감싸 안았다. 케이티가 긴장하다가 그에게로 기대는 것이 느껴졌다. 그 느낌이 나쁘지 않았다.

경찰은 계속 디 아더 피플을 추적하고 있었지만 가망 없는 일이었다. 웹사이트는 없어졌지만 다크 웹의 어딘가에서 새로운 URL로 계속 운영되고 있을 것이 분명했다. 그들에게만 보이지 않을 따름이었다.

루의 예전 남자친구 스티브는 체포됐지만 아직까지 진술을 거부하고 있었다. 디 아더 피플에게 처벌을 받느니 두 건의 살인미수 혐의가 나은 모양이었다. 매덕 경위가 게이브에게 밝힌 바에 따르면 그는 다른 몇 건의 사건에서도 증인을 협박하고 증거를 위조한 혐의로 수사를 받는 중이라고 했다.

프랜을 죽인 범인은 찾을 수 있을 것 같지 않았다. 누군지 몰라도 전문가의 소행이었다. 경찰의 짐작에 따르면 프랜의 숨통을 일부러 당장 끊지 않았을 정도로 전문적이었다. 그녀가 고통받길 원했던 것이다.

"그래서." 사마리아인이 말했다. "유랑 생활은 접었겠군그래."

"아마도."

"잘됐네. 그 개떡 같은 캠핑카가 얼마나 흉물이었는지 알아? 당장 폐차장으로 몰고 가서 부숴버려."

게이브는 미소를 지었다가 금방 거두었다.

"설명이 안 되는 구멍이 듬성듬성 남아 있어."

"그런 게 인생이지. 영화에 나오는 것처럼 그렇게 깔끔하지가 않거든."

"맞아. 하지만 계속 생각나는 한 가지가 있어. 계속 나를 괴롭히는 한 가지가."

"그래?"

"그날, 그 시각에 프랜이 호수로 찾아갈 거라는 사실을 누가 알았을까?"

"누가 그녀를 감시하고 있었나?"

"경찰에서는 그렇게 생각해. 마스킹 테이프 쪼가리와 부러진 나뭇가지가 발견됐거든. 그래서 누가 감시 장치를 설치했을지 모른다고 생각해."

"그럼 정답을 아는 거네."

"하지만 애초에 그 차와 시신이 거기 있다는 걸 아는 사람이 우리 둘뿐이었단 말이지."

"무슨 말을 하고 싶은 건지 알겠어."

"케이티가 자기 아버지를 죽인 그 10대에 대해서 했던 말이 생각났어. 제이든. 일찍부터 보호시설을 전전했나 보더라고. 엄마는 죽고 아빠는 전문적인 범죄자라."

"빤한 스토리네." 사마리아인이 말했다. "부재중인 아버지. 길잡이가 되어주는 사람이 없는 아이. 그런 아이들은 나쁜 무리와 어울리기 십상이지. 역사는 반복되고. 아이가 다 자랄 때까지 자기한테 아이가 있는 줄 모르는 아빠들도 있어. 나중에 알게 되면 아이는 아빠를 우러러보는데, 너무 오랫동안 잘못된 길을 걸었던 사람은 아이를 올바른 길로 인도하기가 힘들지. 그래도 노력을 해. 아이를 올바른 길로 인도하려고 최선을 다해. 그러다 한번 실수를 하면……."

게이브는 그를 빤히 쳐다보았다. "그 아이의 아빠가 경찰에 체포됐을 때 찍은 사진을 어찌어찌 입수했어. 아주 오래된 사진이야. 그 아빠는 예전에 레이더망에서 사라졌더라고."

게이브는 주머니 안에 손을 넣었다. 그가 손을 반쯤 꺼냈을 때 주먹 하나가 그의 손목을 단단히 붙잡았다.

"이러지 마."

사마리아인이 그의 눈을 뚫어져라 쳐다보았다. 그는 손목뼈가 움직이고 안쪽 어딘가에서 힘이 풀리는 것을 느낄 수 있었다. 문득 사마리아인을 다른 데서 만나자고 하지 않은 것이 후회됐다. 여기에서는 사마리아인이 마음만 먹으면 얼마든지 그를 죽일 수 있었고, 목격자도 증인도 없을 것이다.

"알았어." 그는 중얼거렸다.

사마리아인이 그의 팔을 놓았다. 팔은 무거운 짐처럼 테이블 위로 떨어졌다.

"지금 하는 얘기는 이번 딱 한 번만 할 거야. 알겠어?"

게이브는 고개를 끄덕였다.

"네 말이 맞아. 그 아이는 내 아들이었어. 그리고 그년 때문에 죽었을 때 열여덟 살밖에 안 됐고, 나쁜 아이는 아니었어. 그 아이가 잘못을 저질렀다는 건 나도 알아. 하지만 좋은 면도 많은 아이였어."

"사람을 죽이고 파티장에 갔는데?"

"너도 음주 운전을 하다가 아이를 치어서 뇌사 상태로 만들었잖아. 그런데도 이렇게 버젓이 살아 있지. 백인이라 또 한 번의 기회를 누린 거야."

"나를 잘 알지도 못하면서."

"아, 네가 가난했다는 건 알아. 하지만 가난한 백인은 가난한 흑인과 다르니까 같다고 얘기할 생각은 하지 마. 술 마시고 운전하다가 아이를 죽일 뻔한 백인 쓰레기는 집행유예. 과실치사로 체포된 흑인 아이는 경고를 먹고 철창으로 직행. 쾅."

게이브는 아무 대꾸도 하지 않았다.

"제이든은 후회했어. 나한테 그랬다고. 마음을 고쳐먹고 전과 다르게 살고 싶어 했어. 네가 그랬던 것처럼. 그런데 그럴 기회를 누리지 못했어. 복수에 눈이 먼 어떤 나쁜 년 때문에. 그들이 어떻게 했는지 알아? 그냥 목을 긋지 않았어. 그 전에 먼저 두들겨 팼지. 온몸의 기관을 잘근잘근 부숴가며. 그 아이는 혼자 천천히 죽었어. 고작 열여덟 살에."

"그걸 어떻게 알아냈어?" 게이브는 물었다.

"시간이 걸리기는 했지만 나도 나름대로 노하우가 있었거든. 발자취를 따라 그녀를 추적하기 시작했고 찾아냈어. 중부지방의 어느 조그만 마을에서 살고 있더군. 예의 주시하며 어떻게 할지 계획을 세웠지."

"그녀에게는 딸이 있었어."

"나는 아들이 있었어." 그는 게이브를 노려보았다. "그런데 어느 날 자취를 감추더니 영영 돌아오지 않더군. 그렇게 그녀를 다시 놓쳤지."

"하지만 자네는 상황을 종합해서 알아냈지. 그녀가 제니와 이지에게 벌어진 사건에 연루됐다고. 그래서 나를 찾아내 친구가 된 거야. 자네는 나를 생각해서 찾으러 다닌 게 아니라 프랜이 표적이었고 그녀를 찾는 데 내가 도움이 될 수 있을지 모른다고 생각했지."

사마리아인은 어깨를 으쓱했다. "너를 찾는 건 식은 죽 먹기였어. 전단지를 들고 휴게소를 돌아다녔으니. 나는 해야 할 일을 했을 뿐이야. 그리고 내가 너에게 친절을 베풀었잖아."

"어떤 식으로?"

"프랜이 살아 있었다면 이지를 찾으러 오지 않았겠어? 그랬더라면 좋았을까?"

게이브는 아무 대답도 할 수가 없었다.

사마리아인은 고개를 끄덕였다. "그것 봐. 그럴 줄 알았다."

게이브도 알고 있었다. 생각할수록 끔찍한 일이었다. 하지만 그렇다고 해서 쉽게 수긍하고 넘어갈 수 있는 건 아니었다.

"한 가지 더 있어." 게이브가 말했다.

"뭔데?"

"미리엄. 해답을 알아내 나보다 먼저 그녀를 찾아간 사람이 있었어. 총을 주면서 자살을 종용한 사람이."

"훌륭한 충고 같은데?"

"그녀 말로는 그 사람 이름이 샌드맨이라고 했어."

"멋진 이름이로구만."

"그래. 그렇지. 다리 위에서 만났을 때 자네는 이름이 많다고 했지. 샌드맨도 그중 하나인가?"

사마리아인은 의자에 기대고 앉아서 잠깐 동안 아무 말 없이 게이브를 쳐다보았다. 그러고 나서 잠시 후에 심각한 목소리로 나지막이 말문을 열었다. "있잖아, 나도 그 다리에 서 있어 봤거든. 제이든이 죽었을 때. 차이가 있었다면 내 경우에는 다리 대신 위스키 한 병과 알약 수십 알이었을 뿐. 어둠이 나를 데려가주길 기다렸지. 하지만 안 되더라고. 완전하게는. 정신을 차려보니 해변이었어. 하지만 여기 이런 해변이 아니라 다른 곳이었지. 추웠어. 시커멓게 성난 바다는 나를 붙잡아서 끌고 갈 듯이 파도를 날름거렸고……. 거기 가만히 있을 수가 없었어. 달려서 허우적허우적 해변을 올라갔지. 눈을 떠보니 내가 온몸에 토악질을 하고 바지에 똥을 싼 채 병원에 누워 있었어. 손에 이걸 쥐고."

그가 자기 치아를 손끝으로 두드리자 게이브는 몸속에서 한기를 느꼈다.

"조약돌."

"맞아. 황당하고 개떡 같은 일이지. 나쁜 꿈을 꾸고 나서 기념품을 들고 나온 것 같잖아? 그걸 쪼개서 한 조각을 이에 박아 넣었어. 잊어버리지 않으려고."

"뭘?"

"나 같은 사람들을 기다리는 미래."

"그래서 그런 이름으로 불리게 된 건가?"

사마리아인은 고개를 저었다. "그러면 앞뒤가 안 맞잖아. 조약돌하고 모랜데. 아니야." 그의 말투가 딱딱해졌다. "내가 그런 이름으로 불리게 된 이유는 사람들을 잠재우기 때문이야."

게이브는 소름이 돋는 것을 느낄 수 있었다.

"질문은 이제 다 끝났나?"

그는 고개를 끄덕였다. "응. 이제 가야겠네. 학교에 이지를 데리러 가야 할 시간이라."

사마리아인은 큼지막한 손을 내밀었다. "다시 만나서 반가웠어. 잘 지내고 딸 열심히 돌보길 바라."

게이브는 망설이다 그 손을 잡았다. 사마리아인은 그가 등을 돌릴 때까지 기다렸다가 말했다.

"있잖아, 설명이 안 되는 구멍이 하나 남았는데."

게이브는 한숨을 쉬었다. 몸을 돌렸다. "뭔데?"

"그 차."

"그 차가 왜?"

"너는 그날 저녁에 집으로 가고 있었지?"

"맞아."

"그리고 이지를 태운 차가 네 앞에 있었고."

"맞아."

"이상하잖아."

"응?"

"그 차는 네 집에서 반대 방향으로 가고 있었어야지. 방향이 잘못됐잖아. 거기에 대해서는 궁금해해본 적 없어?"

62

눈부시게 화창한 날이었다. 아이들이 크레용으로 선명하고 동그란 해님, 반짝거리는 파란 바다, 샛노란 모래를 그린 그림에서 볼 수 있는 그런 날이었다.

그들은 집에서 해변까지 걸어갔다. 게이브와 이지, 케이티와 샘과 그레이시였다. 그 대저택에서 살게 될 줄은 꿈에도 몰랐다. 하지만 이지가 그러고 싶어 했다. 바다와 해변 근처에서 살았으면 좋겠다고 했다. 그 말에 안 된다고 할 수가 없었다.

케이티와 아이들까지 불러들여 같이 사는 건 정말이지 계획에 없던 일이었다. 그냥 어쩌다 보니 그렇게 됐다. 그들은 개조 공사를 하는 동안 휴일에 자주 그 집을 찾아갔다. 샘과 이지는 같이 잘 놀았고 그레이시는 귀염둥이였다. 케이티는 색과 가구와 그림 등 오래된 넓은 저택을 좀 더 아늑하게 꾸미는 데 필요한 부분들을 선택하는 데 도움을 주었다. 그로서는 고마울 따름이었다. 3년 동안 캠핑카 생활을 했더니 조립식 가구와 천 샘플과 시험용 페인트라는 새로운 세상에는 속수무책이었던 것이다.

케이티가 남은 방으로는 뭘 할 거냐고 물었을 때 게이브는 농담조로 아무래도 그녀가 들어와서 살아야겠다고 말했다. 그러자 이지가 당장 열렬하게 찬성했다. 그들은 웃어넘겼지만 갈수록 그는 고민이 됐다. 그와 이지, 단둘이 살기에는 집이 커도 너무 컸다. 전처럼 아무도 살지 않는 죽은 집으로 전락하는 것은 싫었다. 그래서 좀더 진지하게 다시 한번 케이티에게 제안했다. 새롭게 시작하지 않겠느냐고. 월세는 낼 필요 없다고. 입주 베이비시터인 셈 치자고. 음흉한 부대조건은 전혀 없다고.

놀랍게도 케이티는 좋다고 했다. 그녀는 가까운 호텔에 새로 취직했다. 6개월이 지난 지금은 차분한 안정기로 접어들었다. 영안실에 가까웠던 대저택이 이제는 웃음소리와 생기로 넘쳐났다. 전형적인 관점에서 보자면 그들은 가족이라고 볼 수 없었다. 케이티와 그는 아직 서로를 알아가는 중이었다. 그 종착지가 어디일지, 종착지가 있기는 할지 그로서는 알 수 없었다. 하지만 그 길을 신나게 걸어갈 의향은 있었다. 그는 삶 속으로 다시 뛰어든 적이 없는데 삶이 제 발로 그를 찾아왔다.

오늘 그들은 종종 그랬듯이 소풍을 떠났다. 진부한 단어지만 3년이라는 긴 세월 동안 누리지 못했던 단어였다. 그런 소소한 즐거움조차 거부당하고 지내왔던 사람에게는 얼마나 소중하게 느껴지는지 몰랐다. 그들은 자갈 위에 체크무늬 담요를 깔고 접의자를 펼쳤다. 아이들 머리에 햇빛 차단용 모자를 씌우고 케이티는 비치백을 뒤지며 선크림을 찾았다.

그녀가 혀를 찼다. "안 보이네." 그녀는 게이브를 올려다보았다. "여기다가 챙겼어요?"

그는 미간을 찌푸렸다. "챙긴 것 같은데요."

"그런데 없네요."

"확실해요? 어디 줘봐요."

"없어요. 내가 찾아봤어요."

이지, 그레이시, 샘이 킥킥거렸다.

"왜?" 케이티와 게이브가 동시에 물었다.

아이들은 다 안다는 듯이 눈빛을 주고받았다.

"왜?" 케이티가 다시 물었다.

"두 분 얘기하는 게 꼭 부부 같아서요." 샘이 말했다.

케이티와 게이브는 시뻘게진 얼굴로 서로 쳐다보았다.

"아니, 무슨 그런—" 케이티는 말을 더듬었다.

"끔찍한 소리를." 게이브가 우거지상을 지으며 말했다. "우웩!!"

"아우!" 케이티가 장난스럽게 그의 팔을 때렸다. 아팠다. 그래도 그는 팔을 문지르며 씩 웃었다.

"선크림요!" 케이티가 험상궂게 다시 외쳤다.

"엄마, 우리 바다에 들어가면 안 돼요? 네?" 샘이 말했다.

"알았어. 하지만 티셔츠 입고 들어가. 화상 입지 않게."

"아싸!"

아이들은 바다를 향해 해변을 마구 달렸다. 게이브는 아직도 이지를 너무 오랫동안 눈 밖에 내놓으면 불안했기 때문에 아이들을 잠깐 지켜보았다.

"내가 다녀올까요?" 케이티가 그의 생각을 읽고 물었다.

"아니에요, 아니에요. 괜찮아요."

그는 몸을 돌려서 낭떠러지 길 쪽으로 터벅터벅 자갈길을 되짚어 갔다. 그리 멀지는 않지만 가팔랐다. 꼭대기에 다다랐을 무렵에는 땀으로 흠뻑 젖어서 티셔츠가 제2의 피부처럼 몸에 들러붙었다. 낭떠러지를 따라 꼬불꼬불 이어지는 길을 걸어가면 게이브가 왔다갔다 할 수 있게 울타리에 문을 설치한 소라의 집 뒤편이 나왔다. 이 길에는 어쩌다 한 번씩 하이킹족이나 조류 관찰자가 보일 뿐 대개 사람이 없었다. 그런데 오늘은 아니었다. 중간쯤 가다 보니 어떤 여자가 낭떠러지 바로 옆에 서서 바다를 내려다보고 있었다.

젠장. 비치 곶에서 몇 킬로미터 거리에 있는 낭떠러지는 자살자들이 많이 찾기로 악명이 높았다. 여길 아는 사람은 많지 않았다. 하지만 해변과 멀찌감치 떨어진 이 일대도 거기 못지않게 높고 위험했다. 날카로운 바위와 그 아래에서 아우성치는 파도 위로 몸을 던지면 그만이었다. 산산조각 난 뼛조각은 아쉬워할 겨를도 없이 바다로 씻겨나갈 것이다.

"저기요? 실례합니다만."

여자가 고개를 돌렸다. 그의 심장에 블랙홀이 생겼다. 그녀는 전보다 나이 들어 보였다. 머리칼은 짧게 잘라서 금발로 염색했다. 지팡이에 몸을 기대고 있었다. 하지만 그는 한눈에 알아보았다.

"당신, 죽은 줄 알았더니."

63

"용서해달라고 하지는 않을게요."

"잘 생각했어요."

"그냥 설명을 하고 싶었어요."

"기적적으로 살아난 것부터 설명해보시죠?"

프랜은 차분하게 그를 쳐다보았다. "그 사람들이 이러는 편이 더 안전하겠다고 생각했어요."

"그 사람들이 누군데요? 지금 증인 보호, 뭐 그런 걸 받고 있나 요?"

"그렇다고 보면 돼요. 다들 디 아더 피플에 대해 관심이 많아요. 여기뿐 아니라 다른 나라에서도. 그 사람들이 나더러 도와달라고 했어요. 내가 죽은 걸로 되어 있어야 더 편리했죠. 그래야 디 아더 피플 측에서 더는 나를 찾지 않을 테니까."

"케이티도 아나요?"

그녀는 고개를 저었다. "알면 안 돼요. 너무 위험해요."

"그럼 여길 찾아온 이유가 뭐예요?"

"얘기했잖아요. 설명하고 싶었다고."

게이브는 그녀를 빤히 쳐다보았다. 한편으로는 그녀를 낭떠러지 아래로 떠밀어버리고 싶은 마음이 있었다. 떨어질 때 그녀가 지르는 비명 소리를 감상하고 싶었다. 하지만 또 한편으로는 알고 싶었다. 궁금한 부분들. 아직도 궁금한 부분들이 많았다. 그의 집에서 어떤 상황이 벌어졌는지. 그리고 그 차도. 어쩌다 그가 그 차의 꽁무니를 따라가게 됐는지.

'그 차는 네 집에서 반대 방향으로 가고 있었어야지. 방향이 잘못됐잖아.'

"그럼 설명해봐요. 이지를 위해서 그랬다는 헛소리는 늘어놓지 말고요."

"당신 딸이 내 덕분에 목숨을 건졌잖아요."

"당신이 아니었으면 애초에 목숨이 위험할 일도 없었어요. 내 아내도 죽지 않았을 테고."

"진심으로 그렇게 생각해요? 내가 아니었으면 다른 사람이 동원됐을 거예요."

게이브는 반박하고 싶었지만 그녀의 말이 맞는다는 것을 알았다. 그녀는 그저 미끼였다. 계속 다른 사람들이 동원됐을 것이다. 중요한 건 그거였다.

"그날 우리 집에서 어떤 상황이 벌어졌죠?"

"대부분 당신이 아는 그대로예요. 나는 당신 집에 찾아가서 제니에게 핑계를 대고 안으로 들어가면서 앞문을 열어놓기로 되어 있었어요."

"살인범이 들어올 수 있게 말이죠."

"그들이 시키는 대로 할 생각은 없었어요. 내가 신세를 갚는 것처럼 보이도록 포장하되 내 나름대로 계획이 있었어요."

"우리 집으로 가기 전에 경찰에 신고했죠? 무단으로 침입하려는 사람이 있다고."

"경찰이 제때 출동해서 끔찍한 일이 벌어지지 않도록 막아줄 줄 알았어요. 그러면 에밀리를 데리고 사라질 생각이었어요."

"그날 아이를 거기에 데리고 간 이유가 뭐예요?"

"아이를 맡길 데가 없었고 불안해서 혼자 둘 수 없었거든요." 그녀는 씁쓸하게 짤막한 웃음을 터뜨렸다. "아이러니하죠?"

게이브는 살짝 가슴 뭉클한 연민을 느꼈다. 아주 살짝이었다.

"경찰 말로는 집 안에 몸싸움을 벌인 흔적이 있다고 했어요. 제니가 범인한테 저항한 게 아닐까 하던데."

"그자가 제니를 먼저 쐈어요. 뒤 베란다 문으로 들어와서. 내가 그자를 막으려고 몸을 날렸지만 어쩐 일로 총이 발사됐어요." 프랜은 말을 멈추고 침을 삼켰다. 그날의 충격이 의식의 수면 근처에서 떠날 줄 몰랐다. "에밀리가 그 총에 맞았어요. 쓰러졌어요. 내가 레인지 위에 있던 냄비로 어찌어찌 그자를 쳐서 기절시켰지만 시간이 없었어요. 에밀리가…… 에밀리가 죽었다는 건 알았어요. 결정을 내려야 했어요. 그래서 이지를 잡아채서 도망쳤죠. 그러지 않으면 우리도 죽었을 거예요. 그자의 차로 갔어요. 시동 장치에 열쇠를 꽂아놓았더라고요. 이지를 안에 태우고 최대한 빨리 달렸어요."

"도망친 다음에 왜 경찰에 신고를 하지 않았나요?"

"충격으로 정신이 없었어요. 내가 뭘 하고 있는지, 어디로 가고 있는지조차 몰랐어요. 그러다가 정신이 조금씩 돌아오기 시작했죠. 이지가 뒤에서 엄마를 찾으며 울고 있었어요. 알고 보니까 집에서 아주 멀리 도망쳤더라고요. 차를 돌려서 고속도로를 탔어요. 경찰서로 직행할 생각이었어요. 그러다 도로 공사 현장을 지나는데 어떤 차가 우리를 쫓아오지 뭐예요. 사륜구동이었어요. 상향등을 깜빡이면서 클랙슨을 울리는데—"

'꼴리면 빵빵 눌러주세요.' 게이브는 혈관 속으로 스멀스멀 파고드는 냉기를 느낄 수 있었다.

"따돌리려고 했는데 그 차가 뒤에서 점점 속도를 내더라고요. 우리를 따라 오면서. 그들인 줄 알았어요. 디 아더 피플요. 그들이 우리를 찾아내서 죽이려는 줄 알았어요. 공포로 눈앞이 캄캄해졌어요. 경찰 생각은 까맣게 잊었어요. 모든 걸 까맣게 잊었어요. 도망쳐야 한다는 거 말고는 전부. 그리고 도망친 다음에는—"그녀는 그의 눈을 쳐다보았다. "—돌아올 방법이 없었어요."

게이브는 다리에 힘이 풀렸다. 상쾌한 바닷바람이 그를 간질였지만 산소가 하나도 없는 것처럼 느껴졌다. 토악질이 날 것 같았다.

"그게 나였어요. 당신은 나 때문에 도망친 거예요."

그녀는 살짝 쓸쓸한 미소를 지었다. "운명이라는 게 정말 지랄 맞지 않아요?"

그는 웃어야 할지 울어야 할지 아니면 낭떠러지 아래로 몸을 던져야 할지 알 수가 없었다. 그가 그녀의 뒤에서 가고 있지 않았더라면. 추격전을 벌이지 않았더라면. 몇 초만 일찍 아니면 늦게 갔더라면. 차로를 바꿨더라면. 다른 차가 그들 사이에 끼어들었더라면. 모든 게 180도 달라질 수 있었다. 운명, 업보, 별자리 때문이었다. 신의 얄궂은 유머감각 때문이었다. 하지만 따지고 보면, 아주 깊숙한 곳까지 파헤치고 보면 단순히 재수가 우라지게 없었기 때문이었다.

"그래도 경찰서를 찾아갈 수 있었잖아요." 그는 쉰 목소리로 꺽꺽거렸다. "당신이 착각했다는 걸 알아차렸을 때."

"이미 엎질러진 물이었어요. 어떻게 될지 무서웠거든요. 디 아더 피플이라는 그 단체도. 하지만 무엇보다도 그 아이를 잃을까 봐 두려웠어요. 에밀리를 빼다 박은 아이. 아주 열심히 애를 쓰면 그 아이가 에밀리인 척할 수 있었어요. 당신 말이 맞아요. 이지를 위해서 한 일이 아니었어요. 나를 위해서 한 일이었지. 그 아이가 필요했거든요. 나는 상심의 바다에서 허우적거리고 있었어요. 딸이 없으면 살 수가 없었기 때문에 이지로 심장에 뚫린 그 구멍을 메워야 했어요."

게이브는 잠깐 동안 아무 대꾸도 하지 않았다. 그러다가 이렇게 말했다. "이해해요."

프랜은 고개를 저었다. "아뇨, 그럴 리가요. 당신은 나보다 훌륭한 사람인걸요. 나는 지금 이 순간까지도 당신한테 거짓말을 하고 있어요. 사실 설명하려고 온 거 아니에요. 이지의 얼굴을 마지막으로 한 번 보고 싶었어요. 행복하게 지내는지 확인하고 싶었어요."

"행복하게 지내고 있어요." 게이브는 말했다. "가족과 함께."

"다행이네요." 그녀는 바위를 내려다보았다. 게이브는 현기증의 파도가 그를 덮치는 것을 느낄 수 있었다.

"내가 의식을 잃었을 때 말이에요." 그녀가 말했다. "이 비슷한 해변에 와 있는 꿈을 꿨어요. 거기에 에밀리도 있었어요." 그녀는 다시 게이브를 돌아보았다. "죽은 사람들이 나를 기다리고 있을까요?"

그는 제니를 떠올리며 침을 꿀꺽 삼켰다. "글쎄요. 그랬으면 좋겠는데."

그녀는 고개를 끄덕였다. "이제 그만 가보세요. 다들 왜 안 오나 하겠어요."

"당신은요?"

"걱정 말아요, 두 번 다시 나를 볼 일 없을 테니까."

그는 그 말이 진짜이길 바랐다. 그 말을 믿고 싶었다. 하지만 이렇게 묻는 수밖에 없었다.

"다시 내 앞에 나타나면 내 손에 죽을 거예요. 알죠?"

"나는 이미 죽은 사람이잖아요. 잊었어요?"

그는 몸을 돌려서 낭떠러지 옆으로 난 길을 내려갔다. 반쯤 갔을 때 선크림을 깜빡했다는 데 생각이 미쳤다. 그는 몸을 돌렸다. 그녀는 가고 없었다.

64

케이티는 철썩이는 파도에 발가락을 담그고 물가에 서 있었다.
게이브가 조약돌을 밟으며 다가가자 그녀는 고개를 돌렸다.

"오래 걸렸네요." 그녀가 말했다.

게이브는 선크림을 내밀며 어깨를 으쓱했다. "나이를 먹어서 몸
이 굼뜨네요."

"다른 일이 있었던 건 아니고요?"

그는 미소를 지었다. "없었는데. 왜요?"

케이티는 살짝 궁금해하는 눈빛으로 그를 쳐다보다가 고개를 저
었다. "아무것도 아니에요." 그녀는 허공에 대고 선크림을 흔들었
다. "얘들아!"

아이들은 고분고분 첨벙거리며 물에서 나와 케이티가 SPF 50짜
리 선크림을 치덕치덕 바르도록 몸을 내어주고 다시 파도 속으로

들어갔다. 게이브는 케이티의 옆에 서서 신나게 노는 아이들을 지켜보았다.

잠시 후에 그녀가 말했다. "여기 있으면 안전하죠?"

"최대한 안전하죠."

"그들이 아직도 활동하고 있을까요? 디 아더 피플 말이에요."

게이브는 젊은 커플이 누워서 일광욕을 하고, 노파는 꽃무늬 원피스 아래로 얼룩덜룩한 다리를 내밀고 큼지막한 모자로 얼굴을 가리고서 접의자에 앉아 있는 해변을 흘끗 쳐다보았다.

"알 방법이 없을 거라고 봐요." 그는 말했다. "그냥 그러려니 하고 사는 수밖에요."

"그렇겠죠."

"내가 슈퍼 파워를 동원해서 우리를 안전하게 지킬게요."

"어떤 슈퍼 파워가 있는데요?"

"나이가 많은 거랑 몸이 굼뜬 거요."

"최고네요."

"적들이 나를 기다리다가 지칠 거예요."

그녀는 미소를 지었다. "어떤 식인지 알겠어요."

게이브는 손을 내밀어 그녀의 손을 잡았다. 그녀는 손깍지를 끼고 그의 어깨에 몸을 기댔다.

게이브는 그녀의 머리 너머로 낭떠러지 쪽을 돌아보았다. 파도가 뾰족한 바위를 때리고 떨어지는 모든 것은 바다에 잡아먹히고 씻겨나가는 지점을 돌아보았다. 그렇다, 그러려니 하고 살면 그만이었다.

노인은 숙연한 표정으로 묘지를 가로질렀다. 케케묵은 검은색 재킷을 입고 살짝 시든 꽃다발을 들고 있었다. 찾던 무덤에 다다르자 노인은 그 옆에 가만히 꽃다발을 놓고 조그맣게 기도를 웅얼거렸다.

그 근처에서는 그보다 젊은, 이제 막 10대 티를 벗은 청년이 벤치가 앉아서 최근에 세상을 떠난 이의 아직 아물지 않은 상실이 기록된 반짝이는 묘비를 황량한 눈빛으로 바라보고 있었다. 그는 후드 점퍼 소매로 눈가를 훔쳤다.

노인이 일어섰다. "괜찮니?"

청년은 곤혹스러운 표정을 짓고 통통 부은 눈으로 노인을 잠깐 올려다보며 대답을 할지 아니면 꺼지라고 할지 망설였다. 그러다가 사제복에 다는 옷깃을 발견하고는 힘없이 미소를 지었다. "아뇨, 괜찮지 않아요."

노인은 거기에 적힌 이름을 이미 알고 있지만 그래도 묘비를 흘 끗 확인했다. 엘런 로즈. 만나다 말다 한 남자 친구가 준 약물을 과 다 복용하고 열아홉 살의 나이로 세상을 떠난 소녀였다. 이 청년은 쌍둥이 오빠 캘럼이었고 매주 이 시각에 찾아오고 있었다.

"엘런 로즈." 노인이 말했다. "이름이 참 예쁘기도 하지."

그것으로 충분했다. 상실의 슬픔과 힐난이 시커먼 급류처럼 쏟 아져 나왔다. 그가 터득한 바에 따르면 사람들은 대개 모르는 사람 을 상대로 얘기하고 싶어 했다. 그 편이 가족이나 친척보다 수월했 다. 가족이나 친척은 너무 가깝고 그들 역시 자기들만의 고통과 절 망에 함몰되어 있었다.

그는 청년이 쌍둥이 여동생의 죽음으로 생긴 마음의 구멍, 그 남 자 친구를 향한 증오, 여동생은 죽었는데 그는 멀쩡히 살아서 자유 를 만끽하는 상황에 대한 분노를 마음껏 터뜨리도록 했다.

"그 자식은 감옥에 가야 해요. 대가를 치러야 해요."

노인은 공감하며 고개를 끄덕였다. "사랑하는 사람을 그런 식으 로 어이없게 잃으면 어떤 심정인지 대부분의 사람들은 모르지. 범 인은 아직 활개 치고 다닌다는 것을 알 때의 심정을."

"목사님은 아시나요?"

"내 아내가 살해당했거든. 교회에서 집으로 가던 길에 강도를 당 해서. 범인은 잡히지 않았지."

청년은 눈을 휘둥그레 뜨고 그를 쳐다보았다.

"죄송해요. 저는—"

"괜찮아. 이제는 아무렇지 않아."

"범인을 용서하셨어요?"

"그렇다고 볼 수도 있겠지. 하지만 용서한다고 해서 정의를 실현하지 못하는 건 아니야." 노인은 재킷 주머니에서 주섬주섬 명함을 꺼내 내밀었다. "자. 이게 도움이 될지 몰라."

청년은 명함을 흘끗 쳐다보았다. "종교 단체인가요?"

노인은 고개를 저었다. "전혀. 하지만 아내를 보낸 뒤에 내가 여길 통해서…… 해결을 볼 수 있었거든. 너한테도 도움이 될 거다."

청년은 머뭇거리다가 명함을 받았다.

"감사합니다."

노인은 미소를 지었다. "가끔은…… 다른 사람들^{디 아더 피플}에게 얘기를 하는 게 도움이 될 때도 있지."

THE OTHER PEOPLE

감사의 말

책은 쓰면 쓸수록 더 쉬워지지 않는다. 오히려 어려워지는 쪽에 가깝다.

나는 그 사실을 발견했을 때 좀 착잡했다.

그렇기 때문에 이 세 번째 작품을 작업하는 동안 내가 (대부분의 시간 동안) 제정신으로 지낼 수 있도록 붙잡아준 남편 닐에게 가장 먼저 고맙다는 인사를 전하고 싶다. 그가 없었다면 나는 지금보다 머리숱이 훨씬 줄었을 테고, 도리스는 혼자 산책을 나가야 했을 것이며, 식기세척기 안에는 항상 그릇이 잔뜩 들어 있었을 것이다.

나의 부족한 부분을 지적하면서도 끝내주는 작가인 듯한 기분을 유지하게 해주는 편집계의 환상적인 '괴물' 맥스에게도 감사의 뜻을 전한다. 그리고 처음부터 끝까지 이 작품을 열심히 응원해주었던, 그 못지않게 훌륭한 미국 측 편집자 앤에게도 마찬가지다.

지금까지 나를 위해 온갖 배려를 아끼지 않았고 앞으로도 그럴 MM 에이전시의 모든 분들에게는 넙죽 절을 하고 싶다. 여러분, 최고예요. 사랑해요.

출판사는 물론이고 책 한 권을 '세상 밖으로' 탄생시키는 데 관여하는 모든 출판 관계자들에게도 감사한 마음을 이루 표현할 길이 없다. 홍보팀, 교열자, 표지 디자이너, 블로거, 서평단. 그리고 책 사랑을 전파하는 데 지대한 역할을 하는 서점. 사실 이 안에서 내가 맡은 역할은 미미하기 그지없다.

이 책에 등장하는 모든 경찰 업무에 값진 조언을 아끼지 않은 전직 런던 경찰청 소속 경찰관 존 오리어리에게도 고맙다는 말을 전하고 싶다. 짱이다.

우정과 웃음과 응원을 담당한 LK 부부와 이번 작업을 하면서 만난 매력적인 작가들에게도 감사의 뜻을 전한다.

엄마와 아빠에게도 감사하다는 말을 전하고 싶다. 힘든 한 해였죠? 고마워요, 두 분.

내 심장을 완전하고 무조건적인 사랑으로 채우며 인생에서 중요한 게 뭔지(그것은 바로 반짝이와 유니콘!) 끊임없이 일깨워주는 어여쁜 내 딸 베티에게도 고마울 따름이다. 네 엄마로 지내는 게 나의 가장 큰 기쁨이자 가장 큰 특권이야. 너를 위해서라면 이 엄마가 가지 못할 길이 없단다, 눈이 부시도록 아름다운 내 딸아.

마지막으로 이번 여행에 동행해준 독자 여러분에게 감사의 인사를 전하고 싶다. 재미있게 읽으셨길, 다음 작품도 함께해주시길. 걸작이 여러분 곁을 찾아갈 거예요!

『초크맨』과『애니가 돌아왔다』에 이어 세 번째로 우리나라 독자들 곁을 찾아온 C. J. 튜더의 신작『디 아더 피플』은 이런 식으로 시작된다. 꽉 막힌 고속도로에 발이 묶인 주인공. 그의 바로 앞에서 꾸물꾸물 움직이는 고물차. 스티커로 뒤덮인 그 차의 뒤 유리창으로 고개를 내민 그의 딸. 그리고 그로부터 3년의 세월을 건너뛴 시점에서 다시 전개되는 그의 이야기.

출간 후 인터뷰에서 저자는 이런 도입부의 탄생 배경이 된 개인적인 경험담을 밝혔다. "친척 집에 놀러 갔다가 고속도로를 타고 집으로 돌아가던 도중에 길이 막힌 적이 있어요. 스티커를 덕지덕지 붙인 고물차가 앞에 있었는데 그걸 본 순간 상상이 시작됐죠. 누군가가 납치당해 저 차에 타고 있다면 어떨까? 내가 아는 사람이라면? 내 딸아이가 집에서 잠을 자고 있어야 할 시각에 모르는 차를 타고 끌려가고 있다면?" 그러니까 우리는 그 고물차 덕분에 『디 아더 피플』이라는 근사한 작품을 만날 수 있게 된 것이다.

저자는 감사의 말에서 책은 쓰면 쓸수록 더 쉬워지지 않는다고, 오히려 어려워지는 쪽에 가깝다고, 그래서 착잡하다고 했지만 내가 보기에는 엄살이다. 『초크맨』은 신인 특유의 신선함과 패기와 재기발랄함으로 승부했다면 이번 작품에서는 중견 작가 같은 안정감으로 스릴러의 미덕인 심장의 쫄깃함을 선사함은 물론이고 철학적인 화두까지 제시하고 있으니 말이다. 정의란 무엇일까, 사적 정의 실현은 어디까지 허용될 수 있을까, 절대 선이라는 것이 존재할까. 그런가 하면 길이라는 무대 위에서 많은 사건들이 벌어지는 것도 나에게는 흥미롭게 다가왔다. 길이 상징하는 여정, 이동, 변화의 이미지가 어쩌면 C. J. 튜더가 작가로서 거쳐야 하는 과도기를 투영하는 것일지도 모르겠다.

10대 시절을 소설 창작과 함께 보냈던 저자는 끈기가 부족해 절필하고 라디오 광고 카피라이터, 내레이터, 반려견 산책 사업을 하다 끓어오르는 창작열을 주체하지 못하고 『초크맨』을 탄생시켰다. 그 뒤로 매년 꼬박꼬박, 무서운 기세로 후속작을 선보이고 있다. 현재도 잉글랜드 남부 어느 작은 마을에서 벌어지는 음습하고 불길한 일들을 주제로 네 번째 작품을 집필하고 있다니, 우리는 딱 준비하고 있다가 넙죽 받아먹으면 되겠다. 그게 언제일까. 내년이려나?

2020년 7월
이은선

옮긴이 이은선

연세대학교에서 중어중문학을, 국제학대학원에서 동아시아학을 전공했다. 편집자, 저작권 담당자
를 거쳐 전문 번역가로 활동 중이다. 옮긴 책으로는『애니가 돌아왔다』『초크맨』『일생일대의 거
래』『우리와 당신들』『베어타운』『하루하루가 이별의 날』『할머니가 미안하다고 전해달랬어요』
『브릿마리 여기 있다』『위시』『미스터 메르세데스』『사라의 열쇠』『셜록 홈즈:모리어티의 죽음』
『딸에게 보내는 편지』『11/22/63』『통역사』『그대로 두기』『누들 메이커』『몬스터』『리딩 프라미
스』『노 임팩트 맨』 등이 있다.

디 아더 피플

초판 1쇄 발행 2020년 7월 10일
초판 2쇄 발행 2020년 7월 21일

지은이 C. J. 튜더
옮긴이 이은선
펴낸이 김선식

경영총괄 김은영
책임편집 정지혜 **디자인** 문성미 **책임마케터** 이고은
콘텐츠개발2팀장 김정현 **콘텐츠개발2팀** 문성미, 임인선, 정지혜, 이상화
마케팅본부장 이주화
채널마케팅팀 최혜령, 권장규, 이고은, 박태준, 박지수, 기명리
미디어홍보팀 정명찬, 최두영, 허지호, 김은지, 박재연, 배시영
저작권팀 한승빈, 이시은
경영관리본부 허대우, 하미선, 김형준, 박상민, 윤이경, 권송이, 이소희, 김재경, 최완규, 이우철

펴낸곳 다산북스 **출판등록** 2005년 12월 23일 제313-2005-00277호
주소 경기도 파주시 회동길 357 2, 3층
대표전화 02-704-1724 **팩스** 02-703-2219 **이메일** dasanbooks@dasanbooks.com
홈페이지 www.dasanbooks.com **블로그** blog.naver.com/dasan_books
종이 · 인쇄 · 제본 · 후가공 (주)상림문화사

ISBN 979-11-306-3048-9 (03840)

『디 아더 피플: 복수하는 사람들』을
먼저 읽은 사전 서평단의 열렬한 반응

두툼한 분량의 가제본을 받고, 며칠 읽겠다 싶었다. 잠들기 전에 펼쳤다가 도저히 책을 덮을 수가 없어서 식구들이 모두 잠든 밤까지 계속 읽어나갔다. 마지막 페이지를 덮고 확인한 시간은 새벽 3시. 최근에 이렇게 잠을 포기하고 소설을 읽은 게 언제였나 싶다. _이효진

내가 책을 읽을 수 있는 유일한 시간인 출근길이 기다려지게 만든 책이다. 범인은 누구인지, 이유는 무엇인지, 뒷이야기가 궁금해서 눈을 뗄 수가 없었다. 이 책이 도서관에 비치된다면 가장 빨리 너덜너덜해지지 않을까 싶다. _윤누리

C. J. 튜더의 소설은 해마다 진보하는 느낌이다. 스토리를 짜임새 있게 풀어가는 것이 이 작가의 힘이 아닌가 싶다. 책 속에 등장하는 인물 하나하나를 놓쳐서는 안 된다. 책을 덮기 전에는 섣불리 판단하지 말라. 모든 이야기는 로마의 길처럼 한 곳으로 통한다. 그리고 그곳에는 놀라운 반전이 있다. _최현

갈수록 새로운 단서들이 나타나면서 예상과는 전혀 다른 방향으로 전개된다. 진짜 빠르게 읽힌다. 버스에서 읽던 책이 구름다리를 건너는 동안에도 손에서 떨어지지 않았다. 읽을수록 더 궁금해진다. 틀린 곳을 기가 막히게 숨긴 한 폭의 멋진 그림 같다고나 할까. _박노성

소문대로 아주 제대로다. 이야기도 흥미롭고, 가독성은 말할 것도 없다. 처음 만나는 C. J. 튜더의 작품이었지만 믿고 보는 작가가 될 것 같다!! 엄지 척! 주저 말고 이 책을 선택하라고 하고 싶다. _김희정

처음부터 흡인력 있게 끌어당긴다. 매 순간마다 궁금증을 유발해서 도저히 전체 스토리를 예상할 수 없게 만든다. 전혀 가늠할 수가 없었다. 후반부로 갈수록 드러나는 비밀과 진실, 결말도 아주 좋았다. 역시 C. J. 튜더는 이번에도 실망시키지 않았다. _조금령

연결될 듯 보이지 않던 인물들의 관계가 서로 얽히고, 상처와 비밀도 드러나며 소설은 점점 긴장감이 넘치고 흥미진진해진다. '디 아더 피플'의 정체와 등장인물들의 관계가 궁금해서 책에서 눈을 떼기가 어려웠다. _박은희

각자 다른 사건인 줄 알았던 이야기들이 결국 하나의 접점으로 모여 삶이 어떤 모습으로 바뀌는지 집중적으로 담아낸다. 시작부터 마지막 장을 덮을 때까지 빠른 호흡과 휘몰아치는 사건, 세심하게 담아낸 인물들의 감정선까지, 몰입감이 높은 작품이었다. _우인혜

특별한 사건이 결코 남에게만 일어날 수 있는 게 아니라는 점, 그리고 주변 이웃이 사건의 범인이 될 수 있다는 점은 평범한 일상을 살아가는 사람들에겐 공포로 다가올 수밖에 없다. 사회적 이슈를 다루며 선과 악이란 무엇인지에 대해 물음을 제기해 여운이 많이 남았다. 앞으로 C. J. 튜더의 책은 무조건 믿고 보지 않을까 싶다. _장현진

한 순간도 눈을 뗄 수 없게 긴장감이 넘치고 스릴 있게 전개된다. 한번 잡고 읽는 순간 쉽게 멈출 수 없는 강렬한 문장들에 사로잡혔다. 전혀 상상하지 못했던 결말을 보고 '역시 C. J. 튜더'라고 생각했다. 인간의 가장 깊숙한 곳에 숨겨진 본성을 들여다볼 수 있는 책이다. _조은희

원한의 크기와 상관없이, 복수는 우리 모두가 한 번쯤 해봤던 짜릿한 상상이지 않을까. 이 책은 다양한 방식으로 원한은 갚는 것이 아니라고 우리에게 말해준다. 결국 피해자도 악의 영역에 가담하게 되고, 그렇게 헤어날 수 없는 고리에 묶여 다 같이 가해자로 전락하게 되는 이야기를 통해. _진혜빈

흡인력 넘치고 촘촘하게 짜인 인물들의 관계와 캐릭터의 서사가 돋보이는 작품이다. 이야기 초반에는 각각의 관련 없어 보이는 이야기가 퍼즐 조각처럼 모여 하나의 연관성을 가지게 되는 것을 알게 된 순간 탄탄한 스토리에 감탄을 금치 못했다. _김윤미

정말 많은 생각을 하게 하는 흔치 않은 스릴러다. 생각하게 하는 서스펜스 스릴러. 관련 없어 보이던 이야기들이 어느 한 접점에서 모이고 작은 이야기들은 커다란 흐름으로 재탄생한다. 작가가 숨겨둔 접점은 무엇일지, 끝까지 흥미진진하다. _신승철

소설이 진행되면서 점점 드러나는 인물들의 모습이 좋았다. 개인적으로 인과응보라는 말을 좋아한다. 내 자신에게 부당한 일이 일어났을 때 힘이 없는 나 대신 누군가가 복수를 해준다면? 반대로 내가 조금이라도 잘못한 일에 전혀 모르는 누군가가 나에게 득달같이 달려들어 복수를 한다면? 통쾌하면서도, 은근한 찜찜함을 남기는 소설이었다. _신나래

전혀 연관성 없어 보이는 인물이 결국에는 하나의 지점에서 만나는 부분이야말로 이 책에서 가장 짜릿한 지점이었다. 마지막까지 지루함 없이 술술 읽혔다. 마지막 페이지는 꽤 훌륭한 마무리였다. 스릴러 장르의 모든 장점을 찾아볼 수 있는 웰메이드 소설이다. _김령한

사전 서평단 미공개 원고를 받아서 단숨에 읽었다. 반복되는 문장이 짜릿하고 스릴이 넘친다. 인물 각각의 심리 표현도 좋았다. '여자 스티븐 킹'이라 불린다는 C. J. 튜더의『디 아더 피플』은 한번 읽기 시작하면 결말을 보기 전까지 내려놓을 수 없는 소설이었다. _박형녀

흐릿하기만 할 것 같았던 사건의 전말이 밝혀지고 진실이 하나, 둘 드러나면서 마치 현미경으로 날줄과 씨줄의 교차점을 선명하게 보는 듯한 느낌이 강렬했다. 스릴러 한 권에서 인생과 인간 감정의 묵직함을 느껴보고 싶다면 주저 말고 이 책을 펴길 바란다. _최유리

좀체 연관되지 않을 등장인물들의 각기 다른 사연들이 퍼즐처럼 맞춰지면서 하나의 이야기로 통합되는 흐름이 몰입도를 높인다. 읽는 과정에서 스릴과 추리의 묘미를 제대로 만끽할 수 있다. _김근회

큰 그림은 어렴풋이 보이는데 바로 그 앞의 한 발을 어디로 내디딜지 모르겠는 점이 재밌었다. 단순히 재미있는 읽을거리일 뿐만 아니라 전달하고자 하는 주제 의식도 담겨 있다. 전작에 비해 더 탄탄하고 섬세해졌다. _이원영

읽는 내내 도대체 누가 주인공의 가족을 망가뜨렸는지 범인의 정체도 궁금했지만 무엇보다 살인의 이유가 몹시도 궁금해 책을 손에서 놓을 수 없었다. 가독성도 좋고 탄탄한 스토리에 생각지도 못한 반전과 의외의 결말 등 어느 것 하나 빠지지 않는 수작이다. _전희은

꼬리에 꼬리를 무는 질문이 차곡차곡 쌓이고, 질문을 하나 풀고 또 다음 질문을 풀다 보면 차근차근 전체가 보이는 작품. 인간의 고통이 어떻게 이용될 수 있는지 굉장히 현실적으로 보여주면서, 동시에 인간이 고통을 어떻게 견뎌내는지도 함께 보여준다. 단숨에 읽히지만 긴 생각이 남는 스릴러 소설이었다. _간현진

인과응보, 사필귀정이라는 말이 저절로 떠오른다. '원한'은 죽어서도 꼭 갚아야 하는, 결국엔 인간의 감정에서 비롯된 응어리진 슬픔이다. 스릴러를 통해 인간의 죄와 복수에 대해 생각해볼 수 있어서 좋았다. _임진희

두 아이 재워놓고 3일 만에 속도전. 납치당한 아이를 찾아 헤매는 주인공의 주변에 여러 사람들이 계속 맴돈다. 나름대로 이들 중 하나가 유괴범인가 추측해봤지만 절대로 맞힐 수 없었다. 모든 사건은 퍼즐조각 맞추듯 연결되어 있다. 후반부에서 치밀한 개연성을 보여줘서 속이 후련했다. _임희연

서로 연관이 없어 보이는 사람들의 이야기가 톱니바퀴처럼 맞물리면서 분위기가 고조되니 저절로 작가의 필력에 감탄이 나온다. 미스터리함과 공포를 적절하게 어우르는 스토리의 흐름이 몰입감을 높인다. 거기다 심오하고 묵직한 철학이 더해져서 인상적인 소설이었다. _송지영

책을 읽는 내내 이야기의 치밀한 구성에 감탄하게 된다. 사건의 배열과 연관성, 그리고 의외의 부분까지 치밀하게 구성되어 있는 책. 스릴러 소설을 좋아하는 사람이라면 누구라도 재미있게 읽을 수 있을 것이다. _이재호(북튜버나도책봐TV)

오랜만에 결말을 예상할 수 없는 좋은 스릴러가 나와서 책을 펴자마자 덮는 순간까지 쉬지 않고 다 읽었다. 분명 할 일이 있었는데 이 책이 하지 못하게 막았다. _서윤아